# SORRIA, VOCÊ ESTÁ NA ROCINHA

JULIO LUDEMIR

SORRIA, VOCÊ ESTÁ NA ROCINHA

JULIO LUDEMIR

EDITORA RECORD
RIO DE JANEIRO • SÃO PAULO
2004

CIP-Brasil. Catalogação-na-fonte
Sindicato Nacional dos Editores de Livros, RJ.

L975s
Ludemir, Julio, 1960-
  Sorria, você está na Rocinha / Julio Ludemir. – Rio de Janeiro: Record, 2004.

  ISBN 85-01-06898-5

  1. Rocinha (Rio de Janeiro, RJ) – Ficção. 2. Romance brasileiro. I. Título.

04-0531
CDD – 869.93
CDU – 821.134.3(81)-3

Copyright © Julio Ludemir, 2004

Capa: Marcelo Martinez
Fotos: Alcyr Cavalcanti e Daniel Morena

Direitos exclusivos desta edição reservados pela
DISTRIBUIDORA RECORD DE SERVIÇOS DE IMPRENSA S.A.
Rua Argentina 171 – Rio de Janeiro, RJ – 20921-380 – Tel.: 2585-2000

Impresso no Brasil

ISBN 85-01-06898-5

PEDIDOS PELO REEMBOLSO POSTAL
Caixa Postal 23.052
Rio de Janeiro, RJ – 20922-970

EDITORA AFILIADA

Para Bernardo Ludemir, o professor de inesquecíveis aulas de ética e coragem pessoal.

Para Lady e, é óbvio, à sorte deste amor tranqüilo.

Para Jeremias Ferraz, ao lado de quem enfim me permiti enunciar obviedades acima e abaixo.

Este livro foi escrito com uma bolsa de pesquisa da AESO — Ensino Superior de Olinda, instituição mantenedora da FADO (Faculdade de Direito de Olinda) e do CESBAM (Centro de Estudos Sociais Barros Melo).

Agradecimentos

Meus primeiros e principais agradecimentos vão para a professora Ivânia Barros Melo Dias, diretora-presidente da AESO. Poder participar da realização do que chama de "projeto de vida", um confortável e sofisticado campus encravado na periferia de Olinda, significa trabalhar com as chamadas condições ideais de trabalho.

Também não poderia deixar de agradecer o modo como a comunidade da Rocinha me recebeu.

Agradeço também a colaboração intelectual do fotógrafo Alcyr Cavalcanti, do sociólogo Josinaldo Aleixo e da antropóloga Alba Zaluar, que lançaram luzes sobre a minha pesquisa e me deram conforto teórico.

Registro ainda minha gratidão à editora Mônica Maia e suas assistentes, Magda Tebet e Danielle Borba. Tive nas três leitoras atentas, criteriosas e acima de tudo generosas ao longo do tortuoso processo de criação tanto deste romance como do anterior, *No coração do Comando*. Agradeço também à estagiária Juliana Romeiro, que, além da virtude de ser xará da minha filha, sempre esteve atenta a todas as minhas demandas.

Inesquecível também foi a atenção de Maria de Fátima Barbosa, sempre disponível para ouvir nossas dúvidas e desfazer os enganos de nossos originais.

LIVRO I
Um dia com 36 horas e 120 mil habitantes

Capítulo 1

Quando voltei do desfile, fui direto para a Tia Vânia, uma creche particular na Travessa da Liberdade que só conheci por intermédio dele, o lindinho do Luciano Madureira. Estavam lá a Vânia, o Mike, uma amiga inglesa do Peter cujo nome não me ocorre agora, o Osvaldo e o André. Ali era o ponto de encontro das pessoas que iam participar da festa de despedida do Peter, que seria no Beer Pizza, um dos mais agitados *points* da Rocinha, que fica bem no meio da Estrada da Gávea. Em qualquer outro dia, eu estaria triste por perder uma pessoa tão bonita como ele. Ou então ansioso para vê-lo uma última e definitiva vez. Mas o desfile tinha sido um retumbante sucesso, eu estava nas nuvens. E pelo menos naquela noite eu me bastaria. Eu e meu sucesso.

— Você está muito chique — disse Peter quando chegou. — É pra minha despedida? — perguntou.

Eu quase disse que sim, mas não consegui mentir. Nem mesmo os aplausos de todas aquelas personalidades, nem mesmo todas as entrevistas que dera para a televisão, nem mesmo todas as possibilidades de trabalho que surgiram no desfile realizado no ateliê do estilista Roni Summer, nada faria mudar esse meu jeito. A pretinha aqui freqüenta boates gays e vai pedir a proteção dos orixás nos terreiros de macumba pelo menos a cada 15 dias, mas no fundo continuo tão católico quanto na época do Instituto Nossa Senhora de Lourdes, escola de freiras da Gávea em que estudei da primeira à oitava série. Mentir é pecado, dizia-me sempre a madre superiora. Sempre acreditei nela.

— É que eu estou vindo de um evento importante — expliquei. — Mas é lógico que se estivesse vindo diretamente de casa, eu teria o mesmo capricho — emendei.

Peter é um americano de mais de 1,90 m, que, depois de uma temporada de quase 13 anos na Rocinha, estava indo para Oklahoma, onde iria dar aula na universidade estadual. Tem uma ONG, chamada Guetos. A ONG tem planos mirabolantes de intercâmbio entre moradores de comunidades pobres dos Estados Unidos e do Brasil, particularmente os da nossa favela. Mas a sua principal atividade são as divertidas aulas de inglês que dá para as crianças na Tia Vânia, a creche de sua amiga Vânia. Foi em uma dessas aulas que o conheci.

Luciano se interessou por ele por causa dos estudos que fez sobre o funk, tema de sua tese de doutorado. Não entendo como os dois podem dar importância a um tema tão chinfrim. Achei estranhíssimo quando soube que uma universidade americana estava mantendo um homem com a inteligência e a capacidade de trabalho do Peter para estudar os proibidões de Mr. Catra ou os pornôs de Tati Quebra-Barraco. Por causa deles, estou me tornando figurinha fácil nos bailes funk do Rocinha's Show. Deus do céu, o que uma bicha não faz para estar junto de seu bofe?

Luciano adorou Peter desde a primeira entrevista que fez com ele, em meados de março. Mas, como me disse em uma das inúmeras sessões de desabafo por causa das dificuldades que estava enfrentando para colher as informações de que precisava para o livro que escrevia sobre a Rocinha, uma pessoa que estuda os bailes funk há pelo menos dez anos é uma enciclopédia do crime organizado na favela. Só para dar um exemplo de que sua intuição não estava errada, a casa em que Peter mora pertence ao Morte, tido como o matador oficial da boca. Tornaram-se amigos em um baile do Valão um pouco depois do atentado de 11 de setembro. Morte estava estreando o seu medalhão de ouro com a efígie de Bin Laden, cujos olhos eram duas enormes esmeraldas.

Peter é um desses fascinantes personagens da Rocinha que estou conhecendo por intermédio do trabalho de Luciano, que com sua voracidade está revirando a favela de cabeça para baixo e ajudando até mesmo um cria como eu a entender melhor como funciona nossa comunidade. Só para dar um exemplo da importância de sua pesquisa, foi por estar ao seu lado que pude ver quem realmente era o Vassoura, um amor de menino que expõe seus quadros no centro de artes que coordeno há mais ou menos um ano. Eu nunca ia saber que aquele menino de longos cabelos e fala mansa tinha sido um dos soldados da boca, da qual saiu por amor a uma mulher e principalmente devido ao apoio do Tio Cícero. Pra ser sincero, a convivência com Luciano mudou até a maneira como hoje me vejo.

Peter e eu fomos apresentados exatamente no dia 5 de abril deste ano, que infelizmente ficou gravado na minha memória mais por causa do desagradável encontro com a médica Maria da Penha no Fashion Mall do que por causa de sua aula maravilhosa. Fui neste shopping com o próprio Luciano, que queria comprar um dos livros que já publicou para dar de presente ao mesmo Peter. Não adiantava lhe dizer que o seu livro, cujo tema central era o crime organizado, era um péssimo cartão de apresentação. O livro é ótimo, um dos cinco melhores que li em minha vida. Mas só faz aumentar a desconfiança das pessoas em relação a suas reais intenções no morro, onde até mesmo um cara do mundo como o Peter desconversava na hora de lhe dar uma entrevista. Esse cara é um Tim Lopes disfarçado, foi a frase que mais ouvi desde que ele chegou na Rocinha. Para o asfalto, o jornalista da Rede Globo pode ser um mártir da liberdade de expressão. Mas para a favela Tim Lopes hoje é sinônimo de alcagüete.

Não consegui dormir depois que saímos do Fashion Mall, onde Luciano foi se encontrar com Maria da Penha a propósito do envolvimento com droga de um de seus filhos. Luciano, que é dependente químico e está limpo há 12 anos, diz que é obrigação sua oferecer a mesma ajuda que recebeu graciosamente quando era ele o drogado que deixava sua desesperada família sem saber o que fazer, achando-o um caso perdido. Eu disse para ele que a médica estava de caô, pode ter essas informações em qualquer lugar, tem acesso a elas na hora que quiser.

— Está é interessada em você — acrescentei.

Mas ele é mesmo um cabeça-dura, não ouve ninguém. É uma gracinha de pessoa, tem sempre um sorriso receptivo na hora em que está recebendo um conselho. Mas só faz o que dá na telha dele. Não sei como é que consegue se criar no nosso meio, onde a gente tem que negociar até o ar que respira.

— Você está morrendo de ciúme da amizade da gente — afirmou.

Tenho que admitir que até já sonhei com aquela megera controladora e autoritária na cama com o Luciano, fazendo o sexo selvagem que imagino ser de sua natureza ousada e destemida, muitas vezes inconseqüente. Mas sou capaz de apostar que ele ainda vai ter problemas na favela por causa dela. As pessoas acham que o grande perigo de uma favela é a boca, o tráfico, os bandidos. Não sabem que na verdade eles estão preocupados é com o próprio negócio, se vão ganhar um milhão com a próxima carga do branco ou se terão que aumentar o arrego do batalhão por causa da pressão da opinião pública. Mas um forasteiro como Luciano deve se preocupar mesmo é com as intrigas que uma Maria da Penha pode fazer. Pode ter certeza de que parte significativa da violência atribuída ao tráfico na verdade se deve à malícia de líderes comunitários iguais a ela. Muitas mães já choraram por causa disso.

— É mais fácil você ser expulso da Rocinha por causa dela do que por causa da boca — alertei na discussão que tivemos um dia depois que a conheceu, quando chegou lá na loja com aquela carinha sem-vergonha que faz toda vez que realiza uma grande entrevista e que eu sempre acho que é a de quem passou a noite na esbórnia, trepando até ficar com o pau roxo.

Chovia torrencialmente quando chegamos ao shopping e foi apenas por essa razão que o Luciano me deixou lá, tomando café expresso na praça de alimentação com os dois pombinhos. Não vou dar uma de santo e dizer que não fiquei na lanchonete para controlá-los, para ver até que ponto tinham ido e principalmente para estudar o brilho nos olhares que trocavam. Se fosse qualquer outra pessoa, eu no mínimo aproveitaria o fato de estar ali para olhar as vitrines, paquerar os mauricinhos de São Conrado ou tão-somente respirar o mesmo ar que as madames que aprendi a admirar desde os tempos em que, menino, ia com minha mãe para as casas em que trabalhava como costureira. Só não me arrependi porque eu seria capaz de qualquer sacrifício para empatar aquela trepada. Mas ela não mediu esforços para me detonar.

— Você devia tomar cuidado com as parcerias que está fazendo na favela, Luciano — ousou dizer em determinado momento. — Na Rocinha, todos acreditam que quem com porcos se mistura, farelo come.

Mas o que realmente doeu naquela noite não foi a sua sugestão cafajeste de que estou com o filme queimado no morro. O golpe mais certeiro, o que de uma só vez me tirou o centro e o sono, foi ouvi-la dizendo que não faço parte do seu círculo de amizade. De que eu sou um mero conhecido.

— Meus amigos de verdade são o Armando, o Silveira e o Matias — enumerou.

E aquelas noites que você fazia absoluta questão da minha presença na sua casa de Jacarepaguá?, tive vontade de perguntar. Sei que era convidado por causa dos meus dotes culinários, já que ela, além de não saber cozinhar, se negava a explorar uma empregada doméstica, pedir para uma favelada igual a ela lavar o vaso no qual cagava. Mas de uma forma ou de outra eu pertencia à rede que ela citou. Não se chama uma pessoa para a sua casa sem ter um mínimo de intimidade, sem que ache a convivência com essa pessoa agradável, divertida, simpática. Enquanto me esmerava com os temperos, trocávamos algumas confidências, ríamos das brincadeiras do destino, compartilhávamos sonhos. Lembro-me perfeitamente das inúmeras perguntas que ela fazia sobre sexo anal, curiosidade que justificava como um interesse científico. Tinha um particular fascínio pela minha relação com o falecido Cássio Guimarães, que com toda a certeza foi o homem que mais amei em minha vida. Não entendia como um bofe daquele, bonito e cheio da grana, que tinha todas as mulheres da Rocinha a seus pés, foi capaz de assumir o seu caso comigo.

É verdade que nunca tive a menor identificação com o Matias, com o qual ainda hoje só falo porque em uma favela a gente só sobrevive se for capaz de fazer alianças estratégicas até mesmo com os nossos inimigos, não importando que eles sejam bem-intencionados líderes comunitários, policiais corrompidos ou mesmo sanguinários traficantes. Mas Armando, que ela incluiu na seleta lista de amigos que tinha na Rocinha, sempre foi meu *brother*. Trabalhamos juntos em projetos educacionais, sua grande paixão, desde a década de 1980. Construímos juntos a primeira escola do 99, uma das áreas mais miseráveis do morro, logo na entrada da Rocinha, para quem está vindo pela Gávea. Ela funcionou na laje do nosso amigo Rojas, um artesão chileno fugido da sangrenta ditadura de Pinochet.

Outro de seus eleitos foi o Silveira, que, para ela e os caretas em geral, foi um aguerrido presidente da associação de moradores e um competente administrador regional da Rocinha. Mas quer saber qual foi a sua maior contribuição para a história da favela? Foi o bar gay que abriu na altura do 7, entre a Fundação e a Rua 2, onde antes funcionava a mesma RA (Região Administrativa) que ele coordenou com o auxílio luxuoso do Armando. Seu comércio disse ao que veio já no dia da inauguração, para a qual acorreram todas as bichas e travestis da comunidade, dentre as quais a pretinha aqui, é lógico. Desde esse dia, a vida de todos os homossexuais do morro se tornou muito mais fácil. Na época em que foi o administrador regional, teve um ruidoso caso com um dos seguranças da casa. O último escândalo que protagonizou foi com o menino com o qual hoje mora em Fortaleza, no Ceará, onde luta com todas as forças para se recuperar de um atropelamento que quase lhe inutilizou as pernas. Nos seus bons tempos, costumava me convidar para as bacanais que promovia nos motéis baratos do centro da cidade. Foram vários os homens cujo sexo compartilhamos e sobre os quais falamos ao voltarmos de táxi para a Rocinha.

"Viu que pau lindo que aquele ruço tinha!?", dizia de um.

"E os braços daquele marinheiro", comentava de outro.

Mas aquele domingo de chuvas intensas passou, deixando vagas lembranças. Sempre que pensar nele, recordarei a indelicadeza de Maria da Penha, a primeira e melhor médica da Rocinha. Mas tentarei varrê-lo para debaixo do tapete, como um dos muitos traumas que habitam a memória da favela, dos quais tentamos esquecer não porque não tenhamos respeito pela nossa história, mas porque, mais importante do que ela e os ensinamentos que pode nos proporcionar, foi o fato de termos sobrevivido, de não termos sucumbido. Lembro perfeitamente de um dos textos de Luciano que li escondido. Estava arrumando a casa dele, e quando fui passar um pano na estante, sua agenda caiu aberta na página referente ao dia 20 de fevereiro, na qual fazia alguns comentários sobre as principais dificuldades que no meu entender enfrentaria para fazer o seu trabalho a contento: "Jornalista só se interessa pelas nossas cagadas, a boca-de-fumo, os bandidos, os cemitérios clandestinos. Mas pra ser sincero eu não acho que o seu problema maior vai ser esse. Ou a tal lei do morro, a de que nunca vi, ouvi ou falei nada. Pior mesmo é lembrar, cara.

Pode ver que favelado nunca sabe a data de nada. É sempre na época do falecido Dênis, antes do Frei José, quando o Zé do Queijo mandava na Cachopa. Porque tudo aconteceu num momento de muita dor, que graças a Deus já passou, faz parte do passado, sobrevivemos a ele."

Chorei muito naquele dia, como nos últimos dez anos só me acontecera duas vezes — a primeira, quando mamãe morreu; e a segunda, quando Cássio morreu. Olhe que estas foram as duas maiores perdas da minha vida, das quais jamais voltei a falar com medo de que a mera lembrança trouxesse consigo aquelas dores insuportáveis. Foi até bom, penso agora. Porque aquelas lágrimas lavaram uma série de outras dores, diluíram muitas outras angústias, levaram de roldão as frustrações que inevitavelmente se acumulam no peito de quem ama, principalmente quando o que está em questão é a paixão de uma bicha burra como eu, que mais uma vez cometeu a estupidez de entregar seu coração a um heterossexual convicto, como é o caso do bofe do Luciano. Quando o dia amanheceu, vi uma cara completamente amarrotada no espelho do banheiro, mas havia alívio na alma. Liguei o rádio e derramei uma última lágrima quando ouvi a voz de Renato Russo anunciando para todos nós que é claro que o sol vai nascer amanhã e que quem acredita sempre alcança. Tenho certeza de que o sucesso do desfile no ateliê de Roni começou ali.

No domingo seguinte, Luciano e eu fomos à Tia Vânia de novo. Como havia me comprometido, levei uma bandeja de brigadeiro para o lanche das crianças, servido depois que lemos algumas histórias para elas. O objetivo daquelas atividades, como discutimos depois que Luciano se trancou na sala de televisão da creche para assistir ao jogo do Flamengo, era proporcionar a elas a matéria de que precisam para sonhar com dias melhores tanto para si como para a comunidade em que vivemos todos. A questão não é apenas a de tirá-las da rua e mantê-las afastada do tráfico, acreditava Peter. Tinha arrepios quando passava por uma das muitas casas de jogos eletrônicos da Rocinha, que em sua opinião também estão diretamente relacionadas com a cultura do extermínio que floresceu nas favelas cariocas ao longo da última década, na qual atingimos nossos objetivos eliminando adversários totalmente destituídos de humanidade, vistos apenas como obstáculos para se chegar a uma nova fase, para se bater um recorde.

"Por isso que sempre leio para elas antes da aula de inglês", disse Peter.

No domingo seguinte era a Páscoa e Luciano estava fora da cidade. Todos que o conheciam viam que não estava se agüentando em pé, precisava dar um tempo em sua pesquisa. Eu próprio o vira passando água gelada no rosto para se manter acordado durante as seguidas entrevistas que fez na favela, uma atrás da outra. Coitado. Cheguei a pensar em me oferecer para acompanhá-lo. Para cuidar daquele eterno menor abandonado, que jamais conseguiu se assentar na vida desde a morte da mãe, quando tinha dez anos. Bom, eu também queria saber o que estava acontecendo, principalmente quando percebi que ela — a venenosa Maria da Penha — também havia sumido. E foi me corroendo de saudade e ciúme que fui para a Tia Vânia, assistir a mais uma das aulas do Peter.

— Você é fiel mesmo — disse ele quando viu que eu era o único aluno a trocar a ensolarada tarde do domingo pela aula.

Como um prêmio por minha fidelidade, convidou-me para comer uma pizza no Beer Pizza, seu *point* preferido na Rocinha. Depois saímos de rolé pela favela, entrando em becos que podiam dar em qualquer lugar, descendo escadas que não levavam a lugar nenhum, saindo em quebradas sinistras. Terminamos na casa dele, na subida da Cachopa, bem em frente à quadra em que funciona uma das mais lucrativas bocas do morro.

— Quer tomar um café? — perguntou.

Eu aceitaria até injeção na testa para continuar ao seu lado, preenchendo o oceânico vazio daquele feriadão com sua voz macia, seu sorriso fácil, suas palavras sempre tão gentis. Fiquei com a sensação de que tinha rolado um clima. De que poderia beijá-lo na hora que bem quisesse e entendesse. Mas me segurei. Peter é um homem lindo, que tem a grande vantagem, em relação a Luciano, de ser bissexual. Mas naquele fim de semana eu ainda estava totalmente apaixonado pelo Luciano e nesse sentido eu sou pior do que mulher. Sexo para mim só com amor. Muito amor. O mesmo que até então sentia pelo Luciano e que depois daquele fim de semana pensei que sentia pelo Peter. Ai, Deus, seria uma sina sofrer de amor? Eu voltaria a andar nas nuvens ao lado de um homem ou a minha cota de felicidade tinha sido esgotada ao longo dos três anos em que Cássio e eu demos endereço e vizinhança ao paraíso, mudando-o para as estreitas vielas da Rocinha?

A caminho da festa de despedida do Peter, passamos em frente ao bar em que a turma do Matias costuma ficar, bem na esquina do Caminho do Boiadeiro com a Travessa da Liberdade. Ele ia conversando com o André, um gay gordo que estuda inglês com ele e tenta esconder sua homossexualidade de todos nós e talvez de si mesmo.

— Você soube o que aconteceu com o Morte? — tive a impressão de ouvi-lo dizer com o seu jeito leve, diametralmente oposto ao de Luciano

— O cara tá em maus lençóis — respondeu André. — Achou que as ordens do Bigode não valiam pra ele e sentou o dedo quando os vermes pegaram ele boiando na Via Ápia. Vai ter que desenrolar lá em cima.

Eu devia prestar atenção naquela conversa, pois era bem possível que os desentendimentos entre Morte, matador oficial da Rocinha, e Bigode, chefe do tráfico e seu patrão, respingassem para nós, os guerreiros que acordamos cedo e vamos defender o pão de cada dia armados apenas com o nosso suor e a nossa boa vontade. Mas aquelas palavras soavam ao longe, por trás da muralha de aplausos para as modelos que há anos venho ensaiando aqui na Rocinha, ensinando-lhes a andar com naturalidade e desenvoltura por uma passarela. O reconhecimento enfim chegara, pensava com os meus botões. E era mais aconchegante do que o colo de minha mãe cabocla.

— Paulete, aquela mulher tá te chamando — disse Peter, puxando-me pelo braço.

Era ela, a Maria da Penha. Agia como se nada tivesse acontecido entre nós. Ignorando o veneno que destilou em meu coração quando voltou queimadíssima de sol do feriadão e eu, sempre curioso e principalmente ciumento, perguntei para onde tinha ido. Ela disse que tinha ido para a praia, com um gatésimo. Só tirei da minha cabeça que esse gatésimo era o Luciano quando ele me garantiu que não.

— Como já te disse um sem-número de vezes — afirmou Luciano —, a maldição da Magali não vai me atingir.

Magali, que também ficara muito interessada por ele, usou de uma política parecida com a de Maria da Penha. Disse-me em certa ocasião que eu iria me dar mal com esse escritorzinho de quinta, com o qual não estava conseguindo o cachê que normalmente cobrava para dar entrevistas sobre a comunidade e, por outro lado, não despertara nele a cobiça que normalmente enlouquece os homens que a conhecem.

"Quando acabar o livro, ele vai sumir do morro e ainda por cima vai comer uma das suas modelos", vaticinou.

Maria da Penha queria notícias dele, o Luciano.

— Não sei, pretinha — disse. — Passei o dia fora do morro. Estou chegando agora.

Percebi uma leve onda de constrangimento na mesa que ela estava dividindo com o Matias, o casal Leila e Flamínio, o chaveiro Rafael e Francisco, o grande diretor de teatro da comunidade. Mas não levei a sério, já que, se havia um pessoal que sempre se incomodava à menor menção do nome de Luciano, era a turma que girava em torno do Cecil, sigla do Centro Comunitário Inácio Loyola. Trata-se da maior e mais antiga ONG da Rocinha, com fortes ligações com a Igreja católica, particularmente os jesuítas. Nela foram gestados todos os projetos sociais e todas as lideranças comunitárias que deram a visibilidade que tem a Rocinha hoje, tanto na cidade como no país e no mundo. Exatamente por causa desse prestígio, os seus militantes se achavam no direito de escrever o livro que ele estava tentando fazer e sabotaram o projeto de todas as formas possíveis. Era como se tivessem o monopólio da história da favela. Não estavam dispostos a abrir mão dele.

— Por que ele não foi com você? — perguntou ela.

Mas naquele momento eu estava imune a tudo, até mesmo ao veneno da cobra jararaca, como Silveira a chamava. Nada me abalaria. Nem mesmo a ausência de Luciano, que só me incomodou enquanto ia com as meninas num metrô superlotado até a Tijuca. Não foi à toa que Roni escolhera as meninas para apresentar para o grande mundo da moda a sua coleção de vestidos de noiva. Toda mulher sonha com o dia em que será levada para o altar, disse o estilista ao apresentar as modelos, do mesmo modo como tudo o que essas meninas sempre quiseram foi entrar nesse ambiente glamouroso, atravessando o gigantesco fosso que as separa dessas mulheres da sociedade, dessas atrizes globais, desses rostos que até então elas só viram na televisão, nas revistas, quando muito passando rapidamente pelo meio da rua. Não ficava tão excitado assim desde o dia em que descobrira o apartamento que Cássio me autorizara a comprar, para que construíssemos o encantado mundo no qual íamos viver felizes para sempre, lá em Copacabana.

— Não tenho a menor idéia, Penha. Não é você que quer saber? Pergunta a ele.

Subimos para o Beer Pizza, onde nem mesmo a ensurdecedora zoeira da Rocinha quebrou a atmosfera de sonho. Foi com muita dificuldade, por exemplo, que ouvi um receoso Mike falando que estava adorando a experiência no morro, mas que não entendia como as pessoas podiam reagir com tanta naturalidade a cenas como a que presenciara mais cedo, quando um mototáxi morreu ao tentar dar fuga para Morte.

— Foi um tremendo tiroteio — disse Mike, incrédulo. — Depois que tudo acabou, a vida voltou ao normal. Parece que não aconteceu nada.

O celular tocou seguidas vezes, mas eu só percebi que era o meu telefone quando Mike perguntou se não ia atender. Olhei o número no visor. Não o reconheci.

— Paulete!?

Só pelo fato de Luciano não estar me chamando por um dos inúmeros apelidos que me deu ao longo de nossa convivência — o último foi Molina, o travesti de *O beijo da mulher-aranha*, que não vi menos de dez vezes — eu deveria saber que estava com problema.

— Cadê você, Maloqueiro? — disse. Maloqueiro, como ele me ensinou, chega a ser um correspondente de favelado para os nordestinos. É um moleque criado nas ruas, livre como os pássaros. Como só ele o é.

A ligação estava ruim e eu fui para o centro de artes onde trabalho, a menos de 50 metros do bar em que estava. Liguei para ele. Para o número registrado na memória do celular.

— Agora estou te ouvindo bem — eu disse quando ele atendeu.

Ele me contou uma história que em qualquer outro momento me deixaria no mínimo apreensivo. Mas naquele momento de embriaguez achei absolutamente normal quando falou do *site* do Airton, um seminarista da Igreja anglicana que lhe apresentei na primeira vez em que veio na favela, no abençoado dia 2 de janeiro deste ano. No mundo da lua, ninguém vai para a bola por causa de um texto publicado em um obscuro *site* coordenado por um aspirante a padre que na verdade queria provar seu valor para Fabiana, um misto de música e atriz formada nos projetos sociais que chegaram à favela ao longo da última década, que terminou o noivado com ele dias antes de se casarem. Entendia agora o que as pessoas queriam dizer quando falavam que o sucesso é um perigo.

Voltei para o Beer Pizza, onde Peter estava lembrando com saudosismo sua chegada na Rocinha. Chegou a ter que assinar um documento assumindo a responsabilidade por morar em uma área de risco e depois foi repreendido pela direção da PUC, para a qual se tornou um problema por causa do excessivo número de estudantes estrangeiros que acolhe em sua casa como colaboradores da sua ONG. Tornou-se eloqüente e monopolizou a mesa, falando da dependência química que mantém sob controle há 17 anos, da importância da Rocinha para seu amadurecimento pessoal e por fim dos livros do fotógrafo André Cypriano, *O caldeirão do diabo* e *Rocinha*. Conheci o André, eu teria dito se naquela noite o anfitrião tivesse dado oportunidade de alguém falar. Como Peter, achei lindas as fotos que tirou da favela e, também como ele, discordo da Rocinha negra e miserável que Cypriano registrou com suas lentes. Mas na verdade a minha grande discordância dele se deve ao fato de ter chegado aqui com um discurso altamente sedutor, entrando na vida das pessoas, conquistando um lugar no coração delas. Só lá em casa, por exemplo, tirou fotos de minha irmã, de meu sobrinho e de várias das minhas modelos. Nunca mais voltou sequer para agradecer e principalmente para mostrar o que fez com o tesouro que lhe confiamos. Espero sinceramente que esse não seja o caso do Luciano. Ele me garantiu que jamais seria atingido pela maldição de Magali.

Capítulo 2

Dormi com os anjos, e na manhã seguinte fui para a loja ainda inebriado com o sucesso do desfile, realmente arrebatador. Desci a Estrada da Gávea a pé, como vi minha mãe fazendo por anos a fio. Como minha mãe em seu trajeto diário de casa para o trabalho e do trabalho para casa, sorri para os vizinhos, cumprimentei amigos do peito e perguntei pelos pais de algumas crianças cujo crescimento estava tendo o prazer de acompanhar. Mas não entrei em botequim, não me meti na vida de ninguém, não saí do meu caminho em momento algum. Minha mãe era uma pernambucana baixinha, que manteve a dignidade até mesmo quando papai deu pra beber e arrumar mulher no samba. Aprendi tudo com ela. Inclusive e principalmente a andar de cabeça erguida.

Quando cheguei na loja, o telefone já estava tocando. Era Airton, o seminarista que estava criando um *site* jornalístico inteiramente dedicado à Rocinha. Queria saber de Luciano. Olhei uma das inventivas engenhocas de Severino, um misto de artesão e relojoeiro da favela cujas peças faziam muito sucesso entre os gringos que freqüentam o centro de artes que coordeno. Já eram quase dez horas, pensei, o Luciano já tinha voltado da FM, academia de ginástica na Curva do S onde malha diariamente. Disse então que devia estar em casa, onde em geral passa as manhãs fazendo anotações sobre os episódios do dia anterior.

— Mas com certeza aparece até a hora do almoço — acrescentei.

— Só sai para fazer entrevista à tarde.

Para Airton, seria uma temeridade de sua parte sair para o campo depois daquele texto-bomba.

— Que texto-bomba é esse, Airton?

— Você não está sabendo? — perguntou ele, com uma voz preocupada. — Não se fala de outra coisa na favela.

As informações de que dispunha já me permitiriam tirar algumas conclusões sobre o drama que Luciano estava vivendo, mas, mesmo sendo um malicioso morador da Rocinha, a ficha continuava sem cair. Esse tal do sucesso não é fácil.

— Quer deixar algum recado, Airton? — perguntei depois de um tempo de conversa, meio que forçando uma barra para encerrá-la.

— Para ele tomar muito cuidado.

— Pode deixar — disse enfim, terminando a conversa. — Um abraço, querido.

Voltei para os meus sonhos. Mais precisamente para o momento em que reuni as meninas nos camarins, um pouco antes de irem para a passarela. Lembrei o tortuoso caminho que tínhamos percorrido até ali. Vencemos em primeiro lugar a nossa baixa autoestima, já que, antes de convencer a nossa comunidade e a sociedade em geral de que somos capazes, tínhamos que superar a maior de todas as barreiras, que é a de acreditar em nosso potencial, em nosso valor, em nossa importância. Depois superamos o descrédito da favela, que a cada edição do curso que venho oferecendo há cerca de dez anos trata cada uma das inscritas como se ela estivesse pagando mico, como se não tivesse simancol, como se não enxergasse que lugar de favelada é cozinha de madame. Veio em seguida o batismo de fogo do Rocinha Solidária, um desfile beneficente que levou para a quadra da Acadêmicos, lá no alto do morro, socialites como Vera Loyola, globais como Luana Piovani, celebridades como Viviane Araújo.

— Até agora tivemos muita atitude para enfrentar os desafios — disse, fazendo uma corrente de abraços com todas elas.

Mas ali era diferente. Porque realmente se encontravam no lugar em que todas as mulheres do mundo gostariam de estar, como Roni acabara de lhes dizer. Mas não bastava estarem literalmente vestidas como princesas, com a roupa mais bonita do mundo. Podia ser um sonho estar numa festa como aquela, lado a lado com as mulheres mais badaladas e glamourosas do país, em um evento que a mídia, que tinha ido em peso, mostraria para todo o Brasil. Mas nós queríamos mais, muito mais. Melhor dizendo, nós podíamos ir muito além. Não íamos atropelar ninguém em nossa travessia, mas que entrassem naquela passarela com a consciência de que nosso sonho não terminava ali, naquela festa para a qual fomos convidados para que o mundo soubesse como aquele estilista era bonzinho. Como ele, além de talentoso, tinha sensibilidade para a questão social, o desigual mundo em que vivemos. Seria ótimo chegar na favela e ser abordado por um vizinho dizendo que nos viu na televisão. Mas aqueles *flashes* tinham que antecipar fotos publicadas nos jornais do dia seguinte, nas revistas da próxima semana, nos catálogos da moda do próximo mês, nas passarelas do próximo ano.

— Por favor, saibam aproveitar o melhor momento da vida de vocês — concluí.

Fui interrompido por Anita, que entrou no centro pedindo as fitas de volta.

— Que fitas, Anita?

— Não se faça de besta, Paulete.

Conheço Anita de velhos carnavais. Participa ativamente da vida da comunidade há pelo menos 25 anos, desde a época em que a Rocinha lutava por água, luz, saneamento básico. Essa militância deu-lhe um grande prestígio tanto dentro como fora da comunidade, principalmente depois dos livros que publicou. Infelizmente não os li e por isso não posso falar da qualidade do seu trabalho. Sei, porém, que esse trabalho lhe deu uma grande projeção na mídia, que soube transformar em rendosos projetos sociais. Não queria dar entrevista para Luciano. Só o recebeu porque forcei uma barra. No começo, achei que resistia pelas mesmas razões que o pessoal do Cecil. Disse-me, no entanto, que estava com raiva de mim por causa da maneira como fora tratada no dia do desfile Rocinha Solidária, no último mês de fevereiro. Achava (e com razão) que uma mulher com a sua história merecia um mínimo de consideração, particularmente de minha parte, que sabia que ela gostava tanto de moda como do Gugu Liberato, a grande estrela do evento. Não acreditou quando tentei lhe explicar que não fora eu o responsável pelos convites e muito menos pela portaria.

— Da última vez em que conversamos, você também não acreditou em mim.

— Da outra vez, você me desrespeitou, dando uma de estrela pra cima de mim. Mas agora você está pondo a minha vida em risco.

Vinha acompanhando o drama de Anita desde que a filha mais velha morreu de uma hora para outra, vítima de um aneurisma cerebral. Quase pirou, a coitada. A dor roubou-lhe tudo, o sorriso, o siso e por fim os amigos, que a partir de um determinado momento perderam a paciência com ela, com a sua incapacidade de lidar com o inevitável, de aceitar os desígnios de Deus, suas estranhas vontades. A Rocinha, como qualquer favela da cidade, tem histórias como a dela aos magotes, chegam a ser banais por aqui. São muitas mães cujos filhos morrem aos três meses, ao três anos, aos trinta. No fundo, o que torna uma mulher da favela diferente da do asfalto é a maneira como lida com as perdas irreparáveis. Todos nós seremos solidários se ela se resignar aos caprichos do destino e levantar a cabeça, sacudir a poeira, der a volta por cima. Mas talvez sejamos mais implacáveis do que o próprio Deus quando elas se entregam, comportando-se como se fossem as madames para as quais trabalhamos, sempre em crise. Só as respeitamos em seus confortáveis apartamentos, não em nossos miseráveis barracos.

— Puxa, Anita — disse eu, tentando contemporizar. — Por que você tá sendo tão agressiva?

— Não tem nada de agressiva, Paulete. Só estou me precavendo desse Tim Lopes que você botou na favela!

O sonho acabou. As nuvens se dissiparam. O glamour da noite anterior deu lugar à triste realidade da Rocinha. Não estava preparado para uma mudança de atitude tão brusca.

— Que história de Tim Lopes é essa?

— O Luciano, Paulete. Aquele escritor que você me obrigou a dar entrevista.

— O que tem a ver o Luciano com o Tim Lopes?

— O cara escreveu um artigo detonando a favela inteira.

Tudo ganhou um novo sentido de uma hora para a outra. A ausência de Luciano no desfile. O chamado de Maria da Penha. O constrangimento do pessoal do Cecil. O telefonema do próprio Luciano ontem à noite e agora o de Airton. Por fim a estabanada entrada de Anita no centro.

— Que artigo foi esse? — perguntei, assustado

— O que ele publicou no *site* do Airton.

— Sei, o *site* do Airton. E o que é que ele dizia?

— Não sei, Paulete. Não li.

— E como é que você pode dizer que o cara detonou a favela inteira, se não leu? — provoquei.

— Não importa o que eu tenho a dizer a essa altura do campeonato. O que vale é a voz do povo.

Lembrei do genro dela, que entrara com um processo na Justiça para impedi-la de ver o neto. Alegara para o juiz que Anita estava tentando ressuscitar a filha por intermédio do menino, que ficava perturbado com a presença do que chamava de velha louca. E a mesma voz do povo que estava condenando o texto de Luciano também a crucificara, deixando-a sozinha em sua luta para curtir as corujices de uma avó. Era óbvio que Anita, como qualquer ser humano sofrendo com a perda de uma filha querida, procurava-a no menino. Esse tipo de busca de alguma forma reflete a vaidade das pessoas, é quase que imanente à condição humana. No fundo, todos nós desejamos permanecer no mundo de alguma forma, seja com uma obra literária, um curso de modelo ou por intermédio de um ente querido. Havia, porém, coisas muito mais sérias por trás daquela pendenga judicial, dentre as quais a mais importante era o preconceito do asfalto contra a favela. O que aquele genro estava tentando era apagar as origens do seu filho, eliminando de sua história uma avó paraibana, que chegara no Rio de Janeiro para lavar as privadas das madames. Iniciara esse processo ao levar a mulher para Copacabana e, acima de tudo, ao sabotar a sua relação com Anita, a morráquea que só aprendera a ler com a chegada dos projetos sociais da Igreja católica à Rocinha, em meados da década de 1970. Sempre quis distância dessa gente. Digo, de nossa gente.

— Essa história de voz do povo tá muito parecida com a que uma certa mulher viveu não faz muito tempo — disse eu, carregando na ironia. — Não sei se você sabe quem é, mas ela não conseguiu ninguém que testemunhasse a seu favor porque pra todo mundo ela tinha pirado.

— Você tá confundindo as coisas — disse ela.

— Não, Anita, eu não estou confundindo as coisas. É só você pensar um pouquinho pra ver que foi condenada antes do julgamento.

Vi no olhar de Anita todo o trajeto que fizera para conseguir alguém que testemunhasse a seu favor. Fora uma via-crúcis, que começou com Sandra, a administradora regional da favela. Depois foi na Maria da Penha, que trabalha no prédio imediatamente ao lado da RA, no posto de saúde que tanto se orgulha de dirigir há quase dez anos. De lá, rumou para o Tomate, o artista plástico mais conhecido da Rocinha, que já viajou pelo mundo expondo os quadros inspirados na favela em que nasceu e se criou. Foi em seguida na dona Branca, no Matias, no Armando, na casa do caralho. Ouviu de todos o mesmo não como resposta. Mudava apenas a desculpa. Um estava com problema de saúde, o outro estava com um compromisso inadiável no Palácio Guanabara, a fulaninha tinha uma viagem a Brasília para discutir o futuro da favela. Agiam todos como se fossem estressados empresários do asfalto, que só têm tempo para ganhar dinheiro, para pensar no sucesso de suas carreiras, em grandes possibilidades de ascensão profissional. Apenas a bicha preta não esquecera as lições de solidariedade que aprendera na infância, quando acompanhei fascinado os trabalhos de mutirão para limpar as valas ou para transformar os vulneráveis barracos de madeira da favela nas sólidas casas de alvenaria de hoje. Foi graças a essa união que primeiro a Rocinha conseguiu resistir à política de remoção da ditadura militar, e depois conquistou o *status* de bairro que atraiu os investimentos públicos e privados que mudaram a sua paisagem urbana e social na última década.

— Você vai, não é, Paulete? — perguntou ela, insegura.

— É lógico que sim — respondi.

Sabia que a mera possibilidade de não ir para a audiência seria suficiente para desarmá-la. Ela precisava de mim. Não seria capaz de fazer barricada comigo, mas ao menos não iria me entregar para os leões. E por enquanto isso era tão importante para mim quanto para ela era o depoimento que daria para o juiz, na segunda-feira seguinte. Minha cabeça ainda não tinha desligado completamente do desfile, mas já tinha a lucidez necessária para perceber que ela fora me procurar não exatamente para resgatar as fitas, mas para saber se, apesar dos pesares, eu mantinha o compromisso que assumira. Isso era tudo o que lhe interessava. Tinha absoluta consciência do que falara na entrevista, na qual não se expusera em momento algum. (Na verdade, sabotara-a a um ponto tal que Luciano chegou a acreditar que fazia jus à acusação de velha gagá de que estava se defendendo.) Além disso, tinha o que no morro chamamos de consideração. Mesmo o mais cruel dos bandidos da favela deixaria aquela velha senhora, com uma longa ficha de serviços prestados à comunidade, explicar suas razões para receber em sua casa o Tim Lopes da Rocinha. Muito provavelmente, ela diria a verdade. Foi o viado do Paulete, pareço ouvi-la, que está pressionando todo mundo no morro a falar com o seu novo caso.

— Fica com Deus, Paulete — disse ela, saindo logo em seguida.

A estratégia funcionara. Livrara-me dela pelo menos até a segunda-feira, avaliei. Mas agora era hora de saber o que estava acontecendo com Luciano. Aquele zunzunzum não estava fazendo o menor sentido. Vira Airton lhe pedindo um texto, mas tinha certeza de que no mínimo discutiria comigo caso estivesse pensando em escrever algo que pudesse representar uma ameaça à sua pesquisa. Acompanhei cada passo que deu na favela. Se ele ia malhar na academia, alguém me dava notícias do Homem das Cavernas, carinhoso apelido que ganhou das meninas por causa de seus longos cabelos e dos gemidos que emitia a cada série mais puxada. Se passava a noite colhendo informações para o capítulo cujo título seria *Uma pequena crônica da Via Ápia*, no dia seguinte me perguntavam se o meu amigo era realmente confiável ou então me aconselhavam a tomar mais conta dele, pois o seu trabalho ia terminar perdendo a credibilidade se continuasse tanto tempo perto da boca, vendo com olhos excessivamente curiosos o movimento dos bandidos e dos *playboys* que vêm gastar dinheiro comprando cocaína no morro. Contaram-me até o dia em que foi ao Walter Gate, *point* gay da Rocinha.

"Bicha, você tem que tomar conta do seu bofe", avisou-me Tutu, dono do Império da Energia, lanchonete de apenas uma porta na entrada da Rua 2, na frente do qual passo todos os dias a caminho de casa ou do trabalho. "Você sabe que nossa classe é muito desunida, ninguém respeita o marido das outras."

Realmente, essa história não fazia o menor sentido. Olhei para outra das engenhocas de Severino. Dez e meia. Luciano não gostava de ser interrompido de manhã, mas entenderia muito bem as minhas razões se lhe telefonasse, era realmente preocupante aquele boato de que ele era o Tim Lopes da Rocinha. Se reclamasse, explicaria que precisávamos agir com urgência, antes que a voz do povo ecoasse pela favela e chegasse nos ouvidos dos bandidos. Sabia que era fofoca, mas ela viraria um fato consumado se não tomasse uma providência. Fora assim com meu irmão Adriano, por exemplo, que levou uma surra desmoralizante na boca porque o acusaram de entregar um traficante que se refugiara em sua casa, onde fora capturado pela polícia. Quando tentou se defender, já era tarde demais, os soldados já o tinham levado para o QG e estavam soltando a madeira nele. E olhe que estou falando de um cria do morro, amigo de infância do Lobão, um empresário que tinha equipe de som e, por causa das inevitáveis articulações que tinha que fazer com o tráfico de diversas favelas para fazer suas festas, terminou ganhando confiança dos caras, que o chamaram para assumir a Rocinha num momento em que a favela ficou acéfala. Por causa daquela surra, meu irmão perdeu o gosto pela vida, chegou a pensar em suicídio, por pouco não tomou veneno de rato.

Liguei para o celular do Luciano, que chamou até ficar rouco. A fantasia começou a trabalhar e eu o vi dando explicações na Rua 1, no meio de um monte de bandidos querendo mostrar serviço para Bigode, o atual dono da favela. Deixa que eu mato, chefe, diria um deles enquanto lhe dava biquinhos nos calcanhares. Outro o puxaria pelos cabelos, um terceiro lhe mostraria a pistola que acabara de ganhar do patrão, adoraria estreá-la em um X9. Não, a essa hora a boca tá fechada, disse didaticamente para mim mesmo, tentando me convencer de que o pior ainda não começara. Imagina se Bigode vai acordar antes das duas da tarde.

— Bom dia — disse Helena Barrios entrando com um grupo de espanhóis, seus conterrâneos, na loja.

Me assustei quando ouvi a voz daquela mulher estranha, com a qual já me indispusera em mais de uma ocasião porque, embora tenha todo um discurso de amor à Rocinha e jamais perca a oportunidade de falar dos projetos sociais que atrai para a favela, é capaz de rodar a baiana se erramos alguns centavos na comissão de 10 por cento que ela e todos os guias ganham a cada negócio acima de 50 reais que intermedeiam para o centro. Fiquei com receio de que estivesse usando o passeio como mero pretexto para me perguntar por Luciano, que também a entrevistara. Me preparei para o maior barraco, já que ela não era de poupar os turistas que trazia quando tinha algum problema para resolver. Sangue basco correndo nas veias.

— Eu estava no lançamento do *site* do Airton, o *Rocinha Today* — disse ela discretamente, enquanto os espanhóis observavam o nosso artesanato. — Vi quando tudo começou.

Tive vontade de dar um beijo na boca de Helena. De língua. Como os que não ousara dar em Jaciara, namorada que tive depois da minha primeira aventura homossexual para tentar me convencer de que aquela irrefreável paixão pelo professor de educação física do Nossa Senhora de Lourdes não passara de uma experiência, os chamados arroubos da juventude. Não havia nenhuma informação que eu desejasse mais naquele momento. Era óbvio que ela sabia disso. E estava ali para oferecê-la.

— O que é que você tava fazendo lá? — perguntei.

— Tinha uma matéria comigo — explicou. — O trabalho com os meninos, você sabe.

Eu sabia, sim. Helena fora mais uma das descobertas que fiz na Rocinha por intermédio do trabalho de Luciano. Antes dele, tudo o que eu sabia dela era que era dada a um barraco e que gostava de meninos. Mas isso é uma outra história. Explico-a depois.

— Então, me conte tudo — disse, com um tom a um só tempo autoritário e desesperado.

— Agora não posso... Tenho que terminar o passeio.
— Faz pelo menos um resumo da ópera, pretinha.

Enquanto os turistas analisavam os produtos expostos em nossas prateleiras, ela foi direto ao ponto. Tudo começara muito antes da festa realizada na última segunda-feira, na sede da AMABB, uma das três associações de moradores da Rocinha. E não tinha nada a ver com o artigo do Luciano.

— Sabe o Pipa? — perguntou.

É lógico que eu e toda a favela sabemos quem é o Pipa. Trata-se de uma das mais importantes lideranças da Rocinha na atualidade, que de uma hora para outra conquistou um importante espaço no PT, e por intermédio do partido chegou à coordenação da Agência de Desenvolvimento Local da Rocinha e depois à diretoria de segurança pública e direitos humanos da Cenário, que, segundo Luciano, é o cargo mais importante da maior ONG do Brasil. Ninguém no morro sabia como estava conseguindo conciliar suas novas funções com a de um morador da Rua 1, mas estava participando ativamente da formulação das estratégias de combate ao crime organizado no Rio de Janeiro. Era ele *o* cara.

— Ele foi para o lançamento atrás de confusão — revelou Helena.
— Por quê?
— Porra, Paulete. Como é que você pode estar por fora de uma das principais polêmicas da Rocinha?
— Andei muito ocupado esses dias.
— Ih, o desfile, é mesmo. Parabéns, soube que foi o maior sucesso.
— Obrigado, pretinha. Mas, por favor, conta logo que confusão é essa que o Pipa queria.
— Ele está pau da vida por causa da sacada do Airton, que está entrando no mercado com um custo bem menor que o dele, bem próximo do zero. No começo, achou que ia ganhar a guerra por causa do nome do *site Rocinha Today*, igual ao do jornal dele, só que em inglês. Mas tanto o poder oficial como o paralelo deram razão ao

37

Airton. Aí ele foi para o lançamento atrás de um pretexto para eliminar o concorrente. Luciano foi usado de bucha.

Um dos turistas apontou para um dos quadros feitos em série por Andrade, sempre inspirados em uma Rocinha completamente miserável, que só existe em subáreas como a Roupa Suja e a Vila Verde. Era um senhor subindo uma escada com uma balança, na qual há uma lata d'água presa por uma corda em cada extremidade de um pedaço de pau pendurado nos ombros. O trabalho de Andrade não revelava a nova realidade da favela, mas era de longe o que mais vendia aos turistas no centro. Seu sucesso só era ameaçado pelas cestarias feitas de jornais e revistas velhos reciclados, que ia ao encontro da mentalidade politicamente correta dos gringos.

— *How much?* — perguntou o gringo.

Helena foi dar atenção aos turistas. Geralmente, participo ativamente das vendas, compensando as minhas limitações lingüísticas com sorrisos cativantes, olhares penetrantes e as cinco ou seis frases fundamentais em inglês que aprendi para seduzir os estrangeiros que vêm com uma freqüência cada vez maior à favela, fazendo da Rocinha o terceiro ponto turístico mais visitado do Rio de Janeiro. Mas hoje simplesmente ignorei aquele falante grupo de espanhóis, muito embora estivéssemos na baixa estação e precisando fazer caixa para as contas que não paravam de chegar pelo correio. Ai, por que Luluca não fica boa logo? Até ali, estava segurando a onda da estranha doença que acometera minha sócia há cerca de um mês, mesmo tendo que me desdobrar para fazer frente aos compromissos da loja, dos desfiles e agora para desfazer os mal-entendidos criados pelo Pipa. Tudo o que eu queria era que ela estivesse aqui, para me render.

Sem alternativa, deixei Helena fazendo o seu trabalho e tentei fazer um balanço da situação com as informações de que dispunha. Ponto um, fizeram algum tipo de pressão em cima de Luciano, que por essa razão estava sumido desde a noite anterior. Ponto dois, o sufoco foi grande o suficiente para assustá-lo, mas não para matá-lo. Ponto três, a fofoca já estava correndo solta pela favela, como provava principalmente a reação de Anita e também o estranho chamado de Maria da Penha no bar que a turma do Matias freqüenta. Ponto quatro, o telefonema de Airton quando cheguei na loja, no qual me falou de um texto-bomba. Isso significava que, pelo menos para algumas pessoas, o artigo de Luciano estava sendo visto como um grande incômodo. Ou então não. Porque, ponto cinco, Airton não é uma pessoa confiável. É capaz de participar da invasão de uma reserva da Mata Atlântica para construir um templo e, pior, desviar os sacos de cimento que seriam destinados para a igreja para reformar a própria casa. Como seu telhado é de vidro, é uma pessoa facilmente manipulável. Basta uma chantagem à toa.

O dado mais importante, que dava uma lógica a tudo o que estava acontecendo, era o que obtivera junto a Helena. Sabia que a única razão para estar ali era a de me alertar para o fato de que o nó estava no tal *site*. Não existia polêmica alguma em torno do artigo. Ele só estava sendo usado como cortina de fumaça para encobrir uma briga doméstica como a que há pouco mais de um ano teve como protagonistas a Sandra da RA e o próprio Pipa, que começou a participar da vida política da favela por intermédio do jornal que ela editava, o *Comunidades*. Mais do que ninguém, Pipa sabia da importância do jornalismo comunitário para a vida política da cidade. Foi graças primeiro ao *Comunidades* e depois ao *Rocinha Hoje* que de uma hora para a outra passara a ocupar uma posição-chave dentro de uma das discussões mais estratégicas do Rio de Janeiro, que vem a ser a segurança pública. Não queria rivais nesse lucrativo negócio.

Perguntei-me a razão para ela ter se dado ao trabalho de ir ao centro. Será que ela também ficara a fim do lindinho do Luciano ou eu estava ficando paranóico, achando que a Rocinha inteira desejava a mesma coisa que eu?

— Que mal lhe pergunte, por que você veio me dizer essas coisas? — eu disse, agindo antes que a minha fantasia começasse a trabalhar e desenhasse uma Helena lânguida, usando aquela situação para se aproximar de Luciano, o meu Luciano.

Ela sorriu mais com os olhos do que com a boca.

— Porque eu posso não saber como se tira alguém da bola aqui na Rocinha — disse ela. — Mas eu conheço o poder das campanhas de difamação do filho da puta do Pipa.

Eu sabia exatamente do que ela estava falando. Recentemente, acusaram-na de abusar sexualmente dos chamados adolescentes em situação de risco que ela caçava nos sinais e tentava lhes mostrar um futuro no qual acreditassem e pelo qual se dispusessem a lutar. Diziam que, juntamente com as portas da instituição que comandava, abria as pernas que, com a chegada da meia-idade, deixaram de ser atraentes. A onda de boatos fora tão grande que, do mesmo modo como o povo estava fazendo com Luciano, eu próprio comprei a idéia de que era uma pedófila. E tentei vendê-la para Luciano, quando voltou encantado da visita que fez ao que ela chamava de centros de reintegração, particularmente o da carente Roupa Suja, subárea da Rocinha que fica em cima do túnel Zuzu Angel.

— Porra, Paulete, eu não posso ver uma pessoa do bem na favela que tu vai logo dizendo que é fachada, achando que essa pessoa é movida por maquinações diabólicas — protestou Luciano.

— É o povo que diz — disse, defendendo-me.

— Se a gente fosse acreditar em tudo o que povo diz, a bichona aí já estaria grávida de seis meses de um filho meu — disse, fazendo aquela cara de sujeito-homem cuja palavra foi posta em dúvida que a um só tempo me intimida e me deixa com a calcinha toda molhada.

Foi por causa dessa onda de boatos que vinha evitando a loja, mesmo depois dos protestos que eu e uma série de artesãos vínhamos fazendo na RA, ameaçando levar para a boca todos os guias e todas as agências que exploravam o turismo na favela e não compartilhavam um pouco dos seus lucros com a comunidade. Sua natureza guerreira naturalmente a levaria para o centro dessa outra polêmica, mas se sentia mais do que desmoralizada por causa da campanha. Estava desgostosa com a Rocinha.

— O Pipa só vai parar essa campanha no dia que eu disser quais são as instituições que financiam os meus projetos — desabafou.

Os gringos pagaram a conta e se despediram. Helena saiu com uma cara de missão cumprida.

— Tchau, Paulete.

Sabia que teria um árduo trabalho pela frente. Seria literalmente um trabalho de negro. Duro, quase braçal, a chamada missão impossível. Eu o faria com o maior prazer, porém. Como aprendi com ela, a arretada da dona Altamira, para quem nunca existiu tempo ruim. Estou falando de minha mãe, que parecia encontrar forças na própria adversidade, que dava a impressão de crescer à medida que iam surgindo os desafios. Tinha sempre um sorriso estampado no rosto, quando reunia os quatro filhos na sala do barraco para ler histórias infantis para nós à luz bruxuleante dos candeeiros de querosene que enchiam de sombras as noites da favela. Nem parecia que tinha acordado com o sol para fazer o café do marido sempre de ressaca e deixar prontos o feijão e o arroz que comeríamos no almoço; que tinha passado o dia inteiro fazendo todos os gostos das sempre insatisfeitas madames para as quais costurava como diarista; que, na volta para a casa, tinha aproveitado a subida pela íngreme ladeira da estrada da Gávea para falar com as freguesas que fizeram dela uma das melhores vendedoras de produtos da Avon da cidade, com direito a prêmio nas festas de fim de ano que a empresa promovia em luxuosos hotéis de frente para o mar.

"A educação de vocês será a herança que eu vou deixar", dizia sempre.

Tinha uma fé cega no poder dos estudos, e parte da fadiga que culminou com o seu infarto fulminante se deveu ao esforço que fazia para manter sempre em dia a mensalidade das escolas particulares que freqüentamos, muito caras para a nossa família, mesmo com as bolsas que conseguia com a sua inesgotável simpatia. Mas a grande lição que deixou foi a sua férrea determinação e a capacidade de transformar infortúnios em exemplos para nós, seus eternos pupilos. E seria nela que me inspiraria para conter aquela onda que estava se formando no morro. Se estavam pensando que acoitara um X9, eu aproveitaria a oportunidade para mostrar para a comunidade que era com os vendilhões do templo que devíamos nos preocupar. Faria como minha mãe, que resolveu construir uma casa ainda mais bonita quando papai foi puxar um prego no caibro que dava suporte à cumeeira e trouxe consigo o telhado e as paredes recém-emboçadas. Tenho, da mesma forma, uma grande e inabalável verdade no meu peito. Sei de onde venho, para onde vou, quem trago comigo. Nada vai alterar o meu caminho, a minha vitória. Jamais vou te decepcionar, pretinha.

Os seguidos toques do telefone me trouxeram para o presente.

— Alô — atendi com uma voz aflita, esperançoso de que do outro lado da linha estivesse Luciano.

Era, porém, o D'Annunzio, o diretor da TV FAVELA, a televisão comunitária da Rocinha. Estava eufórico com a repercussão do desfile.

— Nunca vi novias más lindas — disse D'Annunzio, um uruguaio radicado no Brasil há cerca de dez anos, mas que, mesmo assim, falava numa mistura muitas vezes incompreensível de português, espanhol, inglês e até mesmo o iídiche que aprendera com os seus pais, judeus de origem russa, mais precisamente da antiga Bessarábia. — Até eu tive voluntad de casar de novo.

O uruguaio, que não perdia oportunidade para ganhar alguns patacos com o processo de inserção da Rocinha no mundo do asfalto por intermédio dos projetos sociais, demorou a reconhecer o meu curso de modelos como uma notícia digna de nota. Preferia dar destaque a grupos de pagode altamente comprometidos com o tráfico, a lideranças que viviam de extorquir empresários e comerciantes locais cujos interesses diziam defender e principalmente a políticos que anunciavam projetos que seriam sensacionais, caso um dia fossem implantados. Descobrira as minhas modelos no Rocinha Solidária. Ficou particularmente perturbado com a beleza selvagem de Liz.

— Quiero fazer um programa com sus meninas — disse o empolgado D'Annunzio.

Meu sensível ouvido captou a palavra "programa", e em outra circunstância com certeza faria uma brincadeira com as intenções que se escondiam por trás dela, pouco me importando se perderia o amigo ou mesmo um aliado para futuras articulações com as modelos. Mas estava muito mais preocupado com os possíveis desdobramentos do texto de Luciano, e acima de tudo não queria deixar o telefone ocupado. Tive que deixar a piada escapar.

— Amanhã pra você tá bom? — sugeri, tentando a um só tempo encurtar a conversa e me mostrar gentil, receptivo, hospitaleiro. Como sempre foi do meu feitio.

— Amanhã é primeiro de maio, Paulete. E na sexta-feira, você sabe, todos los brasileños van enforcar.

— Ah, D'Annunzio, você sabe que aqui você manda — disse. — É só você dizer, que a gente produz as meninas e te espera com um sorriso Colgate.

— Que tal entonces o domingo, lá na Casa dos Artistas?

— Domingo é quase certo a Casa dos Artistas estar fechada.

— Yo no creo que o Baixa no te envidó.

— Convidar pra quê, D'Annunzio?

— Yo no sei o que vai tener allá. O Baixa só me dijo que a Rocinha vai quedar igual o Projac, van venir todos os artistas da Globo.

— Bom pra ele, não?

— Bom pra todos nós, Paulete.

Não estava com a menor disposição para discutir o trabalho de Mauro, chamado de Baixa desde que um dos muitos gênios da favela fez a associação entre a sua baixa estatura e o título de embaixador da cultura da Rocinha que ele mesmo se outorgou. Conheço o seu caráter há pelo menos dez anos, quando me deu a primeira volta em um trabalho que fizemos juntos para marcar a passagem do primeiro ano em que o aniversário da morte de Zumbi foi comemorado como o Dia da Consciência Negra. Naquela ocasião, levantou dinheiro com o tráfico, o poder público e empresas privadas para produzir um evento que teve ampla cobertura da mídia. Acho que foi aí que percebeu que poderia ganhar rios de dinheiro em nome do movimento artístico da favela. Mas ele foi suficientemente estúpido para não dividi-lo com ninguém e gastá-lo em intermináveis noitadas. O seu caso é a maior prova de que o brasileiro tem a memória curta. Ou então adora ser enganado.

— Sendo bom ou ruim pra comunidade, alguém vai ter que perguntar ao Baixa se ele vai querer que as meninas participem do seu evento — eu disse, tentando dar um ponto final à conversa. — E esse alguém não vou ser eu.

— Pode deixar comigo. Te ligo quando hablar com ele.

Quando desliguei o telefone, Sebastian entrou no centro com uma expressão preocupada.

— Você viu o Luciano? — perguntou ele.

Tive vontade de dizer que era tudo o que eu queria saber, mas a única coisa que consegui esboçar foi dar de ombros e fazer um muxoxo.

— Você já soube?

— Esqueceu que na Rocinha todo mundo sabe da vida de todo mundo?

— E agora, Paulete?

— Antes de mais nada, eu quero ler o texto. Como é que faz pra entrar nesse *site*?

— Ih, Paulete. O MC já mandou o Airton tirar o texto do ar.
— O MC!?
— Ele mesmo.

Gelei. A entrada do MC em cena mudava tudo, dava um novo significado àquele espetáculo tragicômico que Luciano e eu estávamos protagonizando. O MC era o próprio tráfico. Tinha como missão supervisionar a favela para o cara, do qual se orgulhava de ter o telefone vermelho. Acionava-o, por exemplo, todas as vezes que os aribans entravam de surpresa na favela. Era candidato à presidência da UPMMR, a principal associação de moradores da Rocinha. O candidato do amigo, como acrescentava sempre que discutia suas propostas em público. Ganhara projeção como organizador de bailes funk, mas sua plataforma estava restrita aos serviços que vinha prestando ao tráfico desde a época de Lobão, por intermédio de quem entrou nas noites. Lobão simulou a própria morte depois que o atual dono o expulsou do morro, mas desde então seu pupilo MC só vem conquistando espaço na boca. Tem tanto prestígio que conseguiu sair ileso do pior tipo de acusação na favela, que é a de estupro. Tem fama de durão. Muitas pessoas já morreram ou foram expulsas do morro devido a sua intervenção.

O Nextel de Sebastian apitou e ele atendeu. Era justamente ele. O MC.

— Diz aí, MC — disse Sebastian, servil.
— Tu achou o cara? — perguntou MC, com uma voz de quem estava disposto a mostrar serviço.
— Ainda não.
— E a bichona que deu guarida pro Tim Lopes?
— O Paulete?
— Isso. Aquela bicha que se cuide. Se esse escritorzinho de merda continuar dando com a língua nos dentes, é a cabeça dela que vai rolar.
— Ele tá aqui ao meu lado, MC. Tá ouvindo tudo.

— É bom que a mocinha ouça mesmo. E da próxima vez escolha namorados melhores. Quer dizer, se tiver uma próxima.

MC desligou. Sebastian olhou para mim. Estava assustado. Mas havia também algum alívio nos seus olhos. MC fizera por ele a missão que o levara até lá. Que era a de alertar que o bicho vai pegar, Paulete. Segura o tranco.

Capítulo 3

Sebastian é um menino pra lá de ótimo. É um pouco mais novo do que eu. Deve estar hoje com trinta anos, se muito. Sem sombra de dúvida, é a pessoa que mais conhece a Rocinha. Por causa da Light, que há pouco mais de dois anos implantou o chamado Pronai, cujo principal objetivo é diminuir o número de gatos na favela. Foi de casa em casa das 21 subáreas da comunidade, para instalar medidores de consumo, os chamados relógios. Deve-se a esse trabalho a estimativa mais precisa da população da favela, que, segundo o censo da Light, teria 30 mil lares e, como a média por casa é de quatro pessoas, teríamos hoje cerca de 120 mil pessoas espremidas em uma área de um quilômetro quadrado.

Conhece tudo na palma da mão — Cachopa, Paula Brito, Cidade Nova, Vila Verde, Vila Miséria, Vila Cruzado, Dionéia, Rua 1, Rua 2, Rua 3, Rua 4, Roupa Suja, 99 e por aí vai. Quando assistentes do programa que coordena ligam para o seu Nextel dizendo que não sabem como chegar a um determinado endereço, ele pede para que descreva a rua em que estão, a cor da casa em frente da qual se encontram, alguma característica da birosca mais próxima. Com essas informações, consegue identificar o local exato, a curva que precisam fazer para chegarem ao endereço em questão. Essa sua capacidade de locomoção na Rocinha também se deve à mania que tem por fotografia. Aprendeu esse ofício com Fábio Costa, uma antiga liderança comunitária que hoje trabalha para a prefeitura e mora no asfalto, que ganhou projeção nacional com as fotos que fez para o livro *Varal de lembranças*. O *Varal de lembranças* é o estudo mais rico e mais duradouro da Rocinha. Seu pai foi um de seus principais articuladores.

Amo-o de paixão, mas ele tem um grande problema comigo. Deve-se à homossexualidade de Silveira, seu pai. Sebastian já era homem feito quando o pai saiu do armário. No começo, o líder comunitário até tentou preservar a família, comprando para a mulher de um casamento de 28 anos e quatro filhos uma casa fora da favela, mais precisamente em Jacarepaguá, destino obrigatório dos emergentes da Rocinha. Mas Sebastian, o mais apegado dos quatro filhos, jamais deixou de acompanhar o idolatrado pai para as reuniões de que participava, como fazia desde a infância. Foi assim que terminou flagrando-o em muitas situações embaraçosas. Dando uma pinta aqui, pegando no pau de outro ali, cantando um colegial acolá.

Imagino como sofreu por causa disso. Principalmente na época em que trabalhou no Feijão de Corda, o bar que o pai teve depois que a RA foi transferida para a Rua 1. Não era o primeiro bar que o pai tinha. O próprio Sebastian carregou muito engradado de cerveja nas costas para um botequim que o pai teve na rua Taylor, quase em frente ao 33, prédio no qual deve ter o maior número de travestis por metro quadrado do mundo. Na época da Lapa, porém, havia a distância da comunidade e principalmente dos amigos de rua. Eles não podiam fazer nada com o pai do Sebastian, um respeitável líder comunitário ao qual todos devíamos a luz que tínhamos em nossas casas, a passarela por cima da auto-estrada Lagoa-Barra e o *status* de bairro que hoje permite que a Rocinha tenha bancos, iluminação pública e outras regalias de que tanto nos orgulhamos. Mas nem mesmo o filho do Saddam Hussein seria respeitado na favela se o seu pai fosse uma bicha. Uma bicha louca, dono de um bar onde todas as travas da Rocinha se reuniam. Posso dizer que se lembra daqueles momentos todas as vezes em que me vê. E não gosta nem um pouco.

Foi o primeiro dos freqüentadores do Baixo Estação a dar entrevista para Luciano. Foi Luciano que assim batizou uma área de no máximo 50 metros ao longo do Caminho do Boiadeiro, na qual funcionam os principais projetos sociais da Rocinha. Por coincidência, ficam todos à direita de quem sobe a rua na qual aos domingos funciona também a grande feira da favela. O primeiro deles é o Cenário de Crédito, instituição financeira especializada em microcrédito que no final da década de 1990 promoveu uma revolução na favela ao emprestar dinheiro para pessoas que precisavam de no máximo mil reais para comprar uma barraca de cachorro-quente, por exemplo. Logo em seguida, vem a Igreja Metodista, que, apesar da recente mudança de orientação, tem uma importância histórica para o morro só comparável à do Cecil. No mesmo prédio da igreja, estão a Defensores do Povo e uma sala dos Alcoólicos Anônimos. Alguns metros mais à frente, temos a Estação Cenário, um agradável cibercafé no qual se reúnem as melhores cabeças da favela para acessar a internet e principalmente jogar conversa fora, fazer articulações políticas e falar mal da vida alheia. Em cima da Estação, tem a Terceiro Milênio e a Light. O último *point* do Baixo Estação é o Cecil.

Teoricamente, deveriam ser essas as pessoas mais receptivas ao trabalho de Luciano. Mas ele precisou de meses para ter direito a ser cumprimentado pelo que mais tarde veio a chamar de doninhas da Rocinha. E olhe que, além de intelectuais e artistas, a maioria desse pessoal politizado trabalha no, com ou para a Cenário. Sabiam, portanto, que o cara tem uma história ligada a comunidades, era fácil se certificar qual é a dele, se é o que chamamos uma pessoa do bem. Deu uma série de entrevistas durante o lançamento do seu último livro e em nenhuma delas assumiu uma posição que pudesse despertar suspeitas aqui na Rocinha. Tinha, além disso, uma coluna mensal no *site* Cenário Virtual, um projeto associado à Estação Cenário, que tem seus correspondentes na Rocinha. Foi nesse espaço, que alterna com artistas e intelectuais de grande prestígio na cidade, que li o primeiro texto que produziu aqui, que não à toa foi sobre o meu trabalho com moda. Mas talvez esteja na sua credibilidade o problema de Luciano. Os freqüentadores do Baixo Estação queriam eles próprios escrever a história da Rocinha. Sabiam que um livro sobre a Rocinha daria grana e prestígio para eles. Não queriam compartilhá-los com um estrangeiro.

A entrevista com Sebastian foi tão boa que só fez aumentar os problemas de Luciano. No dia seguinte, encontraram-se no casamento de Rejane, que foi minha aluna em um dos primeiros cursos. Sebastian foi lá como fotógrafo. Já Luciano queria medir o prestígio da Igreja católica na favela e aproveitar para conhecer o padre Joaquim, um cria do morro que hoje tem posição de destaque na Cúria Metropolitana — acho que é o vigário-geral do Rio de Janeiro. Sebastian me procurou desconfiadíssimo. Fez as perguntas que já tinha ouvido de várias pessoas, como, por exemplo, a Sandra da RA. Sandra foi uma das pessoas que se negou a receber Luciano. Somos amigos de velhos carnavais e tenho certeza de que ela não lhe deu a entrevista porque, na ocasião em que a procurei, eu próprio não sabia quem era Luciano. Gostava da energia dele, mas, fora essa coisa astral, eu realmente não sabia qual era a do cara. Só depois é que fiz o diagnóstico completo. Completíssimo.

"Quem é o ruço?", queria saber Sebastian. "Onde é que arrumou tanta informação sobre a comunidade?", emendou. "A que instituição o cara tá ligado?", continuou questionando. O interrogatório não teve menos de trinta perguntas, que respondi com bastante propriedade. Já sabia que ele freqüentava a Rocinha desde o ano 2000, quando conheceu os músicos de uma banda de rock dali mesmo da

Fundação, mais precisamente do Beco do Rato, que podíamos ver do pátio da igreja Nossa Senhora da Boa Viagem. Naquele momento, eu já me tornara um especialista em Luciano Madureira, capaz de dizer se tivera um dia produtivo apenas pelo tom de voz quando atendia o telefone. Mas, no papo com Sebastian, fiz questão de relacionar o seu conhecimento da favela à amizade que mantinha com Serrote, um dos músicos da tal banda para a qual ele escrevia as letras. Serrote hoje está calminho, mas já foi piloto de fuga de Zico, que foi o melhor dono de morro que a Rocinha já teve e o único que conseguiu sair do negócio na hora em que quis. Zico hoje gasta os seus milhões no interior de Minas Gerais, onde vive como um pacato cidadão com a família.

Sebastian terminou o interrogatório com a pergunta que para ele era fundamental.

"Esse cara já falou com o meu pai? O que é que ele sabe do coroa?"

Naquela ocasião, ele ainda não tinha falado. Entrevistou-o, porém, mais tarde. Mais precisamente, na época em que estava todo amiguinho de Maria da Penha, a cobra jararaca. Ela ligou para Silveira no Ceará, para eliminar a barreira que o velho militante do Partido Comunista erguera a pedido de Matias, que achava que o livro da favela tinha que ser escrito dentro da própria comunidade, de preferência por ele mesmo, Matias. Foi o suposto conteúdo dessa entrevista que fez com que ele mudasse de posição ao longo do julgamento de Luciano, iniciado na noite de segunda-feira, enquanto eu fazia os últimos preparativos do desfile de ontem. Do maravilhoso desfile de ontem à noite, que no entanto parece que foi realizado na encarnação passada.

— Você viu a entrevista? — perguntou ele.

— Vi, sim. E você não imagina o que ele falou. Falou coisas do arco da velha.

— Não foi aquilo não, né?

Aquilo era a homossexualidade do pai, é óbvio. Para Sebastian, pouco importava se viessem à tona os acordos que o pai fez com o tráfico, mais precisamente com o Zico. Também não queria saber dos pequenos desvios de dinheiro que o pai, como qualquer pessoa que lida com dinheiro público, fez na época em que foi o administrador regional da Rocinha. É óbvio que não iria publicar esses seus deslizes nos artigos que até aquele momento escrevia para o *Rocinha Hoje* e que, se Airton e seu projeto sobrevivessem ao julgamento no qual eram companheiros de processo de Luciano, iria fazê-los para o *Rocinha Today*. Mas também não morreria por causa dele, já que tanto para ele como para todos nós o que importa é a vida na favela, onde esses pecadilhos não são considerados crimes na lei cujo juiz supremo é o cara lá de cima. Mas ser filho da bicha louca, não, isso não. A favela pode não matar ninguém porque gosta de dar o cu, mas seus risinhos e suas chacotas ferem fundo. Vivi uma situação contrária à de Sebastian. No meu caso, era papai que era espezinhado por causa do filho viado.

— É lógico que não foi aquilo — disse, dando ênfase à palavra proibida.

— Que foi que pai falou então?

— Serve o motivo do rompimento dele com a falecida Maria Helena?

— Tu tá jogando, Paulete.

— Só pra você não dizer que eu não sou seu *brother*, ele rompeu com a Maria Helena porque foi ela quem mandou matar o Zé do Queijo.

— Pai agora virou menino? — assustou-se Sebastian.

— Que que tem ele falar? O cara tá lá no Ceará.

— Ele tá lá, mas eu tô aqui.

Confesso que meu objetivo era tão-somente o de neutralizar a sua oposição, como fizera com Anita momentos antes. Mas acho que estou aprendendo a lidar com as raposas da Rocinha, dentre as quais posso incluir o Sebastian. Sei, por exemplo, que não se rompe com ninguém na favela. Mais cedo ou mais tarde, vamos precisar até mesmo da pessoa que mais odiamos, que nos deixa todo arrepiado só de pronunciar o nome. Esse foi o meu caso ao longo da pesquisa de Luciano, que me obrigou a fazer acordos com Deus e o Diabo dentro da comunidade. Para Dão, o atual presidente da AMABB, prometi um suntuoso desfile na Via Ápia, mesmo sabendo de suas ligações com o tráfico e que muito provavelmente o dinheiro que pagaria o evento seria proveniente da boca. Para Cacá, antigo líder comunitário e eterno candidato a vereador que atualmente coordena projetos esportivos e educacionais no Oriente-se, Rapaz, disse que me engajaria no curso de alfabetização para jovens e adultos que organiza no Clube Umuarama, sede do projeto. E para Anita, dispus-me a testemunhar a seu favor no processo que o genro moveu contra ela. Jamais pensei, porém, que seria tão fácil ter um cara com as articulações do Sebastian como um importante aliado na luta para reverter aquela onda de boatos.

— Ele gravou a entrevista com pai?

Eu sabia que, além de gravar todas as entrevistas porque não acreditava em sua memória, Luciano tinha trazido para o centro um aparelho viva-voz para capturar em seu gravador a voz de Silveira. Fora aqui que ele conversara durante horas com o pai de Sebastian.

— Gravou — respondi sem vacilar. Sem me sentir desobedecendo à madre superiora do bom e velho Instituto Nossa Senhora de Lourdes.

— Você sabe onde estão as fitas?

— Até segunda-feira, tava tudo lá na casa dele. Agora, só Deus sabe.

— E se os caras resolverem confiscar as fitas?

Gelei. Como até então só tinha acontecido no momento em que ouvi a cavernosa voz de MC.

— É muita fita, cara — disse, tentando dar uma maneirada na onda de tensão que começava a se formar. — Duvido que eles tenham paciência de ouvir uma por uma.

— Eu acho que é mais fácil eles quererem destruir as fitas todas, mas quem é que sabe o que passa em cabeça de bandido?

Tentei ligar para ele de novo, porém, mais uma vez, o celular chamou até ficar rouco e ele não atendeu. Pensei em deixar uma mensagem, mas sabia que tinha comprado o aparelho em uma das lojas com autorização para comprar e vender mercadorias roubadas na Rocinha, e por isso não tinha acesso à caixa postal, bloqueada por uma senha personalizada. Lembro exatamente do dia em que o comprou. Chegou rindo aqui no centro. Precisava do aparelho, pois o que até então tinha era de um amigo, que o pedira de volta porque tudo que é emprestado um dia tem que ser devolvido e porque o cara estava precisando ser encontrado com mais rapidez devido a uma doença do pai. Foi nesse dia que fiquei sabendo que são apenas algumas pessoas que têm autorização para trabalhar com mercadoria roubada na favela. São as chamadas pessoas que têm um contexto. Essa seria uma das formas que o tráfico teria encontrado para coibir o roubo dentro da Rocinha. De ficar sabendo que determinado DVD foi roubado no Recreio e não na esquina da sua casa. Ou então de evitar que a polícia dê uma grande geral no morro por causa de um ganho em uma casa de alguém com direito a pressionar a opinião pública. Todos os ladrões têm obrigação de procurar a boca da Via Ápia quando voltam de alguma operação no asfalto. Podem morrer se não obedecem a essa ordem.

— O cara sumiu — disse, depois de cinco tentativas de ligar para o celular dele.

— Será que já levaram o Luciano lá pra cima?

Um dos maiores problemas de um cria durante um julgamento é que todos nós conhecemos uma história em que pessoas inocentes morreram porque houve precipitação da boca, que, como todos os tribunais do mundo, também condena inocentes. Antes que Luciano tivesse o corpo picado na minha fantasia e na de Sebastian, aproveitei a sua presença lá e pedi para que Sebastian tomasse conta da loja uns cinco minutinhos.

— Vou na casa do Luciano — expliquei. — Vou ver se descubro alguma pista dele lá.

A casa de Luciano ficava em uma escada que começava na Estrada da Gávea, a menos de 50 metros do centro. No caminho, a lembrança de Cássio, o falecido Cássio Guimarães, foi inevitável. O coração batia acelerado do mesmo jeito, tanto de paixão quanto de medo. Rondava-o a morte, seus azedos revirando pelas estranhas, seus bruscos finais. Não, dessa vez havia culpa também. Tinha sido um absurdo, por exemplo, não levar a sério o desesperado telefonema que dera ontem à noite. E se aquela fosse a sua última chance de fugir do tráfico? Estaria me pedindo uma última ajuda? Eu jamais me perdoarei caso tenha acontecido alguma coisa com ele justamente ontem. Na minha noite de glória.

Quando abri a porta, vi que a casa estava uma zona. Será que aquilo tinha sido obra dos bandidos? Ou foi ele que na pressa pegou o que pôde? Olhei para a estante onde eu mesmo arrumara as fitas e os cadernos que tantas vezes li, principalmente nas noites de quarta-feira, quando em geral Luciano saía da favela para dormir com a filha no apartamento que mantém no asfalto. Nenhum sinal deles. Rodei a casa atrás de sinais que de alguma forma me revelassem o seu estado. A única pista que encontrei foi o seu celular. Peguei-o. Vi estampado no visor 25 chamadas não atendidas. É óbvio que fui ver quem era esse pessoal todo. Tinha ligação dela, a jararaca da Maria da Penha; da filha; de dois números da Rocinha cujos donos desconheço; do Oscar, um dos personagens pelos quais mais se encantou na Rocinha, que, porém, foi a amizade que mais me fez temer pelo seu futuro, já que tem profundas ligações com a boca lá de baixo; havia ainda o número lá do centro; o do Sebastian; o da Anita; o do Baixa e de uma tal de Sinhazinha, de quem jamais me falara.

No banheiro, vi que se dera ao trabalho de pegar a escova e a pasta de dentes, o que, deduzi, era um sinal de que fora ele quem pegara o material de sua pesquisa, não os bandidos. Se estivesse indo desenrolar na boca, não se preocuparia com higiene pessoal, concluí. Fui depois no andar de cima. Enquanto subia os degraus irregulares da escada, lembrei de uma das queixas que com freqüência fazia aos pedreiros da favela. Via-os como gênios da arquitetura, que faziam milagres aos construir prédios de vários andares em pirambeiras nas quais os engenheiros formados em nossas universidades não conseguiriam levantar nem um barraco de madeira. Por que toda vez que subo uma escada na favela tenho a impressão de estar escalando uma montanha?, perguntava sempre. Foi Boneco, o seu senhorio, quem lhe tirou essa dúvida. É que, para ter degraus perfeitos, uma escada precisa de espaço. E as pessoas preferem se sacrificar na hora de subi-la e descê-la a ter que perder o que seria o lugar destinado a uma sala, por exemplo. A vida na favela é uma eterna negociação com a realidade e os seus estreitos limites, escreveu Luciano em seu diário de campo, concluindo os comentários que teceu sobre as escadas da Rocinha.

Ao lado da cama, estavam o exemplar de *Varal de lembranças* que lhe emprestara logo que o conheci e, mais importante que tudo, o último caderno de notas que produziu na favela. Folheei-o rapidamente, pois sabia que tinha que voltar para a loja, onde Sebastian devia estar me esperando aflito. Abri na última folha, pois o estranho Luciano sempre escreve de trás para frente. E lá estava a data – 2 de abril. Havia nessa página alguns bordões usados por vendedores da favela, como por exemplo o de um ambulante que sempre passa na loja, mesmo sabendo que na maioria esmagadora das vezes sairia de lá sem vender nada: "uma hora eu te pego com fome ou eu mudo de nome, diz ele, sem baixar a cabeça." Outro bordão que registrou foi o "só eu que tenho". Ao lado desse bordão, tinha a seguinte anotação: "escrever um texto sobre o *fake*, que talvez seja a principal característica da Rocinha. Não é à toa que uma das maiores indústrias aqui é a da falsificação. Pessoas andam com um Nike que à distância é igualzinho ao original. Não tem o conforto e a durabilidade do produto que vem da fábrica. Não é isso o que importa, porém. Todos se dão por satisfeitos se o outro achar que a camisa é da marca. A favela está o tempo todo tentando parecer o que não é. Por exemplo, acredita piamente que é um bairro."

Por mim, ficaria ali lendo aquele caderno de notas. Fizera isso em diversas ocasiões. Sentia um enorme prazer em ficar lendo seus textos vibrantes, que pareciam ter vida, dando-me sempre a sensação de que estava participando das cenas do nosso cotidiano que narrava. Ficava excitado com essas experiências literárias, com o seu texto masculino, vigoroso, que parecia me agarrar com mãos firmes, me puxar pela beca, me jogar no chão, me comer com fúria. Foram várias as vezes em que comecei a bater bolo enquanto lia cadernos como esse, que infelizmente tive que guardar no bolso da calça, pois já estava mais do que na hora de voltar para a loja. Só não gozava em suas páginas pela óbvia razão de que sou uma moça muito educada, que, além de uma perfeita noção de higiene, não poderia deixar muito claro o meu desejo, a paixão de muitas sedes que tinha feito morada em meu peito. A outra razão é de que essas leituras eram feitas em segredo, sem o consentimento dele. Tenho quase certeza de que ele, narcisista como qualquer artista, teria o maior prazer em saber do meu interesse pelo seu trabalho, no prazer que me proporcionava ao lê-lo. Mas acho que nada superaria o prazer do proibido. Redescobri com aqueles caderninhos que sou um *voyeur*.

Quando voltei para o centro, Sebastian estava falando no Nextel com o Pipa.

— Não sei o que o texto do Luciano tem a ver com a modernização da escola de samba — disse Sebastian quando botei o pé na soleira da porta.

Ele estava tão compenetrado na conversa que não percebeu a minha chegada.

— Cara, chegou a hora de botar esse cara pra ralar do morro — disse Pipa. — É agora ou nunca.

Dei dois passos para trás. De modo a poder ficar numa posição em que não pudesse ser visto e, por outro lado, o infernal barulho da

Estrada da Gávea não me impedisse de ouvir a conversa dos dois. Era o *voyeur* em plena atividade. Com o mesmo nervosismo que sentia, quando menino, assistindo aos programas de Clodovil. Temendo levar um flagrante de papai, que via nessa minha identificação com o estilista e apresentador de televisão uma confirmação do maior receio de um pai da Rocinha. Ter um filho viado.

— Porra, Pipa. Tua parada é com o padre ou com o russo?

— Com os dois.

— Com todo o respeito, Pipa — disse Sebastian, em seu tom sempre comedido. — Mas eu acho que você tá gastando muita munição de uma só vez. Vai faltar na hora que você mais precisar.

— Eu sei o que faço — respondeu Pipa, cada vez mais senhor de si.

— Você é que é feliz.

— Tô te chamando pra fazer parte do meu bonde.

Sebastian silenciou por um longo minuto. E tinha lá as suas razões, penso eu. Porque por um lado estava cansado de saber que Pipa era um predador, que não sabia dividir os ganhos de suas pilhagens, fossem elas políticas ou econômicas. Porém, não aderir à campanha de Pipa poderia agravar ainda mais os problemas que estava tendo com o próprio, os mesmos que o levaram a procurar primeiro apoio para criar o seu próprio jornal impresso e agora, como não fora bem-sucedido em sua jornada anterior, a se compor com Airton. Sabia que em algum momento Pipa se queimaria, pois em sua voracidade é capaz de cometer sandices como a que fez com a Light, que por muito pouco não rompeu o convênio que assinou com a sua ONG para implantar o Pronai na Rocinha, quando descobriu um gato de luz em sua casa. Mas por enquanto ele era uma força em plena expansão. Uma águia política, compôs-se com MC, prometendo-lhe o apoio do grupo que lidera nas próximas eleições para a associação de moradores. Em troca disso, teria o apoio do tráfico para suas rapinagens. Seria por intermédio de MC que tiraria o *site* de Airton do ar. E de quebra ainda ia mandar o ruço e o seu livro de merda pro caralho.

— Cara, tu tá pior do que o MC — disse Pipa, interrompendo o silêncio de Sebastian. — Tive que abrir a cabeça do cara a marretada pra ele poder entender que esse X9 na favela pode fuder com a candidatura dele.

— Leva a mal, não, Pipa, mas eu também não vejo a ligação.

— Porra, Sebastian, me admira você, um cara com segundo grau completo, que só não fez curso superior porque é vacilão.

— Vou fazer vestibular no ano que vem — corrigiu Sebastian a tempo.

— Aí mesmo é que você tem obrigação de entender o jogo que está sendo jogado.

— Então explica como é que um artiguinho de merda daquele pode influenciar tanto a favela — disse Sebastian, num tom desafiador. — Vai lá, fodão.

— Aquele artiguinho de quinta, nada. Mas se em um artiguinho o cara já fez aquele estrago, imagina o que ele não vai fazer em um livro. Não duvido nada que aquele abelhudo tenha fuçado as articulações do prefeito e do governo federal com o tráfico pra poder ressuscitar a tua escola de samba.

— Tô com a minha consciência tranqüila. Não falei nada demais.

— Tu não tá entendendo, Sebastian. O problema não é o que eu falei ou o que sicraninho silenciou. O problema é que se esse livro sair tá todo mundo fudido de verde e amarelo no morrão. Inclusive você.

— A Rocinha sempre foi uma favela aberta, Pipa — contemporizou Sebastian. — A gente sempre recebeu todo mundo de braços abertos. É assim desde a época em que pai foi presidente da associação. Vai pegar muito mal pra favela se esse cara botar no ventilador que saiu corrido daqui. Isso vai ser pior do que qualquer x-novada que ele faça.

— Você escolhe o lado que quer ficar, Sebastian.

— Eu já escolhi, Pipa. O da liberdade. O das grandes tradições da Rocinha.

— Essa tua fala tá muito bonita. Acho até que o Luciano deveria colocar no livro dele. Mas quero ver se você vai usar esse texto quando for desenrolar com os caras lá em cima.

Sebastian ficou lívido. Precisou reunir força para fazer a pergunta mais difícil de sua vida.

— O texto já chegou lá em cima?

— Tu acha que o MC ia perder a oportunidade de fazer uma média com o cara?

Era hora de voltar à cena e por isso entrei no centro. Sebastian desligou o aparelho rapidamente, depois de se desculpar.

— Sebastian, eu quero esse texto.

— Ih, cara, eu só tenho uma cópia na minha gaveta. Lá na Light.

— Então, desça agora e arruma uma cópia pra mim.

— Porra, Paulete. Tô cheio de coisa pra fazer lá no trabalho. Não vai dar pra subir tão cedo.

— Manda por um mototáxi, cacete.

Sebastian foi buscar o texto.

Capítulo 4

Enquanto esperava o texto, abri o caderninho de Luciano. Lê-lo era mais do que uma forma de matar o tempo ou mesmo de espiá-lo pelo buraco da fechadura, como vinha fazendo nesses últimos meses. Podia encontrar ali alguma pista do que lhe acontecera nos últimos momentos que passou na Rocinha. Sou capaz de apostar que de alguma forma deixou registradas as dificuldades por que passou aqui na favela. Antes mesmo de sair dela. Como fizera no seu último livro, no qual mostrou, com o mesmo espírito dos correspondentes de guerra, uma favela sendo disputada pelo Comando Vermelho e o Terceiro Comando. Várias das batalhas que narrou foram escritas com uma emoção maior do que a de quem viu os tiros sendo trocados, o pesado silêncio das noites que antecedem os combates, os lancinantes gritos de dor das mães que perdem os seus filhos. Era a emoção de quem está vendo, de quem está passando para o papel aquilo que os olhos vêem e o coração teme. Estava certo de que de alguma forma passara para o papel a sua saída forçada da Rocinha.

Comecei a folhear as anotações levando em consideração sua maneira desordenada de ser, que se refletia no modo como escrevia o diário de campo. Por exemplo, utilizava vários cadernos ao mesmo tempo e tinha a mania de escrever de trás para a frente, da última página para a primeira. E o pior é que não era assim desde o começo do caderno, que invariavelmente iniciava como todos nós, escrevendo da primeira página em diante. Só a partir de um determinado momento é que mudava a ordem. É assim em todos os campos de sua vida. Correr com ele, por exemplo. Nunca mantém a mesma pegada quando sai para correr na praia de São Conrado, que ele de sacanagem chama de praia da Rocinha. Vai alternando piques rápidos com passadas lentas. É determinado, porém. Não segue bula, não adota métodos, não conhece as tradições ou as boas maneiras. Mas sempre chega aonde se propõe.

Também tinha a esperança de poder encontrar ali o manuscrito do tal texto-bomba, que tinha abalado a favela. Mas nada. O caderno era recente, como pude ver no texto sobre a pelada da praia, na qual vinha se destacando há alguns domingos. O tal texto era datado – 27/4. "Pelada existe há cerca de 30 anos. Começou como a pelada dos portugueses, com gol fechado. Aos poucos, o pessoal da Roça foi entrando. Os portugueses foram embora e a partir de então passou a ser a pelada da Rocinha. Imagino que esse período corresponde à tomada da praia pela favela. Pelada como tal, com as camisetas patrocinadas inicialmente pela Academia Carducci's, fará 10 anos no próximo dia 1º de maio. Peladeiros estão cogitando um pagode, pelo qual pagariam 300 pratas. Evidentemente, vai rolar uma carne. Não existe nenhum evento na Rocinha sem um churrasco."

Esse fora um dia produtivo, ao qual dedicou pelo menos vinte páginas. Anotara de tudo nesse dia. Da evolução da pelada ao aniversário de quarenta anos da Magali, a eterna *miss* Rocinha, cuja festa, para a qual fora convidado pela própria, seria no próximo domingo. Um deles, que tinha o Baixa como tema, me deixou gelado. Será que foi o tal que mandara para o *site* do Airton?, perguntei-me. Não, tinha certeza de que nem ele era desajuizado a ponto de entregá-lo, nem o seminarista de publicá-lo. "Atual presidente da Casa dos Artistas faz delivery para artistas. Sempre foi essa a sua grande ligação com eles. Maria da Penha lembra ainda hoje do antológico show de 1º de maio, organizado por um jornal comunitário no ano de 1993, onde músicos cheiraram até o sol quebrar a barra, tudo cocaína da boa que ele, que se diz o embaixador da cultura na favela e por essa mesma razão ganhou o apelido de Embaixador posteriomente abreviado para Baixa, conseguiu com os caras. Recentemente, Maria da Penha tremeu nas bases quando Baixa lhe pediu o carro emprestado para ir buscar um computador no estúdio de um músico ligado ao governo, que está à frente de importantes projetos sociais. Ela o viu voltar com o tal computador, mas, mesmo assim, acha que no mínimo ele aproveitou o pretexto para fazer um avião."

Todo mundo na Rocinha sabia quem era Baixa e com certeza ninguém moveria um dedo para salvar a sua cabeça. Talvez tivesse o apoio de Pipa e de Artur Palácios, que usaram o prestígio que conquistaram no asfalto para vender o seu último projeto, a Casa dos Artistas da Rocinha, como uma grande prioridade social. Mas duvidava que um texto denunciando as suas falcatruas viesse a mobilizar as inúmeras pessoas que já lesou ao longo desses últimos anos, dentre as quais eu e as minhas modelos. A própria Maria da Penha, que é de subir nas tamancas quando ouve alguém denegrindo a imagem da Rocinha, sempre brinca quando o vê: ele estuda direito para ter como se defender das pilantragens que faz.

Baixa estava em uma situação realmente difícil. Aparentemente, estava muito bem, ocupando todo o espaço que a mídia, sempre superficial e apressada, dispõe para projetos sociais. Ela veio em peso no último Natal, para o show de Gilberto Gil que provavelmente lotaria uma das garagens da TAU se não tivesse caído uma chuva de proporções bíblicas um pouco antes de a festa começar. Ninguém também fez maiores perguntas no evento Rocinha Solidária, um desfile de moda que foi vendido para as pessoas que o apoiaram e para o público em geral como o pontapé inicial do programa Fome Zero, que até esse momento vem sendo apresentado como o principal programa do governo Lula. Em todas essas ocasiões, porém, houve apoio ostensivo do tráfico, que no primeiro caso cedeu uma das três datas de que dispõe para usar a garagem da TAU e, no segundo, reformou a quadra para receber as celebridades no melhor estilo possível. Ouvi algumas delas dizendo que nunca viram tanta comida japonesa na vida.

O tráfico gostava desses eventos por no mínimo duas razões: bandido adora uma celebridade, não perde ocasião para trocar umas idéias, tirar foto; durante a sua produção, a polícia em geral se mantém longe da favela. Mas Baixa estava extrapolando mesmo para quem tem conceito junto ao movimento. Ainda está na memória das pessoas o que ele fez com os jovens contemplados com a bolsa de dois salários mínimos do programa da Unesco Todos pela Paz, para que se mantivessem afastados do tráfico e pudessem se preparar para o futuro nos diversos cursos oferecidos no Ciep Ayrton Senna. Como seu coordenador, só aceitava o nome das pessoas que se comprometessem a lhe dar uma comissão de 20% sobre o valor da bolsa. Vale lembrar que participavam desse programa cerca de 500 jovens.

Também chocou a favela o que fez na época do Proder, um programa piloto de emprego e renda que, se desse certo, seria exportado para outras comunidades carentes da cidade. Para dar-lhe um caráter mais democrático, o Sebrae, entidade que estava à frente do projeto, criou um grupo gestor cujo objetivo era dar à comunidade o direito de formular as políticas que fossem do seu interesse e, mais importante do que isso, fiscalizar a sua implementação. É óbvio que Baixa estava no meio da conspiração que culminou com a desativação do programa, pois o tal grupo gestor não tinha interesse em um futuro melhor para a Rocinha, mas em ganhar grana, criar fontes de corrupção, se dar bem. Foi por causa dessas articulações que o Sebrae deixou de pagar o aluguel do centro de artes e visitação que hoje coordeno. O centro foi um dos poucos projetos que restaram daquela época. Mas os predadores do grupo gestor bem que tentaram destruí-lo. Não conseguiram por pouco. Muito pouco.

Já ouvi dizerem que a Casa dos Artistas tem chances de dar certo pela simples razão de que o próprio tráfico está de saco cheio do cara. E já mandou um recado claro: mais uma do Baixa e ele irá para a vala. Mas eu mesmo não acredito nisso. E não acredito por algumas razões. Uma delas: o cara já deu umas belas pisadas até agora, como por exemplo desviando para o próprio bolso o dinheiro que deveria ser destinado ao pagamento dos professores que dariam os cursos de arte que justificaram a reforma do prédio no qual hoje funciona a casa dos artistas. Outra: desde que a Rocinha virou o grande entreposto de drogas da cidade, totalmente dominada pelo esquema de Fernandinho Beira-Mar, a boca passou a intervir muito menos na favela. O uso de drogas, por exemplo, até a época do Dênis só podia ser feito na encolha tanto pelos crias como pelos *playboys* do asfalto. Hoje, é um tremendo bundalelê, não se respeita mais ninguém, nem as crianças (o futuro) nem os idosos (o passado). Tenho o tempo inteiro a impressão de que a favela não tem mais controle, de que vai explodir a qualquer hora.

Mas digamos que o tal texto-bomba tenha sido esse mesmo, detonando Baixa para o mundo inteiro. Se for esse o caso, pelo menos num sentido o pessoal do Pipa teria razão. Porque quem dedura um, dedura qualquer um. É assim que os bandidos pensam – e por isso são implacáveis quando descobrem um X9 no morro. A punição é exemplar. Com direito a espetáculo público, para que todos vejam o que acontece quando esse tipo de crime é cometido. Essa talvez seja a única lei com a qual a boca ainda se importe, intervindo diretamente nos casos que consegue descobrir. Minto. Acho que os bandidos continuam implacáveis com quem dá volta na boca. Porque até estupro eles estão maneirando para os considerados, como foi o caso do próprio MC, que até hoje não explicou direito a denúncia de violência sexual que teria praticado contra uma vizinha sua, ali na Cidade Nova. E essa história de que não existe ladrão no morro só pode ser piada da rapaziada. Porque o que mais fazem pessoas como o

Baixa a não ser roubar o dinheiro do povo da Rocinha, eu mesmo não sei dizer.

— Você já viu os jornais de hoje? — disse uma voz que me soou familiar, embora só viesse a reconhecer o seu dono quando levantei a cabeça e vi o medalhão de ouro que Morte sempre traz no peito, uma efígie de Bin Laden com os olhos de esmeralda que ele passou a usar depois do que considerava o maior ato de bravura da história da humanidade, o atentado de 11 de setembro que derrubou as torres do World Trade Center.

— Como, Morte? — perguntei, assustando-me ao vê-lo ali e principalmente do modo como estava.

Tudo levava a crer que seria levado naquele exato momento para a boca, pensei enquanto escondia o diário de Luciano embaixo da almofada da cadeira em que estava sentado. Morte estava com a roupa que usa quando sai para suas cobranças — aquele uniforme mug usado pelos militares em operações de guerra. Trazia na cintura a faca com a qual começou a conquistar fama no morro, usando-a com destreza e frieza para picar o corpo das vítimas que matava e depois poder sumir com elas com mais facilidade. Ao lado da faca, tinha uma pistola. E na mão direita havia outra pistola. A pistola estava apontada para uma foto no jornal.

Minha imaginação trabalhou com a mesma rapidez com que ele maneja uma pistola — ele que é uma espécie de caubói da Rocinha, um exímio atirador, apostando com as crianças que adoram vê-lo praticando tiro ao alvo com as latas de cerveja que vão jogando para o alto até ele errar. Na minha cabeça, havia uma foto de Baixa no tal jornal para o qual Morte estava apontando a sua pistola. Meu Deus, Luciano também publicou o texto-bomba na grande imprensa.

— Você já viu os jornais de hoje? — repetiu.
— Não — gaguejei. — Infelizmente.

Morte é meu vizinho. Para toda a Rocinha, ele é a própria encarnação do mal, o Diabo em pessoa. Tem inclusive uma expressão maligna, de quem está disposto a arrancar o seu fígado com a unha. Mas para mim ele vai ser sempre o irmão de criação de Idalécia, que é talvez a cabeleireira mais antiga da favela. Ou então dali da Rua 2, de onde todos somos crias. Minha irmã faz o cabelo lá desde sempre. E, como todas as mulheres que freqüentam cabeleireiro, dele traz sempre as últimas novidades. Só que no morro, por mais classemedianizado que esteja, por mais avançado que esteja o processo de emancipação da Rocinha de favela para bairro, as fofocas giram em torno dos bandidos, as nossas celebridades. É por intermédio deles que temos um lugar na mídia, que hoje dedica os espaços e/ou horários mais nobres para discutir os assuntos que vivemos em nosso cotidiano. Se a polícia realmente quiser saber o que está acontecendo no morro, basta botar uma agente disfarçada nos salões de beleza que se multiplicam pelos becos da Rocinha. Lá vão saber que o filho da sicrana entrou para a boca, que o marido da beltrana foi promovido a gerente da maconha da Vila Verde, que fulaninha estava guardando uma carga de brizola em seu cafofo. Hoje, por exemplo, as mais bem informadas devem estar comentando que o Paulete, aquele viado irmão da Heloísa, coitado, o Morte vai passar o carro nele.

— Eu quero essa daqui — disse Morte.
— Como?

Morte é um rução bonito, com um pouco mais de 1,80 m. Seus cabelos são louros, queimados do sol. O queixo é quadrado. Tem esse mesmo tipo longilíneo que eu, e na infância deve ter recebido apelidos idiotas como Coqueiro, Girafa e Poste. Por causa das pernas finas e compridas, que tanto no meu caso como no dele saíam da bermuda do uniforme escolar como uma inexplicável excrescência da natureza. Mas com certeza não foi por isso que se tornou o principal matador da Rocinha, que decepa pessoas sem o menor sentimento, como se estivesse estripando uma galinha para o almoço de domingo. Na verdade, acho que nem mesmo um gênio da psicanálise ou da sociologia seria capaz de explicar a razão para que um jovem criado no seio de uma família de devotos evangélicos não apenas descambasse para o crime, mas se tornasse cruel. Não deve ser nada confortável ser abandonado na infância e criado por uma família com tantas e tão concretas diferenças em relação a ele, onde todos eram negros e com tendência à obesidade. Mas eu mesmo já o flagrei agindo como um pai afetuoso do menino que Idalécia começou a criar quando ele foi preso, há cerca de dez anos. Também era capaz de reconhecer e respeitar a autoridade dos outros, principalmente a da Idalécia. Sua ascendência sobre ele pode ser percebida nos menores gestos, nos mínimos detalhes. Não é à toa que sai e entra à vontade do salão da irmã. Toda a favela sabe que, quando entra ali, deixa a persona de bandido para trás.

— Essa aqui — repetiu ele, voltando a apontar a pistola.

Resolvi olhar a foto que queria me mostrar. Era a das minhas modelos desfilando no dia anterior, percebi, aliviado.

— Que é que tem a Liz? — perguntei.

— Ela vai ser minha.

— Ah, Morte, isso é entre você e ela.

— Tá vendo isso aqui? — disse ele, apontando o medalhão no peito.

— Diz pra mina que é dela. Isso e muito mais.

Esses homens são engraçados, pensei. Todos se sentem os maiorais. Mas no fundo só sabem lidar com prostitutas, para as quais não existe o risco de rejeição, com as quais o máximo que se negocia é o michê, se vão ter de desembolsar um hambúrguer com Guaraplus por um boquete no quiosque do Valão ou mil reais para participar de uma suruba em uma cobertura da Vieira Souto. Não tenho dedos para contar o número de vezes que os homens daqui, dos mais poderosos aos mais caidinhos, me pediram para que intermediasse um encontro com uma das minhas modelos. Teria ficado rico se o meu negócio fosse apenas uma fachada para uma das indústrias mais lucrativas do morro, que é a da prostituição. Cada desfile que promovo inevitavelmente termina com um comerciante da favela me chamando num canto, perguntando o que precisa para sair com uma dessas menininhas lindas.

— Se liga na missão, *brother* — disse ele, imperativo.

Foi até a porta e olhou para ambos os lados. Deu-me a impressão de estar preocupado com a polícia. Todo mundo na favela sabe que o arrego não vale na pista. Lugar de bandido é o beco, diz uma das máximas do morro. Voltou-se então para mim.

— Cuida bem do broto, Paulete — disse, fazendo um gesto largo com a mão que segurava a pistola, que parecia ser uma extensão do corpo. — Não deixa a mina cair em mão errada.

O fogueteiro lá da Via Ápia soltou um morteiro e Morte se voltou para a porta do centro, estudando a área como se fosse um militar prestes a entrar em combate.

— Ela tem dono, mano. E esse dono sou eu.

Morte sumiu antes que duas D20 passassem na frente do centro. Fiquei pensando na Liz, temendo sinceramente pelo seu futuro. Talvez estivesse numa situação pior do que a de Luciano. Mesmo que não conseguisse vazar da favela, ele teria como desenrolar na boca, explicando que essa história de que é um X9 não passava de um engano, tudo ia depender do seu desempenho na hora H. Mas Liz não. A partir de agora, tornar-se uma posse de Morte seria apenas uma questão de tempo. Ele até estava se aposentando da boca, depois de longos anos de bons serviços prestados. Mas mesmo assim, ainda que fosse visível que voltara abalado da cadeia e que andava extrapolando até mesmo para os padrões do Comando Vermelho, ele continuava com muito prestígio com a malandragem. Só o fato de estar vivo era uma prova inconteste de seu conceito. Porque qualquer outro bandido em situação semelhante no mínimo já teria ralado. Ou então já teria ganhado um terreno de frente para a praia ou para a Lagoa — pergunta que os soldados fazem quando mandam uma das vítimas da lei da boca cavar a própria sepultura em um dos dois cemitérios clandestinos do morro. Porque ninguém podia trocar tiro com a polícia na Via Ápia, como ele fizera no dia anterior. A ordem de Bigode é clara. Bandido pego boiando tem mais é que se fuder. Pra ficar mais esperto depois que sair de rua.

Coitada da Liz, pensei com os meus botões. Tinha medo de que se tornasse uma nova versão de Cíntia, a modelo mais bonita que passou pelos meus cursos, que só não ganhou o mundo porque trocou uma carreira nas passarelas pela solidez de um casamento que, é óbvio, terminou não acontecendo. Quando estava no auge da sua beleza, Dudu, o bandido mais violento e mais temido da nossa história, ficou enlouquecido por ela. Queria-a de qualquer maneira. Desejou-a com tanta intensidade que não ousou violentá-la sexualmente, como fazia com qualquer menina da favela que ousasse resistir a um chamado seu. Para ele, as mulheres do morro lhe pertenciam do mesmo modo que todas as armas ali existentes. Tudo pertencia ao reino que conquistara graças a sua capacidade de guerreiro, depois de botar Eraldo para correr do morro e devolvê-lo a Dênis. Sentia-se um herói de guerra, ao qual nada podia ser negado. As mulheres deviam receber como um privilégio passar uma noite na cama do rei.

Taí, nunca tinha olhado a chamada maria-fuzil por esse ângulo. Para mim, a atração das mulheres pelos bandidos, principalmente as mais jovens, sempre foi uma forma subliminar de prostituição. Achava que queriam o dinheiro dos chamados gastosões, que se sentem os homens mais gostosos do universo por poderem proporcionar intermináveis noites de prazer para elas, bancando-lhes a melhor cocaína, o melhor motel, as melhores roupas. Mas na verdade há um subtexto tanto na postura deles, os bandidos, como na delas, as marias-fuzis. Ambos estão obrigados a agir dessa forma não porque queiram, mas porque estão encenando um espetáculo graças ao qual a favela resistiu esses anos todos. É uma questão de reverência. É um ritual realizado todas as noites. Trata-se de um ritual caro, mas todos o pagam com o maior prazer do mundo. Do mesmo modo que os evangélicos dão o dízimo aos seus pastores, que acreditam que assim estão rendendo homenagem ao homem que tudo lhes dá. De alguma forma, estão reconhecendo que receberam uma graça, é com o seu dízimo que mostram sua gratidão.

No caso dos bandidos e das marias-fuzis, participavam de um espetáculo no qual reverenciavam os deuses do prazer, da luxúria, da loucura. São todos uns pelintras e umas ciganas em uma eterna roda de macumba. Rendem homenagem a essas entidades porque no fundo todos sabemos que hoje não somos mais uma favela miserável, não por causa do sentido de poupança dos cearenses, que ainda hoje chegam aos magotes, ou mesmo da proximidade da Zona Sul, de que tanto nos orgulhamos. Na verdade, devemos a nossa prosperidade ao tráfico. Foi o tráfico quem irrigou a nossa economia. Se hoje temos uma economia organizada e complexa, com ricos comerciantes e ONGs por intermédio das quais um Sebastian ou um Embaixador chegam a ganhar 3 mil reais limpos, isso se deve ao tráfico. Temos uma espécie de aristocracia, tão real e ignorada pelo asfalto quanto o foram os negros bantos e seus ancestrais milenares. Só para dar um exemplo, a entrega do morro a Bigode começou a ser aceita por Dênis no dia em que Zico, que já estava rico o suficiente e queria fazer o seu herdeiro, o apresentou como o irmão de Cassiano e de Conde. "A família do cara tem uma história no crime", disse Zico. Cassiano pertencia à cúpula do tráfico na década de 1980 e Conde, na década de 1990.

Resolvi ligar para Sebastian. Para saber do texto de Luciano.

— Você ainda não recebeu? — perguntou ele, estranhando.

— Não, pretinho.

— Vou ver então o que está acontecendo. Porque o motoqueiro chegou aqui dizendo que deixou aí.

— Eu sei que seu dia não é fácil, mas, por favor, eu preciso ler esse texto.

— Daqui a pouco eu te ligo.

Desliguei o telefone e voltei para o caderno de Luciano. Parei no texto com a data de 2 de abril. E li-o com o prazer de sempre, tragado por ele como se fosse uma das gigantescas ondas da praia da Rocinha, que evito exatamente por isso, por não saber como resistir a elas, as ondas. "A prostituição é de longe o problema mais grave da Rocinha. As pessoas falam da boca, dos bandidos, do Comando Vermelho. Mas a favela, além de ter muito claro que a vida do crime não é creme, está preparada para resistir às tentações do tráfico. Houve uma época em que a boca era o único caminho alternativo para se fugir de uma vida de trabalho servil, doméstico, braçal. Hoje isso é muito diferente. É verdade que há exceções, como tudo na vida. Mas vai para a boca quem quer. E também não é qualquer um que é aceito pelo cara, cujo processo de seleção está se tornando cada dia mais rigoroso. O próprio tráfico tem alternativas para os jovens que não considera qualificados para o seu negócio, como por exemplo as motos que hoje infernizam o trânsito na Estrada da Gávea, muitas vezes financiadas pelos próprios bandidos para que meninos totalmente despreparados não coloquem uma pistola na cintura."

O telefone tocou. Era Sebastian, explicando que o motoqueiro tinha confundido o centro de artes com a barraca de Cesinha, artista *naïf* que tem uma barraca lá em cima, perto da RA, na qual expõe os seus trabalhos e ensina meninos a pintarem. Procurei o seu celular na agenda do centro e liguei.

— Oi, Cesinha, é o Paulete daqui do centro de artes, tudo bem contigo?

— Tudo.

— Você recebeu um texto aí do mototáxi.

— Sei, o do teu amigo Tim Lopes?

Tive vontade de perguntar se tinha lido, qual era a sua opinião. Mas achei melhor não dar papo. O máximo que iria conseguir batendo boca com Cesinha seria retardar a leitura do texto de Luciano.

— Por favor, você pode mandar o texto pra mim pelo primeiro mototáxi que passar na frente da tua barraca?

— Claro.

— Obrigado, pretinho.

Desliguei e voltei para o caderno de Luciano. Atirei-me mais uma vez nos braços daquela Iemanjá. "A prostituição, porém, não tem quem a organize. Há, é verdade, os cafetões, que sempre estão atrás de talentos para o seu elenco de garotas de programa. Mas o grande estímulo que essas meninas encontram é na própria casa, literalmente na puta que as pariu. Sei de histórias dantescas, dentre as quais a mais chocante é a de uma família de belas cearenses que moram de aluguel no Valão, cuja mãe pretende comprar uma casa para elas com a virgindade da caçula. Essa é, porém, apenas uma das muitas histórias de que a gente não toma conhecimento porque em geral têm como cenário as avenidas à beira-mar ou as termas que se espalham pela cidade."

— Pretinha, cadê o teu bofe? — perguntou Pepê com seu humor sempre gay.

— Até tu, Pepê? — eu disse, achando que até ele tinha se voltado contra mim.

Pepê é o apelido de Antônio Batista, irmão de Armando — meu velho amigo Armando. Ganhou-o durante o curso de guia de turismo promovido pelo Sebrae na época do Proder — aquele mesmo do qual o Baixa foi um dos gestores e o sabotou de todas as formas possíveis, até inviabilizá-lo. Porque era o mais bonito da turma, com os seus cabelos alourados, os olhos verdes e os peitos cabeludos sempre à mostra por causa das camisas sempre cavadas que usava. Luluca, que também fez o curso, achava-o a cara de Brad Pitt e, para não assumir o tesão que sentia por ele, descobriu uma maneira de ridicularizá-lo. Começou chamando-o de o Brad Pitt da Rocinha e daí foi fazendo variações até chegar à forma final, passando primeiro por Pitoca, que é pinto de criança no Nordeste. De Pitoca para Pau Pequeno foi um pulo tão pequeno quanto de Pau Pequeno para Pepê, suas iniciais. O apelido é perfeito por causa de seu jeito de viado, no mínimo incompatível com o que entendemos por macho na favela.

É hetero, no entanto. Já teve um caso com um médico de Copacabana, mas deu a ele o caráter de experiência. Uma experiência que não deu certo.
— Eu tava com ele na hora em que a confusão explodiu — disse.
— Como?
Lembrei que Luciano ia entrevistá-lo ontem. Foi por essa razão que deixou de ir ao desfile no estúdio de Roni Summer. Só iria se a entrevista não rendesse o que ele esperava, disse-me quando lhe entreguei o convite do evento. Lamentou a coincidência de horários, mas não iria abrir mão daquela entrevista — uma das que mais aguardou durante a pesquisa. Toda a sua expectativa tinha no mínimo duas razões. A primeira delas era a simpatia de Pepê, que, apesar de contaminado pelo clima de desconfiança com que a maioria das pessoas da favela recebeu o escritor, sempre deu muita atenção a Luciano nas diversas vezes em que apareceu no centro para me visitar e lá o encontrou. Luciano também acreditava que, juntos, poderiam fazer uma bela análise do morro, pois, além da grande vivência que acumulara ao longo de toda uma vida de Rua 1, militância nas esquerdas que giravam em torno da Pastoral de Favela e principalmente como integrante de uma das famílias mais importantes da Rocinha, Pepê é sociólogo. E dos bons. Tem duas teses que encantam Luciano. A mais importante delas é a de que o Estado está presente na Rocinha, seja por intermédio do posto de saúde, das escolas públicas ou mesmo do DPO. Será esse o projeto de pesquisa com que tentará entrar em um mestrado no próximo ano.
— Ele tava me entrevistando quando a Marta ligou pro celular dele — disse.
— Marta?
Marta é a filha de Dona Valda, que para mim, juntas, são as donas do morro. Tudo aqui começa e/ou termina lá em cima, na creche que coordenam. Muita gente fala mal das duas. Dizem que são polêmicas principalmente por causa do jeito intempestivo da mãe, que

fala com qualquer pessoa, seja um ministro de Estado, um artista engajado ou um empresário com sensibilidade social, como se estivesse com uma de suas vizinhas da Rua 1. Também questionam muito a proximidade das duas com o tráfico, sem entender que se dispõem a qualquer tipo de negociação, inclusive com a polícia que todos nós odiamos visceralmente, em nome da paz na Rocinha. Consideram-na fundamental para tudo. Para que o trabalhador vá na moral para a sua batalha. Para que a dona-de-casa possa cuidar dos seus afazeres domésticos. Para que as crianças não percam um dia na escola, onde, como ambas perceberam muito antes que os intelectuais de esquerda formulassem projetos sociais para as favelas, está o futuro com o qual vêm sonhando para todos nós há pelo menos duas décadas. Em nome dessa paz, intermediaram os conflitos entre o bicho e o tráfico, ao longo da década de 1980. Por ela, negociaram com todos os governos, seus órgãos representativos, seus aparatos repressivos. Para mantê-la, ficaram no fogo cruzado quando a guerra de facções chegou à Rocinha. Era óbvio que o caso de Luciano iria terminar lá.

— Ela mesma — explicou Pepê. — Parece que tinha deixado o cara usar o nome dela caso o bicho pegasse. Pelo menos foi isso que entendi no meio de toda aquela confusão.

— Foi isso mesmo – disse. — Ela uma vez mandou eu dizer a ele que, se algum bandido neurótico fosse pedir satisfação a ele, poderia se apresentar como primo dela.

Pepê começou a narrar um dos capítulos decisivos da história de Luciano na Rocinha. Estava rindo, o que em princípio me fez pensar que era sádico, mas depois vi que, do mesmo modo como acontecera comigo até conversar com Anita mais cedo, a ficha estava demorando a cair. Isso é comum na favela. É uma maneira que temos de nos defender da nossa dura realidade. Rir foi o jeito que descobrimos de enganar a dor. De engolir o choro. Espantar o medo.

— E o Luciano continuou a entrevista mesmo assim?

— Foi um negócio emocionante, queridíssima. Era óbvio o medo estampado na sua cara, na sua fala, na sua mão. Mas o bofe se negava a pensar no perigo. Disse que viveria normalmente até o último momento de sua vida. Sem pensar na morte.

Somente Luciano faria isso, pensei. Tive vontade de ouvir essa fita. Devia ser a entrevista mais emocionante de sua vida. Mais até do que a que fez com Dona Veiga, uma das contraditórias personagens da Rocinha que, por um lado, tinha uma enorme ficha de serviços prestados à comunidade e, por outro, era uma das que mais usava os projetos que atraía para a comunidade em benefício próprio, desviando parte considerável dos recursos para o próprio bolso e praticando o mais deslavado nepotismo. Entrevistou-a no dia em que a polícia ocupou o morro em uma tentativa frustrada de capturar o Sombra, o homem mais importante de Fernandinho Beira-Mar na rua, que tinha inclusive a responsabilidade de organizar sua fuga. A velha, segundo ele me disse e registrou nas fitas que gravou, lembrou de todas as violências que a polícia cometeu contra a Rocinha, sua família, nossos vizinhos. Tinha certeza de que as mesmas arbitrariedades seriam cometidas e começou a ficar nervosa, achando que a qualquer momento um PM idiota meteria o pé na sua porta, como já fizeram em diversas ocasiões. Luciano, que a tinha procurado para conversar sobre a evolução do trabalho de crecheira para o de dona da escola na qual estudava a elite da favela, direcionou a entrevista para as experiências da comunidade com a repressão, tentou registrar detalhes como o medo dela de que ele próprio saísse na rua, os telefones que não paravam de tocar, os sinais trocados entre as vizinhas, as histórias estranhas que iam chegando, como a de um menino barbaramente torturado porque estava feliz com uma nota 10 que tirara em matemática e ao correr para comemorá-la fora confundido com um fugitivo da lei. É lógico que um cara como esse não perderia a chance de gravar a própria morte. Deixaria registrado o último minuto na vida de um condenado à cadeira elétrica. Ou então a turbulência de uma pessoa que está indo para a bola na Rocinha, que pode ter perdido o título de maior favela da América Latina, mas não o de mais charmosa do mundo.

— O que foi que aconteceu realmente?

— Tudo, eu ainda não sei — explicou Pepê. — Vi apenas quando explicou o que estava acontecendo para Marta, para quem tinha ligado um pouco mais cedo, antes da entrevista começar. Bom, pelo menos foi isso o que eu entendi.

No telefonema, prosseguiu, Marta lhe disse que tentara ler o texto-bomba, mas que o MC já o tirara do ar. Segundo Pepê, Marta ficara assustada com os trechos que o MC lera para ela. Mas que se negava a dar o seu veredicto antes de saber do que se trata.

— Não podia esperar outra coisa da parte dela — disse eu.

— Se quer saber o que aconteceu, por favor, não me interrompa de novo.

— Tá bom.

Marta também disse que ele devia ter mostrado o texto para ela.

— Ai, eu cada dia amo mais essa mulher — disse eu. — Como é que o bofe publica um texto-bomba sem consultar ninguém?

— Pretinha, você realmente quer que eu conte o que aconteceu com o seu bofe?

— Ai, Pepê. Você tá que nem minha mãe, que não deixava a gente falar quando contava histórias pra gente.

— É que nem no cinema, cara. É um saco a gente tá contando uma história e neguinho o tempo todo cortando, comentando.

— Vai, Mãe Pepê, conta logo.

Marta teria dito que segurava a onda lá em cima até ler o texto e conversarem, mas que ele tomasse cuidado nesse meio tempo. Não devia ficar boiando na favela. Porque, alertou, bandido não conversa, mata. Pelo que até agora tinha entendido do texto, tudo seria contornado. Mas era bom que tomasse mais cuidado, pois não podia exigir demais da inteligência dos bandidos, que, se a tivessem, não estariam varando a madrugada com uma pistola na mão. Estariam freqüentando uma faculdade, aprendendo a escrever livros sobre a favela em que nasceram.

— Ele subiu?

— Não, Paulete — disse Pepê impaciente. — Pelo menos até a hora que eu saí de lá.

— Por que ele não foi levar o texto pra ela? Se o bofe tivesse feito isso, com certeza tudo estaria resolvido a essa hora.

— Que eu saiba, porque a Marta tinha um compromisso. Marcaram pra hoje de manhã.

— Você leu o texto?

Ele fez que sim com a cabeça.

— E aí?

— Um cria jamais escreveria um texto daquele.

— Isso significa que tem sentido o terror que tão tocando?

— Isso significa que nenhum de nós escreveria aquilo. Mas daí a achar que o cara é um X9, eu acho que é exagero. É mais uma dessas ondas que vai deixar a favela toda na pilha, mas daqui a pouco acaba.

— Posso dar um beijo na tua boca?

— Sai pra lá, bicha preta.

Pepê foi embora. Pensei em ligar para Marta. Para agradecer pela consideração que tivera com Luciano. Mas o mototáxi chegou, trazendo-me enfim o texto que tanto queria. Minhas mãos tremeram quando abri aquela folha dobrada em quatro. O suor escorria gelado pela testa, como no primeiro texto seu que li a pedido da própria Marta, que uma vez o viu escrevendo sentado a uma mesa do Beer Pizza e disse que tínhamos que dar uma monitorada no russo.

"De vez em quando, tu vai na casa dele pra fazer um desses rangos que só você sabe cozinhar e vê se ele não tá sabendo demais", sugeriu.

É óbvio que segui o conselho dela. Seria capaz de matar a minha mãe por aquela mulher. Principalmente quando o que está em questão é o futuro da Rocinha, no qual acredita com um fervor messiânico e ao qual dedica todos os dias de sua vida. Disse-me nessa mesma ocasião que o seu santo tinha ido com o de Luciano, mas, como diz o velho ditado, precaução e canja de galinha não fazem mal a ninguém. Foi só por isso que comecei a xeretar os papéis dele. Se fosse o Bigode me dizendo para vigiar o cara, eu com certeza não faria. Só fiz porque foi ela, a Marta, quem pediu. A mulher mais maravilhosa dessa favela. A única que faz as coisas pela importância das coisas, não porque pode ganhar uma comissão ou desviar um gordo percentual dos recursos de um determinado projeto. Conheço de longa data o trabalho que vem fazendo, a creche que coordena no alto do morro. E sei que quando a procuram com alguma proposta, ela antes de mais nada pensa na Rocinha como um todo, depois nos parceiros que podem ajudá-la a transformá-la em realidade e posteriormente nas pessoas, em cada pessoa individualmente. Ela não pensa na mãe, no filho, na irmã. Sequer pensa na creche – a creche que é a razão de ser de sua vida, da vida de sua família. Ela só pensa no melhor para a Rocinha, para todos nós. E se achava que o russo tinha que ter os seus passos vigiados, eu é que não ia pensar diferente.

Demorei um pouco a atender a seu pedido. Cheguei inclusive a evitá-la, a não retornar algum de seus telefonemas. Não por nada. Não que em algum momento tenha passado pela minha cabeça a idéia de não ser o guia de Luciano, como ela propôs. Adiei a tarefa que me passara por causa do livro de Manuel Puig, *O beijo da mulher-aranha*. Fiquei com medo de que o destino fosse tão cruel comigo quanto o foi com aquela trava, o Molina. E o receio aumentou quando começou a me chamar de Molina, ele que me deu tantos apelidos ao longo de seu trabalho. Ele não perdia oportunidade de me dar um apelido, como fez com a história do Padeirinho, que na verdade era como me chamavam os freqüentadores do terreiro do Vovô Afonso, onde hoje funciona a creche Pedra da Gávea, na Rua 2, para onde meus pais me levavam num cesto de pão nas noites em que iam cultuar os orixás africanos. Mas quando me chamou de Molina, eu gelei. Ainda não tinha começado a ler os seus textos, mas achei que ali estava um sinal emitido por Deus para que eu caísse fora enquanto era tempo. Porque ele, por exemplo, poderia me chamar de Giovani ou Querele ou mesmo de Aguinaldo, o personagem do livro *Lábios que beijei*, que são figuras gays que marcaram tanto a literatura contemporânea quanto a minha vida, sobre os quais falei em uma noite de lua em que fui lhe mostrar a estonteante vista do Visual, lá no Laboriaux. Por que escolheu justo Molina naquela noite em que lhe falei dos meus livros favoritos enquanto curtíamos a vista da Lagoa, o Cristo e o mar do Leblon de lá do Visual, aquela paisagem deslumbrante do alto da Rocinha?

Apesar da certeza que me tornaria o Molina da Rocinha, eu fiz o que Marta me pediu. Porque Marta não está preocupada em construir um prédio e ficar rica ou botar o seu filho na melhor escola da cidade e trocar de carro uma vez por ano. Não. Ela está preocupada em mudar a Rocinha. Em tirar as pessoas da carência total. Da carência de tudo. E aqui não estou falando só de comida, de bolsa de compras, não. Ela pensa também naquela casa que tem um garçom que ganha não sei quanto mas que gasta todo o seu dinheiro com bebida e chega em casa batendo na mulher, nos filhos, na sogra. Ela pensa naquela professora que estuda na faculdade e está desempregada, não sabe o que fazer. Ela não está preocupada consigo, com o filho, com a mãe. Digo melhor, ela até está preocupada, porque o seu filho, a sua família, é a Rocinha como um todo.

Quando comecei a ler os textos de Luciano, sabia que mais tarde iria pular a cerca, como Molina fez. Molina estava atendendo a ordem dos militares e eu, a do tráfico. Marta não é o tráfico, mas é como se fosse. Ali, pelo menos, estava sendo uma mensageira do tráfico. Do mesmo modo que em diversas ocasiões já o fora nas complicadas relações entre o chamado poder paralelo e a polícia, o poder público e as incontáveis autoridades constituídas pelo asfalto, esse mundo tão diferente do nosso. Molina morreu por amor, por causa dessa capacidade de entrega que apenas nós, os gays, temos. Quando li o primeiro texto de Luciano, eu só pensei no livro, no filme, na peça, naquela história que tanto me fascinou, da qual eu lembro de cada cena, de cada olhar no qual Molina tentou disfarçar seu desejo, seu amor, aquela paixão queimando em seu peito que desde o primeiro momento apontava para um final trágico.

Respirei aliviado quando li o primeiro texto, que escreveu por causa de um problema que estava tendo na agência Rocinha da Caixa Econômica Federal, que não registrava o recebimento de um dinheiro que seu patrocinador depositara na conta que abrira lá. Era leve, em se considerando o que todos nós temíamos. Falava de nossa relação com dinheiro, que não é nem o problema nem a solução da favela. Adorei-o. Li-o tanto que decorei. Uma das leituras que fiz foi para a própria Marta, que, embora aliviada, disse que não devia descuidar. Pelo menos por enquanto. Ela não imaginava o que eu já temia mesmo antes de começar a lê-los. É que eu iria ficar viciado neles, os textos. Os textos de Luciano foram para mim como uma droga pesada, um mundo no qual fui enveredando aos poucos, experimentando cada dia um pouco mais. Rezava para que chegassem logo as noites de quarta-feira, nas quais ia para a sua casa com o pretexto de fazer uma faxina, de pôr uma ordem naquela bagunça que ele fazia. E ia direto para os seus cadernos de anotações.

"Dinheiro não é problema na favela, diz Paulete", dizia o primeiro texto que li, datado de 31 de janeiro. "Aliás, dinheiro nem sempre é a solução, acrescenta, dando como exemplo a mulher que viu na creche da Dona Valda, que chegou lá em total estado de indigência, sem ter o que comer nem onde morar. Todo mundo exerceu uma palavra que para ele é usada de modo vago no asfalto, mas que é a razão de ser do morro: solidariedade. É graças a ela que a favela está aí até hoje. Cada dia mais forte. Ele também falou que na favela não existe privacidade, pois, por uma questão de sobrevivência, as pessoas estão sempre participando da vida uma das outras. As pessoas estão sempre preocupadas com você, de certa forma explicando a razão para que ele e Tomate tivessem se articulado para conseguir um carreto para que traga as minhas coisas para a minha nova casa na Rocinha. Eles sabiam que eu estava sem dinheiro e queriam exercer solidariedade comigo. Mesmo que isso de alguma forma implicasse invasão de privacidade. Mas é só quando você sabe do outro, do problema que ele está enfrentando, que pode ser solidário a ele, ajudá-lo. A Luluca, por exemplo, de vez em quando se incomoda com isso, mesmo sendo favela até a alma. Esse foi o caso de ontem, na hora em que eu disse que ia para o analista. Ele, Tomate, quis saber quanto eu pagava, onde era, há quanto tempo eu fazia. Era a forma de ele se preocupar comigo, embora invasiva. Mas não é à toa que ele acha que eu só vou ao analista por ser sozinho, por não estar acostumado a contar com as pessoas de graça, porque na favela dinheiro não é problema – e muitas vezes não é a solução. É por isso que eu, um solitário lá de fora, tenho que pagar um analista. Pago porque não tenho pessoas ao lado das quais tenha crescido, que saibam tudo da minha vida, dos meus mortos, de minhas grandes e pequenas necessidades. Para Tomate, dinheiro não é problema porque, com solidariedade, com amizades fortes, a gente só precisa de cinco reais para fazer festas como a da última quarta-feira, na primeira noite em que dormi na favela. Tudo isso com apenas cinco reais, disse ele em diversas ocasiões, inclusive na manhã seguinte, quando nos encontramos no centro."

    Sempre rolava uma adrenalina todas as vezes que abria um de seus cadernos. Batia um nervoso mesmo quando tinha certeza de que ele não voltaria tão cedo. Por mais que tivesse me acostumado, havia sempre uma tensão. Era como pegar uma droga na boca, principalmente para os caras do asfalto, para os quais uma vinda ao morro vai ser sempre precedida de algum perigo, da possibilidade de um flagrante, da perda de uma grana para a polícia. É por isso que fazem cocô antes do primeiro teco. Porque enfim relaxam depois de uma busca difícil, árdua, para a realização do seu prazer. Ler aqueles textos me dava um enorme prazer. Fazia qualquer coisa para estar ali sozinho, procurando em suas narrações a minha história, o desenvolvimento da comunidade, todo o processo de transformação de uma favela em bairro. Mas nunca me foi tão difícil o acesso a um dos textos dele. Nem lê-lo fora uma coisa tão fundamental para mim, para ele, para a Rocinha. Então comecei a ler.

"Rocinha SA, uma favela sem dono", era o título do texto. O coração quase saiu pela boca. A vista turvou. Não consegui ler mais nada. E entendi tudo o que estava acontecendo. Era como se pudesse ouvir os tiros que Bigode deu para o alto quando MC leu o texto pelo telefone, como estava fazendo para as principais lideranças da favela desde que Pipa colocara em sua cabeça que a presença daquele Tim Lopes poderia ser o fim da sua candidatura à presidência da associação. O que é que esse *playboy* está pensando?, deve ter dito para o bando que comanda há cerca de três anos, desde a morte de Dênis. Passo todas as madrugadas tomando conta dessa favela e ele diz que a Rocinha não tem dono?

Capítulo 5

Quando a fome chegou, eu lembrei de Luciano. Não como estava pensando nele desde que chegara à loja, cheio de tensão, medo, apreensões. Mas de um modo *light*. Gostoso. Tranqüilo. Por causa do almoço que estava me levando desde que Luluca pegara aquela maldita virose, que a deixou de cama de uma hora para a outra. A doença teria acabado com a minha vida, mas naquele momento vi que minha relação com Luciano não era unilateral, apenas eu o servindo. Afinal de contas, apenas uma pessoa com muita consideração por você, que no mínimo é muito grato a tudo o que você está fazendo por ela, seria capaz de programar o seu dia de modo a na hora do almoço poder lhe levar um prato de comida. Ele sabia que a doença de Luluca estava engolindo todo o dinheiro da loja, que já tinha ficado descapitalizada por causa dos seguidos empréstimos que Tomate nos fizera. E estava pondo em prática a solidariedade que aprendeu na favela, como dizia naquele texto, o primeiro que li.

Durante um mês, o tempo que Luluca estava doente, eu tinha, além de sua visita diária com uma quentinha que ele fazia questão de pagar, a possibilidade de controlar o seu trabalho, as pessoas com as quais estava se relacionando na favela, principalmente isso. Sabia, por exemplo, que na terça 22 ele chegou à noite do feriadão e saiu para dar um rolé pelo morro, onde encontrou Márcio — ex-genro de Chico das Mudanças, que enriqueceu com uma transportadora especializada em mandar para o Ceará os móveis que seus conterrâneos compram aqui. Na mesma noite, encontrou Jungle, integrante do movimento hip-hop da Rocinha, e Serrote. No dia seguinte, levou um bolo de MC, o que o deixou transtornado, pois ficava para morrer quando marcavam uma entrevista e furavam. Nesse mesmo dia, viu Isael e Guga, ambos da Defensores do Povo, ONG ligada à Cenário. Passou em seguida na Estação Cenário, onde trocou idéia com Berenguê, Artur Palácios e Francisco, o diretor de teatro. Antes de vir me visitar, deu um pulo no Melhor Tempero, quase na esquina do Caminho do Boiadeiro com Estrada da Gávea. Diz ele que lá servem o melhor PF da Rocinha. Eu discordo.

    Eram quatro horas da tarde e até então eu estava com um minguado café da manhã, refeição que não fiz direito porque estava empanzinado com as emoções da noite anterior e o jantar de despedida do Peter. A tensão me abrira o apetite. Precisava bater um PF do bom. Pena que o Vicente, que em minha opinião é quem faz o melhor PF da Rocinha, não estivesse mais na Fundação. Para lá, bastava eu telefonar, ele viria entregar. Mas Vicente é inconstante e tinha deixado o negócio de comida para fazer roupa para vender na Feirinha de Itaipava, que aos sábados levava o Mercado Popular da Auto-Estrada Lagoa Barra para o Rocinha's Show, a primeira e maior casa de shows da favela. Pensei em ligar para uma das minhas modelos, como por exemplo a Stela, que tem um salão de beleza aqui mesmo na Estrada da Gávea, subindo uns 50 metros. Mas as danadas deviam ter caído na farra depois do sucesso da noite anterior. Do contrário, todas elas já teriam vindo aqui com os recortes de jornal na mão. Olha como a Liz está bonita, diria a Stela. Viu como eu tive atitude!?, Virgínia se vangloriaria. O negócio era eu comer um empadão de frango da birosca ao lado, que não é uma das sete maravilhas do mundo, mas que, acompanhado de uma boa caneca de café, quebra um galho e tanto nas situações emergenciais.

— Seu Braga, eu quero um empadão — disse entrando esbaforido na birosca, com medo de que chegassem novos turistas e dessem de cara com a loja vazia.

— Que bom que você está aqui, Paulete, eu estava mesmo indo te procurar.

Era Artur Palácios, correspondente do Cenário Virtual na Rocinha e um dos principais aliados de Pipa. Imaginei os indigestos aborrecimentos que teria pela frente com aquele aspirante a filho da puta. Filhos da puta de verdade eram Baixa e Pipa. Fazia apenas o trabalho sujo para os seus mentores intelectuais.

— Dá ao menos pra gente conversar na loja? — perguntei.

Ele estava tomando uma cerveja. Disse que iria no centro quando terminasse de bebê-la. Eu disse que tudo bem, estaria lá à espera dele. Paguei o meu empadão e fui comê-lo no centro. Mas quando estava botando o pó na cafeteira, o telefone tocou mais uma vez. Era Vladimir, o dono do Rocinha's Show.

— Porra, Paulete — disse ele, indo direto ao assunto. — Qual é a desse X9? O cara tá querendo me detonar.

Já estava esperando que ele fosse me procurar, pois o texto de Luciano fazia uma importante referência à sua casa de shows. Tratava-a como um dos maiores símbolos da Rocinha atual, onde "reúnem-se para dançar e beber platéias que chegam a 3 mil pessoas por noite". Pensei que ele tivesse confundido a alusão ao seu negócio com o trecho que vinha imediatamente a seguir, onde diz que "nele se encontram (e convivem harmoniosamente) a juventude da favela e a do asfalto". Porque, segundo Luciano, essa seria "uma das razões para que o tráfico pague propinas tão altas para o batalhão e invista tanto em armas; no primeiro caso, para que a polícia não incomode os clientes da boca, nem na subida, nem na descida do morro; no segundo, para impedir que ocorra uma invasão da facção adversária e que o morro vire palco para novas batalhas entre o Comando Vermelho e o Terceiro Comando. A guerra é muito ruim para os negócios, pois afugenta o consumidor". É lógico que o cara ia me procurar. Principalmente depois do espetáculo que Luciano dera no último fim de semana, quando se encostou em uma das paredes do Rocinha's Show e começou a fazer uma série de anotações no meio de um baile funk. A conexão parecia inevitável.

— Qual o problema, Vladimir? — disse, fazendo-me de bobo.

— O cara dizendo que na minha casa vêm não sei quantas pessoas — queixou-se.

— E daí?

— E daí que daqui a pouco vem a Polícia Federal, a Receita. Você sabe, esses vermes não perdem uma oportunidade de roer um dinheiro.

— Porra, Vladimir, leva a mal, não. O cara não tem esse poder todo.

— Pode não ter poder nenhum, mas o fato é que já tem neguinho dizendo que a porra desse texto foi parar no batalhão.

— Como?

Mais uma vez, veio-me aquela sensação de perigo iminente, de sangue jorrando, de morte inevitável. Havia dois lugares em que esse texto não podia chegar: um deles, era o QG da Rua 1; o outro, era o 23º BPM. Gelei quando soube que o texto chegara a Bigode. Congelei quando soube que ele poderia estar na mesa do coronel.

— Isso mesmo que você ouviu, Paulete — disse ele. — Pra você ver como o bagulho é sério.

— Caralho, será que os caras vão invadir o morro?

— Caguei pro resto da favela. O cara pode falar mal de quem quiser. Mas se esse texto trouxer problema pro meu negócio, o cara vai se ver comigo. Eu passo ele.

Vladimir desligou o telefone. Logo em seguida, o telefone tocou de novo. Deixei-o chamando até terminar de comer o meu empadão. Tomei um café com bastante açúcar e enfim atendi o telefone. Era o filho do pastor Amauri, deduzi pelos detalhes que deixou escapar ao longo de sua fala.

— Paulete, que palhaçada é essa de botar um X9 na favela?
— Quem é que tá falando?
— Não interessa — respondeu ele.
— Se você não se identificar, eu vou desligar — ameacei.
— Pode desligar à vontade, seu viado safado. Porque nós aqui na favela já tá tudo acostumado com isso que você fez. Isso não se faz, sua bicha louca. Quer arrumar um macho? Vai pro calçadão de Copacabana. Só não expõe a vida dos outros, cara.
— Vou desligar — ameacei de novo.
— Quando tu ligou pedindo pra falar com meu pai, tu não ia gostar que eu batesse o telefone na tua cara, sem ouvir o que você tinha a dizer.

Desliguei. Logo em seguida, Stela chegou com os jornais. A cara estava inchada de sono, mas ria de orelha a orelha. Trazia-me os jornais do dia. Estávamos em todos eles, eu enfim podia ver. E o legal é que não seríamos vítimas da fogueira das vaidades. Porque no *Dia*, era Liz quem aparecia mais. No *Globo*, o destaque maior era para Stela . O *JB* dedicava um espaço maior à beleza negra de Virgínia. Já o *Extra* mostrava o charme de Osíris. Abraçamo-nos com afeto.

— Paulete, eu queria te dizer que pra mim já tá muito legal — disse ela, com os olhos cheios de lágrimas. — Tava conversando agorinha mesmo com minha mãe, que, você sabe, começou a vida como empregada doméstica. Hoje tem salão e até escola particular pode pagar pra mim. Mas ela nunca que pôde ir no baile do Copacabana Palace, jamais imaginou que um dia uma filha sua ia ter uma foto como esta no jornal, nunca pensou que alguém um dia ia pedir autógrafo a mim, como aconteceu ontem à noite quando a gente voltou pro morro. Pode ser que não aconteça mais nada, pretinho. Mas eu já me sinto uma vitoriosa.

Abraçamo-nos de novo.
— Isso é só o começo, pretinha — disse eu, desvencilhando-me.
— Só o começo.

Palácios entrou no centro, quebrando o clima de encantamento.
— Soube de ontem — disse. — Parabéns.
Agradecemos. Mas era óbvio que não estava ali por causa do desfile. Na verdade, queria que nosso trabalho fosse para o espaço. Jamais dera uma matéria sobre as meninas nem no *site* Cenário Virtual, nem no noticiário que tinha na TV FAVELA e muito menos no programa que dividia com o MC em uma de nossas rádios comunitárias. Tinha um estranho acordo com as modelos de uma outra favela, às quais chegara por intermédio de Baixa, que se tornara namorado de uma delas. Baixa não perdia oportunidade para impô-las nos eventos que promovia, ainda que fossem realizados em nome da Rocinha. Esse foi o caso do Rocinha Solidária e da inauguração da Casa dos Artistas, dos quais só participamos porque estou sempre atento às movimentações da Rocinha e não vou deixá-lo me passar para trás quando o assunto em questão for moda. Quando viu que não conseguiria me excluir, propôs a parceria, de que declinamos gentilmente. Sei muito bem as razões para Baixa estar se envolvendo com modelos. Precisa delas para as surubas que organiza com os artistas e principalmente os gringos que chegam na favela querendo conhecer os encantos da miséria brasileira. Já convidou tanto a mim como as meninas para participarmos de suas festinhas. Ainda não entendi o envolvimento de Palácios nessas transações, mas com certeza receberei com reserva uma pessoa que a um só tempo é parceira de Baixa e de MC.
— Pretinha, você podia deixar a gente conversar um pouco? — perguntei.
Stela percebeu a gravidade do momento e se retirou depois de um novo abraço.
— Qualquer coisa, tô no salão — disse na porta da loja.
Palácios e eu ficamos a sós.
— Enfim, sós — brinquei.
— O assunto é sério, Paulete — disse ele, cerimonioso. — Muito sério.

— O que pode haver de mais sério do que o amor?

— A vida dos outros — surpreendeu-me ele. — E o destino de uma comunidade complexa como a nossa.

Ele estava mais preparado do que eu poderia supor. Não foi à toa que Luciano saiu impressionado da entrevista que fizeram. Achou-o pedante, mas capaz. Podia inclusive escrever o livro que ele e seu grupo estavam tentando impedir que Luciano fizesse, sabotando-o de todas as formas possíveis. Não era como Matias, que, no entender de Luciano, seria a pessoa com mais história para contar entre as que pretendiam escrever um livro sobre a Rocinha, que tinha, porém, os graves defeitos do alcoolismo e das amarras ideológicas com um mundo que ruíra juntamente com o Muro de Berlim. Também não era como Francisco, para quem a Rocinha é tão-somente uma extensão do Nordeste, cheia de cabras da peste que não tinham criado raízes no Rio de Janeiro, que aqui viviam à base de carne-de-sol e queijo de coalho, passando as noites dançando forró e brigando com o vizinho com uma peixeira de 12 polegadas. Havia ainda outros projetos, como o de Anita, que, apesar do seu senso de organização, do qual se valeu para guardar e classificar os registros dos eventos mais importantes do processo de desenvolvimento da favela, estava muito debilitada depois da morte da filha. Luciano também tomara conhecimento do projeto de Dona Veiga, que na ocasião em que a entrevistou estava à procura de instituições financiadoras para fazer um livro sobre as alegrias e principalmente as tristezas das mulheres da Rocinha.

— Sou só uma bicha preta — disse. — Meu negócio é moda, glamour, beleza. Não tenho o menor gabarito para discutir... Como é que é mesmo? O destino de uma comunidade complexa como a nossa? É isso, não?

— Já que você não se dá ao respeito, vou ser curto e grosso.

— Ah, pretinho. Eu prefiro grande e grossa.

— Muito engraçadinho. Mas antes que eu morra de rir com as palhaçadas da bichona, gostaria de dizer que o MC não gostou nem um pouco de ter ficado esperando o seu namorado até as 11 da noite na Estação.

Fiquei sério na hora. Não por causa da menção ao nome de MC, muito embora saiba que é um dos homens mais poderosos da favela, como faz questão de alardear por onde anda. Mas o que me deixou mais intrigado naquele momento foi o desrespeito a uma orientação de Marta. Segundo Pepê, Luciano estaria a salvo até o encontro que teriam hoje de manhã, no qual ele lhe entregaria o texto-bomba e conversariam sobre os limites do trabalho que estava fazendo. Nem mesmo o MC tem o poder de peitar a Marta. Além da longa história de Marta e sua mãe, ela fora mulher do irmão mais velho de Bigode, o Conde. Teve um filho com o cara. É mãe de um sobrinho dele. O filho de Marta chama Bigode de tio-pai.

— Quem ousou desobedecer uma ordem da Marta? — perguntei, desafiador.

— A Marta pode ter muito poder nesta favela, mas não pode obrigar ninguém a dar entrevista para o X9 que você trouxe para a favela.

— Pelo que sei, ela não botou uma pistola na sua cara pra você dar a entrevista pra ele.

— Do mesmo modo que ela não obrigou ninguém a dar nada, ela também não vai impedir as pessoas de recuperarem as fitas.

— Recuperar como? — inquiri.

— Teve uma baita comoção ontem à tarde na frente da Estação. Neguinho queria as fitas de volta de qualquer maneira. A gente ia fazer uma fogueira com elas na frente da Estação. Uma fogueira, cara.

Se eu conheço a Rocinha, o que houve foi uma coação, não uma comoção. Essa estratégia vem sendo adotada desde a época de Dênis, que, quando foi preso em 1987, obrigou as pessoas a fecharem o Dois Irmãos para pressionar a opinião pública. Também recorreram a ela os invasores da Vila Verde, que incitaram os moradores que pagavam aluguel em outras áreas da Rocinha a demarcar terrenos com barbantes depois que eles próprios já tinham reservado para si os melhores trechos. Agora era a vez de Pipa, Palácios e MC manipularem as pessoas que deram entrevista a Luciano, misturando habilmente a desconfiança que todos temos dos jornalistas com o medo que qualquer cria sente do tráfico. Não duvido que tenham sido intimadas por telefone a participarem de uma espécie de manifestação em prol da devolução das fitas nas quais gravaram o depoimento que em sua maior parte deram para Luciano graças aos pedidos que fiz. E a idéia da fogueira, santo Deus? Nem na Idade Média. Nem os padres da Santa Inquisição.

— Posso imaginar o terror que vocês tocaram pra cima do cara.

— O cara também não queria devolver as fitas — justificou. — Peitou todo mundo, dizendo que tinha desenrolado com a Marta.

— Ei, cara, a Rocinha é uma favela aberta — disse, incorporando a fala de Sebastian. — Os amigos lá de cima não vão gostar de saber que vocês estão botando os *playboys* pra ralar do morro.

— *Playboy*, nada. X9.

— Os amigos lá de cima também não vão gostar de saber que a favela tem um novo tribunal.

— O MC autorizou.

— O dono desta favela não é o MC. É o Bigode.

— Segundo seu amiguinho, esta favela não tem dono.

— Ele está sendo julgado por isso. Por quem de direito.

Nervoso, Palácios procurou um maço de cigarros no bolso da camisa. Tinha perdido a empáfia quando colocou o cigarro na canto da boca. Acendeu o isqueiro.

— Incomoda?

— Incomodar, incomoda, mas eu não sou como uns e outros, que tenta eliminar os incômodos na base do terror.

Sabia que cometera uma falta grave e estava na defensiva. Tinha um importante aliado dentro da favela, o MC. Era nele que estava se valendo para impor a sua vontade. Todos no morro sabiam da parceria que ele e Pipa tinham feito com o MC. Essa aliança foi recebida com estranheza, já que ambos tinham um discurso radicalmente contrário ao tráfico, não era à toa que detinham importantes posições em projetos sociais que teoricamente tinham como objetivo combater a violência que a cidade associara à boca-de-fumo, ao que se convencionou chamar de crime organizado. No entanto, embora contraditório, o acordo era real. Estava em pleno vigor. Era por causa dele que estava ali, agora, dizendo que esperava que Luciano abrisse mão da pesquisa que fez durante meses só porque o seu grupo estava com medo de que ele não respeitasse o pacto firmado com os pesquisadores que se dispunham a estudar a favela. Como todos estavam muito mais interessados nos convênios com instituições de fomento à pesquisa do que na produção de saber, submetiam-se a todas as exigências que faziam, acatavam todas as suas ordens, aceitavam todos os seus limites. O importante era a continuidade dos projetos. Os dos grupos que chegavam de fora e dos que tinham feito a Rocinha de refém.

Acontece que ele, como um bom cria, já tinha percebido que o próprio MC estava numa posição vulnerável, teria ele mesmo que dar explicações ao cara. Podia ser o seu candidato à presidência da associação, podia ser os seus olhos na favela, podia organizar os bailes de comunidade que serviam como grande espetáculo de afirmação do tráfico, no qual os bandidos mostram, em alto e bom som, a verdadeira voz do morro, que não à toa vem da boca. Mesmo que a lei da favela tenha deixado de ser universal, tanto Palácios como MC vão ter que dar alguma explicação sobre a cena que protagonizaram na tarde de ontem, tocando o maior terror para cima de Luciano, ameaçando armar uma fogueira com todas as suas fitas. A morte de Tim Lopes, momento culminante do poder do tráfico em relação ao asfalto, trouxera muitos problemas para o Comando Vermelho. Perdeu-se muito dinheiro para a polícia por causa dela, muitos homens morreram e foram presos depois que o Complexo do Alemão ousou levar a guerrinha deles para o asfalto. Eles não incorreriam no mesmo erro mais uma vez. Luciano tinha a necessária vivência de favela para entender isso, e por isso não entregou as fitas.

— Sabia que Luciano já teve que ralar de outro morro?
— Que história é essa, pretinho?

Conhecia esse episódio na vida de Luciano. Fora no Salgueiro, onde trabalhou em um projeto social ligado à Igreja católica até um pouco depois de lançar seu último livro. Nunca o escondeu de ninguém, muito embora lidasse com ele como uma cicatriz no meio da cara, quase um aleijão em sua história de pesquisador. De certa forma, viera para a Rocinha para se redimir daquele episódio, do qual se sentiu culpado, mesmo tendo sido vítima. Ainda hoje não o entendeu direito, principalmente porque os bandidos do Salgueiro, com os quais fez amizade naquela época, continuam ligando para ele, mantêm uma relação de respeito pelo trabalho que fez. No entanto, houve um belo dia em que um dos amigos do projeto ligou para ele dizendo para que fugisse da cidade, pois o Comando Vermelho estava querendo sua cabeça. Talvez a explicação para tudo estivesse no problema que estava enfrentando agora na Rocinha. Porque tanto lá como cá andara no blindão, como se diz na gíria dos bandidos. E tanto lá como cá as pessoas estavam usando o santo nome da boca para aterrorizá-lo. Porque tanto lá como cá o que estava em jogo não eram os segredos do tráfico, mas os interesses das pessoas que não querem que ninguém descubra como funciona a favela, quais são os mecanismos que alimentam a indústria da miséria.

— Soube lá no Cenário.
— No Cenário?
— Fui comentar com as pessoas o artigo que ele escreveu e me disseram que ele era louco mesmo. O cara só vai sossegar no dia em que matarem ele, me disseram lá.

Percebi na hora a sua estratégia. E ela revelava até que ponto estava disposto a ir em sua campanha. Sabe que Luciano precisa da

ONG, que hoje detém uma espécie de monopólio dentro do universo de favelas. Podia superar as barreiras erguidas por determinados setores da Rocinha com sua férrea determinação e ser capaz de sair da favela com vida e com as fitas e as anotações, mas dificilmente conseguiria sobreviver como artista ou intelectual caso se indispusesse com a Cenário. Por mais profundo e revelador que fosse o seu estudo sobre a Rocinha, precisaria da chancela da instituição para emplacá-lo na mídia. Era para esse campo minado que Palácios estava levando a sua guerra contra o projeto de Luciano. Seu objetivo agora era o de tirar a sua credibilidade ao apresentá-lo como um arrivista, que, para alcançar seus objetivos, não se importava em deixar cadáveres caídos no meio do caminho ou que projetos com a envergadura do portal tivessem a sua atuação comprometida em uma comunidade como a Rocinha.

Isso, era aí que ele estava querendo chegar. Sabe que sensibiliza o coração politicamente correto dos seus editores quando fala da sua pobre existência de correspondente da favela, tendo que negociar com bandidos armados até os dentes uma sobrevivência sob permanente suspeita por causa da sandice de profissionais inconseqüentes como Luciano. Parecia ouvi-lo dizendo que teria que pedir demissão se esse cara continuasse à solta na favela. Faria esse tipo de chantagem porque sabe que nenhuma ONG cujo foco de atuação seja a chamada cidade partida seria levada a sério sem um projeto dentro da Rocinha, que de longe é a favela que tem mais projeção internacional, em nome da qual chegam os maiores projetos, as verbas mais polpudas. Porque tem absoluta consciência da importância do portal para a ONG, que, como Luciano já me dissera, está pautando toda a imprensa carioca com matérias que têm a nobre missão de mostrar o outro lado das favelas. Porque percebeu que é mais difícil encontrar um cara com o seu perfil na favela do que um cara como Luciano no asfalto. Ficariam com ele por questões econômicas e razões políticas, achava Palácios.

— Desculpa se eu sou uma bicha burra e entendo tudo errado — disse, sabendo que estava dando um tiro de misericórdia. — Mas você tá me dando a impressão de que foi pedir o aval da Cenário para matar o Luciano.

Ele deu uma longa tragada no seu cigarro e baixou a cabeça enquanto jogava a fumaça fora. Conheço a figura de velhos carnavais, desde a época em que começou a trabalhar com jornalismo comunitário pela simples razão de que estava desempregado e era vizinho de Sandra, que na época estava criando, juntamente com Pipa, o *Comunidades*. Sempre foi dele a última palavra. Mesmo que não tivesse nada a dizer, tinha que realizar o sonho do seu pai, um calafate que ganhava a vida de joelho para que nenhum de seus filhos precisasse se submeter a ninguém. Palácios jamais trairia as vontades de seu falecido pai.

— Bom dia, vai uma borracha aí? — disse um vendedor na entrada do centro, pondo um fim ao constrangedor silêncio que se fizera entre nós. — Lava carro, lava calçada, porca, sogra, manda água para o Ceará. O preço é bom, rapaz. Dá para pagar com cheque, cartão, tíquete, anel, dentadura, peruca, cordão de ouro. Me ajuda a comprar uma BMW aí, maluco.

— Só depois que eu comprar a minha — respondeu Palácios, mostrando uma presença de espírito que me surpreendeu e saindo sem se despedir.

— Vai, campeão — insistiu o vendedor. — Tá barato. Eu sei que você tá precisando para aquele jardim que está fazendo na laje da sua casa. A janela também está precisando, o carro, a moto. Olha aqui. Não dobra, não quebra, não murcha, não amassa. Da melhor qualidade. Tem de 10 metros, que tá oito prata. Oito real, quatro Skol gelada. A de 20 metros, 15 mil réis, mais barata que dois quilos de alcatra. Vai?

— Não.

— Sim? Nunca diga "não". Esta palavra é triste, a mais triste do dicionário.

Com a intuição que apenas os vendedores ambulantes têm, ele percebeu que, por mais que insistisse, não faria de mim um comprador da sua mercadoria. E um bom vendedor é aquele que só insiste enquanto houver esperança de que fará negócio. Gosta do espetáculo que dá. Mas ele não é gratuito.

— Olha a borracha — gritou, descendo a Estrada da Gávea.

De repente, tive um minuto de paz. Sem nenhum telefonema desaforado ou visita impertinente. As cenas daquele dia começaram a passar pela minha cabeça numa velocidade estonteante. A noite anterior, o seu glamour, todas as possibilidades entreabertas pelo desfile no estúdio de Roni Summer, tudo isso parecia ter acontecido em vidas passadas. Naquele momento, só existiam para mim o Airton, o MC, o Pipa, o Palácios, a fogueira que iriam fazer das fitas de Luciano, que devia mandar notícias, dizer como estava, como escapou do cerco, seu filho da puta, não vê que eu te amo e que a vida não tem o menor sentido se você não traz uma quentinha do Melhor Tempero pra mim? Não, bicha, por favor, sem sentimentalismos, isso não são horas.

Pensei em ligar para Túlio, meu irmão tenente do Exército. Ele tem como levantar a informação mais importante do momento, a que me chegou no telefonema de Vladimir, o dono do Rocinha's Show. Será mesmo que o texto já estava no batalhão? Era difícil de acreditar. Mas o que havia de plausível nessa história toda? Tudo parece tão absurdo, as pessoas parecem tão irreais em sua mesquinhez, que sou capaz de acreditar em qualquer coisa. Até mesmo que a turma do Pipa está espalhando esse boato pelo morro só para aumentar a hostilidade a Luciano, que, a propósito, está sendo toda ela canalizada para a bicha preta aqui. Mas não importa o que há de real ou irreal agora. Não importa inclusive saber se alguém vai preso ou se um texto desses justificaria mais uma das muitas ocupações policiais que, além de produzir algumas manchetes de jornal e levar alguns bandidos sem a menor importância para a boca, em nada mudam a nossa vida.

Não, não poderia incluir Túlio nesta confusão. Túlio é muito radical, tudo com ele tem um porquê e um para quê. Iria querer saber quem é Luciano, que tipo de envolvimento tenho com ele, por que estou metido nessa história. É o homem mais pacato do mundo. Que vive de casa para o trabalho, do trabalho para casa. Mas não é bom mexer com ele. Porque ele é daqueles que dá um boi para não entrar em uma confusão e uma boiada para não sair dela. Foi assim, por exemplo, quando Adriano levou uma coça da boca. Ficou louco. Não pensava em outra coisa senão vingar nosso irmão. Não podia ver seu rosto inchado. Nem ouvir os gemidos que eram muito mais de humilhação do que de dor. Em sua revolta, por pouco não provoca uma ocupação do exército aqui. Foi com muito custo que seus superiores o convenceram a esquecer. Eles diziam que a família toda iria ter que fugir do morro, que pessoas inocentes poderiam morrer. Quase repete o exemplo de Dênis, que era um atirador de elite da Aeronáutica até o dia em que os bandidos esculacharam Dona Francisca, sua mãe. Foi para lavar a honra da família que começou a história de um dos maiores traficantes que essa cidade já teve.

Lembrei então de Décio, uma cacurucaia que conheci em uma boate gay de Copacabana em velhos carnavais, quando era caso de Ribamar e achava que o melhor livro do mundo era *Lábios que beijei*, de Aguinaldo Silva. Foi a cacurucaia que me ajudou a descobrir que Ribamar era bandido, com passagens em delegacia desde que era menor. Será que ainda está trabalhando para a polícia ou já teria se aposentado? Podia procurá-la depois desse tempo todo sem trocarmos um telefonema? Acho que ela entenderia. Caso de vida ou morte, explicaria. Coisas de favelado, diria brincando, para ter uma maneira de puxar assunto, de quebrar o gelo. Tenho certeza de que me ajudaria. A cacurucaia era tão prestativa, mais até do que eu. Ficou tão feliz de me ajudar, lembro bem. Chegou a me ligar depois que Ribamar morreu em uma disputa por pontos de venda de drogas no Pau da Bandeira.

"Se não fosse eu", brincou, "você poderia ser a mulher que morreu ao lado do bofe".

"Pior que é verdade", admiti.

Lembro de tudo. Do meu espanto ao descobrir um policial em uma boate gay. Do seu riso igualmente incrédulo quando lhe disse que não sabia que tocar piano era deixar as impressões digitais quando se é detido em uma delegacia. Da objetividade com que levantou os antecedentes criminais de Ribamar, um ruço de olhos claros que conheci logo depois que sobrei na Marinha e fui trabalhar em uma imobiliária lá no Méier. Lembro principalmente de Ribamar, minha primeira história de amor séria, que só não terminou em casamento por causa da sensação de traição que tomou conta de mim quando descobri que era bandido. É lógico que tive medo, que pensei que papai iria dizer que o seu filho, além de viado, estava envolvido com um traficante. Mas a principal razão para a ruptura foi a mentira. Até entenderia se negasse a sua identidade durante algumas semanas, nos primeiros meses. Mas não depois de dois anos de um amor intenso, desconcertante, de tantas juras e promessas.

"Se você não me contou uma coisa tão importante como essa, o que mais deixou de me contar?", disse quando começou a implorar para que ficasse.

Eu já andava desconfiado, é verdade. Havia os seus repentinos sumiços no meio das festas que íamos juntos, dos quais voltava com os olhos vermelhos, o nariz escorrendo, o corpo suado, pegajoso. Havia também os seus amigos, cada um mais suspeito do que o outro, sempre armados, mesmo em eventos singelos como um churrasco. Por fim, suspeitava do seu padrão de vida, das roupas caras que usava, sempre na marca. Onde é que arrumava tanto dinheiro?, perguntava-me aflito, se não trabalha, se sua família não tem posses. E os lugares que arrumava para nossas noitadas? Havia sempre um parceiro com um belo apartamento disposto a lhe dar a chave para que passássemos semanas inteiras trocando suores.

— Fica frio — dizia ele todas as vezes que perguntava como conseguia. — Tem uns chegados que me fortalecem.

Houve uma noite em que ele dormiu depois que trepamos. Revirei seus bolsos, peguei sua carteira, vi o nome completo na identidade, anotei-o em um pedaço de papel. Depois liguei para a cacurucaia, que em menos de 24 horas me deu sua ficha.

— Já foi preso por formação de quadrilha — disse-me ela. — No momento, é o de-frente do Dendê.

No mesmo dia em que recebi a ficha, Ribamar ligou para a casa de Tia Regina. Tia Regina, a tia de todos nós da Rua 2, foi a primeira pessoa a ter telefone na área. Era para ela que ligavam todos os meus namorados.

— Tenho uma coisa importante pra falar contigo — disse ele, convidando-me em seguida para uma conversa na casa dele.

Parecia ter intuído a minha descoberta. Ou então tinha grandes informantes dentro do sistema. Prefiro, porém, acreditar na primeira hipótese. Sempre soube que nossa ligação ia muito além do plano carnal. Ele, por exemplo, ficava desconcertado quando dizia que não estava bem só pela sua respiração ao telefone.

— Sei de tudo — disse depois de me recuperar da subida da íngreme ladeira que levava a sua casa, lá no Méier.

— Quem te contou? — perguntou, aflito.

— Um amigo da polícia.

— Mulher minha não é amiga de polícia.

— Não sou sua mulher.

— É, sim — gritou.

— Não, cara. Você até pode pensar que eu sou sua mulher quando do está me comendo gostoso. Mas do outro lado tem um pau preto enorme, bofe.

— Por que você não é mulher?

— Porque Deus não é tão perfeito como as pessoas querem. Ele é como ele é. Perfeito e misericordioso. Mas não como as pessoas querem. Você queria que eu fosse mulher pra ficar mais fácil pra você. Pra você não ter que olhar de manhã no espelho e dizer, porra, comi um cara, porra, comi um homem. É gay, mas eu comi. E gostei.

— Você também é foda, cara.

Tive certeza de que nossa ligação ia muito além desse plano no dia de sua morte. Eu estava limpando peixe na cozinha e de repente eu senti, senti uma aflição danada, o coração apertou, tudo foi uma angústia só. Aí eu liguei para Taninha, perguntando se tinha acontecido alguma coisa.

— Paulete, mataram o Riba — disse ela, chorando.

Foi isso o que tentei dizer para ele no dia em que o desmascarei. Mas ele não me deu ouvidos quando avisei que um dia a casa ia cair.

— Cara, eu moro em favela — alertei. — Bandido sempre morre. Pode ser o mais poderoso, ter todas as polícias compradas. Mas um dia ele morre.

Ele pediu para que tivesse um pouco de paciência. Ia deixar a vida do crime em seis meses, se muito. Ia pegar um dinheiro fortão, depois comprava uma casa para nós.

— Você é uma pessoa bacana, a gente se dá tão bem.

Ele chegou a chorar. Mas eu não arredei pé. Só ficaria com ele se largasse tudo na hora. E mesmo assim depois de um bom tempo de observação. Porque com as suas mentiras eu tinha perdido o elemento mais importante dentro de uma relação, que é a confiança no outro.

— É só uma parada. Depois que eu fizer essa parada, abro um negócio pra gente e vou te buscar na Rocinha. Te trago nem que seja na marra. Nem que seja na marra.

Fiquei com medo e tentei ir embora dali. Mas ele não deixou.

— Tu pode até sumir por uns tempos. Mas hoje tu é minha, mulher. Hoje tu é minha.

Ele me agarrou e me jogou no chão e me amou com todo o seu corpo, com toda a sua alma, com todo o seu ser.

— Adeus — disse em seguida.
— Fica — implorou. — Ninguém vai tocar em você.
Ainda bem que a cacurucaia me deu a FAC dele completa. Porque tudo o que eu queria era acreditar nas promessas de Ribamar, o primeiro grande amor de minha vida. Pena que eu não pudesse acreditar em nenhuma delas.
— É da casa de Décio? — perguntei depois de ligar para a cacurucaia.
Uma senhora disse que sim.
— Eu poderia falar com ele? — perguntei.
— Não, meu filho. Ele não está.
— Sabe a que horas ele volta, minha senhora?
— Sinto muito, meu filho, mas ele não volta nunca mais. O Décio morreu.
A senhora começou a chorar e normalmente eu tentaria consolá-la, buscaria forças dentro de mim para dar o apoio de que ela precisava. Mas aí passou um gigantesco cortejo de motos indo para o cemitério, despedir-se do mototáxi que morreu ao dar fuga para Morte na tarde anterior. Tudo o que consegui foi chorar com ela. Por Ribamar, pela mesquinhez da Rocinha, pela saudade que estava sentindo de Luciano e pelo destino cruel, que não poupara o mototáxi que dera fuga ao Morte e levara a cacurucaia no momento em que todos nós mais precisávamos dela.

Capítulo 6

Chegou junto com a noite o pretexto de que estava precisando para falar com ela, a Marta. Foi o telefonema de Mariana, produtora do *RJ TV*, interessada em fazer um programa com as minhas modelos.

— Mas nós queríamos andar com elas pela favela, mostrar como é a vida delas — explicou a produtora.

Conheço bem esse tipo de reportagem, uma chatice. As perguntas são sempre as mesmas e igualmente óbvias. E a violência? E os bandidos? E as drogas? Como se fosse um milagre social uma jovem da Rocinha ser bonita, cuidar da pele, malhar. Como se o fato de termos nascido no morro nos colocasse a revolta como única alternativa de vida. Ou formamos na boca ou então saímos atirando nas madames de São Conrado, descarregando nelas todo o nosso ódio, toda a nossa inveja, toda a nossa incapacidade de lutar por uma vida melhor, digna, sadia.

Não seria a primeira vez que faríamos esse tipo de matéria, mas dessa vez, além de aproveitar o sucesso do desfile e manter o nosso nome na mídia, ela me permitiria ter a conversa que estava precisando ter com algum emissário lá de cima.

— A Marta, por favor — eu disse quando atenderam o telefonema na creche da Rua 1.

Estava, como sempre, ocupada. Os minutos que esperei me pareceram uma eternidade. Enquanto aguardava, pensei na última vez em que a procurei para tratar de assuntos pertinentes à boca. Foi no caso Armênio, um artesão da Rocinha que tivera o desplante de ir lá em cima dizendo que lhe roubara um quadro no valor de 24 mil reais. É óbvio que ele foi motivo de riso e só não foi para o microondas porque pedi a Morte para que interviesse em seu favor. Descobri depois que foi usado pelo tal grupo gestor do Proder, quando os seus integrantes estavam em campanha para levar o centro de artes para a jurisdição da Casa dos Artistas. Mas isso é o que menos importa no momento. Porque hoje eu sou grato a Armênio. Foi com ele que perdi o medo do tribunal do morro. Se não fosse ele, eu estaria cagando dentro das calças. Aguardando em pânico o momento em que um dos soldados de Bigode viria me buscar.

Hoje eu sei o que fazer, como me defender, quando devo atacar. Acho que isso é o congo, expressão que aprendi com ele, Luciano. O congo é, segundo Luciano, a cultura de sobrevivência da favela. Diz ele que nós já nascemos sabendo-o. Mais ou menos como acontece com os cavalos, comparou. Enquanto nós, os seres humanos, levamos meses para aprender a andar, eles, os cavalos, já saem andando da barriga da mãe. O próprio Luciano, coitado. Não imagina a gravidade do erro que cometeu ao sumir. Imagino que a tal cena na frente da Estação deva ter sido aterradora, de uma violência de que só a favela é capaz. Mas mesmo assim ele não podia abandonar o barco. Assinou assim sua confissão de culpa. Um cria, aquele que já nasce sabendo o congo, sabe que quem não deve, não teme.

Ele não me surpreende, porém. Lembro, por exemplo, da sua interpretação para a tentativa de aproximação do policial civil que ouviu meu depoimento quando o mesmo Armênio, enfurecido pelo tratamento que recebera na boca e mais uma vez insuflado pelo grupo gestor, deu parte de Tomate. Tomate realmente fizera as ameaças de que se queixou, mas acho que não lhe restava alternativa. Por causa de Armênio, o centro passou uma semana fechado. Ficaria fechado para sempre se não começássemos a defender o nosso trabalho com todas as armas de que dispúnhamos, dentre as quais a que se mostrou mais eficiente foi a disposição de Tomate. O artista usou o nome de Bigode, de quem é tio.

— Você sabe que eu estou autorizado a resolver as coisas do meu jeito — dissera Tomate, mostrando para Armênio a tampa de uma lata na qual faria o São Jorge que ainda hoje está exposto em uma de nossas paredes.

Luciano, que achava que não passava de uma cantada o convite que o policial fez para que fôssemos passar um fim de semana juntos em um sítio que disse ter em Friburgo, ficou maravilhado com a minha interpretação para o episódio.

— Não, pretinho — afirmei. — O policial até podia estar querendo fazer saliência comigo. Mas tinha muito mais interesse em obter informação sobre a Rocinha.

— Que tipo de informação? — perguntou.

— Sobre quem tem dinheiro aqui na Rocinha. Pra mineirar, é claro.

— A desconfiança é uma das regras mais importantes do congo — disse ele, e em seguida sacou a caneta e o caderno de notas, no qual fez algumas anotações. Parecia satisfeito quando voltou seus olhos para mim. — Acho que em parte entendi a resistência das pessoas para com o meu livro. É que, por princípio, todo estrangeiro é suspeito.

Marta enfim atendeu.

— Alô.

— Marta, sou eu, o Paulete.

Expliquei para ela o pedido da Rede Globo.

— Você sabe, há sempre o risco de aparecer um bandido armado.

— Basta evitar os becos, Paulete. Também não custa nada dar uma ligada aqui pra cima no dia em que for rolar a filmagem.

— Eles querem marcar pra sexta.

Falamos um pouco sobre a entrada do meu trabalho na mídia, o que de uma certa forma devo a ele, Luciano. Luciano escreveu uma bela crônica sobre o meu trabalho como uma espécie de cartão de boas-vindas, pouco mais de uma semana depois de me conhecer. Foi com ela que me conquistou. Achei meio mágico o seu texto. Nunca me senti tão nu em minha vida. Desde então, achei que seria ele o cara que tinha que escrever o livro que há tantos anos a Rocinha espera.

— O negócio é saber capitalizar — disse ela, feliz com o reconhecimento da opinião pública. — Você não pode perder esse bonde.

— O problema é esse terror que neguinho tá tocando pra cima de mim por causa do Luciano — disse, aproveitando o gancho para levar a conversa para o ponto que me interessava.

Ela se espantou com os episódios que narrei, particularmente o da frente da Estação, a fogueira que queriam fazer com as fitas do nosso Tim Lopes. Pediu então para eu ir lá em cima.

— Quando?
— Pode ser hoje à noite?
— Eu vou desenrolar contigo ou com os amigos?
— Vou falar com o Bigode. Vou ver se ele me autoriza a negociar em nome dele.
— Com todo respeito, Marta. Se for preciso, eu falo com ele. Você sabe que prefiro mil vezes falar contigo do que com os bandidos. Mas eu não quero passar o susto que o Luciano passou.
— Pode deixar, Paulete. Comigo é desenrolou, tá desenrolado.
— Passo na tua casa depois da novela das oito, pode ser?
— Tô te esperando, então.

Fechei a loja e olhei para o céu, talvez em busca de proteção dos orixás. Vi que o tempo estava fechando, muito provavelmente choveria essa noite. Sabia que teria horas difíceis pela frente, mais ainda do que as que acabara de enfrentar ao longo de todo esse dia. O julgamento de Luciano fora feito à revelia e ele já tinha sido condenado como um X9 para todo o sempre. Mas o meu estava apenas começando. Restava-me saber para qual tribunal iria. Se para a suprema corte, com bandidos dispostos a mostrar serviço para o patrão, dizendo no pé do meu ouvido que teriam todo o prazer em picar meu corpo antes de me mandar para os pneus. Ou se para o morno e receptivo lar de Dona Valda, de onde, por mais que ela e a filha se mostrassem compreensivas e dispostas a encontrar uma explicação convincente para todos aqueles mal-entendidos, só sairia com um veredicto capaz de deixar o cara satisfeito.

Se sobrevivesse, eu ia sair para a balada. Comemorar a minha absolvição com uma roupa bonita, beijando a boca carnuda de um desconhecido como se tivesse encontrado o amor da minha vida em uma boate gay, mesmo sabendo que dali não sairia nem com um número de telefone. Tinha plena consciência de que na manhã seguinte, como em todas as manhãs, pelo menos desde o dia em que assumi a coordenação do centro, as portas da loja seriam abertas às nove da manhã e que assim ficariam pelo menos até as seis da noite. Também estava claro que durante toda a jornada de trabalho precisaria ter no rosto um sorriso de orelha a orelha para receber cada um dos turistas que se dignasse a visitar o que considero ser o principal projeto social da favela, do qual dependemos eu, Luluca, setenta artistas e artesãos e fundamentalmente a Rocinha, a nossa Rocinha. E quando digo que ele é o projeto mais importante, não estou nem levando em consideração o fato de que é com as nossas vendas que muitas senhoras fazem a renda de que precisam enquanto cuidam dos seus afazeres domésticos e, mais importante, dos filhos. O que dá toda essa importância à loja é o fato de ser um centro de visitação. Tão receptivo quanto historicamente o é a Rocinha. A Rocinha, que sempre foi uma favela de passagem, pela qual entrou e sempre saiu quem bem quis e entendeu. Porque essa foi, é e será uma favela sem dono. Como Luciano disse em seu artigo. Luciano, meu bofe.

Conheço o meu pique. Agüentaria o rojão com a mesma disposição que tenho desde os 13 anos, quando resolvi ser Globinho para ajudar meus pais. Era duro acordar às três horas da madrugada com o despertador que ganhei justamente no dia que completou um ano que estava entregando jornal para os assinantes de *O Globo*, saindo de casa com um copo de leite que encontrava sempre quente em cima da mesa da sala. Mas esse trabalho jamais me impediu de prestar atenção nas aulas do Instituto Nossa Senhora de Lourdes, que freqüentei com a certeza de que o meu futuro começava ali. Também foi com bastante ânimo que fiz a faculdade de artes da Uni-Rio, na qual entrava às oito da manhã depois de passar a noite em claro na recepção do Apart-hotel Colibri's, ali na Lagoa. Se voltasse ileso da Rua 1, não seria apenas a minha vida que estaria comemorando. Também estaria brindando um modo de ser no qual sempre acreditei, recebendo qualquer pessoa com a maior boa vontade do mundo. Festejaria principalmente a libertação das maldições de meu velho e bêbado pai, que pedia para morrer todas as vezes que seus amigos de birosca tiravam um sarro com sua cara porque tinha um filho viado, a maior das desonras para eles. Pois, desde o telefonema de Airton, a sensação que eu tinha era a de que estava sendo julgado não por ter recebido Luciano de braços abertos, mas por causa de todas as saliências que fiz, de todos os pecados que cometi desde o dia em que o professor de educação física do Instituto Nossa Senhora de Lourdes percebeu as minhas motivações para demorar tanto no banho depois de sua aula e perguntou se não queria fazer uma brincadeira diferente. Era como se tivesse de provar uma inocência da qual todos duvidassem, pois todas as pistas apontavam na direção da bicha preta que adorou fazer um boquete no professor.

    Resolvi visitar Tomate. Além de ter ficado amigo de Luciano, ele tinha uma grande vivência de morro, até bandido fora quando rapazola. Com certeza, já estaria sabendo do problema com o *site*, pois acompanha com interesse a movimentação da favela. Teria alguma coisa a me dizer sobre o drama que Luciano e eu estávamos vivendo. No mínimo, uma das três entidades que incorpora viria em meu socorro, para me dar o consolo espiritual de que estava precisando. Muito.

Na verdade, a amizade dos dois andava um pouco estremecida por causa do que Tomate considerou um descaso do *playboy* com o problema que tivera na perna desde o carnaval, imobilizada depois de um chute que levou em uma briga de rua em São Gonçalo, onde atualmente mora com uma mulher e dois de seus nove filhos. Achava que o ruço devia ser mais solidário com ele, que lhe deu toda a atenção quando chegou no morro querendo se enturmar, sem saber o que era Rua 1, como se chegava na Vila Verde, a que se devia o nome Cidade Nova. Havia também a sua dureza, que Tomate atribuía a um problema com os orixás, que o estariam punindo porque se negara a abrir o seu próprio barracão. Eram tempos difíceis o que esse artista estava atravessando. De muitas privações e provações. E ele estava se sentindo muito sozinho para enfrentá-las. Não tinha nem mesmo Luluca para apoiá-lo, pois ela também fora atingida pela tal maldição, caindo doente para não poder ajudá-lo. Luluca estava sendo uma pessoa fundamental na vida de Tomate. Foi graças a ela que retomou o gosto pela vida, pela pintura, pelos grandes embates da favela, como por exemplo a luta pelo centro, da qual ele foi um dos grandes atores. Um de nossos heróis.

Tomate chegou a propor um livro sobre sua vida, que Luciano de pronto aceitou. Fizeram uma série de entrevistas, interrompidas por causa da chegada de uma equipe multimídia na favela ligada à Benetton, que prometeu fazer um CD, um livro de arte e um documentário tendo como tema a Rocinha. Traziam um monte de dinheiro na carteira, o que facilitou sobremaneira o trabalho de pesquisa, a abordagem para as entrevistas, o estudo de trabalhos já feitos sobre a Rocinha. Luciano entrou em pânico principalmente depois de uma conversa com seus editores, que queriam que o livro ficasse pronto antes dos gringos lançarem os seus produtos no mercado, principalmente o documentário. Achavam que, depois da Benetton, não sobraria nem um pouco de mídia para o projeto de um escritor praticamente anônimo como ele. E decidiram que deveria fazer um grande esforço de reportagem para terminar o trabalho antes do grupo.

Luciano propôs a Tomate que a sua biografia fosse publicada pela sua editora, mas o nosso amigo tinha muitas dívidas com a dona de uma editora alternativa, não abria mão de publicar o seu livro por ela. Luciano entendeu a fidelidade, até enalteceu-a. Mas lhe disse que só estava ali porque os seus editores acreditaram em seu projeto, estava comprometido. Acho que Tomate não acreditou que ele fosse capaz de se criar na favela, fazendo o livro a que se propusera originalmente e para o qual voltou depois da pressão que levou de seus editores. Mas além de surpreso com a determinação de Luciano, ele ficou ressentido com a distância que surgiu entre os dois, com a indiferença do cabeludo, com a total falta de tempo para os amigos. Naquele momento, começou a desconfiar de que Luciano era como todos os pesquisadores do asfalto. Procurava-nos apenas quando tinha interesses, indo embora quando o trabalho ficava pronto. Ele não seria um dos nossos, como em um determinado momento tanto ele como eu imaginamos, iludindo-nos.

— Veio aqui atrás de ajuda pro moço de cabelo grande? — perguntou Seu Tranca quando entrei na casa de Tomate. Seu Tranca é Tranca-rua do Imbaré, uma das três entidades que Tomate incorpora. As outras duas são o Malandrinho de Casa Amarela e Joãozinho da Beira da Praia.

— Isso mesmo, Seu Tranca — respondi, surpreso com a recepção.
— O senhor tem como ajudar o moço do escrevinhador?

Estava com saudade de Seu Tranca, fazia um tempo que não o via. Adorava sua inteligência, suas tiradas certeiras, a força de suas palavras. "Pode ciscar no terreiro, mas o galo é meu", dizia quando aparecia alguém querendo se criar em uma área que fosse do seu domínio, como por exemplo algum artista plástico da Rocinha tentando conquistar um espaço que era de seu menino, Tomate. "Se você caçar o boi, não esqueça que o mocotó é meu", era o seu mote quando lhe perguntavam de que forma deveria retribuir uma graça que alcançassem depois de recorrer a seus poderes. "Cobra que não caminha não engole sapo", aconselhava para quem estava com dificuldade de realizar seus desejos. Mas o que eu mais gostava mesmo era quando se referia às pessoas de que não gostava. "Tem gente que você não pode confiar, safada que é, que trocada por um saco de merda é bem trocada." Ainda bem que tinha passado a quaresma e poderíamos tê-lo em nosso convívio mais uma vez. A questão agora era ele ficar bom do pé e poder subir e descer a enorme escada da casa de seu pai, onde está de molho desde o carnaval. Ou então Luluca se recuperar de sua doença. A doença de Luluca estava me deixando preso ao centro como se eu fosse um dono de birosca.

— Meu menino está muito preocupado com o moço do cabelo grande — disse ele.

— Acho que o moço de cabelo grande não volta mais — disse eu.

— Se não voltar, será bem feito — disse Seu Tranca.

— Mas o senhor gostava muito dele. O senhor e seu menino.

— Pois se arrependimento matasse, vaçuncê não ia falar mais nem com meu menino, nem comigo.

— Mas o senhor disse que o moço podia subir e descer à vontade essas ladeiras, que quem não estava gostando ia ver a capa preta de Seu Tranca protegendo o moço do escrevinhador.

— Pois eu acho que o moço do cabelo grande enganou o povo todo. Porque o que ele fez não se faz num lugar como esse. Isso aqui é lugar com mil maneiras de morrer e apenas uma de viver. Meu menino teve ontem que mostrar que a porta da rua tem serventia quando o moço perguntador chegou aqui querendo guardar o escrevinhador e aquelas coisas onde ele guarda a voz do povo. Se ele fica um pouco mais, eu descia pra enfiar a faca e torcer o cabo na barriga dele. Pra ele cair no chão sem sujar esse chão com o seu sangue de traidor. Meu menino agora entende por que não falou da missa um terço pro moço perguntador. E eu digo pra vaçuncê tomar muito cuidado. Porque eu não vejo a hora de levarem vaçuncê pro moço que toma conta dessa terra. O moço que toma conta dessa terra quer o moço perguntador na frente dele. Vaçuncê vai ter que levar o moço perguntador de qualquer maneira. Se tu não souber responder, o moço que toma conta dessa terra vai soltar a madeira no lombo de vaçuncê. Você sabia que o papel do moço perguntador já está com os botas-pretas?

Seu Tranca cantou pra subir, e quando Tomate voltou a si, perguntou se eu tinha notícias de Luciano.

— Acho que você sabe mais dele do que eu — disse, sem disfarçar a decepção.

— Ele não te procurou hoje?

— Não.

— Você tem o tal artigo que deu esse barulho todo?

— Se você quisesse ler, bastava ter guardado o material da pesquisa dele.

— Tá me estranhando, Paulete? Luciano também é meu *brother*.

— Era, Tomate. Porque se tu fosse *brother* de verdade, tu botava o cara embaixo da cama e ia desenrolar com teu tio lá em cima, na boca.

O corpo de Tomate foi sacudido pelos tremores característicos da chegada de uma de suas entidades. Era o Joãozinho da Beira da Praia. Mas eu não dei ouvido às traquinagens de seu erê. Sempre desconfiei de que Tomate simula uma incorporação quando não quer ser contestado. Naquele momento, tive certeza disso.

— Cadê meu gualaná? — perguntou Joãozinho quando me viu saindo da casa de Tomate.

Quando cheguei na rua, a noite estava completamente fechada. Caíam os primeiros pingos de uma chuva que imaginei torrencial e andei na direção de casa. Queria tomar um banho antes de ir na Marta. Chegaria lá cheiroso, bonito, com a minha melhor roupa. Se fosse pra tomar uma coça, que fosse em grande estilo.

— A senhora é classe A mesmo — disse Tutu quando passei na frente de sua biroska, na esquina da Rua 2, no meio do caminho entre a casa de Tomate e a minha. — Eu fico impressionada, a senhora não cai do salto em momento algum.

Não entendi a brincadeira dele e dei uma parada. Não estava para frescuras, mas talvez conseguisse alguma informação com ele. Sua esquina era o QG do Cabeção, um dos bandidos mais antigos da Rocinha e um dos nomes mais importantes da boca na atualidade. Tutu é o tipo de bicha que tem tesão por bandido, que cheira com os caras, adora quando um deles a enraba ou goza na sua cara. Não sei por que os viados da favela gostam desse fervo, não vejo graça em ser chamada de tia por eles, em saber qual deles tem o pau maior. Ela, porém, está sempre por dentro das coisas. Seria capaz de me dizer para onde Luciano foi depois que saiu da casa de Tomate.

— Que foi, bicha pão com ovo? — brinquei.

Um bonde desceu pela escada da minha casa, vindo da Rua 1. Pegaram o Atalho logo em seguida. E desceram na direção da Paula Brito, fazendo o tradicional trajeto dos bandidos, indo de beco em beco até chegar lá no Valão. Era hora de recolher dinheiro e renovar a carga.

— Posso ser qua-qua, mas quando você quer a boa vem sempre buscar na mão da cacurucaia aqui — disse Tutu depois do reverente silêncio que sempre fazemos quando os bandidos passam armados, apontando para cada uma das esquinas em que podem ser emboscados pela polícia ou pela facção inimiga.

— Sou toda ouvidos — disse.
— Você tava linda no jornal.
— Obrigada, Tutu. Mas isso todo o morro já tá careca de saber.
— Por que o seu bofe cabeludo não tava lá te aplaudindo?
— É essa a boa que você tem pra me dar?
— Vi o bofe beijando a boca de uma mona ontem à noite.
— Não diga.

115

— Bricadeirinha, bicha. Não precisa cortar os pulsos.
— Você viu quando ele saiu da casa do Tomate?
— Vi quando ele entrou e quando ele saiu. Coitado, a cara dele era puro desespero. Vocês brigaram?
— Você sabe o que aconteceu. O morro não fala outra coisa.
— Já levantei o noticiário completo. O bofe conseguiu escapar.
— Eu sei, ele me ligou ontem à noite. Do asfalto.
— E agora?
— Tô indo lá em cima.
— Deus te proteja, bicha.

Subi a escada da minha casa. Entrei. Como sempre, minha irmã estava no quarto. Estava com o bofento do marido dela e com meu sobrinho lindo. Evitei falar com ela. Sei de sua fragilidade. É assim desde que nosso mundo desmoronou, com a morte de dona Altamira. Tinha nove anos quando ficou órfã. Bem dizer, fui eu que a criou. Conheço-a como só uma mãe conhece uma filha. Também acompanhei de perto o desespero com que lutou contra o câncer do primeiro filho, que só fez torná-la ainda mais frágil, mais vulnerável, mais medrosa. Seria capaz de ter um troço se soubesse que estava indo desenrolar lá em cima. Acusado do crime mais hediondo para a lei que rege a nossa vida aqui. Ela não é de muitos rompantes. Herdou a discrição de mamãe. Sofre calada, trancada no seu quarto. É como se ali, entre as sólidas paredes de seu quarto, o destino não pudesse atingi-la com suas desgraças, suas tragédias, suas desditosas calamidades.

Tomei um banho gelado, acendi um incenso, fiz as minhas orações e botei um blazer lindo que ganhara do bofe. Vi que estava lindo no espelho e saí de fininho. Fui cumprir minha sina. A chuva apertou quando comecei a subir a escada em direção à Rua 1. Tinha a estranha sensação de que todo mundo estava olhando para mim. Lembrei da época em que mamãe morreu, do ódio que senti de papai, achando que ela tinha morrido por causa dos inúmeros desgostos que lhe causara quando se tornou um pinguço e começou a se envolver com o samba, a ter outras mulheres, a tirar do prato dos filhos para gastar com aquelas vagabundas. Acho que tornei ostensiva a minha homossexualidade como uma forma de me vingar dele, de atingi-lo em seu ponto mais vulnerável do mesmo modo que ele fizera com mamãe. Para que nas rodas de cachaça seus amigos debochassem dele, dizendo que o filho do João é gay. Nunca gritei, nunca dei escândalo, nunca botei silicone no peito ou aplique no cabelo, pois jamais jogariam ovo, atirariam pedra ou dariam um coió em um filho de dona Altamira, a dignidade de saias subindo e descendo as ladeiras desse morro. Foi por isso que nunca me envolvi com ninguém na Rocinha — Cássio foi a única, honrosa e inevitável exceção. Queria apenas que as pessoas soubessem qual é a minha, como imaginava que estava acontecendo naquele momento, todo mundo olhando para mim sabendo qual o meu destino, o que iria fazer quando chegasse lá em cima. Mas ninguém jamais ousou falar um A para mim. Porque, apesar de todas as acusações de que estava sendo alvo, até mesmo o mais cruel dos bandidos um dia amou, e em nome dessa paixão cometeu as maiores loucuras do mundo. Piores até do que acoitar um X9.

— Chama tua mãe pra mim — pedi para Leonardo, que estava brincando com um amiguinho na sala de entrada.

Leonardo foi tão imprestável quanto qualquer criança de sua idade, gritando por sua mãe de onde estava.

— Mãe, o Paulete tá aqui.

Ela apareceu logo em seguida.

— Ô, Paulete, que é que você tá fazendo aí na chuva?

— Esperando alguém me chamar, pretinha.

— Ih, o cara aparece nos jornais e já fica cheio das cerimônias, nem parece que é o favelado que cresceu com a gente.

A recepção não poderia ser melhor. Um bandido até podia me receber com aquela festa e depois me matar. Mas não Marta.

— Quer um cafezinho? — perguntou.
— Só se for você que fizer.
— Você sabe que por você eu faço qualquer coisa, Paulete. Você sabe disso.
— Então me conta logo toda a verdade.
— Primeiro, o cafezinho.

Fomos para a cozinha. Lá estava esperando por nós o Márcio, um negro lindo que, juntamente com Ivanise, coordena a creche do Valão. Hoje é casado e tem filhos, mas me parece óbvio o amor que ainda sente por Marta, com quem namorou em outras encarnações. Usa as insuperáveis dificuldades da creche lá de baixo para se manter sempre perto de sua amada, de quem acho que de vez em quando ainda rouba uns beijos. A creche lá de baixo, embora tenha sido a primeira da favela e seja a maior e mais bem localizada, parece ter sido amaldiçoada pelos orixás. Há quem atribua essa maldição ao fato de nela ter funcionado um terreiro de macumba antes de a Unicef comprar o terreno que doou para que lá fosse construída a primeira creche comunitária do mundo. Várias mães-de-santo já foram rezar o lugar e nada deu certo. Nem mesmo o templo evangélico que hoje funciona em uma de suas salas, teoricamente para fortalecer o caixa da creche com o aluguel que o pastor paga pelo uso do espaço, mas que na verdade revela o início da conversão religiosa de seus coordenadores. Acho sintomático que um lugar no qual já funcionou um dos maiores terreiros da Rocinha tenha um templo evangélico, por menor que seja.

Mas Márcio não estava ali para roubar um beijo de sua musa ou para pegar carona em um dos projetos que Marta atrai para a favela com suas inúmeras articulações com o asfalto, principalmente com a PUC. Estava ali porque é um tremendo fofoqueiro e se incumbiria de espalhar por todo o morro que o caso do escritor X9 já tinha sido desenrolado. É como um desses repórteres que são convidados para determinados eventos para que possam dar ciência deles para o mundo. Na descida para a creche em que trabalha, vai espalhando as boas (ou as más) novas com ares de enturmado, do cara que sabe das coisas em primeira mão. Passou várias vezes lá no centro para me dizer o que estava acontecendo com Zinha ou com a escola de samba, só para citar dois recentes julgamentos que abalaram a Rocinha. Também tem como função medir a temperatura da favela. Do mesmo modo como desce com informações, ele as leva para cima. É uma espécie de contrapeso do MC. Não tem a sua importância, mas com sua atuação impede que o MC se sinta o dono da verdade.

— E aí, Márcio? Como é que tá a creche lá embaixo?

Márcio tinha se reaproximado de Marta depois que o MC, valendo-se da vulnerabilidade da creche do Valão, deu o bote nela. O funkeiro sabe o que representa o poder de uma creche, tanto para a favela como um todo, como para os bandidos em particular. Para a comunidade, tem empregos para oferecer, o cuidado com as crianças que permite que as mulheres trabalhem fora e as cestas básicas que as madames nunca deixam de mandar para as crianças da favela, que imaginam sempre famintas e remelentas. Para os bandidos, uma creche pode cuidar das suas crianças enquanto puxam a sua cadeia e, acima de tudo, é um lugar inexpugnável quando a polícia ocupa o morro, no qual nem mesmo o mais marrento dos sargentos ousa meter a bota no horário escolar. Márcio recorria às articulações de Marta aqui em cima para resistir ao cerco de MC. E Marta apoiava a sua causa porque a candidatura de MC se tornaria imbatível se, além do prestígio que lhe dava a organização dos bailes, pudesse incluir em sua plataforma um trabalho social com a envergadura de uma creche como a do Valão. A aliança fora um sucesso. Pretendiam reeditá-la na campanha pela associação de moradores.

— Com a graça do bom Deus, a gente conseguiu se livrar da pressão do MC.

— Não sabia que Deus se chamava Bigode e comandava o tráfico de drogas na Rocinha — disse eu, rindo.

119

Marta e Márcio riram também. Marta serviu o café. O café era quente, forte e doce como aquela casa. A chuva lá fora apertou e um vento frio entrou pela janela da qual se abria uma das mais belas paisagens do mundo, a Lagoa Rodrigo de Freitas.

— Fecha esse negócio — implorou Márcio. Marta atendeu o seu pedido.

Fez-se um longo silêncio, durante o qual voltei a temer por mim, por Luciano, pela favela toda. MC ainda não chegara nem na metade do caminho que se propunha percorrer e já se sentia o próprio Fernandinho Beira-Mar. Acho que se via como o novo Lobão, que fez carreira no crime por intermédio dos bailes. Na hora em que chegasse lá, talvez tivéssemos uma reedição de Dudu, o bandido mais temido da história da favela. O episódio em frente à Estação fora apenas uma forma de afirmar seu poder em relação a Marta, cujo nome muito provavelmente Luciano citou no momento em que a turma de Palácios o cercou. Tinha perdido a batalha da creche, mas continuava a ser o candidato do cara. Isso ninguém lhe tirava. Mais do que nunca, tinha necessidade de deixar público e notório que pelo cara era ele quem falava na favela.

— Acabei de falar com o Bigode — disse Marta.

— E aí?

— E aí que o MC tava lá, marretando a cabeça do cara.

— Você leu o texto?

— Eu li, Paulete. E para mim está claro que estão fazendo uma tempestade em cima de um copo d'água. Mas agora o que importa não é o copo d'água. É a tempestade.

— Com todo respeito, Marta, não é você que é a amiga de velhos carnavais do Bigode?

— Uma coisa é a pessoa Marta, que foi casada com o irmão do cara e teve um filho que hoje chama o amigo de tio-pai, de tanto que os dois se gostam. Outra é a personagem, a que coordena uma creche comunitária e agora é candidata a presidente da associação. Uma não tem nada a ver com a outra.

Percebi aí um dos principais conceitos do que Luciano chama de congo, a cultura de sobrevivência das favelas. Segundo esse conceito, a pessoa é o amigo que procurou a Marta quando se viu desesperado por causa de um assustador tumor que apareceu no pescoço ou o menino de 18 anos precisando de conselhos quase maternais, num momento em que se viu diante do dramático dilema de assumir sozinho a favela após a morte de Dênis, quando por um lado havia o risco de a Rocinha virar uma posse do selvagem grupo de Beira-Mar e por outro, se aceitasse o desafio de substituir o maior líder da história de sua comunidade, o de acordar todos os dias sabendo que poderia encontrar o seu fim do mesmo modo que os seus irmãos Cassiano e Conde, ambos executados pela polícia. O personagem é o bandido, o cara que está preocupado com o negócio do pó, em comprar a polícia, em ter a comunidade a seu lado e acima de tudo dialogando com as principais lideranças do crime organizado no Rio de Janeiro, tendo que prestar conta de tudo o que acontece aqui, porta de entrada das drogas na cidade. Ela, a pessoa, às vezes pede um dinheiro emprestado a ele, a pessoa, para as ocasiões em que sua personagem, a de coordenadora de creche, está com problema de dinheiro nas diversas situações em que os seus financiadores atrasam o pagamento. É como se até nisso houvesse a tal separação "eles lá, nós cá", outro conceito também muito importante dentro da favela, do congo, dos códigos que o povo criou para não sucumbir à guerra da cidade, entre o morro e o asfalto. Eles, as personagens; nós, as pessoas. Os personagens podem matar as pessoas, frise-se. Ela, mesmo como pessoa sendo grande amiga da pessoa dele, pode ser executada a sangue-frio por aquele personagem. É óbvio que o fato de as pessoas se conhecerem facilita sobremaneira a relação entre as personagens.

— É por causa da sua personagem — explicou Marta — que você ainda não levou uma bela de uma coça. Se fosse qualquer outra pessoa que tivesse botado o X9 pra dentro da Rocinha, já tinha subido pra desenrolar no QG.

A personagem era a pessoa que estava envolvida em projetos sociais há pelo menos 15 anos e fundamentalmente a que estava entrando com toda a força na mídia, com foto em todos os jornais do dia e pelo menos uma aparição para muito breve em um programa de televisão da Rede Globo. Ao longo de todo esse tempo, não me envolvi em nenhuma parada errada e também fiz tudo o que estava ao meu alcance para não incomodar o cara lá em cima. Mesmo nas voltas que tomei por causa da eterna boa vontade da minha pessoa, que já se deixou usar em diversas ocasiões por personagens como o Baixa. A minha pessoa é muito boba. Acredita em tudo. Acho que a última coisa que acreditei foi nesse Tim Lopes. Digo, no Luciano.

— Pois se o Bigode tá querendo saber como é que esse cara veio parar aqui — ousei dizer, pronunciando a única fala compatível com a personagem que me cabia interpretar nesta história —, você está autorizada a dizer que eu não apenas o introduzi na favela, como também apresentei ele pra uma porrada de gente na favela e pedi pra que dessem entrevista para o livro dele. Também pode dizer pra ele que com algumas delas eu insisti, enchi o saco mesmo.

— Tu é macho pra caralho, bicha — disse ela. — Tu é o cara mais macho da Rocinha.

Rimos muito dessa grande contradição. Mas, como Marta fez questão de explicar, eu estava sendo a única pessoa a assumir publicamente que o recebera bem, dando-lhe as informações com as quais conseguiu escrever o artigo que fez a Rocinha tremer. O resto estava promovendo uma caça às bruxas. Havia gente inclusive aproveitando a oportunidade para mostrar serviço para o cara.

— Sabe o Baixa? — disse ela. — Chegou a armar uma arapuca pra pegar o cara, tentando atrair ele pra favela ontem à noite dizendo que ia dar a bombástica entrevista que ele tanto queria. Só não botou o plano em prática porque o Luciano não atendeu o telefone. Mas se ele caísse na isca, ia ser recebido pelos bandidos.

— A sorte é que na pressa ele esqueceu o celular no morro. Sou capaz de apostar que se atendesse a ligação, teria ido correndo pra entrevista bombástica do Baixa. Ele é louco. Não mede as conseqüências quando tá atrás de uma informação.

— Acho que é por isso que gosto dele — disse Marta.

Sempre soube que Luciano e Marta eram almas gêmeas. Entenderam-se maravilhosamente bem desde que a entrevistou. A entrevista durou horas, lembro bem. Demorou tanto que nos deixou preocupados na casa de Tomate, onde ele, Luluca e eu o esperávamos para jantar. Pode ser que estivesse pondo em prática a sua política de monitoração do russo, mas se o fez foi, como sempre, correndo riscos, no mínimo atirando-lhe iscas para que Luciano, se as mordesse, mostrasse até que ponto estaria interessado em fazer um livro sobre a Rocinha como um todo ou sobre a nossa boca. Na saída da entrevista, passou lá em casa. Exultava. Era como se antecipasse tudo o que podia viver com a dona da Rocinha, que lhe falou, por exemplo, do medo que tinha de ser seqüestrada e principalmente o seu filho, cujo nome encabeçou a lista da mineira da polícia civil até o dia em que o próprio Bigode ligou para os arregados e disse que a família não fazia parte da guerra entre eles.

Viu em Marta uma Evita pós-moderna. Comportava-se diante dela como se fosse um adolescente com medo de ouvir um não, ficava nervoso, gaguejava. Nunca desistiu da idéia de ligar para ela e marcar um encontro fora da favela, já que aqui dentro, nessa cidade com olhos de águia e ouvidos de tuberculoso, não conseguiriam conversar em paz em nenhum lugar. Somente lá fora, onde ela era uma simples mortal, poderia lhe dizer o que me confessou já na volta da primeira entrevista: você é um grande personagem literário, o maior que já conheci em minha vida.

Eu sei exatamente por quê. É porque tem tempo para ouvir e coração para entender qualquer pessoa. Somente ela mostraria interesse pelo meu caso, por exemplo. Ou pelo do próprio Luciano, que ela só não defendeu junto ao tráfico porque ele não foi ao encontro que marcaram hoje de manhã, assinando assim a sua confissão de culpa. É por isso que a procuram os bandidos que saem da cadeia dizendo-se cansados da vida do crime, pedindo uma segunda chance. É em sua porta que batem os políticos à procura de uma parceria de verdade, seja ele de direita, de esquerda ou de centro. Fala com os poderes paralelo e oficial. A qualquer hora do dia, da noite, da madrugada. Mas, ao contrário de sua mãe, tem uma intensa vida pessoal. Seduz escritores malditos, recebe bicheiros interessados em trocar votos por benfeitorias na favela, negocia com policiais dispostos a fazer pactos de não agressão com o tráfico, dorme com mauricinhos que conhece nas festas de Ipanema, onde arrasa com sua pele sempre sedosa, seus cabelos tratados, o decote no limite entre a promessa e o recato. Porque com ela tudo é risco, mas tudo é festa também.

— Mas e agora, Marta? — perguntei. — Tá desenrolado?

— Paulete, meu lindo. É lógico que tá desenrolado. Não exatamente por mim. Mas por você. Pelo crédito que você conquistou ao longo desses anos todos trabalhando pela causa da Rocinha. É lógico que você vai ficar em observação durante um bom tempo. É lógico também que você vai ter que acender umas velas pros seus orixás pra que o Luciano não seja o Tim Lopes que todo mundo tá pintando aí. Mas se o cara não tiver andado com uma câmera oculta filmando o que não deve por aí, o máximo que vai te acontecer é um pentelhinho ou outro enchendo o seu saco lá no centro. Mas pra quem conta, tá desenrolado. Até mesmo pro MC.

Capítulo 7

A chuva começou a apertar quando desci a escada que levava da Rua 1 até lá em casa. Que horas eram, meu Deus? Não sabia. Eu só sabia que queria festa. Pelo menos esta noite, a Rocinha não ia nem existir para mim. Ia tomar outro banho, trocar de roupa, pegar uns trocados embaixo do colchão e me acabar nos braços do primeiro porteiro que quisesse um pouco de calor humano ao longo dessa madrugada que se anunciava sombria. Havia algumas questões pendentes, principalmente a história de que o texto já tinha chegado no batalhão. No dia seguinte eu também me preocuparia muito com a sugestão de Marta de que eu era uma espécie de refém da Rocinha, a garantia de que Luciano não escreveria besteiras. Mas essa noite tudo seria festa. Só festa.

O telefone tocou.

— Alô — disse depois de olhar no visor do celular e não identificar o número.

— Padeiro, sou eu, o Luciano.

Experimentei a um só tempo todas as emoções que um coração seria capaz de reconhecer. Seu filho da puta, foi uma das frases que me ocorreu dizer. Também teria dito, se conseguisse concatenar os pensamentos, que estava morrendo de saudade, pensei o dia todo em você, como nunca. Havia ainda uma preocupação quase maternal, precisava saber como ele estava, se tinha se machucado, se conseguira guardar o material de sua pesquisa. Queria acima de tudo ouvir sua voz, ver seus olhos intensos, ouvir sua gargalhada escandalosa.

— Qualé, Molina? Vai bater o telefone na minha cara?

As oscilações continuavam. Cara, que susto que você me deu!, tentei dizer, mas as palavras não passavam pela garganta. Onde é que você tá?, teria perguntado se as palavras não tivessem ficado entaladas junto ao turbilhão de emoções desse longo dia, desse dia que parecia não ter mais fim. Preciso te ver, quase denunciei. Como é que você joga uma batata quente dessas e some?

— Morena, eu preciso de um favor teu.

É lógico que você só ia procurar a Geni porque tá precisando do favelado aqui, o rancor me corroeu. Não, a culpa é minha, o cara me procurou ontem à noite e inebriado com o sucesso não dei a menor bola, corrigi-me logo em seguida, achando que tinha cometido um daqueles pecados pelos quais fui tão massacrado pelas madres do Instituto Nossa Senhora de Lourdes, o do próprio pensamento. Eu realmente merecia ser desprezado pelo cara, a quem não dei a menor atenção quando mais precisou de mim. A indiferença dele seria o castigo de Deus por todos os pecados que cometi. Por todas as saliências que fiz achando que seriam perdoadas pelo padre com o qual me confessava aos domingos. Inclusive as que fantasiei com você, meu escritor maloqueiro.

— Cara, não dá pra você ir pro centro? Meu cartão já tá acabando.

É lógico que sim, tentei dizer, mas como sempre os pensamentos eram mais velozes que as palavras, esse coração que está sempre indo na frente de mim. Ligo pra esse número aí daqui a dez minutos, ia propor. Ele tá registrado aqui na memória do celular, era o óbvio ululante que, como todas as certezas cristalinas que habitavam o meu peito, não conseguia agarrar com as minhas mãos, morder com meus dentes de aço, prender entre as pregas do meu rabo.

— Pensei que nunca mais fosse te ver — disse por fim.

— O cartão tá acaban... — alertou Luciano.

Saí correndo para o centro, para retomar a ligação. E quanto mais veloz eu era, maior era a certeza de que era um débil mental, de que mais uma vez estava jogando fora a grande oportunidade da minha vida. De que nunca mais ia falar com ele, minha razão de existir. Eu nem tentava disfarçar o meu desespero enquanto descia esbaforido pela Estrada da Gávea, pouco me importando o que pensariam de mim as travas que fazem ponto no Walter Gate, os policiais arregados do DPO em frente à entrada da Dionéia, os roqueiros da Fundação que sonham em emplacar suas músicas na rádio que ouvem enquanto jogam conversa fora no ponto do mototáxi, os coroas que jogam baralho na frente do Balança Mas Não Cai sem saber o que fazer com o tempo ocioso com que Deus os surpreendeu ou as patricinhas que tomam cerveja no Beer Pizza achando que são as gatas mais cobiçadas do Baixo Gávea, quando na verdade a maior ambição que podem alimentar é a de conquistarem uma nova condição de vida tornando-se a número um de um bandido com posição na boca. Enfim, cheguei no centro e agoniado como se tivesse morrendo de vontade de dar uma cagada, esquecendo portas abertas por onde passava porque tudo dentro de mim era urgente e inadiável, liguei para o número registrado na memória do celular que comprei de Tomate quando teve início o seu dramático processo de falência. Será que Luciano ainda estaria lá?

— Oi, Maloqueiro — disse quando ele atendeu. — Sou eu, a Morena.

Não o via desde o domingo, no baile do Rocinha's Show. Lembro que ele era pura irritação com a minha insistência de que a Rocinha é um bairro como outro qualquer, com os mesmos problemas enfrentados na Barra da Tijuca ou Leblon. A montanha de lixo acumulada na esquina do Caminho do Boiadeiro com a Cidade Nova seria, segundo ele, inimaginável no asfalto. Também não havia a menor possibilidade de lá embaixo haver um paredão de casas como as que fomos deixando para trás enquanto subíamos a Rua 2 pelo meio da madrugada, entre as quais às vezes não dava para uma pessoa mais gorda passar ou não se podia abrir um guarda-chuva em noites como a de hoje. O próprio tráfico de drogas, instalado nos condomínios no mínimo há tanto tempo quanto nos morros, jamais terá enclaves com as poderosas armas que os nossos bandidos fazem questão de ostentar. Vejo agora que exagerei em minha defesa de que a Rocinha não é o bolsão de miséria que os espertalhões divulgam na mídia para encher a burra de dinheiro com os projetos que conseguem atrair. Mas também sei que em parte sua irritação foi movida pelo ciúme que estava sentindo da minha aproximação de Peter. Deve ter percebido inclusive que mentira para ele, dizendo que seria a despedida do americano. Achava que ele não iria. Mas foi. E foi uma chatice. O baile foi uma chatice porque Peter estava muito interessado em aproveitar a folga que lhe dera a noiva com quem iria viver em Oklahoma com uma amiga sua lá da Cachopa, porque eu não tinha a menor intimidade com seu amigo Mike, e porque Luciano resolveu fazer um estudo antropológico do baile, anotando cada detalhe que via. Fiquei ali, jogando a bundinha para um lado e para o outro. Tentando imitar as pessoas dançando a minha volta.

— Preciso de um favor seu — disse Luciano.

Voltei a ter a sensação de uso. De abuso da bicha favelada de que a cidade só se lembra quando algum pesquisador de merda precisa tirar uma casquinha da nossa pobreza, nossos bandidos bárbaros, nossas domésticas cearenses, nossos birosqueiros inescrupulosos, nossos evangélicos engambelados por astutos pastores. Só por isso procurava a mim, a bicha servil, aquela que apanha na cara dos bofes que acabou de fazer gozar em sua boca, à qual, quando muito, só é dado o prazer de passar por um cara e dizer para os próprios botões que ele tá com mulher hoje, mas ontem tava comendo meu cu, chupei o pau dele, gozou na minha cara, esporrou na minha boca.

— Você tá bem? — perguntei, aflito.

— Preciso de um favor, cara — disse ele, enervando-se.

Tive vontade de jogar na cara dele o dia que passara por sua causa, as coisas que ouvira porque um dia fui dar atenção àquele bofe com jeito riponga que entrou no centro com uma conversa maneira e acima de tudo capaz de escrever textos lindos, como o que fez sobre o meu trabalho para o *site* Cenário Virtual, iniciando a série de matérias que culminou com a explosão de ontem. Mas nunca foi de mim cobrar. Por mais que eu sinta que as pessoas estão me devendo, como eu acho que seja o caso do cachaceiro do meu falecido pai, da irmã que criei e hoje mal fala comigo por causa do marido interesseiro e idiota, do Tomate, da Luluca e de tantas outras pessoas, que olham para mim e se danam a pedir tudo. Parece até que tem escrito na testa, o Paulete dá. O Paulete dá o cu, o Paulete dá seu tempo, o Paulete dá sua casa para os outros morarem, a sua boa vontade e principalmente o seu coração, seu bobo coração.

— Primeiro, você diz como está — impus. — Depois a gente fala dos favores.

— Paulete, eu tô superapressado.

Tive vontade de ser irônico, perguntando se estava indo agora para o escritório, se havia o risco de ficar preso no engarrafamento se passasse cinco minutinhos conversando comigo pelo telefone. Mas preferi ser sincero. Falar o que tinha que ser dito. Sem meias palavras. Sem papas na língua. Depois de tudo o que vivera nessas últimas 36 horas, só dava para lidar com a verdade. Não com os sentimentos que ela despertou.

— Por que você tá me evitando?

— Não tô te evitando, Paulete. Só estou com pressa.

Que foi que eu fiz com esse cara?, eu me perguntei. Era óbvio que uma pessoa a uma hora dessas não poderia estar com horário para nada. Não há trabalho, não há teatro, não há mesmo uma festa para a qual se vá a uma hora dessas que não possa esperar dez ou 15 minutos. A não ser que tenha encontrado a paixão de sua vida, o que eu duvido muito por causa do susto que acabou de tomar na Rocinha. Ele estava era lambendo as feridas trancado no seu apartamento do asfalto. Muitas coisas estranhas deviam estar passando pela sua cabeça, fazendo morada em seu coração solitário. Vira a morte de perto. Conhecera a traição em sua forma mais crua. Era egoísmo insistir em tê-lo ali, espremendo-se embaixo do orelhão para que a chuva não o molhasse com aqueles pingos gelados. Se estivesse em seu lugar, também estaria querendo voltar para debaixo das cobertas.

— Pressa de quê, cara?

— Se você não me ajudar agora, eu vou perder toda a minha pesquisa.

Mais uma vez me penitenciei. Ele realmente não podia se dar ao luxo de pôr em risco todo aquele trabalho, as fitas em que gravou a voz da Rocinha, os cadernos em que anotou as suas impressões. Expôs-se de forma suicida para colhê-la e para salvá-la. Não seriam as carências de uma moça ingênua que fariam mudar a prioridade número um de sua vida. Fora capaz de sacrificar até mesmo a relação com a filha, que ele sempre considerou sagrada, à qual devia o mínimo de lucidez que tem para administrar as coisas do dia-a-dia, as contas, os contatos, os afazeres sociais. Fora salvo de um complicado histórico com drogas por causa da menina, por amor a ela. E mesmo ela esteve em segundo plano enquanto fazia a pesquisa do que seria o livro de sua vida. Ou, como ele gostava de dizer, um livro pelo qual valia a pena morrer. Como literalmente quase tinha acontecido nesses últimos dias. Nesses dias em que eu egoisticamente só pensei no meu sucesso.

— De que forma posso te ajudar?

— Sabe aquela mata que tem entre o Portão Vermelho e a Rua 1?

É lógico que eu sei. Eu e qualquer morador da Rocinha. É a região dominada pelo Miltão, um velho compadre de Dênis que enriqueceu graças às invasões que organizou, valendo-se do conceito que tinha com o maior líder da nossa história. O homem é um gênio da dissimulação, tinha sempre um argumento perfeito para obter a autorização do falecido para sair derrubando a Mata Atlântica, mesmo que a preocupação com o meio ambiente tenha sido um dos últimos argumentos usados pelas elites para jogar a opinião pública contra o morro, em sua incansável guerra para nos manter à distância. Mas o velho bandido se deu por vencido quando Miltão lhe disse que o povo estava se matando de trabalhar para pagar aluguéis cada dia mais escorchantes.

— Não me diga que você jogou a sua pesquisa ali? — perguntei para Luciano.

— Digo.

Parecia difícil acreditar, mas a especulação imobiliária tinha chegado à favela depois de sua prisão, no remoto ano de 1987. Não adiantaria tocar terror para que os proprietários baixassem o preço dos aluguéis. Ou então impedir a entrada de novos moradores no morro, dessa horda de cearenses que nunca pára de chegar. A única alternativa seria desbravar novas áreas de crescimento, como ocorreu primeiro com a Vila Verde e depois com o Portão Vermelho, onde Miltão construiu a olaria que recentemente foi motivo de uma grande polêmica envolvendo o poder público, a boca, a polícia e os ambientalistas quando a RA resolveu despejá-lo. Ele, que investira em seu negócio algo perto de 200 mil reais, foi para a boca primeiro usando sua velha amizade com Dênis, e depois tentando jogar o atual dono contra Sandra, a administradora regional, que iria atrair muita polícia para derrubar a sua olaria. Nenhum dos dois argumentos colou. Na verdade, o segundo até atrapalhou. Então, que deixasse o poder público agir logo, determinou Bigode depois de ouvi-lo.

Talvez a proximidade com a boca tenha sido de grande valia para Miltão, que percebeu que a derrubada da sua olaria era mais uma satisfação que o governo estava dando à opinião pública e que logo tanto um como outro esqueceriam de suas travessuras. E quando esquecessem, ele levantaria a fábrica de tijolos exatamente onde funcionava antes, com a mesma estrutura. Mas ainda que tenha gravadas em minha memória as imagens do verdadeiro show que a polícia deu, enchendo a favela com as viaturas pretas do CORE, não é exatamente na hipocrisia da relação da repressão com o crime organizado que penso quando me falam daquela reserva. Toda vez que passo por ali eu lembro dele com os poros e o coração, o falecido Cássio Guimarães. Foram várias as vezes em que entramos na mata e fizemos sexo como dois animais no meio da madrugada. Porque naquela época, tudo era urgente quando nos esbarrávamos no meio da noite. Muito mais urgente do que tudo o que aconteceu ao longo do dia de hoje. Mais até do que a necessidade de salvar o trabalho de meses de Luciano.

— Por que isso, cara? — perguntei.

— Porra, Padeirinho. Pelo óbvio. Porque não tava dando mais pra fugir com aquele peso todo nas costas.

— Você sabe exatamente onde está?

— Sei. Bem em frente à oficina. Tem uma trilha ali. Tá logo no comecinho.

Ele queria que fosse correndo para lá. Estava com medo de que a chuva, que caía cada vez mais intensa e mais grossa, encharcasse a mochila na qual socara as fitas e principalmente a bolsa em que enfiara seus papéis, ambos de um pano não muito resistente. Pensei em falar do bloco que esquecera ao lado da cama, mas deixei pra lá. Ele sabia que eu lia os textos dele e de certa forma fazia como aquelas vizinhas gostosas, que trocam de roupa perto da janela para exibir suas formas, dando a punheta que os *voyeurs* como nós imaginamos ser proibida mas que no fundo é tão desejada quanto as palmas o são para um artista depois do seu espetáculo. Mas o segredo faz parte do jogo entre o exibicionista e o *voyeur*. Melhor dizendo, o que está em questão é o espetáculo do desejo, e nesse teatro, tanto os atores quanto a platéia precisam acreditar na verdade do palco, na parede invisível que protege a intimidade de quem está de cada um dos lados. Foi por isso que não fiz referência ao caderno que estava ao lado da sua cama e me dispus a resgatar o seu trabalho.

— Tá bem, eu vou — disse. — Mas depois, como é que eu faço?

— Você fica esperando, que assim que puder eu dou notícia.

— Não me diga que você vai sumir?

— É isso mesmo, Molina.

— Você não pode sumir.

— Depois do que aconteceu ontem, eu posso qualquer coisa.

— Se sumir, você vai perder toda a credibilidade.

— É melhor perder a credibilidade do que a vida.

— Não foi isso o que você me disse nesses últimos meses.

— Mas é isso que tô te dizendo agora.

— Desculpa por ontem. Você precisando tanto de ajuda e eu só pensando no sucesso do desfile.

— A vaidade é o mal do século.

— Digamos que não estou preparado para o sucesso.

— É lógico que você tá, querido. Só que nem você nem ninguém iria esperar uma cena daquelas.

— Porra, cara. Pra que então você foi dar aquele texto pro *site* do Airton?

— Porque o cara tava enchendo o meu saco pra publicar uma coisa minha, achava que isso ia dar prestígio pro *site* dele.

— Precisava pegar tão pesado?

— Eu não falei nada que qualquer zé-mané da favela e do asfalto não saiba.

— Por que você não foi na Marta? Ela perguntou por você hoje.

— Neguinho não teve a menor consideração pelo aval dela. Não sei como consegui furar o cerco do Baixo Estação.

— Você também não devia ficar boiando na favela.

— Molina, se liga, cara. Você tá querendo me culpar por uma coisa que não fiz. Se eu tivesse dito que aí é um convento de freiras, o pessoal ia tocar o mesmo terror. O texto foi só um pretexto.

— Neguinho agora tá tocando o maior terror pra mim.
— Se eu fosse você, também dava um tempo da favela.

Eu até cheguei a pensar nisso, quase disse. Mas não consegui. Mais uma vez senti aquele nó no peito, uma espécie de areia na garganta, nuvens que escureceram meus olhos. Se seguisse por essa trilha, terminaria descobrindo a grande e fundamental diferença entre nós, que ia muito além do já grande fosso que separava os nossos mundos. Veria que a questão não era ter um lugar para ir, um porto seguro no qual me refugiar. Porque, se cedesse à grande tentação de pegar a mochila e aproveitar o feriadão, o fim de semana muito provavelmente teria que durar pra sempre.

Desde a sua chegada, estou sentindo que meus dias na Rocinha estão contados. Com o episódio do texto publicado no *site* do Airton, ficou ainda mais claro que já deu minha hora, é isso o que marca o relógio do meu coração. Mas não vou sair daqui por causa de um episódio repleto de mal-entendidos. Vou para viver um grande amor, para fazer um grande trabalho, iniciar uma grande viagem. Não porque tenha perdido o meu espaço aqui, porque as portas da favela foram fechadas para mim.

Tenho raízes aqui. É na minha casa que respiro a minha mãe, o meu pai, a minha irmã, o sobrinho que morreu de câncer e pelo qual fui buscar as cestas básicas que o tráfico distribui na entrada da Rua 1 pelo menos uma vez por semana enquanto ele esteve doente, ao longo de quase dois anos. Lá tem toda uma química. A parte de cima, por exemplo. Fui eu quem a construiu. Melhor dizendo, eu e meu irmão. Com o dinheiro que ganhei trabalhando no Globinho e ele lavando carro no Baixo Gávea. Cada tijolo ali tem uma história.

É por isso que vou me defender até o fim. É por isso que estou enfrentando as feras na arena. É por isso que estou lutando para provar minha inocência. Porque Luciano pode muito bem viver sem nunca mais ir a Fortaleza, sua cidade natal. Mas eu não sei o que seria de minha vida sem a sensação que invade meu coração toda vez que vejo o entardecer e entro naquela casa. Não sei explicar de onde vem essa força, mas é dela que me alimento para trabalhar, para defender a dignidade da minha comunidade, para dar meus cursos, para sonhar com novos amores e lutar por uma vida melhor.

— Isso está completamente fora de cogitação, Maloqueiro.
— Você é quem sabe. Eu mal sei de mim.
— Não vai deixar nem um telefone?
— Sinto muito, Morena.
— Perdeu a confiança?
— Não é uma questão de confiança. É uma questão de segurança.
— Não te entendo. Com a pesquisa, que é a tua razão de viver, eu posso ficar. Mas com o teu endereço, não.
— Morena, eu acho melhor você não tentar entender nada.

Devia estar arrasado, eu sabia, eu que o conhecia tão bem. Eu que o conhecia a ponto de imaginar o drama que viveu só por causa do medo que sentiu com o cerco que lhe fizeram no Baixo Estação. Porque medo é a palavra do dicionário de que mais tem medo. Não que não o sinta. Sabe que o medo é natural do ser humano, principalmente quando se está diante do desconhecido, de algo cujas conseqüências não podemos medir. Mas tem medo de admiti-lo publicamente porque em geral esse tipo de medo é confundido com um medo que paralisa, que acovarda. E uma prova de que não fora isso que acontecera é que estava ali, que tinha agido, tinha furado o cerco, protegido a sua pesquisa, ligado para mim.

— Você tá entendendo alguma coisa?
— Padeiro, por favor, a gente não tem tempo a perder.

O que o tornava mais frágil e egoísta do que uma criança era a lembrança de que essa era uma experiência que se repetia, uma rejeição que se confirmava, uma existência que se tornava mais marginal do que a que viveu quando menino, na sua casa repleta de mulheres, sem um espaço para si. Não conseguir um lugar nesse mundo de favelas era confiscar-lhe até mesmo o rótulo de marginal.

Não lhe cabia nem mesmo um lugar entre os excluídos. Não pertencia a nenhum dos mundos. Nem ao meu, nem ao dele. Era com isso que sofria, tenho certeza.

— A Marta... — eu disse, tentando de alguma forma tranqüilizá-lo.

— Eu quero que a Marta vá pra puta que a pariu. A Marta, o MC, o Pipa, o Palácios, a Rocinha inteira.

Eu também?, quase perguntei. Mas me contive. Era óbvio que o seu coração era puro ressentimento, um pote até aqui de mágoas. Ele naquele momento diria que eu também. Diria até que sua mãe. E eu não estava ali para cobrar nada dele. Nem de ninguém. Estava ali para ajudá-lo. Meu dia fora horrível e é apenas graças aos orixás que chego a esta hora vivo, podendo falar com ele. Mas não posso exigir dele. Ele também está mal. E mal não apenas por hoje, como é o meu caso. Está mal por causa desses últimos meses, ao longo dos quais tentou mostrar que era sangue bom, tinha boas intenções, não estava ali para sacanear ninguém. É óbvio que não ia tratar a Rocinha como se fosse um convento, como gostava dizer. Aqui tem boca de fumo, o crime organizado fez do morro a sua capital. Mas não era esse o foco do livro. O livro era sobre a Rocinha como um todo, dentro do qual estão *também* os bandidos, o tráfico, a vida do crime. Na Rocinha tem o Pipa, o Palácios, o Baixa, o Matias, a Maria da Penha, os trabalhos sociais, as creches, o comércio que ele sempre chamava de pujante, os mototáxis em que adorava andar, os partidos políticos, a Igreja católica, os evangélicos, a indústria da construção civil, as distribuidoras de gás. Mas a nossa auto-estima é tão baixa que entendemos qualquer ressalva como uma agressão. Vocês agem como se fossem todos louros dos olhos azuis, brincava comigo todas as vezes que tentava mostrar-lhe as nossas qualidades, o que nos diferenciava no panorama das favelas, o que nos tornava especiais. Chegou a comparar o nosso ideal de comunidade com o dos nazistas, pois não sabemos lidar com nenhum tipo de imperfeição.

— Onde é que você tá? — perguntei.

— Em um orelhão na esquina da minha casa — disse ele vagamente.

Nunca fui na casa dele. Sei que fica em Botafogo e perto do Santa Marta. Fiz tudo o que pude para conhecê-la, mas ele sempre adiava a visita que diversas vezes combinamos para no máximo até a próxima visita que faria a sua filha, quando em geral dormia no asfalto. Agora desconfio de que na verdade preservou seu endereço para uma ocasião como essa, para ter um lugar seguro onde se refugiar caso o bicho pegasse. Será que podia ir aí agora?, quase perguntei. Mas não perguntei. Não ia agir como os bandidos que entrevistou para o livro anterior, que insistiam em saber onde ficava o seu cafofo, qual era a sua área, como vivia. Queria apenas ser solidário, fazer-me presente, de repente fazer um café quente. Para dar-lhe força para acordar amanhã e recomeçar a vida. De cabeça erguida.

— Bom, então vou fazer o que você tanto quer.

— Vou ficar te devendo mais essa.

— Não quero que você faça esse tipo de conta. Até porque a única coisa que te cobrei até agora você não me deu.

— Cara, segura um pouco esse facho. Só vou ficar uma semana fora de circulação. Até a poeira baixar. Você sabe, esse negócio de julgamento na Rocinha é que nem CPI. Daqui a pouco estoura outro escândalo e neguinho esquece de mim.

Até a semana passada, pensei, concordando com a tese de Luciano, a favela estava um fervo por causa da Zinha. Todo mundo tinha uma opinião a dar sobre o seu caso, que chegou na boca por intermédio de Dona Valda, a mãe de Marta. Acusada de desviar os recursos de um programa de alfabetização para jovens e adultos do Comunidade Solidária, todos estavam preocupados com o caso de Zinha, com medo de que sua condenação, indenizar as professoras que participaram do projeto com a própria casa, ganhasse o *status* de jurisprudência para os inúmeros casos de apropriação indébita dos recursos que chegam na Rocinha para projetos sociais. Expulsa da favela como até então não tinha acontecido com nenhuma das lideranças envolvidas com falcatruas, Zinha tinha enfim provado que pelo menos parte do problema de que foi acusada se deveu a um dos atrasos que tradicionalmente acontece nos pagamentos feitos pelo governo federal e estava voltando em grande estilo, com direito a envergonhadas desculpas da própria Dona Valda, que precipitadamente encaminhou para o Bigode as denúncias que chegaram a ela por intermédio de Dona Branca. Soubemos depois que Dona Branca estava se vingando de Zinha, com a qual disputava cada centímetro ali na Rua 2, porque o governo dera preferência a sua arqui-rival na concorrência pelo projeto do Comunidade Solidária, devido à sua formação universitária. É por causa da baixa escolaridade de Dona Branca, que não pegou a onda de cursos de formação que passou pela comunidade ao longo da última década, que ela agora iria perder a creche que coordena, a Pedra da Gávea. Zinha deve assumir o seu lugar.

Um pouco antes, foi o caso da escola de samba, que só não foi rebaixada para o terceiro grupo porque, por sorte, os corrompidos jurados da Liesa quiseram punir uma outra escola, que se negara a pagar o dinheiro que exigiam. Como no caso da Zinha, a intervenção da boca na atual administração da escola se deveu à solicitação de uma moradora antiga e com uma longa ficha de serviços prestados à Rocinha. Falo da Cleonice, que procurou o cara lá em cima para que afastasse o despótico presidente atual. Normalmente, o tráfico não se mete nos negócios das instituições e entidades que trabalham no morro. Mas Cleonice já foi presidente da associação de moradores, viabilizou a entrada da TV a cabo na favela, tem uma grande ligação com a escola desde que Bolado decretou o fim dos três blocos existentes no morro e usou a Acadêmicos para selar a paz entre os poderes que estavam disputando o morro, mais precisamente o tráfico e o bicho. Cleonice não é como Dona Valda, pois está sempre agindo por interesses próprios, adora um dinheiro. Mas os caras a respeitam. Respeitam-na tanto quanto à mãe de Marta. E se estava metendo o seu bedelho, podia até botar um troco no bolso. Mas seria apenas uma espécie de comissão, que a favela sempre considerou legítima, por uma benfeitoria que traria para a comunidade. A propósito, Sebastian tinha o maior interesse no desfecho da história da escola de samba. Cleonice estava com um grande contato, que fez por intermédio das articulações do governo federal dentro da Rocinha, com um empresário com bala na agulha para aproveitar o vasto potencial da nossa escola de samba. O único impedimento para a sua profissionalização estava sendo o atual diretor. Como disse, estava. Ele preferiu sair por bem.

No ano passado, tinha sido o próprio MC que tivera que explicar a denúncia de que estuprara uma vizinha. Há dois anos, fora o Pipa. Todas as semanas, temos a certeza de que nem a macumba da Dona Nininha, mãe do Baixa, vai salvá-lo de mais uma das armações que faz em nome da cultura na Rocinha. Até mesmo Dona Valda tivera que passar uma temporada fora do morro por causa de um mal-entendido na época em que Eraldo era o todo-poderoso do morro, no início da década de 1990. Soube até que Marta ligara para Maria da Penha pedindo que forjasse uma declaração de virgindade para uma menina que acusara um de seus irmãos de criação de tê-la violentado. Maria da Penha, que sempre foi muito ciosa do cargo que ocupa no posto de saúde e é uma das poucas personagens realmente independentes do poder paralelo na Rocinha, fez a sua única concessão para o tráfico quando Marta disse que ela fosse à puta que pariu com seu rigor profissional. Tem uma vida em jogo, apelou. Há sempre uma vida em jogo na Rocinha.

— Eu sei que você não quer conversa. Mas acho que precisa saber que o Palácios levou o teu caso para a Cenário.

— Já tô sabendo. Mas de qualquer forma obrigado pelo toque.

— Você não tem medo que os caras queimem teu filme lá?

— Não, cara. A Cenário é minha praia. Em dois ou três telefonemas, eu detono os dois bonitões lá. Principalmente o Pipa, o maior blefe no campo da segurança pública que já vi na minha vida.

Capítulo 8

Quando fechei a porta do centro, imaginei que seria difícil pegar um mototáxi com toda aquela chuva. Vi o lixo acumulado um pouco acima da Fundação sendo arrastado pela Estrada da Gávea. Um trovão sacudiu a madrugada. Um raio iluminou o céu. Será que chegaria a tempo de salvar a pesquisa de Luciano? E os sacos que trazia comigo? As fitas e os blocos caberiam dentro deles? Com aquele tempo, havia pelo menos o consolo de que não seria abordado por ninguém no meio da rua.

Pensei em Cássio, o falecido Cássio Guimarães. A lembrança me pareceu inevitável. Particularmente daquela noite em que, como hoje, eu era a sua única salvação no meio de todas aquelas intempéries. Quando explodiu a bomba, até parecia que era um defunto sem lágrima, sem ninguém para chorar por ele, a rogar para que sua alma descansasse em paz. Sumiram os amigos de pelada, os inseparáveis companheiros de projetos sociais que ele ajudou a implantar na favela, as mulheres que se rasgavam por aquele rapaz de pele clara, cabelos pretos, corpo atarracado e os olhos mais safados do mundo. Restei apenas eu. A bicha preta.

Quando surgiu o problema com Cássio, a acusação era diferente, mas a pena era igualmente a capital. Como hoje, fora informado por terceiros e por telefone que Cássio estava na bola, que, se não vazasse da favela, algum braço da boca o levaria para o QG a qualquer momento, de onde muito dificilmente voltaria. Nem com vida, nem sem vida. Não é de hoje que os bandidos somem com o corpo, pois a Justiça brasileira só reconhece a morte de alguém, e conseqüentemente abre um processo para apurar responsabilidades e punir os culpados, quando há um cadáver e seu respectivo atestado de óbito. Se vai ter que cavar a própria cova, se será esquartejada antes do tiro de misericórdia ou queimada nos pneus, isso vai depender do crime cometido pela pessoa julgada. O caso de Cássio, acusado entre outras coisas de dar uma volta na boca, era tão grave quanto o de Luciano. Se pegos, era bem possível que fossem submetidos às maiores barbaridades antes de serem executados.

Fazia quase seis anos que em uma noite chuvosa como essa fora acordado por um telefonema, no qual a angustiada voz de Magali, a eterna *miss* Rocinha, contou a estranha história da mulher de Cássio, encontrada morta no apartamento do casal.

— Quem foi que disse que Cássio é casado? — perguntei, assustado ao saber que o então amigo dos projetos sociais tinha uma vida fora da Rocinha e, pior, com uma mulher envolvida com o tráfico de drogas. — Apartamento em Laranjeiras? — emendei em seguida, sem dar tempo para que a rival de velhos carnavais esclarecesse a primeira dúvida.

Como sempre, Magali falou muito, mas não disse nada. E, também como sempre, não teve iniciativa de fazer o fundamental, que seria procurar uma solução para o drama que Cássio estava vivendo. Tenho uma longa história de rivalidades com Magali, que só fez aumentar quando a substituí no centro de artes depois que a acusaram de desviar para os próprios bolsos o dinheiro dos artistas e artesãos da favela e principalmente depois da chegada de Luciano, por quem ela também se apaixonou. Mas foi somente nessa noite que a odiei. A noite em que Cássio quase foi executado pelo tráfico.

— Onde é que ele está? — perguntei com uma voz determinada, que não reconheci em Magali, muito embora ela fosse capaz de pagar altos micos em nome do desesperado amor que dizia sentir por ele, o falecido Cássio Guimarães.

Antes de me dar as coordenadas, Magali fez uma série de exigências, pois precisava se certificar de que ninguém saberia do seu paradeiro.

— Você sabe, Cássio está correndo risco de vida — ressalvou.

Tive vontade de rodar a baiana, dizendo que com amigos como ela é que ele estaria fudido e mal pago. Mas contive a lavadeira que mora dentro de mim e fui polido como uma das damas da alta sociedade para as quais mamãe costurou até morrer.

— Levarei este nosso segredo para o túmulo, pretinha.

Magali me disse então onde estava e como poderia encontrá-lo — na casa de Neguinho no Valão, já chegando no Raiz.

— Mas nem a mãe sabe que está lá — alertou.

Não entendi o motivo para que a procurasse, logo a ela de quem dizia sentir asco nos dias em que não continha o tesão que sentia por ele e o beijava com seu eterno hálito de cerveja, quando lhe confessava sonhos eróticos ao pé do ouvido com a respiração alterada pelo pó que cheirava compulsivamente enquanto tivesse um macho para bancá-lo ou o acariciava com as mãos frias de quem pernoitara curtindo a vida, fazendo farra nos forrós da vida, desfrutando de um poder que imaginava eterno, o da beleza que fez dela a *miss* Rocinha. Mas deixei para tirar essa dúvida mais tarde — depois que ele estivesse em um lugar seguro, livre de todos os perigos que o cercavam naquele momento incerto.

— Pode deixar que eu resolvo essa parada — disse, desligando o telefone logo em seguida.

De repente, um carro ousa atravessar a enxurrada que descia pela Estrada da Gávea e pisca a luz insistentemente para mim, que estava tentando me proteger daquele aguaceiro com os sacos de lixo em que enfiaria a pesquisa de Luciano. Como só poderia acontecer na Rocinha, fui identificado no meio do aguaceiro por uma gentil alma oferecendo uma carona. Como diria o Tomate, ninguém se sente sozinho no morro. Pode estar tomando um banho de mar em Búzios, comprando muamba no Paraguai ou no meio de uma tempestade dentro da própria favela, vai encontrar alguém da comunidade.

— Tá indo pra casa, maluco? — perguntou Joca.

Tudo o que queria na noite de hoje era uma carona como a que Joca estava me oferecendo, que podia, a propósito, se estender até a Rua 1, onde ele mora. Mas havia pelo menos três razões para que não quisesse vê-lo naquela circunstância. A primeira delas é que foi uma das vítimas da época em que estava caçando personagens para o livro de Luciano, para quem deu uma entrevista que ambos consideraram maravilhosa. A segunda é que o tal texto fazia explícitas referências aos mototáxis e com certeza ele, que era dono do principal ponto da favela, ia se sentir exposto com a publicação das informações em questão. A terceira é que ele é o braço direito de Bigode.

— Tô — menti.

Ele me olhou com estranheza. Parecia não acreditar que uma pessoa ousasse estar no meio da rua com aquele temporal. Principalmente com a roupa que eu estava. De sair para a noite gay.

— Algum compromisso importante?

Era difícil explicar tamanha urgência na madrugada que antecede um feriadão. Mas lembrei do meu sobrinho. Ele também seria capaz de sair na chuva para comprar um remédio para um parente seu.

— O Juninho tá dodói. Fui na farmácia comprar um remédio pra ele.

Pensei em um assunto para emendar a conversa. Para impedir que ele falasse. Sabia muito bem qual era o assunto que ia puxar.

— O MC me falou do texto.

Gelei. A única esperança que eu teria de discutir em pé de igualdade seria se ele, um cara sensato, tivesse lido o texto. Mas não haveria a menor chance de lhe mostrar que o texto não tinha nada demais depois das marretadas de MC. Sua cabeça já estava mais do que feita.

— Por que você não leu?

— O trecho que o MC me mostrou foi o bastante pra saber que o cara tava querendo me piranhar.

Eu, que tinha decorado mais aquele texto de Luciano, repassei na memória o trecho que fazia referência aos mototáxis: "Trata-se do faturamento dos diversos pontos de mototáxi da favela, cuja grandeza é percebida por parte significativa da favela. 'Alguns pontos chegam a ter 100 motos', disse-me um dos moradores, 'que pagam diárias de 10 reais. Se você for fazer as contas, vai ver que ele bota perto de 30 mil por mês no bolso.' Vale lembrar que esse empresário trabalha com um custo próximo do zero, pois a gasolina e os eventuais defeitos da moto ficam por conta do motoqueiro que trabalha com ela." Sinceramente, não via nada demais.

— Piranhar não é uma palavra forte, Joca?

— Porra, Paulete. Tu acha que tá onde? Isso aqui é a Rocinha, cara. Tu não sabe que o morro tá cheio de verme? Polícia não pode saber quem tem uns trocados no bolso que vem logo roer. Se esse texto cair em mão errada, eu vou ser mineirado.

— Quem é que em sã consciência iria levar esse texto pra polícia?

— De cara, eu posso te dizer o nome de três pessoas. A Sandra da RA, a atual presidente da associação de moradores e o próprio MC.

— Não vejo nenhuma razão pra que qualquer dos três tivesse feito essa merda. A não ser que neguinho realmente esteja fazendo uma campanha contra o cara.

— Pode tá o caralho. De qualquer maneira, vou querer a fita de volta.

— O cara sumiu, Joca. Não tenho a menor idéia de como vou conseguir a fita de volta.

— Ó só, Paulete. Quando era eu que tava tentando me livrar do teu cerco, você conseguiu me localizar. Se você perseguir o cara com a mesma insistência...

— Que nem vocês fazem com as mulheres — disse, tentando quebrar o clima de tensão.

Ele riu.

— É isso aí, cara. Faz que nem eu vou fazer com as tuas modelos gostosas.

— Há quanto tempo a gente se conhece, Joca? — perguntei, apelando para a época em que ele, menino ainda, ia com a nossa turma para Saquarema. Era uma época mágica aquela, lembro bem. Tínhamos uma turma inseparável. Que estava disposta a construir uma nova realidade para a nossa favela, mas que também sabia se divertir, curtir a noite, fins de semana na praia, amores com cerveja. Joca participava de nossas farras por causa de Armando, seu irmão. Armando era o melhor amigo de Cássio, o falecido Cássio Guimarães, o homem que mais amei em minha vida. Armando na época tinha uma namorada, a Tânia. Tânia dava aula na creche da Dona Valda. Quando voltávamos de Saquarema, sempre tínhamos a sensação de que um futuro maravilhoso esperava por todos nós. Nós que ainda não tínhamos sido contaminados pela corrupção que o asfalto levaria para nós, destruindo com ela o movimento social. Joca, o irmão mais novo de Armando, testemunhou a nossa felicidade.

— Eu sei que a gente é irmão — disse ele. — Mas você é um cara sensível, o cara é bom de conversa...

— Não tem esse papo — cortei. — Se você trai a sua comunidade por causa de uma mulherzinha, isso é contigo mesmo. Mas eu não faço isso pra conseguir os meus bofes.

Joca estacionou sua bela caranga na entrada da Rua 2.

— Tudo bem, Paulete. Você é um cara firmeza. Mas a fita eu vou querer de volta.

Agradeci a carona, saí do carro e entrei correndo no Tutu, onde pedi um açaí enquanto tomava coragem para subir o resto do morro.

— Como é que foi lá em cima, bicha? — perguntou Tutu, excitado.

— Porra, Tutu, nem parece que você é do morro — protestei. — Você acha que eu taria aqui pra contar como foi se tudo não tivesse ido bem?

— Você que nem parece que é do morro — retrucou. — Porque nem o fim da novela das oito interessa mais a gente do que um desenrole lá em cima.

— A curiosidade matou o gato — disse eu, saindo sem nem pagar a conta.

Tutu gritou da porta do seu negócio. Mas eu ignorei. E subi a escada que dava acesso a minha casa. Não porque quisesse parar em casa. Queria apenas cortar caminho por ela.

— Queridíssima caloteira, que bofe mais gostoso é esse pra te tirar debaixo do cobertor numa noite dessas?

Enquanto lutava contra a cascata de água, lembrei da tristeza que senti quando cheguei na casa de Armando e lhe disse que Cássio estava precisando de ajuda. Fazia seis anos que tudo aquilo tinha acontecido. Mas eu lembrava de cada um dos detalhes. Como se aquela noite tivesse sido a noite passada.

"Mamãe tá doente", disse Armando. "Não posso sair de casa."

Realmente, sua mãe estava ardendo de febre. Mas não foi por causa dela que lavou as mãos diante do problema de Cássio — do seu inseparável amigo Cássio. A favela, que sempre fez da solidariedade a grande arma para superar os gigantescos obstáculos que enfrentou ao longo da história, é imensamente egoísta quando o que está em questão é a boca. São exceções que confirmam a regra pessoas como Marta, capaz de comprar o barulho de Luciano só porque o seu anjo tinha ido com o dele. Ou como eu, que não medi esforços para tirar o bofe de olhos sacanas do morro.

Todos nós temos um Cássio ou um Luciano na família, que do nada se vêem entre a vida e a morte. Lá em casa, teve a história de Adriano, que, segundo as leis da favela, podia ir na boca denunciar o bandido que se escondeu em sua casa enquanto fugia da polícia.

Isso não pode, é terminantemente proibido. Traz grandes problemas para o tráfico. Por exemplo, pode criar um clima de animosidade entre o trabalhador e o bandido, o que em geral acarreta muitas ligações para o Disque Denúncia. Esse tipo de desrespeito também abre precedentes para que a polícia entre na favela como se todos nós fôssemos cúmplices do crime organizado, metendo a bota em qualquer porta.

Não é que a gente viva sob o império do terror, sem lei nem rei. Todos os crimes cometidos aqui dentro têm uma lógica, todo mundo no fundo sabe por que se morre no morro. Não é à toa que nos sentimos seguros na favela e que foi tão grande a resistência contra a política de remoção de décadas passadas. Acreditamos em nossa justiça. São poucas as pessoas que podem dizer que jamais foram lá em cima pedir para que o cara defendesse um direito seu. Eu mesmo, quando me senti lesado pelas empresas de turismo que fazem verdadeiras fortunas trazendo gringo para ver nossa pobreza e não querem deixar nenhuma moeda no centro, fui lá no QG. Taí, talvez poucos de nós tentem interceder nos julgamentos por acreditar na capacidade de nossos juízes, na sabedoria de suas sentenças. No fundo, achamos que as pessoas, quando são levadas para desenrolar lá em cima, estão devendo alguma coisa.

Mas não é só porque precisamos acreditar na sabedoria de nossos juízes que não ousamos questioná-los. Temos também uma memória de grandes equívocos resultantes de julgamentos precipitados ou mesmo tendenciosos, por causa dos quais muitas pessoas levaram humilhantes coças ou mesmo morreram. É por isso que vejo armadilhas como a que Baixa preparou para Luciano apenas como um exemplo mais extremado de um comportamento que no fundo é natural. Não importa se quem está sendo julgado é o *brother* Cássio ou o estrangeiro Luciano. No caso de Luciano, as pessoas fizeram um teatro maior, aceitando o ridículo papel de inquisidores incendiários que MC lhes impôs com medo do que haviam falado e, pior, da possível interpretação que os bandidos dariam ao depoimento de cada uma delas. Mas Cássio, embora fosse cria e sangue-bom, não teve quem o defendesse. Tornou-se da noite para o dia o xinxeiro que, como todos os cheiradores, mais cedo ou mais tarde iria se meter em paradas para manter o caro vício da cocaína.

Na fantasia das pessoas que participaram do show do Baixo Estação, os soldados da boca iriam revirar o morro de cabeça para baixo até encontrar as fitas. E, depois que as encontrassem, iriam ouvir cada uma das 200 fitas gravadas por Luciano, julgando cada uma das falas, procurando uma segunda intenção em cada palavra e, é óbvio, achando uma forma de condená-las. Porque na nossa imaginação os bandidos são como a polícia, tememos os dois da mesma forma e com a mesma intensidade. Quando querem achar uma forma de te comprometer, eles acham.

Quase caí quando cheguei na Rua 1, onde se formava uma estranha encruzilhada das águas. Passara por esse mesmo lugar na noite em que salvar Cássio era um objetivo tão fundamental quanto hoje o era resgatar a pesquisa de Luciano. Naquela noite, eu estava indo na direção de Dona Valda, que, embora estivesse brigada com Cássio, com certeza deixaria em segundo plano as desavenças que tiveram na época em que todos nós acreditamos que as cooperativas seriam a salvação das favelas cariocas e em particular da nossa Rocinha. Mas não consegui achar a velha. Nem eu nem Cássio tivemos essa sorte. Ou então, ainda bem que não a encontrei. Porque se a alcançasse em casa ou na creche naquela noite eu não teria tido a idéia de ligar para Robson, que por sua vez não me levaria para a casa de Otávio em Petrópolis e por fim não teria a única oportunidade que Deus daria para uma bicha como eu de conquistar um bofe tão bofento quanto Cássio.

— Tava dormindo? — perguntei quando Robson atendeu o telefone com a voz sonada.

— Tava — respondeu ele.

— Desculpa, pretinha, mas é uma questão de vida ou morte.

Ele perguntou se eu tinha enlouquecido quando lhe pedi para que tirasse o seu belo Corsa azul-marinho da garagem e fosse me pegar em frente ao São Conrado Palace, um hotel bem em frente à favela da Rocinha, que posteriormente veio a falir porque os gringos para os quais fora construído não achavam a menor graça compartilhar a bela praia do outro lado da rua com os pobres fedidos e desdentados da favela, todos eles bandidos, com certeza.

— Bicha, eu estou na Tijuca — protestou Robson.

— Podia estar na Bahia — retruquei. — Mas eu preciso de você agora.

A velha ousadia dos homossexuais, que pela sua própria condição de marginais sempre assumiram muito mais riscos do que os chamados homens normais, levou Robson a atravessar a Floresta da Tijuca pelo Alto da Boa Vista e uma hora e meia depois, tempo que considerei necessário para tomar todas as providências para salvar a vida de Cássio, estava no local marcado.

— Eu sabia que tinha um bofe no meio — disse Robson quando estacionou em frente ao hotel e me viu ao lado de um Cássio desesperado, que andava de um lado para outro dizendo que não fora ele, não fora ele, não, não fora.

Abri a porta e só com muito jeito consegui controlar aquele animal agoniado, que apesar de acuado estava com os dentes arreganhados e tinha coragem de rugir sua inocência para o universo.

— Obrigada, pretinha — disse depois das dificuldades que eu próprio enfrentei para acomodar as compridas pernas de meu corpo longilíneo.

— Você sabe que eu faço qualquer coisa por uma bela história de amor — disse Robson, que não perdia oportunidade para uma piada, principalmente em situações como essa, onde tudo é tensão e as surdas batidas do coração se sobrepõem a todas as músicas do cotidiano, a todos os ruídos de comunicação, a todos os choros de criança no meio da noite escura. Fiz um bico para o amigo, mas na verdade queria dizer-lhe que agora não, dessa vez não. Ainda bem que, no banco de trás, Cássio só tinha ouvidos para a própria consciência, de onde vinham repetidas afirmações de que não tinha culpa, não tinha nada a ver com a morte da mulher, com as suas paradas erradas com a boca. Nada mesmo. Rodamos sem destino pela noite até chegarmos à conclusão de que só nos restava ir para a casa do Robson, que dirigia com a resignação de um boi rumo ao matadouro.

Cheguei na esquina da Rua 1 com a Estrada da Gávea. Na acentuada curva onde tem o pagode que o tráfico promove todas as noites de domingo, no qual fui várias vezes com Luciano. Olhei para a janela da casa de Armando, por intermédio de quem conheci Cássio. Será que usei Armando para me manter próximo de Cássio?, perguntei-me em diversas ocasiões naqueles idos remotos. Armando é um grande irmão, a quem a favela deve muitos projetos. Foi ele, por exemplo, quem redigiu o revolucionário projeto da creche da Rua 1, hoje freqüentada por pelo menos 500 crianças e onde pelo menos 600 pessoas fazem três refeições por dia, de segunda a sexta. Também teve um papel fundamental na entrada dos primeiros projetos educacionais na Rocinha, em meados da década de 1980. Os projetos educacionais de Armando, nos quais trabalhei ao longo de quase dez anos, me permitiram entrar em contato com a dura realidade da Rocinha. Também foi graças a esses projetos que conheci Cássio. No primeiro deles, descobri o corpo de Cássio enquanto construíamos a escola do 99 na laje de Rojas com as sobras da obra feita na casa onde hoje funciona a creche Pedra da Gávea. Via o corpo atarracado de Cássio pelo buraco da fechadura do banheiro da casa de Armando, onde nós íamos almoçar depois de nossos mutirões. Acho que foi ali que comecei a exercitar o meu voyeurismo. Meu coração palpita só com a lembrança daqueles dias.

Comecei a descer a estrada da Gávea. Lembrei com uma risada da noite em que Cássio e eu subimos nervosos a rampa do Laboriaux, entrando no atalho que leva para a floresta. Seria muito mais lógico que Luciano colocasse as suas bolsas ali. Mas, pensando bem, aquele era um lugar ermo, que eu mesmo só descobri por causa da fúria de Cássio, que às vezes me devorava as carnes como um abutre faminto, com urgência. Era por ali que se chegava na Sabrina, trava que era mãe-de-santo dos caras lá de cima. Estava escuro naquela noite, mas dava para a gente enxergar a trilha. Só não deu para ver o galho da árvore na qual ele, sempre muito apressado e vivendo como se tudo fosse uma grande agonia, meteu a cabeça. Fez um tremendo galo.

Mas isso foi bem depois da noite em que desesperados chegamos na casa de Robson, um gay que conheci na universidade e de quem me tornei amigo depois que começamos a trabalhar juntos na Telerj. Antes das fugas para a mata e das trepadas inadiáveis, houve a longa temporada em Petrópolis, onde chegamos na noite seguinte, quando Robson voltou do trabalho dizendo que sua solidariedade ao bofe terminaria ali.

— Só posso me envolver até aqui — disse Robson. — Daqui em diante é com você.

Lembrei então de Otávio, outro amigo gay da universidade, que tinha uma casa em Petrópolis.

— Posso ligar pra ele? — perguntei.

Mais do que deixar usar seu telefone, Robson nos levou para a casa onde em diversas ocasiões ele e eu participamos de surubas maravilhosas quando Otávio disse que sim, é óbvio que você pode trazer seu amigo para cá. A idéia inicial era ficarmos até o domingo, pensando em soluções e alternativas para Cássio. Mas o caso era muito mais grave do que pensávamos — até hoje não entendi direito o problema, mas sei que envolvia o sumiço de uma grande quantidade de drogas, jóias e dólares. E o estado emocional de Cássio era terrível, como pudemos perceber na blitz que havia no meio do caminho, que ele imaginou que fosse a polícia atrás dele. Lá em Petrópolis, ele não ousou aparecer nem na padaria em cujos fundos ficava a casa de Otávio.

— Por que vocês não ficam um tempo aí? — perguntou o solícito Otávio no fim do domingo, quando Robson voltou para o Rio.

Começaram ali os cinco meses mais felizes e intensos da minha vida. Foi um período tão maravilhoso, que, quando Cássio se virou para mim dizendo que estava na hora de voltar para a Rocinha e para as suas inúmeras mulheres, agradeci a todos os orixás pela graça que me proporcionaram. Desde o momento em que tive o privilégio de compartilhar a intimidade daquele homem ousado e principalmente com um bom humor que nunca mais vi em minha vida, tudo era lucro.

Tive dificuldade de achar a entrada a que Luciano se referiu, em frente à oficina mecânica. Já havia passado por aqui, com o mesmo Cássio e pelas mesmas razões que nos levaram a procurar a mata através do Laboriaux. Mas, na ansiedade de achar as bolsas, não me preocupei com a lama na trilha e escorreguei, caindo de bunda no chão. Devia ter trazido uma lanterna, pensei quando levantei. Onde é que o cara tinha largado as bolsas? Pelo que me lembrava, deixara-as logo no começo da trilha. Penduradas no galho de uma árvore cuja copa não apenas as escondia do transeunte que por acaso passasse ali, como também as protegia da chuva. Foi com um imenso alívio que as localizei e, mais importante, vi que tinham ficado mais molhadas do que temia.

Sabia que os homens tidos como heterossexuais, aqueles pelos quais mais me atraio, só se permitem relações homossexuais quando estão carentes, numa situação tão vulnerável como a em que Cássio se encontrava quando chegara em Petrópolis. Estava com medo de tudo e de todos. Havia o frio da serra, a solidão de uma cidade desconhecida, as injustiças de que estava sendo vítima, a sensação de que todo mundo ali sabia que ele era o marido da professora encontrada morta em um apartamento de Laranjeiras, daqui a pouco todos vão saber que era ele o principal suspeito do seu assassinato, o autor de todas aquelas facadas, o responsável por aquela covardia toda. De nada adiantava tranqüilizá-lo, dizendo-lhe que nem mesmo os amigos de universidade que o ajudaram, primeiro a tirá-lo da Rocinha e depois a escondê-lo naquela casa nos fundos de uma padaria no bairro da Quitandinha, nem mesmo eles sabiam quem era Cássio, o que o bofe estava fazendo ali.

"Mas o que aquela vizinha tanto quer aqui?", perguntava um paranóico Cássio, que se sentia ameaçado por qualquer movimentação na vizinhança, pelo barulho das crianças brincando na rua, até mesmo pelo canto dos pássaros acordando-o de manhã.

Era difícil acalmá-lo, mas eu, que tinha toda a paciência do mundo quando o que estava em questão era cuidar de Cássio, proporcionar-lhe bem-estar, tratava de acalmá-lo, contava-lhe historinhas, dava todos os mimos àquele cara que, mesmo tendo sido criado na favela, mesmo conhecendo todos os seus becos, mesmo sendo a própria encarnação do congo, era no fundo um menino triste, carente, necessitado de todas as atenções, das palavras que eu ia recriando no coração, em seu vasto coração.

"Calma, meu bem", dizia-lhe. "No fim, tudo vai dar certo."

Houve então um dia em que ele somatizou o seu sofrimento, a sua ansiedade, a sua sensação de que o mundo iria cair.

— Estou com frio — disse-me ele, os lábios tiritando, quase sem conseguir pronunciar as palavras.

Era uma sexta-feira de um inverno particularmente frio, que suportei com casacos incompatíveis com o meu estilo, onde o mais importante era não a beleza, mas a certeza de noites tranqüilas, aquecidas. Fui cobrindo-o com cachecóis, pulôveres, luvas — só faltava mesmo o calor de minhas enormes mãos negras, que ainda não tinham a chave daquele corpanzil atarracado, formado e deformado carregando os sacos de cimento da loja de material de construção do pai, aquele português de vastos bigodes, de trato afável, que jamais dizia um não para os vizinhos, todos eles clientes em potencial do seu comércio, a sua razão de viver.

— Está bom agora? — perguntava eu depois de acrescentar mais uma peça.

Não, não estava bom. Nunca. Percebi então que o problema era outro. Era uma virose. Das brabas. Dessas que não são debeladas por remédio, por chás, sucos, por nada. Restava apenas esperar o tempo passar enquanto ele delirava de febre. Foram exatamente sete dias de vigília ao lado de sua cama, rezando, pedindo a Deus por ele. Ao longo daquela semana, não fui trabalhar, não fui para a faculdade, não vi minha irmã Tiana. Era apenas ele. Ele e os seus suores.

— Pensou que eu ia morrer, né? — disse ele enfim voltando a si, a suas pirraças, seu humor pontiagudo.

— Não — respondi na mesma moeda. — Porque eu sou muito competente.

— Hum, conheço essa história — disse Otávio, que tinha sido de uma fidelidade canina a mim, lutando a meu lado para trazer Cássio para o lado de cá. — Tá rolando um clima.

Quando saí da mata, trazia o material da pesquisa de Luciano com a mesma sensação de missão cumprida que me invadiu o peito quando descobri que Cássio estava curado daquela maldita virose. O esforço, de um heroísmo quase patético, tinha sido o mesmo. A dedicação àquela causa no fundo era igual, já que tudo começara ao acaso, em nome de um tesão bobo, cujo nome eu sequer podia enunciar. O ponto de partida era muito semelhante — uma causa perdida, uma semente que não tinha a menor chance de vingar. Eu até poderia, como aconteceu no caso de Cássio, me embrenhar na luta por uma nova Rocinha, participar da guerra messiânica que foi transformar a nossa favela miserável em um bairro digno, no qual todos nos orgulhássemos de viver. Mas jamais seria dele — ele que era um macho na acepção plena da palavra, incapaz inclusive de abrir o coração para abrigar afetos. Tal e qual ocorrera naquela operação de resgate de sua vida, cabia a mim dar vida ao trabalho de Luciano, salvá-lo das garras do tráfico, desse emaranhado de relações no qual ele por pouco não perdeu a vida. Mas no máximo eu receberia um abraço apertado, a minha recompensa não iria além de um sorriso de gratidão. De qualquer forma, foi com orgulho que embrulhei as bolsas de Luciano nos sacões de lixo que trazia comigo e comecei a descer a Rua 1 como se carregasse no ventre o Dom Sebastião que nos salvaria do nosso triste subdesenvolvimento.

— Vou pra Rocinha — disse para Cássio na sexta-feira em que ele enfim voltou a si.

Já estava em Petrópolis havia duas semanas. Tinha que no mínimo dar entrada nos papéis para as férias do trabalho e o trancamento da matrícula na faculdade para depois voltar para ele. Para poder ficar disponível para o nosso amor.

— Por que você não fica aqui? — perguntou. Pela primeira vez em nossa amizade, vi um pouco de temor e timidez em sua voz. — Dorme aí hoje.

— Não, hoje não — respondi. — Estou cansado de dormir no chão.

Eu na verdade poderia ir dormir na casa principal, mas sabia que Cássio, ainda com medo de ser reconhecido pela vizinhança, não iria comigo. E se era para ficar longe dele, que fosse logo na Rocinha.

— Você pode dormir na minha cama — sugeriu.

É lógico que logo em seguida ele faria a necessária correção para sua proposta.

— Um dorme pra lá e o outro pra cá.

Nem ele nem eu conseguimos dormir naquela noite, os dois se virando de um lado para outro na cama.

— Você não tá conseguindo dormir, né? — perguntei a uma certa altura.

A noite estava insuportavelmente fria e nós dois fingimos acreditar na desculpa que ele deu, de que não estava conseguindo dormir por causa do tempo, daquela umidade que não respeitava cobertas, que parecia rasgar as nossas carnes, grudando nos ossos. Mas os olhares que trocamos denunciavam a verdade que não tínhamos coragem de admitir para os nossos próprios corações. Acho que aquela foi a noite mais difícil da minha vida. O paraíso estava ali, próximo demais. Pra não tocá-lo, melhor não vê-lo.

— Hoje eu vou embora de qualquer maneira — eu disse quando o sol invadiu as frestas da janela.

Cássio, mais carente do que nunca, insistiu para que não o deixasse sozinho naquele deserto gelado. E mais uma vez não soube lhe dizer "não" quando ele, vestindo uma minúscula cueca branca de bolinhas vermelhas, propôs que víssemos um vídeo no quarto de Otávio. Acho que aquela seria a primeira vez que sairia da casinha dos fundos. O filme que vimos, do qual jamais esquecerei, foi *A cor púrpura*, de Steven Spielberg.

— Pô, *brother* — disse ele no final, quando me viu chorando. — Você, tão forte, vai ficar chorando por causa de um filme.

Deu-me em seguida um abraço e botou a cabeça no meu ombro. Foi o bastante. Tudo começou ali. O nosso amor, a felicidade com a qual sempre sonhei, a minha vida.

— Cássio, olha só, é melhor a gente parar por aqui — eu disse na manhã seguinte, quando acordamos em cima de um edredom de bichinho depois de uma noite de abraços intensos e carinhos delicados. — Porque, na boa, eu sei que você não transa essas coisas. Você sabe como as pessoas são, elas já acham que rola alguma coisa entre a gente.

Até aí ainda não tinha pintado nada. Havia apenas um homem carente, que tinha perdido tudo de uma hora para outra. E uma bicha que nunca tivera nada, que aprendera a viver com suas carências.

— Cara, eu nunca fiz isso não — disse ele. — Não comi nem aquelas bichas da Barra que vão lá no morro atrás de um pé-rapado pra fazer um boquete por 10 reais. Mas tá a fim de experimentar? É lógico, você vai precisar de um pouco de paciência. Você me ensina?

Comecei a tremer. Talvez como no dia em que o bruto professor de educação física tirou o pau duro dentro do banheiro da escola e baixou minha cabeça na sua direção, mantendo-a presa entre seus braços até o momento em que jogou aquela coisa estranha na minha boca, parecia chiclete. Suores escorregaram pelas minhas costas como na madrugada em que Portuga estacionou o seu Passat azul enquanto eu distribuía assinaturas do jornal *O Globo* e me levou para a Timóteo da Costa, onde ganhei o primeiro beijo na boca de minha vida. As minhas mãos nervosas começaram a percorrer seu corpo estático, em uma posição que no jargão gay a gente chama de São Sebastião. Mas mesmo que o máximo que tenha conseguido fazer foi passar a mão na minha cabeça enquanto chupava o seu pau roliço, mesmo que a sua inexperiência tenha me feito pensar que era um metido que estava se oferecendo a mim como um troféu em gratidão pelo que vinha fazendo por ele desde o drama de sua mulher, ainda assim foi tocante vê-lo gozando como um adolescente descobrindo um sexo que as circunstâncias já lhe faziam crer que jamais conheceria.

Comportou-se como um menino inexperiente durante uns quatro dias, agindo de um modo tão passivo que em determinado momento cheguei a pensar que estava forçando uma barra. Será que ele está curtindo?, perguntava-me enquanto fazia uma comida para nós e ele tirava uma soneca no quarto, recuperando-se do sexo que, por causa da doença de que acabara de sair, lhe roubava todas as energias. E quando já estava para lhe propor um tempo, ele enfim virou um vulcão. Lembro bem. Como se estivesse acontecendo agora. Como se nunca fosse acabar o momento em que enfim perdeu o medo, se livrou de todos os preconceitos, jogou tudo para o alto. E me agarrou com volúpia e sede e fome e carência e me comeu inteiro até que

gozamos como se estivéssemos arrancando amarras de nossas entranhas e começamos a rir.
— Agora tu tá gostando — disse ele.
— Eu? Tô adorando. Quero *replay*.
Foi a melhor trepada da minha vida. Depois ele botou o roupão de Otávio, pulou na cama, rolou pelo chão, fez piadas bobas. E ousava fazer o que sua imaginação maquinava, devorando-me com tesão.
— Vamos pra mesa — sugeria. — Vamos pra cozinha — propunha.
Eu topava qualquer coisa com ele. Foram cinco meses assim. Uma foda atrás da outra. Até ele voltar para a Rocinha. Aí ele me chamou num canto e com dificuldade me disse para não levar a mal, mas a partir de então tudo voltava a ser como antes, agradecia por tudo que lhe fiz, a força que lhe dei em um momento em que não contava nem mesmo consigo mesmo, mas que eu entendesse, um homem gosta de mulher.

Cássio passou anos para entender que estava tudo bem, que não me devia explicações, que eu é que lhe era imensamente grato, pois me proporcionara uma experiência única, da qual eu jamais iria esquecer. Mais ou menos como o que aconteceu comigo e com Luciano. Não sei se Luciano vai entender que eu não quero nada dele. Porque há certas coisas que por si só valem a pena. Foi assim aquele namoro de cinco meses com Cássio — Cássio e aquele amor de homem com o qual sempre sonhei, que esperei uma vida inteira com a paciência de uma mulher grávida. Também jamais esqueceria os meses que compartilhei com Luciano virando a Rocinha de cabeça para baixo. Foi por isso que, quando entrei no calor da minha casa, tinha a nítida impressão de que era um homem muito melhor do que aquele que recebeu Luciano com um sorriso no abençoado dia 2 janeiro, quando ele entrou lá no centro passando-se por um turista interessado na produção artística da Rocinha. Conhecer o lugar em que nasci me ajudava a reconhecer o meu rosto no espelho do quarto, onde depositei as sacolas com o material que Luciano acumulou graças a mim.

Livro II
Os Salvados

CADERNO 1

1º DE JANEIRO] Vou na virada do ano para a Rocinha. Procuro o pessoal do Gana, banda de rock para a qual fiz uma série de letras e por intermédio da qual cheguei à Rocinha em 2000. Porém, todos tinham ido cedo para a praia, tipo nove da noite. Também não encontro Jocélio, porteiro do prédio em que moro em Botafogo, que tinha me falado do modo como a boca comemora a chegada do ano novo, dando tiros para o alto no Largo do Boiadeiro. Vejo uma multidão descendo a ladeira, indo em direção à praia.

Dei várias voltas entre a Via Ápia e o Largo do Boiadeiro, duas das principais ruas da parte de baixo da Rocinha, que até recentemente se autodenominava Bairro Barcelos. Vi o famoso feirão do pó. Em um deles, era uma mulher que oferecia a droga. Mais precisamente, o pó de cinco. Tinha uma grávida, vestida de branco e bêbada, que me perguntou se eu estava ocupado. Fiquei achando que era uma prostituta querendo programa, o que seria demais da conta pra mim. Mas com certeza marquei a maior touca em não parar para conversar com ela. Ela teria as informações que estava procurando e só as achei pela metade.

Parei em duas igrejas – para fazer hora. Em uma delas, a Assembléia de Deus da auto-estrada Lagoa-Barra, quase na esquina do Caminho do Boiadeiro, o irmão Marcos dava um depoimento longo, no qual tenho a destacar a frase "aquele nem Deus dá jeito". Foi bandido – embora tenha dado mais ênfase a uma juventude de vício, com drogas e álcool. Terminou na cadeia, porém. Foi nela que descobriu a Bíblia.

Depois peguei uma kombi – o que foi outro vacilo, porque terminei me afastando do Boiadeiro bem na virada do ano, quando começam os tiros e os fogos. Vi balas de traçante cruzando o céu, deixando um poético rastro de luz atrás de si. Desci da kombi porque o motorista desconfiou quando disse que não ia para lugar nenhum, só queria dar um rolé pela favela.

Andando a pé ali na altura da Rua 1, lá no alto do morro, vi moradores olhando os fogos na orla — lá tem uma bela vista para a Lagoa, talvez a mais bela do Rio. De vez em quando, rajadas de metralhadora chamavam a atenção de todos, inclusive a do pessoal que estava olhando a queima de fogos na orla.

Peguei outra kombi, dirigida por um crente. Vi então que os tiros partiam de diversos pontos da Rocinha. Mas em nenhum deles foi como no Boiadeiro, cujo espetáculo chega a atrair um considerável número de pessoas para a passarela na entrada da favela. Um dos moradores chegou a dizer "é muita bala". Outro disse brincando que não ia sair de debaixo da marquise porque esquecera o colete à prova de balas.

Quando cheguei no Boiadeiro, já havia passado 20 minutos da virada do ano e ainda tinha tiro. Não vi exatamente o que queria, mas o que vi foi o bastante para eu entender o clima, a ligação da favela, o seu encantamento com os tiros, principalmente os de traçante. Vi também que ninguém condenava.

Dois detalhes: a boca funcionou a toda, com vapores e mais vapores com suas gordas pochetes repletas de sacolés e seus bordões anunciando o de cinco, o de dez. Não vi um único policial na favela, o que mais uma vez me leva à tese de que não existe ousadia do tráfico, mas ausência da polícia.

Uma cena que marcou: muitos meninos jogando bomba no Boiadeiro. Estavam tão entretidos com a sua brincadeira que sequer perceberam que estavam atrapalhando o movimento da boca. Há duas possíveis leituras para isso: uma delas, que me parece mais rastaqüera, que é o encanto dos fogos; a outra, é a naturalidade da favela em relação à boca.

Vejo Jocélio na portaria do prédio. Ele lamenta o nosso desencontro e dá detalhes da salva de tiros, da qual ele, que tem dois irmãos morando na Rocinha e alugou uma casa lá há quatro meses, participa há seis anos. Diz que cerca de 200 pessoas se concentram no Largo do Boiadeiro, dentre as quais há trabalhadores. Ele, por exemplo, deu cerca de 100 tiros com uma HQ40 — eu achava que o nome da arma era HK40.

Muita gente se aperta no Largo do Boiadeiro para ver o espetáculo — muito bonito visto de uma das lajes, como ocorreu com ele em um desses anos, quando ainda não se sentia à vontade para participar da festa ou não tinha o que na favela se chama de conceito ou contexto.

O Zaru e o Bigode, dois dos homens fortes da boca, distribuem as armas para bandidos e moradores, muitos dos quais são chamados pelo próprio nome, mas não todos. O primeiro tiro é deles. Começa em seguida uma chuva de tiros que dura cerca de 20 minutos. Fica ali toda a elite da boca. O resto, o que eu vi enquanto dava um rolé pela favela, são os caras que estão na contenção, fazendo a segurança. Eles só tiram uma casquinha da festa, cujo epicentro se dá mesmo no Boiadeiro.

Os próprios moradores, que não chegam a formar multidões para assistir ao espetáculo dos tiros, sabem que o bom da festa fica ali embaixo. O pessoal que vai para a passarela da auto-estrada é, segundo Jocélio, gente nova, que ainda não está acostumada com o ritmo da favela. Ou então é gente preconceituosa, como os inúmeros evangélicos que vi principalmente na Universal do Reino de Deus, cujo templo da auto-estrada Lagoa-Barra reuniu uma multidão. A virada do ano é o dia em que os moradores podem ser bandidos impunemente. Vivem nesse dia o poder que o outro tem.

3 DE JANEIRO] Registro do primeiro dia de trabalho na Roça — que foi ontem, dia 2. Não vou falar, porém, do momento mais importante, o papo com o Paulete do Centro de Artes e Visitação, que terminarei hoje à tarde e pretendo transformar em uma coluna do Cenário Virtual. A propósito, tenho de esquecer dessas crônicas do *site*. Há um número excessivo de personagens dentro da favela. Não conseguiria dar conta deles nem mesmo se escrevesse uma coluna por dia. Mas faço questão de dedicar uma coluna ao Paulete. Nem que seja pelo axé do negão, que me recebeu com uma educação, uma boa vontade, os braços e o coração abertos.

Falemos então do primeiro passeio, que começou pela ida à Caixa Econômica Federal, que fica no Caminho do Boiadeiro. (Há ainda um Banerj dentro da favela. O Bradesco está há anos para entrar, não o fazendo até agora por causa da burocracia corrupta da favela e da dificuldade de encontrar um lugar no morro compatível com o seu padrão de construção.) Como tudo na Rocinha, a CEF impressiona pela movimentação. Também impressiona pela facilidade de acesso, mas aí, imagino, a virtude é da instituição, que a oferece para todos os segmentos da população, não importa se a agência esteja instalada no Acari ou em Ouricuri. Com 10 reais, um comprovante de residência, o CPF e a identidade, abre-se na mesma hora uma conta eletrônica, que só pode ser movimentada via cartão, ou uma poupança.

Saí da agência e comecei a andar na direção da casa do Serrote, que fica no Beco do Rato, na Fundação, subárea da favela que ganhou esse nome por causa da Fundação Leão XIII, que funcionou durante décadas no pátio da igreja Nossa Senhora da Boa Viagem, bem no meio da estrada da Gávea. Como na virada do ano, a procura por Serrote foi em vão. Acho, porém, que mais cedo ou mais tarde a gente vai se esbarrar no morrão. Já vi, por exemplo, seu primo Lombrado, que passou no bar em que almocei (o Beer Pizza) para pegar uma seda e enrolar um baseado. (A propósito, não entendi nada quando o vi fumando esse mesmo baseado sem a menor cerimônia, na frente de todo mundo. Isso não existia quando comecei a freqüentar a favela, em 2000.) Vi também um outro amigo do Serrote que me cumprimentou com um "e aí, responsa?". Imagino que isso tenha sido uma deferência.

Em uma das esquinas da Via Ápia, vi uma propaganda da Favelart's que me pareceu ser a cara da Rocinha e exatamente por essa razão vou me permitir fazer uma série de digressões. Eis a frase que tanto me chamou a atenção: "acreditando na revolução atravéiz das palavras". Esse tipo de propaganda, escrito com spray nas paredes mais visíveis da favela, é bastante comum na Rocinha. Deve funcionar, se a gente for levar em consideração uma das principais lógicas do mercado, que é a de que só se consolida uma determinada tendência se houver quem a siga, quem a consuma. O que mais me chamou a atenção, porém, não foi a presença de um dos principais símbolos do mercado, a propaganda. Também não foi a apropriação desse mesmo símbolo, adaptado à realidade econômica local, que, por mais rica que seja em relação às outras comunidades, ainda é a de uma favela, que não pode arcar com os custos de um *outdoor*; a propósito, esse tipo de propaganda é típico da relação da favela com o espaço público, que é ocupado sem que por isso se paguem os devidos impostos; é como se o poder público estivesse permanentemente indenizando o povo por um investimento que deixou de fazer nas áreas em que ele mora.

Mas vamos ao que mais me chamou a atenção na propaganda da Favelart's. Foi, sim, o atravéiz. Acho esse atravéiz a cara da Rocinha por mais de uma razão.

Falemos em princípio do que imagino ser a prosódia carioca, que a gente também pode ver no clássico "é nóis". O carioca sempre usa "i" antes do "s" e nesse "atravéiz" pode estar implícita uma afirmação de identidade, o uso da língua do modo como é falada não apenas pelo povo, mas principalmente por ele. Acho também que nesse "atravéiz" está o símbolo do asfalto que a favela tenta usar, mas do qual não tem domínio absoluto. Esse "erro" também me remete às insuficiências do autodidatismo. Essa insuficiência se mostra mais absurda quando a gente a coloca entre "revolução" e "palavras". Há nessa propaganda toda uma afirmação do poder das "palavras", desse símbolo da sociedade burguesa, letrada, onde tudo só é aceito quando lavrado em cartório, em um contrato cuja fé só pode ser dada se todas as partes o assinarem. O "atravéiz", portanto, não está sozinho.

Para meu psicanalista, o "i" de "atravéiz" dá um tom mais incisivo à palavra. Para ele, não é à toa que a inclusão do "i" é tão freqüente na chamada língua do povo, para usar a velha imagem do poeta Manuel Bandeira. Além do "é nóis", ela está na conjunção "mas", que vira "mais". Com esse "i", o "através" fica ainda mais penetrante, levando em consideração que nesse sentido a palavra não apenas se torna um meio pelo qual se atinge um objetivo, mas o faz com a contundência sugerida pela presença dessa vogal. "Atravéiz" é realmente "através".

O "atravéiz" denuncia também o desejo que a favela tem de se apropriar dos grandes símbolos de *status* do asfalto, não o fazendo, porém, com a necessária desenvoltura. De certa forma, o uso desse "atravéiz" é tão esdrúxulo quanto a aquisição de um tapete "persa" por parte das domésticas, que só o fazem para ter em casa os objetos ou réplicas do que vêem (e cuidam, é óbvio) na casa das madames ou, melhor dizendo, má-damas. Há um primeiro erro no uso do "atravéiz", que antecede o erro ortográfico, já que o que se está querendo dizer na frase da publicidade é uma revolução por meio das palavras, não através das palavras, passando por dentro delas, perfurando-as.

Esse erro traduz a força dada à expressão, cujo significado real é que esta revolução é feita passando por dentro das palavras, pegando essa grande arma da civilização para destruir a sociedade burguesa, que tem como marco zero a prensa de Gutemberg. Mas esse erro, o de usar "através" no lugar de "por meio de", é encontrado até em textos pretensamente cultos, publicados em jornais ou mesmo livros. Ouso dizer que importamos esse "através" do "*through*", que é também "através de", mas não somente. Nesse sentido, revolução "através" das palavras já é um conceito violento, que no entanto fica ainda mais violento com esse pontiagudo "i".

Mas voltemos à tentativa de transposição dos hábitos do asfalto feita principalmente pelos morros da Zona Sul, onde a proximidade com as elites, o convívio com elas, facilita a instalação do sonho de ser um outro que não podemos ser e que quando tentamos ser na maioria das vezes nos expomos ao ridículo, como é o caso dessa propaganda em todos os sentidos, a começar pelo fato de ser propaganda e terminando com o uso da palavra em questão.

Sei que estou sendo cruel com a Rocinha, mas não vou aliviar. Se não compactuo com o desejo consumista das patricinhas do asfalto, não vou aplaudir essa febre da favela só porque ela acometeu uma pessoa pobre – uma doença como a AIDS é tão virulenta e fatal, seja nas classes altas ou baixas da sociedade, seja em pretos ou brancos, em machões ou bichas-loucas. Melhor dizendo, como a AIDS, o consumismo é uma doença talvez mais nociva nas favelas do que no asfalto, já que o nutrido e capitalizado asfalto tem mais defesas do que o morrão. Não é à toa que muitos meninos vão parar na boca por causa do irrefreável desejo de consumir o que chamam de "roupas da marca".

Já ouvi falar que essas mesmas domésticas, que entre outras coisas não têm a oportunidade de conviver cotidianamente com seus amados filhos, sonham em poder dar a eles o que há de bom e do melhor, que no seu entender é traduzido de forma mais cristalina nos bens de consumo cultuados no asfalto; dar a eles o que não tive, como ouvi essa expressão quando fui menino em Fortaleza, como ainda a ouço quando dou meus rolés pelas comunidades. Eis um sonho das pessoas carentes quando crescem e constituem suas próprias famílias: dar aos filhos aquilo que não tiveram. Fazem isso a qualquer custo. Nem que seja fazendo revoluções "atravéiz" das palavras.

8 DE JANEIRO] Passo pelo Boiadeiro a caminho do Raiz, onde ia atrás do Tio Cícero. Vejo várias pessoas cheirando, algumas com robustos sacolés na mão, desses de peso. Todas têm cara de viradas ou, como a favela diz, pernoitadas. Estão ali no largo, onde há uma série de botequins e padarias que vivem em função do Valão — que é a única boca 24 horas da Roça. Já me falaram de um esquema de prostituição que existiria em torno dessa boca e da Via Ápia, onde adolescentes vendem o corpo em troca de papéis de 10, que elas próprias cheiram. Mas eu não consigo identificá-las entre esses doidões.

Comentários de Paulete e seu inseparável amigo José sobre o baile do Valão, no qual foram a contragosto, por causa de um amigo do asfalto que queria ver como era um baile de comunidade. Segundo eles, o baile agora é aos sábados, não mais aos domingos, como na época em que os descobri, juntamente com o Serrote, que, a propósito, continuo sem ver. Desde a morte de Tim Lopes, ele passou a ser realizado às escuras. José disse que só conseguiu andar porque iluminou o caminho com um isqueiro. A escuridão permite que a boca funcione à vontade, que as pessoas trepem tranqüilamente nos becos e que o bonde armado não seja identificado por uma eventual câmera oculta.

Frase do Oscar, editor do primeiro jornal comunitário da Rocinha e hoje dono de uma locadora de DVD que funciona nas imediações da Via Ápia: quer conhecer a Rocinha? Vem aqui à noite.

Passo a manhã no centro, conversando com Paulete. Pergunto a ele se não teria como me arrumar um apê. Ele diz que sim, mas de repente se pergunta se não estaria confiando em excesso em mim — e ele, como todo favelado, já sofreu muitas desilusões com gente do asfalto que nem eu, que chega com um discurso muito bonitinho mas que depois só faz usar a favela. Mesmo assim, ficou de conversar com a Sandra, que já teve um jornal chamado *Comunidades*, especializado nas favelas da Zona Sul, e hoje é a administradora regional da Rocinha.

O apartamento dela, que fica na Via Ápia e na última campanha eleitoral serviu como comitê para um candidato cujo nome não perguntei, seria o ideal por uma série de razões — a principal delas, a de ficar perto do asfalto, permitindo-me fuga para o caso de alguma emergência. Aproveitei o breve momento de estremecimento para mostrar-lhe a coluna que escrevi sobre Paulete, para que não tivéssemos problemas como o que tive na última coluna que escrevi, em que um participante de projeto que envolve meio ambiente e educação em Macaé só faltou bater em mim com o que imaginei ser uma homenagem a seu trabalho. Ele ficou tocado com o artigo que escrevi.

Voltamos a conversar e ele de repente me veio com uma de suas pérolas semânticas — dividindo a palavra comunidade e soletrando-a de modo que a entendêssemos da seguinte forma: como-unidade, sacada que para mim vale um estudo antropológico. Escreverei um texto sobre esse como-unidade.

Pessoas que conheci hoje: Tomate, Iranildo, Lílian, Antenor, Berenguê, seu Manuel e Hélder. Tomate é o grande artista pop da Rocinha, conhecido do asfalto. Iranildo é um palhaço, que trabalha na frente da Mega Farma, atraindo clientes para ela; é, segundo Oscar, a pessoa na qual devo colar para me criar na comunidade; Lílian é um apanhado de coisas, como guia turístico, dona de creche, sócia de uma seguradora de computador e está para abrir uma casa de jogos eletrônicos, que chama de *lan house*, eu acho; Antenor é músico e, segundo Oscar, tem músicas contundentes, que falam, por exemplo, de noites chapadas; Berenguê é um *camera-man* que tem um programa exibido na TV FAVELA e é um dos diretores da ONG Terceiro Milênio, que fica em cima da Estação Cenário; seu Manuel é o pai de Oscar; é barbeiro, o velho; e Hélder é um vendedor bastante envolvido com projetos sociais, sempre na área de educação e cultura. Conheci todos esses personagens a partir de duas conversas centrais, uma com o Paulete, a outra com o Oscar; a primeira pela manhã, a segunda à tarde.

Tenho uma terceira conversa com Oscar, que continua a ter um comportamento ambíguo comigo. Por exemplo, apresentou-me hoje três personagens que podem ser fundamentais para o livro: Iranildo, Berenguê e Antenor.

Ele, porém, evita falar comigo o quanto pode — será que é por causa dos óbvios envolvimentos que teve com a rede de ilegalidades da favela na época em que editou o seu jornal? Ele no mínimo sabe demais — para não dizer que faz negócios com os caras.

Tive a sensação, por exemplo, de que é receptador de mercadorias roubadas — um cara, por exemplo, perguntou-lhe se tinha interesse em comprar uma polaróide; um outro, com todos os trejeitos de bandido, disse que queria falar com ele.

Tem todas as características de um DQ — no domingo passado, estava pernoitado quando o visitei na sua locadora, onde só estava porque seu funcionário não fora trabalhar. Leva o maior jeito para os negócios. Descobre, por exemplo, negócios de ocasião, como o jornal que lhe deu projeção na favela e a loja de conveniência em que está transformando sua locadora de DVD.

É rigoroso com as contas — cobra e registra tudo o que vende no software que um *brother* da Rocinha instalou nos computadores que tem instalados em suas lojas, mesmo que seja uma bala de cinco centavos.

No entanto, vive caindo economicamente. Pode ser que eu esteja sendo injusto com ele — que resistiu heroicamente à decadência das locadoras de vídeo da Rocinha, que foram uma febre no morro e quebraram uma a uma depois da chegada da TV a cabo. Pode ser também que, além disso, seja um homem de visão e ousado, capaz de fazer grandes sacrifícios quando tem uma idéia em cujo futuro acredite — está, por exemplo, reformando os fundos da loja para instalar um pequeno mercado.

Mas a sincera sensação que tenho é a de que não consegue resistir à proximidade da boca — principalmente quando cola em mulher que também goste da noite. Apenas hoje falou-me de duas mulheres que o teriam ajudado a sair da lama nos últimos seis meses — a primeira mora, inclusive, em uma área da Roupa Suja na qual não chega luz elétrica senão através de gatos; a outra, o namoro acabou na virada do ano.

Já foi casado e tem dois filhos — mora com um deles, o Igor, que é o mais velho. Teria dinheiro para sair da Rocinha, mas tem consciência de que tem uma grana para ganhar na favela. Talvez seja um dos casos a que Paulete se referiu, uma dessas pessoas que, mesmo tendo condição de morar no asfalto ou mesmo dominando os seus códigos, jamais se adaptaria à ordem burguesa.

Qualquer que seja o caso, não apenas mora na Rocinha, como a vive intensamente. O filho, por exemplo, está indo para a escola da Dona Veiga. O mercado que faz é na própria Rocinha. Também são da favela o seu dentista, o seu contador, a academia de ginástica na qual está matriculado e que não freqüenta por causa das noitadas, todas elas, a propósito, dentro da própria Rocinha.

Não tem ligações, porém, com a associação de moradores ou de comerciantes. Acha que o tempo do idealismo já passou. Acha que Iranildo, que talvez não à toa vive de ser palhaço, é o último dos românticos e por isso mesmo é um dos únicos caras duros da favela — entre aqueles que têm suas conexões com o asfalto, projetos sociais, poder público, essas coisas. O pessoal das ONGs pode até estar fazendo alguma coisa pela favela, diz ele, mas estão todos montados na grana.

Não tem nenhum ídolo, embora admire o Zé Guedes, um nordestino que sequer sabe assinar o nome e no entanto é dono de um bom pedaço da Estrada da Gávea. Já o Severino do Gás é, para ele, um desses caras que cresceram demais e que por essa razão terminam fazendo coisa errada — ele não disse o quê e eu não perguntei.

Apesar do seu desencanto, tem um particular fascínio pela Rocinha, que chama de cidade operária. Lembra, por exemplo, que a Rocinha tem sua própria RA, privilégio esse que nenhum bairro do Rio de Janeiro tem. Há, por exemplo, uma só RA para toda a Zona Sul, uma só RA para todo o centro.

9 DE JANEIRO] Falo com Kadec, dono de uma das maiores imobiliárias da Rocinha e amigo de velhos tempos do Serrote. Ele não me parece receptivo — ou será que fiquei paranóico? Também quer escrever um livro sobre a Rocinha, cujo título seria *Sobreviventes*. Ele diz que há duas Rocinha — uma que tem e outra que não tem. A que tem é a da Estrada da Gávea e suas imediações, a chamada beira de rua, sinal de *status* na Rocinha. É por essa que as pessoas se interessam. A outra, a dos que não têm, é ignorada por todos, principalmente pela mídia. Ele perguntou se eu tinha alguns documentos, propondo contrato de no mínimo um ano. Acho que dançaria com ele — pois tenho nome sujo no SPC.

Na saída do Kadec, vejo Vanderlei, que conheci em 2000 trabalhando em uma lanchonete da PUC e agora é motoboy. Diz que descola de 40 a 50 reais trabalhando de 10 a 12 horas por dia. É um estresse, já que, além do esforço de subir e descer as ladeiras, precisa de muita concentração para administrar o violento e caótico trânsito da Rocinha, no qual não há nem mão nem contramão. Mas esse troco lhe permitiu, por exemplo, comprar o barraco no qual está morando com a mulher atual, com quem está casado há cerca de seis meses.

Tem, além do compromisso de marido, a responsa de bancar os dois filhos, apesar de ter apenas 19 anos. É filho de uma família que de vez em quando fica completamente desintegrada. Quando o conheci, por exemplo, estava morando com um irmão, pois a mãe fora fazer companhia ao pai, que mora em Magé. Atualmente, a mãe está na Rocinha — seu antigo celular está com ela.

Fiquei com a impressão de que está prestes a se converter para a Igreja evangélica — já freqüenta cultos. Pareceu-me feliz, no entanto. Mesmo que com isso tenha de abrir mão de alguns prazeres, como por exemplo o de dar tiros na direção da Pedra Grande nas noites de Natal e de Ano-Novo. Esse ano, por exemplo, emprestou a sua laje para que um dos bandidos da Roça desse suas rajadas, mas teve que ficar com o dedo na boca, já que a esposa não o deixou pegar em arma. (A propósito, todos os tiros são dados na direção da Pedra Grande, cuja mata pegou fogo nesta virada de ano por causa das balas de traçante.)

No meio da conversa, Vanderlei, que gostou da idéia do livro, gritou pelo seu cunhado, o Touro, que também trabalha de motoboy e por coincidência passou por nós. O pai do Touro, seu sogro, está com uma casa para alugar na Cachopa, que vai ficar livre a partir da próxima semana. Custa 200 pratas. Relação completamente desburocratizada, como é quase uma regra na favela. Uma das poucas exceções foi, por incrível que pareça, o Kadec. Há ainda a vantagem antropológica, lembrada pelo próprio Vanderlei, de que perto da casa do sogro tem uma boca e parte do zunzunzum típico da Rocinha.

Fiz uma primeira entrevista com o Iranildo, que me pareceu ser um personagem muito mais interessante do que imaginava. Atualmente, vive de ser locutor de uma cadeia de farmácias, onde ganha 50 pratas por dia anunciando, parece-me que de forma bem-humorada, seus produtos e serviços.

Também é locutor dos grandes eventos e shows da Rocinha, principalmente os que são promovidos na quadra da escola de samba, da qual foi inclusive vice-presidente durante nove anos. Tem um grande prazer em participar desses eventos. Deu-me inclusive a sensação de que se sente importante por participar deles, nos quais conhece os músicos e produtores de grupos como Pique Novo, Raça Negra etc.

Seu grande negócio é o humor – tem uma coluna no *Rocinha Hoje* e principalmente apresenta-se como palhaço em todos os grandes eventos da favela. Pelo que entendi, descobriu o ofício de palhaço de modo casual, durante uma das oficinas de teatro que ministrou na favela.

10 DE JANEIRO] Rápida passagem pela Rocinha, onde vejo emails na Estação Cenário e, depois, encontro um banco insuportavelmente lotado, no qual mal consigo pegar um comprovante de depósito (por causa de um terminal quebrado, só havia um caixa para dar vazão à fudida movimentação do dia 10).

Pego uma moto com um cara cascudo, que não me deu papo. Fui até a RA – falar com a Sandra. (Tentei ligar, mas só deu ocupado durante horas. Rosa, assistente de Sandra, me falou de interferência, mas acho que telefone tem um gato puxado pela boca, que funciona ali perto.)

A bacana da Sandra se nega a me receber, dizendo que vai pensar no assunto depois que entrevistar uma série de pessoas. Eis a sua lista: Dona Valda, Manezinho da Água, Matias (do Cecil), Soldado Melão (ex-presidente da UPMMR e ex-administrador regional), Embaixador (Casa dos Artistas), Dona Branca (creche Pedra da Gávea), Dona Veiga (creche Tia Veiga).

Desço da RA de moto, depois de uma tentativa frustrada de entrevistar a Sandra. Ela não quis dar a entrevista agora, mas me deu contato de uma série de pessoas, com os respectivos telefones. Marquei para quarta 15 uma conversa com o Manezinho da Água, que também me recebeu com desconfiança.

Na moto, puxo papo sobre engarrafamentos na Rocinha e a vantagem de ir de moto em relação às kombis e aos ônibus. O motoqueiro só concordou em parte – pois às vezes há engarrafamento até de gente. Lembrou um dia em que, por causa de dois ônibus bloqueando a subida e a descida, as motos tentaram passar pela calçada e dessa forma só fizeram aumentar o tumulto, impedindo tanto a passagem delas como a das pessoas.

Por causa desse dia, o homem baixou uma norma proibindo moto em calçada. Quem burlar perde a moto, revela. Essa lei, no entanto, não é universal. Tem motoqueiro que, por ser amigo de bandido, não tem que seguir as normas, diz. Só eles estão livres dos engarrafamentos que às vezes também prendem as motos, chegando a formar filas de mais de 100 delas esperando que os ônibus liberem a pista.

12 DE JANEIRO] Pego kombi com motorista que trabalha de meia-noite às onze da manhã. Ele ganha 800 reais — às vezes mais, já que recebe 200 por semana. Trocador ganha 500 por mês — diárias de 15 reais. Acho que no domingo ele levou 12 armas lá para cima — pegou-as no Valão, pelo que entendi.

24 DE JANEIRO] Vou no Eli. É o que uma amiga chama de ING — um indivíduo não governamental. Mora lá em cima, na Cachopinha. Sobe os 305 degraus que o separam do restante da Rocinha há 10 anos, quando começou a fazer o trabalho comunitário que hoje abrange uma rádio comunitária, um centro de informática e atividades no fim de semana com as crianças de sua área, para as quais tenta mostrar que o mundo não está restrito às valas negras e às balas perdidas da favela, junto com as quais terminou ele próprio descobrindo um mundo bem maior.

Não ganha um centavo pelo que faz. Nem do poder público, nem das associações de moradores, nem das ONGs que estão cansadas de saber que é uma liderança desta esquecida subárea acima da Vila Verde, a poucos metros de uma exuberante Mata Atlântica. Vive em um barraco precário de 2 x 3, que pensei que existisse apenas no imaginário de sociólogos que jamais puseram um pé na favela. Tem, no entanto, uma belíssima vista para a praia de São Conrado, que à noite desfruta sentado em um esqueleto de poltrona enquanto queima um dos baseados que começou a fumar quando tinha apenas oito anos.

O banheiro fica por trás de uma cortina que improvisou no canto do terreno, aproveitando os canos que restaram da demolição que ele próprio promoveu no barraco, antes que caísse. Toma banho na casa em frente da sua, de favor. Come das cestas básicas que ele próprio vai batalhar nos projetos sociais, trazendo-as nas costas tanto para ele como para as pessoas mais duras de sua comunidade, que já se acostumaram a recorrer a ele quando a situação aperta.

Em suas andanças lá por baixo, também arruma uns bicos para garantir 20, 30 reais. Um dos lugares onde está sempre descolando um troco é na Light, em cima da Estação Cenário. De vez em quando, carrega areia para uma das milhares de obras sendo erguidas na Rocinha, as mesmas que às vezes me fazem pensar que elas próprias são responsáveis pelo ciclo migratório por trás do espantoso crescimento da favela, que é para trabalhar nelas que os cearenses vêm para o Rio.

Tem 39 anos — feitos no dia 7 de setembro. Não tem a menor idéia do que vai ser o seu futuro. Acho que não está preocupado com isso. Todos os dias dá graças a Deus quando acorda e vê que não foi vítima de uma dessas enchentes que leva cinco, seis famílias de uma só vez. Também agradece por ter podido sair da boca — "prantei durante oito anos". Puxou uma cadeia longa numa época muito complicada, ao longo da década de 1980, em que o Comando Vermelho começou a dominar as favelas da cidade.

Conviveu nela com nomes como Portuguesinho, Gordo, Escadinha e o próprio Bagulhão. Viu muita gente morrendo para defender sua moral. Uma das coisas que agradece com as preces que aprendeu a orar com a mãe cristã, da "Assembréia de Deus", foi não ter precisado puxar uma faca para defender sua moral. Graças a essa mesma mãe, não precisou voltar para o crime quando saiu da cadeia.

Ainda mantém relações com a boca, onde sempre vai para conseguir um bolo para as festas que promove ou no Dia das Crianças ou no Dia das Mães no campinho que ele próprio limpou ali na Cachopinha. Também consegue ajuda no comércio da área, que sempre comparece com um refrigerante ou com um ônibus de graça ou mesmo com o cachê do DJ dos bailes que promove para as crianças. Está sempre recorrendo a amigos, como o Madeira do grupo de capoeira Carioca, que arma um roda gratuita todas as noites de quinta-feira na sua quadra. O palhaço Iranildo é outra presença constante em seus eventos. Acho que o pessoal do som também sobe o morro em consideração a ele. Ou às crianças que, como ele, em um passado do qual não esquece, estão crescendo abandonadas.

Vale lembrar que, mesmo sem um centavo ou uma ONG atrás de si, jamais perdeu uma criança para a boca. Tem o maior orgulho disso.

Quatro da tarde. Via Ápia. Sebrae. Conversa não gravada e não fotografada com o Adeílton. Ou, como ele faz questão de dizer, Adeílton Ramalho. É uma das pessoas mais vaidosas que conheci na Rocinha. Tem, por exemplo, um enorme orgulho de pertencer à família que ergueu o primeiro prédio construído com base em uma planta assinada por um engenheiro e por um arquiteto, que não à toa foi enterrada na fundação juntamente com o jornal do dia e uma moeda da época. "Só o fato de ser um Ramalho faz de mim um vencedor", explica este administrador de empresas de 45 anos, 10 dos quais na Rocinha.

Nasceu no Leme, também gosta de frisar. O pai, nascido no alto sertão da Paraíba, era porteiro do prédio em cuja obra trabalhou quando chegou ao Rio de Janeiro. A transferência para a Rocinha foi um longo processo, que começou com a compra de um terreno próximo à avó, no Caminho do Boiadeiro. Depois ele levantou sozinho o vistoso prédio onde toda a família mora, que tem oito andares. Um apartamento por andar. O oitavo andar e o terraço são dos pais de Adeílton. O primeiro andar é só de lojas, dentre as quais se destaca o mercadinho que o pai abre pontualmente às sete da manhã, que, porém, nunca tem hora para fechar. Uma raridade na Rocinha, o prédio tem garagem no subsolo, cujas vagas são alugadas a peso de ouro para moradores de uma comunidade que cresceu desordenadamente, sem prever que um dia os habitantes de miseráveis barracos de madeira teriam DVDs, telefones celulares, carros do ano. Por incrível que pareça, o pai conseguiu montar o patrimônio da família com o dinheiro que amealhou como porteiro e lavando carros nos dias de folga. Todo dinheiro economizado era aplicado em ações do Banco do Brasil, da Petrobrás e da Brahma. "Comprar sempre. Vender jamais", eis a filosofia seguida pelo pai de Adeílton para chegar onde está.

Adeílton conhece a saga dos Ramalho, que a avó, hoje senil, sempre lhe contava. A família, que tem um remoto parentesco com um senador do seu estado natal, é do alto sertão da Paraíba, um sertão brabo, quase deserto. A velha teve nove filhos, um dos quais nascido enquanto lavava roupa. O pai de Adeílton migrou para o Rio de Janeiro quando tinha 19, 20 anos. Para trabalhar na construção civil. Mas abandonou a profissão de pedreiro logo depois do primeiro prédio que construiu, do qual se tornou porteiro. Ser porteiro é uma dádiva dos deuses para os paraíbas, pois essa profissão reduz a praticamente zero o custo de vida, além de permitir que os filhos convivam com uma vizinhança mais qualificada que a das favelas, que na maioria das vezes desperta neles um grande desejo de estudar, de seguir os caminhos dos amiguinhos que conseguem fazer no *playground* ou mesmo na praia. Foi nesse mesmo bairro que seu Antônio, nome do pai de Adeílton, conseguiu o engenheiro e o arquiteto que projetaram a obra que, exceto as lajes, construiu sozinho.

Adeílton tem dois irmãos. Ambos estudaram, mas o único que chegou à faculdade foi ele. Lembra com riqueza de detalhes o que considera o dia mais emocionante de sua vida. "Deus do céu, estou em uma universidade", dizia para si mesmo, encantado ao entrar no que veio a ser primeira turma de administração de empresas da Universidade Santa Úrsula, olhando para suas sólidas paredes. O dia em questão era o 9 de março de 1979. Nesse mesmo dia, o então presidente João Baptista Figueiredo inaugurou a estação do metrô da Glória, para a qual acorreram hordas, as pessoas todas que queriam conhecer aquela novidade, aproveitando o fato de que naquele histórico dia o passeio até a Cinelândia era de graça. Foi nesse mesmo dia que o avô de Adeílton morreu.

Desenvolveu o gosto pela leitura com os jornais que o pai comprava para os moradores do prédio do qual era porteiro. Obrigava-o a lê-los antes de colocá-los embaixo da porta dos apartamentos dos bacanas. Não foi à toa que, com apenas 11 anos, já queria ser físico nuclear e, com 15, começou a se interessar por diplomacia. Pensando na segunda carreira, matriculou-se em cursos de francês e inglês com o dinheiro que ganhou e juntou ao longo dos 22 anos e oito meses que trabalhou na Telerj – hoje Telemar. Mas o mais longe que conseguiu chegar foi à seção de Controle Operacional, da qual saiu com o chamado PDI – Programa de Desligamento Incentivado. Embora sempre tenha sido um funcionário dedicado, temeu pelo futuro com os ventos privatizantes do governo Fernando Collor. Saiu no que lhe pareceu a hora mais adequada. Com todas as vantagens que poderia obter de uma separação por si só dolorosa.

Mergulha desde os cinco anos de idade. Começou ali mesmo no Leme, usando máscara. Atribui a esse *hobby* o fato de ser sempre preciso, capaz de registrar em seu diário que viu o primeiro golfinho de Noronha às 11h47 e que pegou a sua primeira onda às 14h34 na praia da Conceição. Isso foi nas férias de 1994, quando viajou para a ilha pernambucana pela primeira vez. Foi uma experiência libertária, que repete pelo menos uma vez ao ano desde então. Escreveu o seguinte texto no diário que parece atualizar até os dias de hoje: "Vim para cá para não ficar preso ao tempo. Vou fechar você, vou dar meu relógio e só vou voltar a abrir você em setembro, quando voltar para o Rio de Janeiro." O reencontro com a Rocinha, depois de passar 30 dias usando apenas um boné, uma blusa, uma bermuda e uma sunga, só não foi mais doloroso porque toda vez que caía em depressão pensava no paraíso que acabara de conhecer. Considera-se desde então um cidadão noronhense.

Na volta para o Rio, conheceu o turismo, graças ao qual melhorou a sua conturbada relação com a favela em que mora desde 1992. Como guia, mantém-se em permanente contato com os gringos que fizeram da Rocinha o terceiro ponto turístico mais visitado do Rio de Janeiro, superado apenas pelo Corcovado e pelo Pão de Açúcar. A convivência com os turistas, o interesse que têm pela comunidade, principalmente pela sua inventiva arquitetura e pelo calor humano tão típico da comunidade, tudo isso foi de fundamental importância para que parasse de rejeitar a Rocinha. "Procurava desesperadamente uma pessoa que fosse do meu nível, com a qual pudesse conversar", admite.

A Igreja católica, presente fisicamente na Rocinha desde 1937 e com ativa participação nos trabalhos sociais que mudaram a paisagem humana e urbana da favela principalmente a partir de meados da década de 1970, também ajudou Adeílton a rever sua postura em relação à comunidade na qual viveu como se fosse uma cidade dormitório até 1998, saindo de manhã cedo e só voltando à noite. Por intermédio do trabalho de catequese, que fez dele um ministro da eucaristia muitas vezes chamado de padre principalmente pelas crianças que freqüentam a capela da Vila Verde, descobriu um povo sofrido, carente, necessitado de pessoas iluminadas como ele, Adeílton, se vê. "Eles precisam de alguém lutando a seu lado, ajudando-os a crescer, a encontrar seu sustento."

Para esse contemplativo Ramalho, que gosta de se sentar no alpendre e ficar imaginando a vida das pessoas, apenas a religião católica tem a palavra capaz de aliviar o sofrimento dessa gente determinada, que chega do Nordeste sonhando com dias melhores para si, para os seus. "Os evangélicos falam de uma dor específica, do problema na coluna, daquela enxaqueca que não passa nunca." Só os padres, cuja preparação espiritual e intelectual nunca é inferior a 10 anos, conseguem tocar no coração do povo. "Os problemas da Rocinha são dramáticos, temos de tudo aqui, de uma alta incidência da AIDS a uma epidemia de tuberculose", diagnostica. Não é qualquer pastor semi-analfabeto que encontrará a palavra exata, a que conforta e anima para uma luta que quase sempre parece inglória, fadada ao fracasso.

É verdade que a Igreja católica hoje está mais atenta para o meio no qual está inserida, promovendo missas em um número quase tão grande quanto os cultos evangélicos, em torno dos quais a família pode se reencontrar como não acontecia desde que a televisão entrou na sala de estar para desagregá-la. "Hoje a Igreja católica tem uma paróquia e nove capelas em toda a Rocinha." Na prática, isso significa que qualquer dona-de-casa angustiada da comunidade, seja ela de lá de cima da Rua 1 ou da Cachopa ou mesmo do Largo do Boiadeiro, vai estar a no máximo cinco minutos a pé de um padre ou de algum representante como Adeílton, que, se não pode celebrar uma missa, está apto a fazer leituras da Bíblia compartilhadas com as pessoas.

Ainda Adeílton – que a propósito tem sua saída programada da Rocinha para 2004. Preocupa-o o crescimento desordenado da favela, que, como pode acompanhar da privilegiada vista que se abre da cobertura do prédio do pai, continua se espalhando pelo morro.

Na Roupa Suja, subárea mais pobre da Rocinha cujo nome se deve ao fato de no passado ter uma fonte de água em torno da qual as mulheres se reuniam para lavar a roupa das madames do asfalto, os barracos de madeira ultrapassaram faz tempo os pirulitos com que o prefeito César Maia tentou delimitar a favela.

Já o 99, subárea cujo nome se deve ao número 199 da estrada da Gávea, está invadindo o Parque da Cidade. Para esse Ramalho, apenas a Vila Verde, subárea cujo nome é uma tradução da Green Village de uma novela de Aguinaldo Silva passada em uma cidade na qual se falava muito inglês, não está crescendo mais.

Iranildo me diz que é um dos nomes mais conhecidos da Rocinha e sua fala me remete ao que chamo de baianismo da Rocinha. Todo mundo tem a pretensão de ser uma pessoa importante para a comunidade.

Esse é o caso do Tomate, que sempre se apresenta como o artista mais famoso da Rocinha. Oscar usa seu prestígio para fazer propaganda da sua locadora, para a qual as pessoas vão não por causa dos filmes, mas porque é dele. O próprio Iranildo, apenas fazendo referência a uma das situações que vivemos ontem, disse que apenas a sua presença na porta da farmácia atraía clientes, não importando se, como ontem, não podia fazer o seu trabalho por causa de uma barulhenta confraternização do tráfico na Via Ápia.

Ainda sobre o baianismo da Rocinha, penso nele quando ouço aquela música de Caetano cujo narrador se daria por satisfeito se o prefeito desse um jeito na cidade da Bahia. Para o cria da Rocinha, justiça social é tudo aquilo que melhore as condições de vida na sua favela. Não importa que a obra em questão traga problemas para o restante da cidade.

Iranildo está sempre falando de um passado dourado, no qual teve razoável projeção na mídia com o teatro que fazia na Rocinha. Isso teria sido no governo Moreira Franco – uma referência fundamental para quem quiser entender a Rocinha.

Um dos muitos projetos implantados nessa época, com uma verba de 8 milhões de dólares levantada no Banco Mundial, foi o grupo teatral do qual Iranildo fazia parte. Esse grupo teria feito, segundo Iranildo, um enorme sucesso. Entre outros feitos, chegaram a lotar o João Caetano e o Carlos Gomes com a montagem de peças como *Morte e vida severina*. *Morte e vida* teria, segundo a mesma fonte, levado ninguém menos que João Cabral de Mello Neto às lágrimas.

O teatro de Iranildo teria sido tema de uma reportagem no *New York Times*. Foi aí que conheceu Gerald Thomas, de quem diz ser amigo até hoje. Um dos capítulos dessa relação está registrado na primeira matéria de capa da *Veja Rio*, em texto assinado por Alfredo Ribeiro. Esse texto, a propósito, lhe trouxe sérios problemas com a boca. Diz hoje que, se soubesse que o Alfredo Ribeiro era o Tutty Vasquez, não teria dado a entrevista ao lado de Gerald. O cara fala mal de presidente da República, que dirá de mim?

Não deixou de dar entrevistas, porém. Foi em sua casa, por exemplo, que Gabeira se hospedou durante sete dias para produzir uma matéria publicada na *Marie Claire*. Essa matéria, que não me disse quando foi publicada, não lhe trouxe problemas. Também deu entrevista para o jornal *O Dia*, que lhe tratou como o intelectual da favela.

O grande marco de sua carreira continua a ser Gerald Thomas, que, segundo Iranildo, vive dizendo que o teatro com o qual sonha tem como grande referência a obra do palhaço da Rocinha. Nesse momento, eles, que continuam a se ver com freqüência, devem estar almoçando juntos.

Diz Iranildo que estão preparando um espetáculo juntos. Também diz que Gerald estaria levando-o, através de uma produtora, para a Alemanha. Essa produtora também iria comprar uma casa para a sua família fora da favela, condição que impôs para ir para a Alemanha principalmente por causa da filha, que tem medo que cresça na Rocinha.

Iranildo me explicou por que impôs essa condição. Tem medo de que sua filha siga o exemplo das meninas que fazem 12 anos e vão desfilar com um shortinho decotado para os bandidos da Via Ápia, disputando o lugar de maria-fuzil no coração deles. Também falou da inevitabilidade de os meninos entrarem na boca, começando uma carreira no crime que tem como ponto de partida um baseado fumado com amigos.

Ele também insiste em uma espécie de voto de pobreza — orgulha-se de não ter enriquecido com os contatos que fez com o asfalto como o intelectual da favela, título de uma matéria que saiu em *O Dia*.

Desconfia de todos os artistas e intelectuais da favela, que usam a miséria, da qual não podem se livrar por essa razão, em benefício próprio. Ultimamente tem falado particularmente mal do Embaixador, da Casa dos Artistas, que ele acha que nunca vai ficar pronta. No dia em que houver um centro cultural de verdade, ele não terá motivo para fazer suas campanhas de arrecadação.

Iranildo compara o Embaixador ao padre que jamais reformou a igreja para a qual vivia pedindo dinheiro dos fiéis. Um belo dia, conta Iranildo, saiu de férias e o seu substituto fez a obra adiada anos a fio. Isso, em vez de elogio, foi motivo de duras críticas por parte do padre. Como vamos arrumar dinheiro agora?, lamentou-se.

Esse seria o pacto da pobreza, que está por trás das indústrias da seca de todo o mundo. Como o Nordeste, no dia em que derem um jeito na Rocinha ela deixará de sensibilizar os financiadores dos projetos sociais que lá hoje chegam aos montes.

26 DE JANEIRO] Centro de artes e visitação. Animada conversa com Luluca e Paulete. Ela me apresenta um conceito fundamental dentro da favela, que é o beira de rua. A rua em questão é a Estrada da Gávea, a rua principal da Rocinha. Quanto mais perto dela se está, mais valorizado o imóvel no qual se mora.

Mesma conversa no centro de artes e visitação. Paulete volta 25 anos no tempo. E lembra do pai saindo de madrugada com uma balança pendurada no ombro, para pegar água. Eu nunca tinha ouvido falar de balança. Para mim, existia apenas a lata d'água, aquela que ganhou o mundo na música que para mim vai estar sempre associada à voz de Elza Soares. Mas a lata d'água, explica-me Paulete, era coisa de mulher, que a equilibrava com a ajuda de um pano enrolado na cabeça. O homem carregava a balança, um conjunto de duas latas, presas a um pedaço de pau, equilibradas nos ombros. Havia todo um jogo de corpo para se subir o morro com uma balança no ombro. Jogava-se para a frente o ombro do mesmo lado do passo que se dava. Isso facilitava o transporte da água.

Conversa descamba para memórias de uma favela miserável, que tanto Luluca como Paulete visitam sem trauma.

Comprar querosene na dona Helena para botar um pouco de luz nos barracos de madeira, diz Paulete. Mulheres indo lavar roupa no Laboriaux, onde cada uma delas tinha sua própria pedra e almoçavam pão com goiabada; as crianças, protesta Paulete com cara de nojo, comiam biscoitos Mirabel.

Os dentes que caíam eram jogados no telhado, junto com um pedido, enuncia Luluca. Mãe de guarda-chuva na cozinha, por causa das pedras que as crianças jogavam nas árvores, para derrubar frutas, continua Luluca.

O rádio de pilha sempre sintonizado na Rádio Globo e suas imperdíveis ofertas dos supermercados Três Poderes, Disco e Peg-Pag, lembra Paulete. E as sacolas marrons das Casas da Banha?, pergunta Luluca, que ainda hoje as usa para guardar sua preciosa coleção de LPs.

Havia o indefectível fogão Jacaré, que consumia meio litro de querosene para cozinhar o feijão de todo dia. O chão de madeira ficava vermelhão com a cera Cristal que todas as donas-de-casa tinham e esfregavam com vigor pelo menos uma vez por semana, até o piso ficar brilhando que nem espelho.

O piso de madeira apodrecia. A madeira atrai ratos, muitos ratos. Mas medo mesmo se tinha das lacraias, que subiam pelo ralo, vindo das valas abertas. Sabia-se que o verão chegava por causa da repentina aparição das formigas, que não respeitavam nem os potes de sal. Verão também era sinônimo de barata.

4 DE FEVEREIRO] Vejo Benedita, que tem um brechó ao lado do centro e é uma espécie de síndica do prédio em cima do Bob's, na Estrada da Gávea. Tinha sumido a semana toda, por causa de uma obra em sua casa, que é vizinha à da dona do prédio que administra.

Estava corada, pois acompanhara de perto a obra, já que não gosta de deixar os homens trabalhando sozinhos. Mas não foi à toa que esqueceu de afixar na árvore o cartaz anunciando o aluguel de quartos, quitinetes e apartamentos que administra. Estava com raiva da amiga de longas datas, com quem brigou por causa de centímetros da cobertura de alumínio da sua laje, que, segundo a vizinha, estava ficando maior do que a sua.

Dona Benedita se indignou com a queixa e, depois de muito bate-boca principalmente com o marido da amiga, disse que não mais administraria o prédio do Bob's. "Quero ver ela vir lá de Pedra de Guaratiba pra tomar conta de tudo aqui", desafia.

Dona Benedita admite receber uns patacos para cuidar do edifício, mas não precisa dele para comer. De certa forma, esse trabalho é um aborrecimento que não a deixa explorar o potencial do seu brechó, que ela chama de loja. "Poderia chegar aqui às oito, mas fico lá varrendo, tirando as folhas que sempre caem no pátio, cuidando de ligar e desligar a bomba para que nunca falte água para os moradores."

Mas o mais difícil não é isso, acha essa caprichosa nordestina, que se dá ao trabalho de recolher o dinheiro da luz de cada um dos condôminos, pagar as contas no banco e xerocar todas elas, para que a amiga tenha o controle de tudo. O grande trabalho é escolher os moradores, perceber qual deles é "uma pessoa excelente", que é um sinônimo para o "idôneo" que encontramos nos nossos jornais, com a diferença de que, para a Rocinha, pouco importa a história pregressa desse morador, apenas que pague as contas em dia, não incomode a vizinhança e não atraia nem polícia nem bandido para o condomínio.

Também é dona Benedita quem administra as obras, orça-as, acompanha a sua execução etc. "E tudo isso por uma merreca", protesta. Mas mesmo que fosse uma fortuna ela a dispensaria se isso lhe trouxesse aborrecimentos. "Aqui na favela a gente só engole sapo quando trabalha pra comer. Quando a gente não precisa, a gente só faz por prazer."

19 DE FEVEREIRO] Vejo o pessoal do jornalismo local na Estação Cenário. Eles estavam criticando o evento do Embaixador, o Rocinha Solidária. Eles compararam o evento ao show de Gil, esvaziado, na opinião deles, porque não tinha a menor ligação com a comunidade. Era apenas um pessoal querendo fazer marketing à custa da favela. E usando duas ou três pessoas que conhecem na comunidade.

21 DE FEVEREIRO] No ônibus que me levou da Gávea até a praia, vejo a polícia em atuação dentro da favela, particularmente na entrada da Rua 2. Nunca a vi tão ostensiva quanto hoje, parando inclusive pessoas dentro da favela, exigindo-lhe os documentos. Na praia, vejo o MC ligando para a tenente Sabrina e depois se afastando de mim para conversar melhor com ela. Tive a nítida impressão de que estava negociando o arrego para a polícia. Como disse, apenas impressão. Não ouvi nada de comprometedor. Só o ouvi dizendo alô, tenente Sabrina?

Na saída da praia, conheci Magali, que foi a coordenadora do centro até se enrolar com dinheiro. Tem uma dívida trabalhista que parece não incomodá-la nem um pouco. Tem um filho lindo, o João, que deve estar com cinco anos, seis no máximo.

Como fui apresentado como um amigo do Cabeleira, ela assim me tratou desde então, principalmente por causa do nome das outras pessoas que disse terem me ajudado a me instalar na favela, como Alexandre Serrote e Luluca.

Apresentou-me a uma série de pessoas, dentre as quais um jornalista suíço, acho que o nome dele é Rodolfo, que fez algumas matérias sobre o carnaval, a comunidade, a favela. Tentei pegar o seu telefone, concordando com a sugestão que ela me deu, de que precisava conhecer o olhar de um estrangeiro para a favela. Ele, porém, não me pareceu nem um pouco receptivo. Disse, por exemplo, que não sabia qual era o número do apartamento no qual estava hospedado.

Ela também me apresentou ao Patola da TV Patola, com quem cometi a indesculpável gafe de perguntar logo de cara o número de assinantes da sua TV a cabo pirata. Ele cortou o papo e depois só se aproximou para saber quem sou eu, dizendo que só podia ser, eu logo vi, quando Magali lhe disse que me conhecera hoje.

Em seguida, ela fez com que (pelo menos eu tive essa sensação) o Cabeleira e o seu pessoal me chamassem, para que pudesse curtir seu carnaval à vontade. Deixou-me, porém, o seu número de telefone. Disse que, se eu desse um dia de trabalho para o barracão, lá em São Cristóvão, me contaria um pouco da história da escola da qual é uma das fundadoras.

Achei a Magali uma personagem fascinante. Em primeiro lugar, é uma negra linda, apesar dos seus 39 anos. É também de uma alegria contagiante, capaz de mudar um ambiente com a sua chegada. Disse que ri até quando chora. Quando está triste, força um riso para puxar a felicidade de dentro do peito. Também acredita na força da energia e não foi à toa que falou para mim e depois para o Rodolfo (o jornalista suíço) sobre o número de pessoas que se deram as mãos hoje às quatro horas da manhã, como ela viu em noticiário da Globo News.

Também falou de uma comunidade que foi muito usada pela mídia e que hoje não a evita, mas pensa antes de fazer qualquer coisa. Houve muitas mortes por causa desse contato com a imprensa, muitas delas de origem desconhecida, podendo ser atribuída tanto à polícia quanto à boca. Usei a imagem "gato escaldado tem medo de água fria", da qual discordou. Se fosse esse o caso, imperaria a lei do silêncio. Hoje dá-se a versão possível. Essa estratégia, pelo menos foi a impressão que quis dar, foi criada por ela. Lutou para que a comunidade aprendesse a falar o "politicamente correto".

Quando o Patola se reaproximou, falou de uma época em que ele, ainda trabalhador, vestiu a bateria da Acadêmicos para atender à exigência do Capitão Aílton, *capo* do bicho que tinha relações com o Luis Carlos Batista, que dominava o jogo na favela e foi um dos fundadores da escola. O Capitão Aílton estava disposto a financiar um determinado desfile, desde que a comunidade desse uma contrapartida.

Magali é a eterna *miss* Rocinha, pois ganhou, disputando com uma série de louras, o único concurso de beleza que teve na favela. Também é uma passista entusiasmada, a única que hoje vi dançando com o coração. Está desempregada desde que saiu do centro, há cerca de um ano. No momento, porém, está trabalhando enlouquecidamente pela escola.

Magali também falou de uma comunidade que já foi miserável e hoje é quase de classe média, que mesmo morando em favela tem a mesma TV a cabo do asfalto, que garante que os seus moradores discutam em pé de igualdade as informações que são transmitidas nos noticiários da Globo News. Também falou de um povo que consome DVDs e microondas.

Caderno 2

20 DE FEVEREIRO] Não é à toa que Tomate já diz para todo mundo que estou fazendo a sua biografia. Existe, é claro, um quê de vaidade em se apresentar como tema de um livro. Vaidade é o que não falta ao Tomate, que sempre se apresenta como o melhor artista da Rocinha, o mais famoso de todos eles, o mais importante. Mas por outro lado isso revela admiração pelo meu trabalho, que lê com interesse, concentração e acima de tudo identificação.

A possibilidade de trabalhar comigo, com um cara que é a sua alma gêmea, segundo a definição de Luluca, uma de suas quatro namoradas, está ajudando-o a sair da depressão em que se encontrava antes de se aproximar do centro de artes e da própria Luluca. Disse Paulete que Tomate estava acomodado, dando-se por satisfeito em pintar painéis nas paredes da favela pelos quais ganhava, quando muito, 200 reais. Engajou-se então na luta pelo centro, que por pouco não fechou em conseqüência das maquiavélicas articulações de Da Cerveja e de Marcito, o primeiro uma espécie de diretor vitalício da associação dos comerciantes da favela, o segundo diretor do Balcão Sebrae da Rocinha.

Os dois queriam fechar o centro porque ele como estava era uma cooperativa, pertencia à comunidade. Não era, por exemplo, como a Fuxico, que até é uma cooperativa de costureiras, mas tem uma pessoa que capitaliza a projeção internacional que ganhou e principalmente o dinheiro que dá, a tal da Ciça. Eles então o reabririam pagando salário a seus funcionários, sem lhes dar participação nos lucros que inevitavelmente teriam num futuro próximo. Foi graças à intervenção de Dona Valda que os planos de Da Cerveja e Marcito não se concretizaram, mas também foi de fundamental importância, pelo menos para os religiosos coordenadores do centro, o axé que o Tomate levou para lá. Os orixás que pintou voluptuosamente quando conheceu Luluca deram a proteção espiritual de que todos estavam precisando.

Participar da luta pelo centro, portanto, foi de fundamental importância para que ganhasse um novo ânimo para viver, mas a minha presença ali, diz Paulete, também o estimula, abre o seu apetite, dá-lhe vontade de produzir. Isso não é pouco, acrescenta o mesmo Paulete. Vale lembrar que não apenas o Tomate ficou mobilizado com a minha presença. Iranildo, apesar da resistência inicial, me procurou esta semana propondo que escrevesse um livro sobre sua vida. Até título ele, o Iranildo, já tem. *Da Roça à Rocinha.*

Não tenho a mesma admiração por Iranildo que tenho pelo Tomate, com quem, além de já ter convivido muito mais e ter criado uma relação de amizade, tenho mais identificação pela própria postura ousada, guerreira, sem papas na língua. Tomate se comporta como se fosse um imperador da Rocinha – e aqui não estou falando no sentido pejorativo que damos a essa palavra, de metido, de se querer ser mais do que na verdade se é. Quando digo que ele age como um imperador é porque ele não deve nada a ninguém, é dono do próprio nariz, fala o que bem quer e entende. E esse está longe de ser o caso de Iranildo, que, por exemplo, não assume para mim a relação que já teve com a boca.

Iranildo traz consigo uma espécie de ferida narcísica decorrente da coça que levou da boca depois de uma intriga feita pelo bicheiro da favela, há cerca de seis anos, porque disse que estava comprometido com um candidato a vereador e não iria trabalhar para o nome apoiado pela contravenção da Rocinha. Além da surra, teve o seu nome jogado na lama para quem vive em uma favela. Levar uma surra em uma favela representa uma grande desonra para os moradores de comunidade. Muita gente se revolta e se torna bandida para vingar uma coça que levou, principalmente quando o castigo é injusto e é aplicado pela polícia.

No caso de Iranildo, ele apanhou de bandido. Esse tipo de humilhação também é responsável pelo surgimento de inúmeros bandidos, muitos dos quais saem de suas favelas e vão alimentar a sangrenta guerra de facções da cidade. Os piores bandidos da cidade são os que passam por essa humilhação. Uma humilhação dessas tem que ser vingada de alguma forma, precisa de uma resposta violenta para que se possa fazer uma catarse, para que se possa expiá-la. Há mais um importante detalhe nesse momento crucial da vida de Iranildo, já que não se pode dar uma coça em uma liderança com a importância que já teve para a Rocinha sem que se dê uma justificativa das mais fortes. E no caso de Iranildo, o Luís Carlos Batista conseguiu sujar sua barra com a boca, acho que com o Zico.

Iranildo (e essa é a principal razão para que não tenha por ele a mesma admiração que tenho pelo Tomate) não falou de modo explícito quem foi a pessoa contra a qual Batista o jogou. Iranildo disse apenas de um modo genérico que era uma pessoa muito importante para a comunidade e um grande irmão seu, alguém a quem devia muitos favores. A descrição pode ser muito vaga para quem nunca botou um pé em uma favela, mas para quem vive nela tal descrição não poderia ser mais precisa, dela restando apenas a dúvida do ano em que isso foi para se saber de qual dono se está falando.

Iranildo adicionou essa humilhação a muitas outras vergonhas que conheceu em sua atribulada vida, a começar pelo fato de ser filho de puta, depois por ter sido criado preso em uma coleira como se fosse um cachorro, seguido do abandono de uma família que inicialmente se propôs a cuidar do menino-cachorro, do período em que morou nas ruas. Iranildo encarna a dramaticidade dos grandes comediantes, que fazem os outros rirem porque, com suas palhaçadas, esquecem a enorme dor que trazem dentro de si.

Tem ainda a ação que é típica dos personagens da favela, que, para sobreviver, transformam suas vidas em grandes aventuras épicas. Ele, por causa de uns trocados, trabalhou para a repressão no auge da ditadura, depois foi segurança, depois diretor de teatro na favela; ficou famoso, caiu no esquecimento da mídia, virou palhaço e hoje é o locutor oficial da Rocinha.

Cabrito é o nome do gatilho entre vendedores de refrigerantes e donos de birosca, que compram a mercadoria sem nota por um preço abaixo da tabela. Isso não existe apenas na favela, como disse um cara conversando com o dono da birosca ao lado de minha casa na Rocinha, que estava reclamando que, por não ser o seu estabelecimento em beira de rua, ele não pode tirar vantagem do cabrito. Esse dono de birosca adora peças de ouro e prata. Imagino que compre mercadorias roubadas.

Sorria, você está na Rocinha — assinado pelo Bob's e pela Favelart's, na entrada da Rocinha do Largo da Macumba, hoje mais conhecido como o Largo das Flores.

Tomate disse que viu ontem, enquanto conversávamos na entrada da Rua 2, a preparação de uma desova, que ele chamou de carro da salsicha. Estávamos Paulete, Luluca, ele e eu conversando na esquina da Rua 2, ponto do Cabeção. Somente ele percebeu que o carro que morreu e que não me deixou ajudar a empurrar estava envolvido em parada. Por causa dessa proibição, Luluca, que como eu não entendeu o que estava acontecendo e menos ainda a sua fala em código, se estressou com ele. Somente ele percebeu o nervosismo do motorista, que estava de bermuda e sem camisa, que é traje típico da favela, porém mais típico ainda dos bandits. Percebeu quando ele foi dentro da Rua 2 desenrolar alguma coisa com o Cabeção e voltou com um grupo para empurrar o carro. Ele acha que a salsicha era do 157, que mais cedo tinha participado de um assalto na Via Ápia, sobre o qual ouvi falar de manhã cedo na padaria Riviera, onde todos os dias de manhã como um pudim de pão antes de ir ao banco ou à Estação Cenário.

Vejo Iranildo duas vezes. A primeira, no fim da tarde, enquanto dava uma volta pela Via Ápia. A segunda, na locadora do Oscar. Em ambas as ocasiões, ele falou do livro. Na segunda, disse que nos apressássemos — por causa de sua viagem para a Alemanha, que vai ser em agosto. Ele está armando um trampo para Antenor em *Tristão e Isolda*, a ser dirigida pelo mesmo Gerald. Quando passou pela locadora, disse que estava saindo de mais uma briga com a mulher, que é foda. Estava, como sempre, deprimido. Acha-se, porém, um herói por não ter virado um bandido depois de tantos traumas pessoais.

Na longa conversa com Antenor, ele fez referência à época nervosa da favela, na década de 1980. Nessa época, Dênis teve um ardente caso de amor com Reika, uma bacana do asfalto que começou a ir pra favela pra cheirar. Terminaram se casando e indo morar na Bélgica. Também por causa desse amor vendeu a boca para Beto Falcon, seu compadre do Lins, em três prestações. Beto Falcon, porém, só pagou a primeira prestação. Por causa dessa volta, ele retornou, em bonde motorizado, para retomar a favela, o que conseguiu fazer. Acho que foi para essa mulher que o pastor Ribeiro deu proteção em Jacarepaguá, na época em que ele foi segurança de Dênis. Ele entrava, segundo Antenor, de Comodoro na Rocinha. A Rocinha ficou muito visada nessa época — muitos helicópteros à noite rondando a favela.

Pepê falou do livro chamado *Bandido*, de Roberto Alves, que participou do programa *8 ou 800*. Nesse livro há referência à escola Valdemar Falcão, que ficava onde hoje é a Acadêmicos, na Lagoa-Barra. Valdemar Falcão, entra burro e sai ladrão. Hoje tem a Paula Brito, entra burro e sai cabrito.

Caderno 3

22 DE JANEIRO] Dia intenso na Rocinha, que começa às nove com entrevista com Matias, passa por encontro bastante razoável com Da Cerveja, tem papo com Pepê e Boneco no centro e termina na FM, academia de ginástica onde estou começando a malhar na favela para a um só tempo cuidar do meu corpo e ampliar o campo da minha pesquisa. Todos esses momentos foram altamente instrutivos.

A entrevista com o Matias, por exemplo. Tive a impressão de que ele não estava com a menor vontade de dá-la. Tratou-me como se eu fosse um a mais depois de uma longa série de depoimentos que deu, dentre os quais um para a FGV, que para ele vai produzir um livro muito melhor que o meu. Também tem a aura de um índio que não mais aceita espelhos do civilizador, com a consciência de que há em sua terra muitas riquezas que estão sendo espoliadas pelo invasor.

Tem também uma natural simpatia por projetos no gênero que estão nas gavetas de alguns crias, das quais não saem por desavença entre velhos militantes da Rocinha. De certa forma, ele concorda com a Ciça, que, segundo soube, hoje cobra 300 reais para dar entrevistas. Acha apenas que ela exagera quando se nega a compartilhar suas experiências com o pessoal de Rio das Pedras, que recentemente a procurou por intermédio da psicóloga de um projeto semelhante. Rio das Pedras é favela como a Rocinha, diz ele.

3 DE FEVEREIRO] O dia começa tarde na Rocinha, ali por volta de uma da tarde, mas é bastante produtivo. Queria ter chegado mais cedo, para entrevistar Ivanise, mas, como deixara a chave com Paulete e não o encontrei no pagode da Rua 1, terminei voltando muito tarde para Botafogo e por extensão acordei perto das 11 da manhã – com um gentil telefonema no qual Paulete e Tomate se alternaram primeiro para me elogiar pelo livro que escrevi e depois para dizer que era ridículo eu ainda não ter me mudado para a Rocinha, onde dinheiro não é problema. Depois de ler textos antigos que em minha opinião podem ser reaproveitados para o Cenário Virtual, mandei-me para a favela.

Começo pelo centro, onde almoço depois de uma sessão com Trancarua, uma das entidades que o Tomate incorpora. Rodei depois, indo ver o Airton na paróquia da Vila Verde, que iria receber um grupo de religiosos dos Estados Unidos, mas eles demoraram muito e fui ver o Kiko, um integrante do movimento hip-hop da Rocinha que trabalha como barbeiro ali perto. Terminei a apuração da crônica que pretendo escrever sobre o evento de hip-hop do último sábado e enquanto conversávamos fomos até a Casa dos Artistas do Embaixador. A Casa dos Artistas, a propósito, é uma bela construção. Marcamos uma conversa para a próxima quarta, às cinco da tarde.

Desço com o Kiko, que continua sua aula de hip-hop, dizendo-me como essa cultura de rua se desenvolveu e ganhou força na Rocinha. No meio do caminho, vimos pelo menos dois grandes personagens. Um deles tinha em seu braço esquerdo, escrito acho que com ferro quente, um enorme CV. Depois vimos o Filósofo, um pintor de paredes com o qual fez o grupo Ponto 50, "uma rajada de consciência na sua cabeça". Descobri que ele, o Kiko, é um belo letrista, a propósito.

Mas deixemos isso para depois. Porque agora tenho que voltar a falar do centro, onde conheci Juana, repórter da TV Enxerida que estava entrevistando o Tomate para um documentário de uma hora que está produzindo sobre a Rocinha. Ficamos de trocar entrevistas. Ela pode me ajudar de uma série de formas. É cria de projeto social – parece que cresceu na TV Enxerida, tevê comunitária focada em adolescentes. É um dos personagens de que preciso para o meu livro.

Por fim, encontrei-me mais uma vez com o Airton, que me levou ao Soldado Melão e à bela Praça de Skate, área de lazer na entrada da Vila Verde onde, graças a ele e a Arruda, reina a paz. Fomos depois na Vânia, diretora da creche Tia Vânia, onde funcionam os projetos sociais da ONG Guetos. Por seu intermédio, falei com Corine, norte-americana que morou dois anos na Rocinha com o objetivo de colher material para a sua tese de doutorado, sobre intermediação de conflitos na favela.

Agora estou indo jantar na casa do Tomate, onde vou só pela sua delicadeza de produzir uma peixada, cozinhada pelo Paulete. Não tenho nem tempo nem dinheiro para participar desses encontros, mas que se há de fazer? O dinheiro, frise-se, eu não o tenho por causa de um problema na Caixa Econômica Federal, que não registra depósito feito pelos meus patrocinadores.

Ficar ligado na história de Adílson, policial que entregou Dênis depois de depositar um cheque que recebera do traficante e foi rastreado pela polícia. Há indícios de que ele estava articulando um golpe de estado na favela, entregando-a em seguida para o pessoal do Vidigal. Foi morto logo em seguida à prisão de Dênis. Na quadra da Rua 1. Quem apertou o gatilho foi Cabeção, que, ao que me consta, pegou uma longa cadeia por causa dessa morte. Joca, irmão de Pepê e Armando, que hoje tem um ponto de mototáxi e é o braço direito de Bigode, levou um tiro na bunda no dia da cobrança a Adílson. Depois de sua morte, foi encontrado um paiol de armas em sua casa. Daí a desconfiança de que se aliara ao tráfico do Vidigal para dar um golpe de estado em Dênis.

5 DE FEVEREIRO] Saio do Baixa e desço a Estrada da Gávea a pé. Cruzo com Oscar, que está sentado com o filho na frente da sua casa, perto do DPO. Ótimo cronista, fala de Beto Bolinha, das inesquecíveis festas que ele promovia, nas quais servia uma bebida batizada com as drogas que encontrava na sua farmácia. Lembrou também da Adega do Renato, que era o *point* dos doidões da Rocinha.

Baixa passa de moto e ambos se cumprimentam. Digo a ele que a Rocinha parece grande, mas no fundo é uma vilinha, onde todo mundo se conhece. Ele discorda. "Não é que ela seja pequena, é que aqui tem pouca gente que faz." Ele foi uma dessas pessoas, embora há cerca de sete anos não se envolva mais. Mas são muitas as suas recordações dessa época. O Sebastian, que passa por nós, começou a sua carreira como fotógrafo no jornal que editou, quando tinha apenas 15 anos. Era ele quem fazia as sensuais fotos que ocupavam a última página do jornal, um espaço disputado tanto pelas meninas, que nele queriam exibir os seus dotes, como pelos meninos, que faziam dele uma *Playboy* muito mais real, preenchido por fantasias muito mais próximas das suas mãos (literalmente).

Um dos primeiros parceiros do Oscar no projeto do jornal foi o Baixa, mas a sociedade foi rápida e teve um final traumático, sobre o qual não teceu maiores comentários. Também participaram dessa fase outras lideranças da favela. Mas o jornal virou "a cara da Rocinha", seu *slogan*, quando Oscar o assumiu. Marketeiro até a medula, percebeu a onda funk e se associou a MCs como Galo, Gorila e Leleco para popularizar o jornal entre os jovens, que cantavam, entre outras coisas, o *jingle* "eu só quero é ler feliz o jornal que tem a cara da Rocinha".

Cara-de-pau, procurou o Marlboro na boate Zoom de São Conrado e propôs a ele a coluna "Terra de Marlboro", que o DJ levou depois para o jornal *O Dia*. Também cantaram *jingles* para ele o Charles da Rocinha, o Antenor e o Beto da Sopa, um dos maiores carnavalescos da história da comunidade, que morreu na terceira tentativa de suicídio. Infelizmente, estamos numa quarta-feira e tenho que sair correndo para pegar minha filha.

6 DE FEVEREIRO] Vou à noite para a casa de Paulete, que está com José, artesão que vejo todos os dias no centro. José, em geral uma pessoa silenciosa ao ponto de se ter a impressão de que está sempre ausente, está falante. Trabalha com material reciclado, principalmente jornal, que em sua mão vira inventivas bandejas, cestas de lixo etc. Por causa desse artesanato, está sempre revirando o lixo. Mas uma ou duas catucadas são o bastante para que vejamos que não é de hoje que vai procurar no lixo a sua fonte de sobrevivência.

Quando era menino, lembra-se bem, participava dos numerosos grupos que desciam a favela às quatro da madrugada para pegar a xepa da Cobal do Leblon, de onde só voltavam, felizes da vida e com as sacolas cheias, às dez da manhã. Como diz, lembra dessa época como sendo difícil, mas não com amargura.

O pai, que desde então morava com uma outra mulher em São Gonçalo, dizia que xepa era sinal de que a mãe não cuidava bem dos filhos. José tem consciência de que, no fundo, ninguém queria estar ali, revirando os latões atrás dos pedaços de queijo prato jogados fora só porque tinha dado mofo nas pontas que endureciam na geladeira ou das cabeças de peixe que à noite viravam nutritivas peixadas. Mas pra pobre tudo é festa, diz rindo, lembrando que havia algo de aventura nessas excursões até a Cobal do Leblon, nas quais as mulheres estavam sempre cantando e as crianças, brincando.

José foi um dos primeiros moradores da Cachopa, na qual chegou em 1982 para morar em terreno doado pelo famoso Zé do Queijo. Naquela época, sua casa, que hoje deu lugar a um prédio com seis quitinetes, ficava no meio da mata. Lembra-se de que, quando anoitecia, o povo se reunia na porta, embaixo de um ponto de luz puxado de um dos postes lá de baixo.

Tomava banho na biquinha da Dionéia, que secou. Ou então no Campinho, onde hoje tem a boca da Cachopa que, para evitar a sua instalação, Zé do Queijo, o justiceiro da Rocinha, lutou até morrer.

Voltando a José, o artista do lixo. Ia sozinho para a xepa, diz, porque a mãe trabalhava. Os irmãos não iam porque tinham vergonha.

Mas, como diz sem disfarçar a ironia, comiam muito satisfeitos as frutas e legumes com que enchia a geladeira da família.

A sopa de peixe, detalha, cozinhavam-na à lenha, numa lata de tomate. Havia um circuito, lembra José. Começava na Cobal, passava pela Sendas, pelo Super Déli. Às vezes o grupo ia até a Cobal do Humaitá, da qual nunca gostou por causa das baratas voadoras.

Paulete nunca participou desses grupos, mas lembra muito bem deles, pois descia com eles quando era Globinho e saía no meio da madrugada para entregar jornal aos assinantes. Esses dias ficaram impregnados na memória de Paulete. Foi por causa disso que não conseguiu trabalhar mais de 15 dias no Bob's, pois ficava deprimido ao ver apetitosos sanduíches sendo jogados no lixo.

Caderno 4

24 DE FEVEREIRO] Vejo Vanderlei, primo de Dudu, bandido mais odiado da Rocinha. Acho estranho que ele, que é motoqueiro, esteja trabalhando hoje, dia da paralisação. Ele diz: eu posso. Não entendo por quê. Nem pergunto. Ele diz que a favela toda sabe de seu parentesco com Dudu, mas não herdou o ódio que a boca nutre pelo antigo dono da favela. Diz ele que nem mesmo os irmãos e outros parentes mais próximos do cara têm problemas com o QG. A mulher de Dudu, a Patrícia, o visita tranqüilamente na cadeia. Uma coisa é uma coisa, outra coisa é outra coisa, filosofa. Pode ser que sim, deduzo ao vê-lo cumprimentar o MC com naturalidade.

Ainda sobre Dudu, pego a moto de um velho motoqueiro, que está na pista há cinco, seis anos. Um motoqueiro da antiga, que está subindo e descendo essas ladeiras desde o início desse negócio, disse ter saudade da época em que ele metia bala nos carros estacionados ao longo da via, que no seu entender são os principais responsáveis pelos infernais engarrafamentos da Rocinha.

O único negócio que funcionou quase que normalmente foi o das motos. Diz o Tomate que essa liberdade se deve ao fato de o negócio ser administrado pelos bandidos.

Diga-se de passagem, a boca funcionou normalmente hoje.

Fiquei com a sensação de que a lei da boca deixou de ser universal. Até ela hoje em dia é uma para as elites (no caso, as da favela) e outra para o povão.

MC foi quem me disse a razão da paralisação, que teria sido provocada pelo esculacho nos presos em Bangu I, que estão sem visita íntima há 15 dias. Vi em programa popular de TV bandido falando de reação a grandes violências praticadas pelos desipes.

Quando disse para o Tomate que o asfalto não obedeceu à ordem de paralisação, ele disse que é possível que a boca reaja com uma onda de assaltos.

A TV FAVELA funcionou com a porta semicerrada até certa hora. Com autorização que a secretária da tevê comunitária pediu a MC em telefonema que vi quando ele atendeu.

MC filma todos os eventos que rolam na favela. Tipo visita de Ronaldinho. Etc.

Fashion Mall funcionou normalmente. Notícias da paralisação só chegaram lá pela tv.

Sendas esteve para fechar por volta do meio-dia. No entanto, eu fui lá às quatro da tarde e o seu movimento estava normal. Vanderlei me disse, porém, que foi comprar um pão por volta das dez da manhã e depois de esperar um bom tempo lhe disseram que só haveria mais uma fornada de pão, ao meio-dia, quando o supermercado fecharia.

Gávea funcionou normalmente. Como vejo com meus próprios olhos.

Vi Matias conversando aos cochichos com Rafael, na típica posição de quem quer saber o que está acontecendo

Pensei que a praia de São Conrado ficaria superlotada. Não ficou. Tinha gente. Mas não era como em um dia de domingo.

Padaria Riviera funcionou o dia inteiro. Com porta semicerrada e à meia-luz, mas o tempo inteiro bombada, com fila na porta. Também vi a padaria da Rua 1 funcionando no mesmo esquema.

Ivanise negou para mim o óbvio, que recebeu a visita de bandidos em sua creche, proibindo-a de trabalhar. Ela me disse que recebera a notícia no meio do caminho. É óbvio que não foi assim. Se fosse, teria feito como Luluca e Paulete, que sequer se deram ao trabalho de abrir o centro. Soube a verdade na casa de Tomate, onde almocei. Por intermédio de uma de suas noras, que trabalha com Ivanise.

Coisas da favela. Tomate é, por um lado, tio do Bigode. Por outro, cunhado de segurança de Josias Quintal, atual secretário de Segurança do Rio de Janeiro.

Ligo para Dona Valda e peço para que me dê entrevista. Ela adia. Para depois de Curumim funcionando a pleno vapor. O que só vai acontecer para meados de março. Percebo, no entanto, que está trabalhando normalmente.

Dona Valda condiciona entrevista à leitura do livro antes de ele ser publicado.

Converso com Pepê, que me deu uma das chaves da favela. Diz ele que a Rocinha inverte o público com o privado. Um evento público como o de hoje é tratado com a reserva de um assunto privado. Já um assunto privado como a nossa entrevista muito provavelmente vai ganhar a esfera pública, sendo discutida com o calor de um pênalti que um juiz deixa de marcar na final de um campeonato.

26 DE FEVEREIRO] Paulete fala do poder que Magali teve. Já morou na França, inclusive. Teve vários homens a seus pés na época em que foi *miss* Rocinha. Namorou bandidos, dentre os quais o Dudu.

Paulete fala de mulheres ladras, as que roubam dinheiro proveniente dos projetos sociais, como cópias malfeitas do que viram no asfalto. Esse também seria o caso de reuniões, quóruns e outros termos relacionados com representatividade, que teriam importado do asfalto.

Paulete fala que o episódio Zinha foi atípico. Que o normal é ter pessoas como Dona Veiga e Dona Branca, que roubam da comunidade e no entanto são amadas. Não seriam tão gulosas como Zinha, que quis levar de todas as professoras de uma só tacada.

Passo na Dionéia e troco duas palavras com Vanderlei. Ele diz que a paralisação de segunda passada foi apoteose para despistar atenção da polícia, que saiu dos morros e deixou entrar uma grande partida de drogas que estava em falta na cidade. Hoje todas as bocas estão abastecidas.

28 DE FEVEREIRO] Também falei com Ana, chefe da cozinha da creche de dona Valda. Está limpa (de drogas) há 14 anos. Coordenou durante anos os trabalhos do Narcóticos Anônimos da Rocinha. Tem grande cultura de anônimos. Uma criança problemática da creche, por exemplo, assim se tornou porque o pai e a mãe são DQs.

Teve dois casamentos. É uma das que hoje, quando muito, quer namorar. Não quer mais cozinhar e passar para homem, diz. Seu último casamento foi com DQ que hoje mora na laje em cima da sua casa, que lhe cedeu com pena em momento em que ele estava atravessando grande dificuldade econômica. Ele controla namorados que ela leva para casa, praticamente expulsando-os de sua vida.

A grande paixão de sua vida foi Pet, um dos donos do morro que morreu há muitos anos. Começou a namorá-lo quando tinha apenas 14 anos. Ele lhe ensinou tudo o que sabe de sexo, do amor. Desconversou quando disse o nome do seu grande amor, que eu soube por intermédio de Paulete.

Sofreu muito quando a mãe morreu de câncer, há dois anos. É filha-de-santo. De Omulu. Viveu um grande drama religioso porque, criada na igreja evangélica, tinha mediunidade muito grande. Fez trabalhos espirituais para os bandidos. Se eu salvei tantos bandidos, por que não posso ajudar minha mãe?, perguntava-se na época em que ela estava no hospital.

Vou no centro tomar o café da manhã com Paulete. Sabia que era folga de Luluca, que ontem trabalhou sozinha para que Paulete articulasse suas produções no baile do Copa. Chega então Zebel, marido de Ivanise, a coordenadora da creche do Valão. A conversa gira em torno da barronice de Ivanise, que chega a ter aspectos cômicos.

A Escola Americana, dando um primeiro exemplo, ligou oferecendo-lhe 10 computadores, mas ela só aceitou cinco. O salário das professoras, ela o tira do próprio do bolso. Melhor dizendo, endivida-se para pagar um salário que na verdade deveria ser pago pelas mães cujos filhos freqüentam a creche (que estão sempre inadimplentes) ou por algum projeto social, seja da prefeitura, do governo federal ou de alguma instituição privada.

Há casos, falou Zebel, em que essas professoras se apresentam como voluntárias, mas, como Ivanise não exige que assinem nenhum documento no qual atestem o tipo de contrato que regula a relação, não tem como se defender quando posteriormente vão lhe cobrar, às vezes aderindo a bondes em que outras professoras exigem o que a creche lhes deve.

Surge então uma situação cômica, na qual as professoras demitidas vão formando uma fila para receber e no lugar das que acabam de sair sempre entram algumas novas, talvez dispostas a lutarem pela causa de Ivanise ou talvez certas de que mais cedo ou mais tarde receberão os seus salários.

Ivanise morre de medo de que sua eterna inadimplência termine na boca, na qual não vai com medo da cobrança pelos favores, que, segundo a tradição, é inevitável. Com medo da visita da boca, chegou a pedir dinheiro emprestado no Cenário de Crédito. Também usou o salário-desemprego para cobrir essas contas. Ou então recorre a um dos quatro cartões de crédito do marido, motorista aposentado da TAU há seis anos, que também tem como fonte de renda os quitinetes que construiu com o empréstimo de 7 mil reais, a ser saldado em prestações de cerca de 150 reais ao longo de cinco anos, na CEF da própria Rocinha. Ele vê a hora que seu nome vai para o SPC por causa do coração de Ivanise.

Vive brigando com a mulher, que pela mesma razão é criticada pelas filhas, principalmente a que faz o curso de modelo de Paulete, cujo nome não me ocorre agora. Quando tem, por outro lado, gasta como uma perdulária. Esse é o caso, por exemplo, do modo como usa os alimentos que a prefeitura e algumas instituições privadas doam para a creche. Diz ela que, se devolver, esses órgãos diminuirão as doações e por essa razão, bem como para não estragar comida, doa cestas básicas para qualquer pessoa que chegue com uma história triste em sua porta. Muito trabalhador entra nessa fila, mesmo que teoricamente as cestas básicas só devam ser distribuídas para quem não tem nenhuma condição de sobreviver.

Chegou ao ponto de doar cestas para Dona Veiga, líder comunitária que vive muito bem à custa da favela, fazendo o que Ivanise se nega a fazer, ou seja, superfaturar as contas dos patrocínios ou convênios que batem em suas portas. Hoje Dona Veiga tem uma creche particular, cuja mensalidade é de 150 reais o período inteiro e 100 reais meio período. Ela já teve uma série de projetos que mexem com dinheiro alto, como o dos garis comunitários, que perdiam um razoável percentual dos seus salários para entrar na sua lista.

Dona Veiga acabou de abrir uma gigantesca creche na entrada do túnel, esta em convênio com a prefeitura e com consulado de um país do G-8. Por alguma razão, a comida que a Prefeitura mandaria atrasou e ela ligou para Ivanise, que de pronto se colocou à disposição para ajudá-la, mesmo sabendo que tem recursos próprios para se virar em situações de emergência e que provavelmente viraria as costas se fosse Ivanise que recorresse a Dona Veiga.

Na Rocinha, mal se comenta a paralisação de segunda-feira. Ninguém está revoltado com a transferência de Fermandinho Beira-Mar.

Vejo Sebastian. Ele está vindo da praia. Falamos da escola, que sai amanhã, sábado. Pergunto se é possível conseguir fantasia. Ele, ao contrário do que me disseram várias pessoas, disse que isso implicava o maior estresse. Ele calcula cerca de 1.500 pessoas na avenida. Haverá ônibus partindo de diversos pontos da favela. A maioria deles, no entanto, sairá da quadra.

Almoço no Braga – perto do pessoal da Estação. São duas da tarde e eles, que querem fechar e começar o carnaval, contabilizam até agora no máximo 10 acessos. Todos eles vão viajar. O cabeça, Ludovico, e a gostosinha que malha na FM vão para Maricá.

Lembrando comentário que Paulete fez sobre contato de líderes comunitários com políticos de asfalto, com os quais aprendem, por exemplo, o que é corrupção. Para ele, tudo na favela é uma cópia malfeita do asfalto. Esse seria o caso, por exemplo, da academia FM. Tem ainda a *lan house*. Há várias maneiras de se entender a apropriação das práticas do asfalto. Podemos ir para outro exemplo de Paulete, que é a compulsão pela compra da dona-de-casa da favela, no seu entender motivado pelo desejo de domésticas serem iguais a suas patroas, levando para seus lares tudo o que está ao alcance de suas mãos. Mas elas não têm noção do valor do que usam. Novo exemplo de Paulete: bolsa Vuitton velha que doméstica ganha da madame e a usa para o batente, levando coisas do dia-a-dia.

Paulete diz que episódio de segunda não afetou movimento do centro, que só faz crescer à medida que se aproxima o carnaval.

Pepeta — foi assim que meninos da creche da Rua 1 me trataram, por eu ser cabeludo. Pepeta é bicha.

16 DE MARÇO] Bato bola de manhã na praia e, como sempre, faço sucesso. Vou depois ao centro, onde conheço Anderson, amigo de velhos carnavais de Paulete que tem um projeto com Tomate. Tem grandes e antigas ligações tanto com Paulete como com Tomate, mas tem uma visão do Rio a partir do asfalto. Só para dar um exemplo, chegou a dizer que o verdadeiro carioca não sabe sambar.

Saí para minhas entrevistas, mas levei bolo de Jorginho e de Armando. Puto, fui à cata de um orelhão para ligar para Paulete. Seria um telefonema de puro desabafo, como muitos outros que lhe dera ao longo de minha convivência com a Rocinha. Mas vi Trança na entrada da Dionéia. Ele me levou para a Casa Rosa, onde o pessoal da Benetton estava dando churrasco para os moradores.

Conheci Fabiana, do grupo de teatro de Francisco. Tem a mesma visão prostituída do seu diretor e mentor, de que só se deve dar entrevista se rolar grana. O que eu (ou no máximo a comunidade) vou ganhar com isso? — eis a pergunta inevitável, que venho ouvindo desde que cheguei aqui. Agem como se hoje a visibilidade que a Rocinha tem fosse uma conquista única e exclusiva de seus moradores, não tivesse a menor relação com esses escritores e sociólogos que vieram tentar descobrir essa estranha América. Lá também estava o Machão, que é músico e motorista da TAU. Carlos, diretor de cinema espanhol, está na casa do Francisco. Vem um gringo para a casa do Vando, que chegou no fim da festa. É o fotógrafo.

Fui no Oscar, que começou a me dar entrevista, mas, sempre disperso, interrompeu-a para ir no Pagode da Rua 1, onde estava uma de suas muitas mulheres. Prometeu-me, porém, dar entrevista amanhã ou terça.

Falou algumas coisas importantes em *off*. Uma delas foi sobre o Gaúcho, pai do Machão, que morreu no que chamou de a Guerra do Gás. Gás é questão muito séria em favela, explicou. Não é à toa que gás e droga são as únicas coisas que não são vendidas fiado no morro. Aqui, em particular, a coisa pega fogo. Severino do Gás lava dinheiro para os caras e mata quem achar preciso. Tem hoje como principal concorrente o irmão de Zaru, o número 2.

Sombra namora a prima do Oscar, na porta de casa. Menina, que nunca namorou, tem apenas 14 anos. Fazer o quê?, disse Oscar. A menina quer!

Nosley, talentoso compositor, está trabalhando em estacionamento da Sendas. Cara da Rocinha.

24 DE MARÇO] Quando Dênis queria uma menina, ela era uma eleita, que não tinha direito de escolha. Paulete tem uma amiga que viveu esse drama na família. Essa família tentou dizer não ao imperador e foi pressionada pelo próprio, que não respeitou a vontade (ou o desejo) da menina.

Sábado, 29, vai ter festa no Valão do filho de um dos caras. Iranildo, como sempre, vai animá-la.

25 DE MARÇO] Dia em que Oscar foi a Bangu I. Foi o primeiro dia em que Lobão foi lá como o novo chefão da favela. O Lobão estava nervoso como uma noiva, lembra. A propósito, Oscar foi a Bangu I para discutir a biografia do Dênis. Dênis adorava o jornal, que Oscar lhe mandava todos os meses. Sua ligação maior, porém, era com o pessoal do bicho, em particular com o Luis Carlos Batista.

Família, que trabalha em ponto da Minas Gás na frente do Portão dos Crentes e que nunca perde oportunidade de tomar um cafezinho no centro, estava revoltado com o CORE. No dia em que polícia tampou o morro atrás de Sombra, levou uma geral esculachante, com direito a fuzilzada no peito e ameaça de comer o seu cu. Foi na Cachopa. Ele disse que ia formar na boca para se vingar dos vermes. Quando disse que era trabalhador, recebeu a seguinte resposta do policial: de manhã você trabalha e de noite dá tiro em polícia.

26 DE MARÇO] Conheço um piolho de boca da pior qualidade. Ele estava em botequim da Via Ápia. É um desses caras que faz cobra virar lagarto, recorrendo à expressão que ele mesmo usou enquanto conversava comigo cujo significado é o mesmo do bom e velho 171. Paguei-lhe uma cerveja. Depois paguei-lhe um papel de 10. Não devolveu o troco certo, porém. Tinha menos três reais. Deixei barato. Mas ele sabia que podia morrer por causa desses três reais.

2 DE ABRIL] Falar da noite de ontem de modo mais desabrido com certeza há de resolver grandes questões do livro. Vou abri-la com o encontro que tive com o Oscar na Via Ápia, que a propósito tem me trazido problemas, já que estar ali como eu estive ontem, em frente à boca, faz de mim, aos olhos da comunidade, um cara envolvido. Ser um cara envolvido, ou com contexto ou com conceito, pode trazer uma série de vantagens econômicas e até mesmo sexuais, mas para quem está fazendo o trabalho que estou fazendo é quase que uma queimação de filme.

Mas tenho eu a impressão de que ela seria quase inevitável, já que não é possível escrever um livro sobre a Rocinha sem incluir um importante capítulo sobre a boca da Via Ápia. Onde ocorre de tudo, inclusive o que o Oscar estava fazendo lá, que era cercar um cara que estava alugando os seus DVDs e vendendo-os para comprar uma brizola. Oscar não é de ficar no prejuízo. Não admite que armem para cima dele. Nem mesmo os caras, que já foram motivo de indignados protestos de sua parte lá no QG. Eu já o vi pagando pra geral porque estavam levando filme sem pagar ou então passando um filme de mão em mão, demorando às vezes semanas para devolvê-lo.

Embora na prática estivesse colocando o ladrãozinho de DVD na bola, ele disse que só estava querendo recuperar o seu prejuízo. Não era a primeira vez que "neguim" que perde a linha no pó tenta fazer uma grana com o seu material de trabalho. Uma dessas pessoas foi o irmão do Morte, um dos bandidos mais neuróticos da favela, que alugou fitas de videogame em sua locadora e as vendeu pela favela.

Oscar não colocou o cara na bola, disse ele hoje à noite para um sujeito que me pareceu ser um dos gerentes do movimento. Pode ser que tenha agido assim por puro oportunismo, porque não queria se indispor com um bandido cheio das trunfetas, como é o caso do Morte, um dos principais matadores da boca da Rocinha. Mas pode ser que tenha deixado por menos porque recuperou seu prejuízo em cada uma das locadoras e dizendo que sentia muito, irmão, mas essa parada aqui é minha.

Disse-me ele que quem quer ganhar mole na favela pode perder tudo. Falando de um modo mais claro, se aparecer alguém provando que uma mercadoria foi sua a alguém que a comprou sabendo que estava fazendo transação, ela terá que ser devolvida. Oscar, que compra treta à vera, sempre toma o cuidado de identificar se a mercadoria que lhe é oferecida pelos mascates da robauto não seria da favela, onde roubar é um crime hediondo — e como tal punido com a pena de morte.

Por enquanto, seu interesse é recuperar seus DVDs e de alguma forma colaborar para o equilíbrio da favela, resgatando o material que o cara tentou vender para, entre outras pessoas, o dono da Pizzaria Lit. Foi o Serginho quem o alertou para o que estava acontecendo.

Mas não foi por isso que a noite de ontem foi fundamental. A noite foi fundamental por causa das longas horas que passei, em um bar na esquina do Caminho do Boiadeiro com a Travessa Liberdade, com Maria da Penha, Paulete, Matias e Roberto. Tive a impressão de que, ali na nossa mesa, estava a história da Rocinha. De uma certa forma, ali se explicou o que foi uma luta, uma longa história de lutas, que teve início com o Cecil, teve como um de seus grandes momentos a eleição da falecida Maria Helena para a UPMMR e hoje está aí, em todos os projetos que dão vida à Rocinha, dos quais fazem parte personagens como Francisco, Paulete, Oscar, Vando, além da Fabiana e da Alexandra, que passaram por lá, naquele barzinho.

Talvez a grande metáfora da noite tenha sido a foto da chapa 2, presidida pela falecida Maria Helena. O que aconteceu ontem tem fortes ligações com as propostas da chapa 2, criada para pôr um fim ao reinado de Zé do Queijo, que tentou impor a ordem dos matadores para a favela. Em particular, a relação entre Matias e Maria da Penha, que remonta a meados da década de 1960. Estão até brigados por causa de um recente episódio no Cecil, no qual Matias foi indelicado, pedindo para que se retirassem da reunião, ela mais um amigo que levara para conhecer o trabalho da instituição. Mas a camaradagem, a relação de compadrio, continua firme e forte. Resiste a qualquer abalo sísmico.

Matias desconfia de mim. Até me recebeu bem, dando uma bela entrevista que, porém, ficou incompleta porque no mesmo dia tinha uma entrevista com Da Cerveja, que o próprio Matias me indicara.

Mas depois desse dia vem não apenas adiando a conclusão da entrevista, como ligando para algumas pessoas, pedindo para que não me recebam – a Maria da Penha foi uma dessas pessoas, disse-me Paulete. É quase certo que esteja por trás do que Francisco fez comigo, negando-se a me receber. Os dois são amigos a um ponto tal que Francisco mora, de graça, em uma das casas de Matias.

Francisco é, a propósito, um amigo de longa data de Matias, disse-me Fabiana, atriz do grupo de Francisco, que começou sua história com teatro em um curso que o diretor deu no Cecil. No Cecil de que Matias é o eterno presidente. Não foi à toa que Matias participou com tanta boa vontade do documentário da Benetton, que o Francisco está produzindo. É este o cerco que não consigo furar.

Tanto Matias como Maria da Penha são de uma velha guarda que influenciou várias gerações de militância dentro da Rocinha. Maria da Penha gosta de tirar uma onda com Matias, chamando-o de presidente de honra. Ele não gosta da idéia de se tornar uma mera referência, uma espécie de reserva moral dos movimentos sociais. Ela, que dirige o posto de saúde há anos, acha que chegou a hora de procurar um novo lugar. Acho que ela está pensando como o Pipa da Terceiro Milênio, que, por intermédio da favela, conseguiu se articular com ONGs como a Cenário, da qual hoje é um dos seus principais diretores.

Ela me falou vagamente que está atrás de uma posição dentro da secretaria de Saúde do município, do estado ou mesmo do governo federal. Tem uma relação de posse tanto com o posto como com a favela. Essa parece ser uma característica sua, um dos traços de sua forte personalidade. Gosta de controlar as coisas, como já me alertou Paulete, que acompanhou de perto a sua relação com os diversos maridos que já teve.

No telefonema que me deu hoje, propôs uma reunião para que lhe explicasse o que pretendo com o livro, em princípio para que possa me ajudar melhor, disse-me ela. Para Paulete, porém, ela está iniciando um movimento que pode ter grandes desdobramentos, algo mais sério do que o que a boca poderia fazer comigo. Ela tem condições de promover uma série de reuniões ou fazer uma série de ligações, criando uma rede de intrigas que pode inviabilizar a continuação da minha pesquisa. Seria a segunda vez que seria expulso de uma favela não por causa da boca, mas dos movimentos sociais. Seria duplamente irônico.

Matias tem o mesmo poder e a mesma relação de posse com a favela. Em recente roda de cerveja no J.J.R., na Travessa Palmas, ele me falou que iria vetar a entrada de uma equipe de televisão inglesa. Nessa mesma ocasião, ele disse que enfim iria me receber para terminar a tal entrevista. Não sei se estava apenas fazendo uma cena para duas belas e jovens belgas que estavam na tal mesa do J.J.R. Estava de porre e talvez por causa disso teve um ataque megalô, exibindo-se para elas.

Matias e Maria da Penha estavam há meses sem se falar. Durante esse tempo, ele, que sofreu muito mais com ela, procurou-a em diversas ocasiões. Quando ligava, ela, que tem um quê de perversa, batia-lhe o telefone na cara e, se o identificava no bina do celular, não atendia. Ele sofreu muito com isso.

Não queria que eu estivesse ali – como disse textualmente para ela, chorando em seus ombros enquanto se despedia, na porta de sua casa, em uma das travessas que cortam a Via Ápia. Mas ela estava ali apenas para convidá-lo para a homenagem que receberá na Câmara dos Vereadores, na próxima segunda-feira.

Passa no centro um dos grandes campeões das corridas de rolimã da favela. As ruas eram fechadas para que corridas fossem disputadas. Um dos policiais comunitários dava um tiro para cima e a corrida começava. Cada bateria tinha cerca de 40 concorrentes. Na sua época, morador podia falar com polícia. Um desses policiais, o Bode, foi aleijado por Dênis, que lhe deu um tiro no joelho quando o tinha totalmente imobilizado, em condições de disparar o tiro de misericórdia.

Tomate está completamente duro. Acha que isso é uma questão religiosa. Um amigo seu, um pai-de-santo que também recebe o Seu Tranca, visitou-o para dizer-lhe inclusive que tinha que se raspar no candomblé — ele é da umbanda. Falou em diversas ocasiões que iria formar na Providência, que o teria chamado para ser o gerente, pagando-lhe 15 mil por mês. Em momento algum falou o óbvio, que seria pedir uma grana ao sobrinho. Por que não faz isso, eis o grande mistério que ninguém no centro consegue desvendar.

Baixa teve muito dinheiro, disse Vando. Gastou-o todo com brizola. Mas tem, ainda segundo o fotógrafo, mania de quem tá podendo.

Maria da Penha era meio hominho. Jogava futebol, por exemplo, quando menina. Também jogava bola de gude, pião e outras brincadeiras tipicamente masculinas.

3 DE ABRIL] Depoimento emocionante de Maria da Penha sobre envolvimento de seus dois filhos com drogas. De certa forma, o envolvimento deles com drogas tem relação com o ex-marido dela, o Ademir, que espancava os garotos. Hoje o mais velho dos dois está mais protegido das drogas por causa da PQD, a que está servindo. O outro está vivendo um momento complicadíssimo.

Houve um episódio em particular que, se ela me deixar contar no livro, dará pelo menos um capítulo emocionante. Trata-se de um dia em que estava completamente drogado e saiu correndo pela Rua 2 em direção ao Lajão, ela atrás dele. Ela o agarrou e o levou até a boca do Valão, mostrando-lhe qual seria o seu fim ali. Agarrada a ele, subiu pelo Caminho do Boiadeiro, onde viu Siri. Depois subiu a pé. Sozinha.

O menino ficou na casa de Siri. No dia seguinte, foi em todas as bocas da Rocinha, acho que dizendo que não era para venderem droga para ele.

Ademir mora na casa de Maria da Penha a pedido de suas duas meninas. Isso, porém, provocou a ida dela para Jacarepaguá.

Os meninos de Maria da Penha se ressentem com a ida dela para Jacarepaguá.

A história de Maria da Penha é mais dramática do que imaginava. Seu filho mais velho, por exemplo. Se hoje ela mora em Jacarepaguá, isso não se deve à história dela com a irmã, que, segundo me disse quando nos conhecemos, estaria tentando se apossar desse bem depois da morte do pai. Na verdade, ela foi para lá por causa do filho mais velho. Disse-me Paulete que ele, que tinha grandes problemas com droga e por causa deles fez impagáveis dívidas na boca, foi gentilmente convidado a se retirar da favela.

4 DE ABRIL] "Como é que você sabe que comprou?", perguntou o cunhado de Matias, que lhe emprestara o dinheiro para que comprasse o prédio do Canjica.

"Porque eu sei, ora", respondeu Matias. Ainda que não tivesse documento nenhum da transação que acabara de efetuar.

Dona Gonçalva era professora do Cecil, que hoje funciona na casa que era de Simenon, padre francês que, para os olhos interioranos do sertanejo Matias, era muito estranho por trazer no bolso um maço de cigarros. Dona Gonçalva apresentou os dois em um momento em que Matias se interessou em legalizar o prédio que comprara de Canjica, com quem tinha grandes laços de amizade e que também era o presidente da Comissão de Luz do Bairro Barcelos.

Havia na ocasião 500 famílias, todas elas oriundas da favela da Rocinha, mas tentando desde então criar uma identidade de asfalto, mais ligada ao bairro de São Conrado. Lotes foram comprados à imobiliária Cristo Redentor, que transformara o loteamento em condomínio horizontal, repartido em frações ideais de terreno. Por incrível que pareça, uma das mais importantes associações de moradores do país, cujas lutas inspiraram as esquerdas recém-saídas da clandestinidade na década de 1980, se formou para discutir questões condominiais.

Durante a discussão sobre a construção do posto de saúde, apenas duas opiniões foram contrárias a ela, que refletem por um lado o egoísmo dos comerciantes da favela e, por outro, o complexo de inferioridade de parte de seus moradores. O primeiro caso foi o do Chicão, que não queria dar um terreno do qual era um dos proprietários para ajudar os favelados lá de cima. O segundo caso foi de um morador que tinha receio de que os médicos do posto de saúde fossem comer suas mulheres.

Durante anos, a comunidade do Bairro Barcelos alimentou a fantasia de que não morava na Rocinha. A própria Rocinha tratava os moradores do Bairro Barcelos como os *playboys* da favela. O muro do condomínio pode não ter sido construído na prática, mas sempre existiu na cabeça dos moradores, separando a parte de cima da favela da parte de baixo.

5 DE ABRIL] Vejo Berenguê e Eli na frente da Estação Cenário. Eli estava esperando o Jorginho do futebol, que de alguma forma ia dar uma força no baile marcado para hoje na quadra da Cachopinha. Berenguê estava esperando o evento de hip-hop marcado para a Pracinha do Valão, que, se houve, pelo menos não começou na hora que ele e eu imaginávamos, tipo antes do meio-dia. O evento de hip-hop marcaria o início das obras do mercado popular da auto-estrada Lagoa-Barra, na entrada da favela.

Berenguê desandou a falar, com o seu jeito simpático toda vida. Falou da época do Dênis, como sempre. Do período-chave para a Rocinha, que foi o biênio 87/88. Esse ano foi chave por uma série de motivos, como comecei a perceber na entrevista com o fotógrafo Alcyr Cavalcanti, que, juntamente com o repórter Jorge Antônio Barros, que hoje trabalha na editoria Rio de *O Globo*, ocupando o cargo de editor-assistente, passou dez dias em um quarto na Curva do S para produzir um histórico "Caderno B", todo ele dedicado à Rocinha. Mais importante do que esse caderno, apenas o *Varal de lembranças*, organizado pela antropóloga Ligia Segalla.

Quando leu a entrevista do Bolado, Berenguê achou que ia babar. Pensei que por causa da polícia, que teria se sentido provocada por causa da entrevista de Bolado, que traduziu a relação entre a boca, a comunidade, o asfalto e principalmente a polícia, que já nessa época era o grande cancro do Rio de Janeiro. No entanto, o problema foi com o Naldo, grande parceiro do Bolado, que bancou a presença do cara no morro mesmo contra a vontade dele, o Dênis, no reino de Dênis.

No entender de Berenguê, Naldo ficou com ciúme de Bolado. Os olhos cresceram e ele matou o que seria o grande herdeiro de Dênis, que cresceu ouvindo do cara como devia ser o proceder, dando força para os otários, asfaltando e iluminando os becos, participando de todas as festas na comunidade, principalmente as que eram promovidas nas creches e as que tinham como objetivo homenagear as mães.

"Ouça sempre as duas partes", aconselhava Dênis para Bolado, segundo Berenguê. Naldo não passou nem uma semana como chefe do morro, depois que apareceu com um fuzil dizendo que agora quem sabia era ele. "Não tinha o carimbo no passaporte dado pelo cara", pilheriou Berenguê.

Mas essa época não foi determinante só por causa disso. Foi chave porque, em primeiro lugar, o Dênis foi preso em 1987, lá em Santa Catarina. Em seguida, veio a morte de Adilson, o policial civil que entregou Dênis depois que o serviço de inteligência descobriu um cheque do cara em sua conta – acho que no valor de 23 mil cruzados. Adilson foi morto na quadra da Rua 1, em um ensaio do bloco Sangue Jovem. A morte de Adilson despertou a ira da polícia, que entrou na favela querendo vingança.

Nessa mesma época, estourou a guerra entre o tráfico e o bicho, que estava há 10 anos no morro e no entanto não participava da vida da comunidade. A guerra teria surgido porque o tráfico obrigara o bicho a dar um caminhão de comida para a população carente pelo menos uma vez por semana. Como o bicho se negou a fazer essas doações, o tráfico atacou os seus pontos na entrada da favela, ali na frente do antigo Largo da Macumba, hoje Largo das Flores. Outro estopim dessa guerra foi o uso de um orelhão da Rua 2, até então dominado pelo bicho.

O bicho respondeu usando os famosos encapuzados, que na verdade seriam os policiais destacados para atuar no DPO do morro, o que fica ao lado da antiga Soreg, atual garagem da TAU. Esses encapuzados foram nas bocas da favela e mataram alguns caras. Essa guerra teria durado apenas alguns dias.

A paz foi selada com a criação da Acadêmicos, que teria inclusive unificado a favela. A Acadêmicos interligou todas as subáreas da favela, que até aquela época era dividida entre os invasores nordestinos (a Cachopa de Zé do Queijo), o bicho (a Via Ápia de Luiz Carlos Batista) e o tráfico (Rua 2 e Rua 1 de Dênis). Cada uma dessas subáreas tinha o seu bloco carnavalesco. Lá em cima, dono inclusive da quadra da Rua 1, ficava o Sangue Jovem; no meio, o Unidos da Rocinha, no qual pontificava o Ailton, mais conhecido como Servente, que posteriormente veio a ser o primeiro presidente da Acadêmicos; embaixo, funcionava o Império da Gávea, na Bertha Luz, em São Conrado.

À frente dessa união, estava o Bolado, pelo tráfico, o Luiz Carlos Batista, pelo bicho, e Dona Valda, pela comunidade. De certa forma, essa guerra respingou para os comerciantes, principalmente os donos de açougue e de padaria (há também um ator fundamental dentro da favela, que é o distribuidor de gás; Dênis era sócio de Batista, distribuidor da Gasbrás, que hoje é de Severino do Gás). Para permanecer na favela, sem que ninguém os roubasse, os comerciantes tinham que pagar uma espécie de pedágio, participando de eventos sociais com carne e bolo (o dono da Riviera, seu José, era compadre de Dênis; ele sempre dava grandes tortas — e não era bolinho sem-vergonha não, disse Berenguê — para as festas). Foi esse pedágio que o bicho se negou a dar, quando o tráfico cobrou.

A morte de Maria Helena e o fechamento do túnel comandado por Dona Valda também ocorreram nesse fatídico ano. Outro episódio fundamental foi a Operação Mosaico, que levou à fuga da cúpula do tráfico para São Gonçalo, onde foram executados por policiais ligados ao bicho exatamente no dia em que a escola de samba comemorava oficialmente a sua fundação, na garagem da TAU. Com a fuga da cúpula do tráfico, tinha-se a certeza de que o bicho assumiria o comando da favela. O bicho e a polícia.

A festa de fundação da escola de samba, que só teria começado depois de confirmada a execução da cúpula do tráfico, foi uma das maiores festas da história da Rocinha. Com ela, o bicho estava comemorando a sua vitória sobre o tráfico. A cúpula da contravenção foi em peso para a festa. O carnaval foi assumido por Joãozinho Trinta, que dirigiu a escola de samba da Rocinha nos seus três primeiros (e vitoriosos) carnavais.

Na Operação Mosaico, Berenguê reuniu todos os seus filmes e os queimou na lixeira em frente a sua casa, na Rua 2, por causa da pressão da avó e da proporção da operação, que encheu a favela de policiais, helicópteros e repórteres, todos dispostos a tudo para estabelecer a paz na favela incrustada no coração da Gávea e de São Conrado, dois dos mais sofisticados bairros da Zona Sul do Rio de Janeiro.

Depois da morte da cúpula do tráfico, assumiu Miau, que era primo do Dênis, morador do Vidigal. Miau namorou a Magali, que era na ocasião a *miss* Rocinha. Dênis havia prometido para a comunidade e para si mesmo que nunca mais a favela seria controlada por um bandido de fora. Tinha ficado traumatizado com a experiência com Beto Falcon, seu compadre do Lins, que ele colocara em seu lugar quando resolveu namorar a Reika e foi morar com ela primeiro em Jacarepaguá e depois na Bélgica. Mas naquele momento não havia nenhum cria do morro em condições de assumir a boca.

Beto Falcon achou que o morro era dele, que poderia ignorar os chamados crias e por essa razão Dênis voltou, para devolver o morro para o seu pessoal, tipo Buzunga, Bolado, Dedé etc. Talvez tenha sido por isso que Eraldo e Dudu assumiram o morro. Eram violentos, curravam as meninas, não entendiam nada da escola criada por Dênis, que ele chamava educação para o crime.

Hoje nem Eraldo (que morava na casa que atualmente pertence ao padre Laurent) nem Dudu podem entrar no morro. Zico, que substituiu os dois, era filho de comerciante. Ele entrou no tráfico como tesoureiro de Eraldo. Era com Zico que Eraldo deixava o dinheiro e as jóias. Zico, que nunca deu um tiro em ninguém, foi o único cara a sair do bagulho em tempo. Ele assumiu por ordens do cara – Dênis. Acho que foi apenas com Zico que a paz voltou a reinar na favela.

A mãe de Cássio, uma nordestina arretada, chegou a abordar Paulete para agradecer-lhe pelo que fizera por seu filho. Ela, que era uma senhora com cerca de 70 anos, disse que não entendia essas modernidades, mas sabia reconhecer um gesto de grandeza. Quando ela o abordou, estava só de camisola. Paulete achou que ia ser agredido.

8 DE ABRIL] A Rua 2 é a rua fundamental da Rocinha. Era o miolo da favela. A fronteira das três regiões da favela: a parte de cima, controlada por Dênis; a parte central, controlada por Zé do Queijo; e a de baixo, controlada por Vicente Beletti, o cara do bicho. Na verdade, Vicente foi antes assaltante. Mas só ia buscar a boa, tipo carro forte, trem pagador. Foi com a grana de um grande assalto que se associou ao jogo do bicho. Luiz Carlos Batista assumiu o bicho depois da morte de Vicente.

Porcão me pareceu ser a pessoa ideal para fazer uma crônica da Rua 2, na qual tem uma oficina de TV desde tempos imemoriais. Ele, que me foi apresentado pelo Trança na madrugada de ontem para hoje, chegou a trocar tiro com Zé do Queijo, que tinha um forró na entrada da Rua 2 e fazia um cercado de corda para impedir a passagem das pessoas. Uma dessas pessoas foi um parente de Porcão, que recebeu um recado de que esse seu chegado estava sendo espancado por um grupo de capangas de Zé do Queijo.

Ele chegou dando tiros com o seu revólver 45 — servia no exército e sempre trazia a sua arma para casa com o consentimento do comandante, que acreditou quando lhe disse que, por ser soldado do exército, estava tendo problemas com a malandragem da favela. Ele, porém, alugava as armas na Rocinha. Uma das pessoas para quem alugava armas era o Dudu — que saía para assaltar no asfalto os carros, que trocava por pó na fronteira com o Paraguai. Certa vez, Dudu e um outro cara dançaram fazendo esses assaltos. Eraldo se negou a pagar o arrego da polícia, pois o cara dançara fora da favela e fazendo suas próprias paradas. Arcasse, portanto, com as conseqüências.

Exemplo das dificuldades de contar uma história com precisão, de resgate da memória de uma favela complexa como a Rocinha. Segundo Porcão, Beto Falcon seria um cria do morro, quando a versão que me foi dada por Berenguê foi a de que ele era do Lins. Porcão falou que Dênis teria ligado para Beto Falcon pedindo um dinheiro com o qual o seu compadre (todas as minhas fontes tratam os dois como compadres) teria se comprometido a lhe pagar semanalmente. Já Antenor me disse que Beto Falcon teria comprado a boca em três prestações e que só teria pago a primeira. Na versão de Berenguê, Dênis teria recebido uma ligação do pessoal da favela, os crias que Dênis deixara na boca, queixando-se que não estavam recebendo o fortalecimento de Beto Falcon. Para Berenguê, Dênis veio devolver a Rocinha para os crias da favela. Os três falam, porém, de uma ligação para um telefone da favela. Acho que esse tel foi o da birosca do pai de Maria da Penha.

Razões para abandono das crianças. Mães guerreiras, que trabalham para manter a casa sozinhas, sem dinheiro dos pais dessas crianças. Os meninos ficam, portanto, soltos. É o típico se ficar o bicho come, se correr...
Se ficam em casa tomando conta das crianças, não terão como alimentá-las, pois pensão alimentícia é um direito que não chegou na favela. Conheci vários homens que se vangloriam de ter muitos filhos, sentem-se mais machos por isso. Se elas vão buscar a grana na rua, não têm quem olhe pelos meninos.
Há ainda as mulheres vagabas, que se envolvem com bandidos, que viram a noite na boca. Essas muitas vezes se drogam com os filhos, ensinando-lhes o caminho da malandragem para que descolem para elas a grana de que precisam para manter o vício.
A boca respeita as guerreiras, que são conhecidas na favela como sofredoras ou trabalhadeiras. Quando Lúcia, minha vizinha, teve problema com seu filho, um amigo do Valão a tratou o tempo inteiro por senhora quando lhe disse que o menino tinha que dar um tempo da favela.

O menino agora está no Padre Severino. Foi a única solução que ela encontrou para salvar a vida do menino e poder ir para sua batalha. Mas no fundo sabe que matriculou seu filho numa escola para bandidos. Porque se ficar o bicho come...

Os parentes de Alexandra tiveram a primeira loja de material de construção da Rocinha, ali na Rua 2. Vendiam no começo material reaproveitado de outras obras – tem um nome técnico para isso, acho que é refugo. Esse resto de obra foi fundamental para transformação dos primeiros barracos em casas de alvenaria. Hoje eles vendem luminárias, já que grande parte da favela está preocupada em embelezar a casa construída ao longo de várias gerações.

Percepção de Vicente, um amigo de velhos carnavais que dá aulas de vídeo em projetos sociais da Rocinha – o sucesso dos negócios na favela, onde a cada 10 comércios abertos apenas um fecha; uma relação inversamente proporcional à do asfalto, onde a cada 10 comércios abertos apenas um não fecha.

Eraldo e Dudu, terrores da favela, tiveram importante papel na pacificação da Rocinha e na consolidação do poder do tráfico, fragilizado depois da prisão de Dênis. Com a prisão dele, houve uma sucessão de eventos que demonstrou que a favela estava sem comando. Foi por causa dessa ausência de comando que houve a guerra do bicho e que a polícia se associou a este último.

14 DE ABRIL] Ex-empregada de Marta leva comida para Bigode, que está escondido em caverna até o morro acalmar. As irmãs do cara não querem se envolver.

A família de Armando viveu versão de *O resgate do Soldado Ryan* do tráfico. Explicando, sua mãe, que já tinha perdido dois filhos, procurou o chefe da boca quando Renã, que hoje tem uma barraca de peixe na entrada da Rua 1, ensaiou um namoro com o tráfico.

Conversa sensacional com Maria da Penha, interrompida por causa de dois telefonemas que recebi. A conversa demorou cerca de cinco horas e percorreu toda a história recente da Rocinha.

Ela está preocupada, mas parece cada vez mais disposta a colaborar com o livro. Está entrando em cena o fator sorte, como a que tive quando conheci Paulete, Tomate e Cia.

Disse-me uma coisa fundamental, que é a responsabilidade dela em estar me falando da favela com a intimidade que tem, com a profundidade que apenas ela alcança. Deu-me informações preciosas, algumas delas capazes de me levar a desconfiar da abertura de Paulete em relação a mim.

Por exemplo, a festa do filho de Bigode, realizada no sábado quando estava entrevistando Dona Valda — foi isso que ele foi perguntar se ela ia, não à tal reunião sobre a Zinha. Por causa dessa festa, toda a Rua 1 foi fechada. Bigode comemora com um festaço na quadra o aniversário de dois de seus quatro filhos.

Outra informação preciosa que deu, que ela obteve de seu grande amigo Soldado Melão, foi a de que Lobão simulou a sua morte — não apenas o DJ Bill não viu o rosto do amigo e patrão no dia do enterro. Ninguém viu. Ou seja, Lobão foi o segundo dono do morro a cair fora enquanto era tempo.

Mais uma informação preciosa: Gaúcho foi um dos fundadores, com ela e Da Cerveja, da associação comercial. Sua morte está ligada à guerra do gás. O episódio determinante dessa guerra teria sido a abertura da SuperGasbrás. Para uma das concorrências de novos depósitos de gás, o que terminou facilitando a entrada do pessoal do Zaru, mais precisamente do Lucas, seu irmão. Cleonice e Cátia tiveram papel fundamental para que tal concorrência fosse aberta. Maria da Penha acha, a propósito, que devo entrevistar as duas, além do grande lavador de dinheiro da Rocinha, o Severino do Gás.

Acha que no mínimo devo resgatar a história delas, como eles cresceram e se inseriram na vida da favela. Acho que com eles só farei não-entrevistas, pura perda de tempo, desperdício do deles também. Acho que o que mais fiz na favela foram não-entrevistas. Aquelas entrevistas em que as pessoas falam muito e não dizem nada. Estou cansado disso.

15 DE ABRIL] Zé do Queijo é o único dos personagens que considero fundadores da favela que tem uma rua com o seu nome, mais precisamente no Laboriaux, área que ajudou a invadir e que ironicamente hoje tem um comércio totalmente dominado pelos familiares do tráfico que de uma maneira ou de outra estão lavando o dinheiro dos caras.

Os filhos de Dênis, como os de Maria da Penha, estudaram no Colégio Stockler, da Gávea. A direção da escola tinha perfeita consciência de quem eles eram. Em todas as festas de aniversário dos meninos, Dênis mandava uma foto para eles — sua forma de mostrar que estava presente. Os filhos de Maria da Penha eram íntimos dos filhos de Dênis.

Severino do Gás anda em silêncio, diz Maria da Penha. Penso eu que em parte isso se deve à guerra de gás, em razão da qual ele só não foi morto porque, na primeira mineira que Bigode tomou, Severino entrou com os 30 mil que estavam faltando para completar os 730 mil pedidos pela polícia. Bigode teria retribuído a gentileza no momento em que o pessoal do Zaru, que está à frente da Minas Gás, pediu a cabeça do Severino.

Foi Severino do Gás, juntamente com Melão, quem invadiu a Vila Verde. Ele fez ali obras que o poder público jamais ousou — tem por exemplo um enorme muro de contenção construído, além de um valão.

Há 20 kombis legalizadas na Rocinha. Mais 20 serão em breve. Há em torno de 60 rodando na atualidade.

Severino do Gás já teve muito problema com a polícia, que ia ao morro extorqui-lo. Havia um policial em particular, cujo nome Maria da Penha não lembrou, que não perdia ocasião de meter a mão no bolso de Severino. Foi necessária a intervenção de um desembargador e do próprio prefeito César Maia para que o policial em questão parasse de extorquir Severino.

Andrea, nascida e criada na Rocinha, é hoje comadre de Maria da Penha. Saiu da Rocinha quando casou. Formada em direito, fez carreira como juíza e hoje é desembargadora. Seria ela a pessoa que estaria por trás da paz entre a polícia e Severino?

Passo pelo Boiadeiro, onde vejo dois detalhes que me remetem à fala de Maria da Penha. Um deles diz respeito à posição de Sandra, a diretora da RA, que, por exemplo, deixa as distribuidoras de gás usarem a rua para fazer o seu comércio — Maria da Penha tinha citado a Rua 1. Maria da Penha também fez referência às motos da New City, estacionadas em frente à creche do Cecil. O único lugar disponível para a New City (em inglês como a pizzaria City Park, no Parque da Cidade) seria a lixeira. Mexer nisso traria uma série de problemas. Mas como ela não tem autoridade para mexer no lixo e no mototáxi, logo surge um comércio no meio da rua.

Sandra fez o maior teatro, chamando inclusive o CORE, para desocupar o Portão Vermelho. Miltão já reergueu sua olaria no mesmo lugar. Nesse mesmo lugar, está a distribuidora de gás de Lucas, irmão de Zaru.

Na última conversa com Maria da Penha, ela disse que a paralisação imposta pelo tráfico não afetou o posto que comanda. Ela, porém, recebeu ligação de Sandra dizendo que ia parar. Ficou puta. Acha que poder público não pode abrir as pernas para o poder paralelo.

Sandra fez intermediação entre a clínica GPI, que estava tentando se credenciar junto ao sistema de saúde pública, e Maria da Penha, que faria parte da comissão de avaliação. Maria da Penha não entrou no jogo. A clínica, que fez todas as tentativas de seduzi-la, parou de lhe mandar flores quando saiu o resultado da comissão — negativo.

Stela, falando sobre o poder da igreja nas comunidades, disse que a família só percebeu que um de seus parentes tomava droga quando ele se converteu. Porque na maioria absoluta das vezes a abstinência só é possível por intermédio do trabalho social dos evangélicos.

Clóvis mostrou nesse mesmo dia como seu olhar é perspicaz. Está vendo tudo ao mesmo tempo. Viu-me subindo o Boiadeiro mesmo estando de costas para mim, conversando com Adeílton, seu companheiro de Sebrae.

24 DE ABRIL] Bigode é semi-analfabeto. No episódio de Zinha, por exemplo, foi preciso que Marta lesse o bilhete que mulheres lesadas mandaram para ele.

Iranildo tentou suicídio depois da coça que tomou. Paulete entende a depressão. Aconteceu a mesma coisa com o seu irmão, quando ele tomou o pau.

Antônio, irmão de Armando, foi o dono da Cidade de Deus. Morreu no microondas. Alex, seu outro irmão, morreu enquanto assaltava um ônibus. O comércio de Renã, irmão pelo qual a mãe lutou para resgatar da boca como o Soldado Ryan da Rocinha, é na entrada da Rua 1. Fica perto da casa da família.

Descemos, Paulete e eu, a Rua 2. Vimos a casa de Berenguê, que fica ao lado do DPO, onde antes havia o fliperama no qual funcionava o QG. Impossível qualquer morador da Rua 2 ignorar a boca. Depois pegamos a R3 e saímos no outro DPO.

25 DE ABRIL] Maria da Penha diz que prefere não saber das coisas da favela. Esta seria uma maneira de se defender.

27 DE ABRIL] Maria da Penha está limpando a birosca do pai, fechada desde a sua morte. Quer que os filhos, que não são dados a estudar, assumam os negócios com que seu Adamastor, um português que chegou na Rua 2 no início da década de 1950, primeiro sustentou a família e depois enriqueceu.

Vasculhar a birosca, que ela inicialmente me apresentou como um comércio de secos e molhados, termina sendo uma visita a toda sua história pessoal. Mais do que um reencontro consigo mesma, resgata ali os seus melhores momentos. Para ela, existiu apenas um homem na terra digno de ser amado – o seu Adamastor, seu pai.

Ele era um homem dado, descreve-o. Que nunca dizia não. Por isso, terminou tendo problemas com a polícia, sendo inclusive preso na década de 1980, no fim do primeiro governo Brizola. Na época, o grande problema foi uma garagem que tinha na própria Rua 2, que Gregório, o Gordo, usava com freqüência para esconder os carros que roubava no asfalto. Os bandidos arrombavam a porta, disse-me Maria da Penha. Mas sempre o avisavam, corrigiu.

A polícia chegou a ele por causa de outro grande vínculo que seu Adamastor mantinha com o pessoal do Dênis – o telefone. Esse telefone era usado com tanta freqüência pela boca, que a então DVSUL, a delegacia da Barra, não apenas o grampeou, como também usou essas informações para vendê-las para outras delegacias da cidade. Era por esse telefone que Dênis se comunicava com a cadeia, as outras favelas, seus advogados.

Estamos, é óbvio, falando de uma época completamente diferente, em que não havia os celulares, os rádios de comunicação, até mesmo os torpedos que hoje tanto facilitam a vida dos bandidos. Nessa época, também era possível fazer o que Maria da Penha fez para poupar sua família de um escândalo público, usando não o dinheiro, mas as relações que criou por intermédio do PDT para abafar o caso na imprensa.

Também de diferente nessa época é o tipo de atuação da polícia, particularmente no local em que ele foi detido, o velho Dops da Lapa, em cujo pátio central os presos políticos até um pouco antes da prisão de seu Adamastor eram torturados até a morte. Foi por isso que Arnaldo Campana, um dos homens fortes da polícia de Brizola, pediu para que ela o deixasse depor sozinho. Ele disse que os tempos agora eram outros, os presos não eram mais torturados.

Foi só assim que Maria da Penha saiu de perto do pai, ao lado do qual ficou, mesmo sabendo que ele estava errado, desde o momento em que entrou no camburão, sentando-se a seu lado para que não apanhasse dos policiais. Foi ela, recorrendo à lavadeira que tem dentro de si, que impediu que o pai fosse levado na caçapa. Depois da conversa com o delegado, voltou para casa. Mas naquele momento todas as articulações necessárias já tinham sido feitas. A principal delas, por intermédio de seu grande amigo e guru, o Silveira, um militante histórico do movimento popular. Foi ele quem levou primeiro o PT de Lisâneas Maciel e depois o PDT de Brizola, de Vivaldo Barbosa e principalmente de Maneco Muller para a Rocinha. Maria da Penha não tem mais notícias de Maneco Muller, mas eram grandes amigos na época. Maneco foi de grande valia naquele dia.

Dona Valda também já tinha sido contatada e, como sempre fazendo as articulações entre bandidos, poder público, universidade e imprensa, moveu mundos e fundos para proteger mais aquele morador da Rocinha que desde o início da década de 1950, quando chegou de Natal, Rio Grande do Norte, vem defendendo como se a própria favela tivesse sido gestada em seu ventre, seu gigantesco ventre.

Seu Adamastor, mostrou-me Maria da Penha, tinha uma lógica toda própria. Construiu a casa de um modo todo seu, criando espaços funcionais, como por exemplo o depósito de querosene, onde os barris estavam interligados (palavra-chave da favela) por intermédio de tubos que iam passando o líquido de barril em barril até encher todos eles. A própria casa foi construída de modo a que não tivessem vizinhos muito próximos, desses que ficam sabendo se você está com uma gripe (pelos espirros), fazendo amor (pelos gemidos) ou brigando com a família (pelos gritos).

É verdade que começou a construí-la em uma outra época, quando a Rocinha ainda não era esse conglomerado de casas espremidas a um ponto tal que, de cima das lajes, já não se podem divisar as ruas e os becos, dando a impressão de que tudo não passa de um enorme paredão. Não é à toa que o trecho no qual mora é conhecido como paredão. É essa a impressão que se tem quando visto lá de baixo, do asfalto.

Esse conglomerado existe a um ponto tal que eu mesmo, vendo a Rocinha de onde a conheci, observando-a da Lagoa enquanto corria em torno dela, tinha a impressão de que ela continuava se espalhando pela encosta. Em um passeio que fizemos ontem em volta da Lagoa, Maria da Penha me disse que ela apenas está se espremendo, adensando-se no espaço que foi delimitado para ela. Será mesmo?

Mas o seu Adamastor, que foi contaminado pela cultura da favela de uma série de formas, inclusive a convivência amoral com os bandidos, conseguiu ficar imune a sua principal característica, que é o modo invasivo como os seus moradores usam o espaço, ocupando todos as áreas possíveis, inclusive as que já pertencem a outras pessoas, os vizinhos, os amigos. É por isso que a casa tem um terreno onde as crianças podem jogar futebol, acho eu que na última área, dentro de uma propriedade particular, em que isso pode ser feito na Rocinha – que eu saiba, os únicos espaços em que os meninos podem correr atrás de uma bola na favela são o Terreirão, as quadras da Cachopa e da Rua 1 (ambas construídas e mantidas pelos bandidos), a garagem da TAU, o Ciep Ayrton Senna, o Umuarama e a Casa Rosa da Dionéia.

Essa área foi, enquanto o pai esteve vivo, o lugar em que seu Adamastor criou os porcos e as galinhas que matava nos fins de semana, para vender para os almoços de domingo que sempre mobilizaram a família da Rocinha – hoje, por exemplo, o dia de se ganhar dinheiro de mototáxi é o domingo, quando os filhos vão fazer a sagrada visita de fim de semana às mães.

CADERNO 5

7 DE MARÇO] Uma das imagens que Antenor pretende usar em seu filme, que tem como enredo um assalto à boca: catador de lixo na boca-de-fumo, que aproveita restos de sacolé e faz gengival com eles.

7 DE MARÇO] Tento entrevistar Francisco, que dá uma de gostoso pra mim. Encontramo-nos às 9h na AMABB, onde ensaia com o seu grupo. Quis saber de mim o que pretendia com o meu livro, invertendo totalmente a relação entre repórter e fonte. Dei algumas explicações, que, porém, não o satisfizeram. Ele disse que poderia cobrar 100 reais para me dar a entrevista, mas que preferia condicioná-la a uma visita minha ao ensaio do grupo que dirige, o que poderia ser feito tanto no sábado como no domingo à noite.
   Também quer que eu faça uma oficina literária para o seu grupo, o que me daria o maior prazer, mas depois da pauleira do livro. O tempo inteiro me tratou como se eu fosse ligado a uma instituição milionária, que fosse ganhar os tubos com o livro sobre a Rocinha. Para ele, Rocinha vende. Quer, como a comunidade como um todo, ganhar uma parte dessa grana. Como ele e a comunidade estão fazendo com o pessoal da Benetton, dando entrevistas em troca de um cachê.

9 DE MARÇO] Para Dona Valda, os grandes espoliadores da Rocinha estão na própria Rocinha. E não pertencem ao tráfico.

Comentário de Luluca depois de saber que eu estava bancando o churrasco do meu aniversário, que ela aconselhou não tornar público para os convidados evitar que todos venham me pedir um vale. Pedir vale é pedir dinheiro emprestado, esclareceu.

Breve observação do Francisco: a Casa dos Artistas foi embromação da Secretaria das Culturas. Uma comunidade com o tamanho e a complexidade da Rocinha, diz ele, precisa de um espaço muito maior do que o que Baixa administra. Faço esse registro menos como uma crítica às políticas públicas e mais como uma mostra do eterno jogo de intrigas da favela.

Domingo de manhã. Vou na feira. Lá vejo o Amendoim, que, a propósito, tenho que entrevistar. Ele me disse que está sempre ali, perto dos violeiros. Um deles, em agradecimento ao pagamento, disse que esse cabeludo (eu) não engana, tem cara de bacana e mora em Copacabana.

10 DE MARÇO] Kombeiro cearense, há 17 anos no Rio e há um ano no novo negócio. Teve um açougue, depois de anos trabalhando como garçom. Desfez-se do açougue por causa das contas — aluguel, funcionário, telefone, talão de notas etc. Kombi é ele sozinho. De manhã, volta batido de Botafogo. Passageiros de lá para cá apenas à tarde. Ele está feliz assim.

Paulete diz que vela no chão, como as que sempre acendi para mamãe, chamam seres inferiores. Para chamar seres superiores, deve-se acender vela no alto, por exemplo, em cima da estante da minha sala na Rocinha. Ele também não acha aconselhável acender velas em casa. Atrai as almas que estão precisando de luz, alerta.

Idéia inicial do Rocinha's Show era o lazer do pai de Vando. Não tinha a menor idéia de que viraria ponto de encontro entre favela e asfalto. Queria fazer rodas de samba nas quais pudesse reunir amigos e oferecer um lazer barato para a comunidade.

O padre Simenon falou do ar-condicionado na Estação Futuro, que por isso mesmo seria um dos poucos lugares silenciosos da favela. O ar-condicionado, porém, não funciona mais há pelo menos duas semanas.

Converso com Vando, fotógrafo que trabalha para a Cenário Visual e participa da produção de shows na favela. Ele diz que todas as bandas do Rio querem vir para a Rocinha. Dispõem-se inclusive a tocar de graça. Ele não está à frente desse projeto por causa das injunções de cada uma dessas produções.

Seu receio não é nem ir até a boca, o que ele não gosta de fazer, mas que em nome do bem comum até que iria. O problema maior são as instituições, como aconteceu no show do Pensador, onde no final Bigode acendeu uma morra e revelou todas as intrigas que mordedores de propina de comunidade, basicamente o pessoal da RA e associação de moradores, fizeram contra ele e Trança.

O show do Gil, por exemplo, só foi cobrado porque Baixa, a quem o atual ministro chegou por intermédio do grafiteiro que pintou seu estúdio, quis morder uns trocados. O show da Rocinha, a propósito, foi o único em que houve ingresso pago ao longo da turnê que Gil fez pelas principais favelas do Rio. A justificativa que Baixa usou para a cobrança de ingressos foi levantar fundos para a Casa dos Artistas. Depois do show, Gil deu cerca de 20 mil reais para a obra de Baixa. Esse dinheiro jamais foi revertido para o centro cultural.

Por uma razão ou por outra, esse evento credenciou o Baixa a ficar à frente do show do Cidade Negra, a ser realizado no dia 1º de maio.

Vando estranhou que Baixa estivesse à frente desse evento, pois já tinha falado a respeito com o Antônio Bento, com quem estudou quando menino e depois, para sua surpresa, virou Tony Garrido. E tinha explicado direitinho quem era Baixa para o seu velho chapa.

Ainda sobre shows: seus organizadores ganham dinheiro de diversas formas. Uma delas, do próprio tráfico, que sempre tem interesse em passar como o mecenas dos principais eventos da favela, principalmente os que a jogam na mídia. Há também o dinheiro que se consegue vendendo comida e bebida perto do evento. Em geral, seus organizadores exercem o monopólio desse comércio.

No último dia de carnaval, um policial, bolado com meninos brincando de *spray*, deu tiros para cima às quatro da manhã. A multidão corre para todos os lugares. Bigode estava lá, com 120 homens de bico. Segurou a moçada para não trucidar a polícia.

Não porque seja bonzinho ou porque morra de amores por aquele policial. Conteve seus braços apenas para não dar manchete de jornal para a polícia e, principalmente, não ter a opinião pública exigindo cabeças e o batalhão ocupando a Rocinha para atender às demandas da sociedade.

Reunião na igreja Nossa Senhora da Boa Viagem. Seu objetivo é lançar novo programa de combate à tuberculose, uma iniciativa que reuniu lideranças comunitárias, prefeitura e todas as instâncias do poder público. À frente de tudo isso, Maria da Penha.

Detalhe importante na reunião sobre tuberculose na igreja, hoje mais cedo: a presença de MC, que estava ali para fornecer o som que permitiu que todos ouvissem o que estava sendo dito pelos representantes da saúde pública. Ou seja, estava ali como o representante do tráfico. Ajudando a implantar mais um programa social na favela.

Iranildo cruzou mais cedo com Francisco, que lhe disse que só me daria entrevista se tirasse uma grana de mim. Iranildo confirma a informação de que desvia grana da Via Sacra. Falou da mesma quantia a que Tomate se referiu. Ou seja, 30 mil reais. Mas acrescentou um detalhe importante: quem fez a interface com o poder público, que financiou o evento, foi a Terceiro Milênio do Pipa. O CNPJ da Terceiro Milênio é muito usado pelas pessoas que têm projeto na Rocinha. Ele sempre participa do rateio. Se não lhe pagam o que acha que merece, inicia uma de suas campanhas difamatórias. Iranildo acha que a história de que Francisco teria ficado com os 30 mil da prefeitura teria começado com ele, o Pipa.

Iranildo não tem amigos, diz. Para ele, seus únicos amigos são Deus e a filha Morena. Na Rocinha, tem apenas companheiros, com os quais toma cerveja e pega um sol em um domingo de praia. Mas solidariedade, apenas a sua, quando se apresenta gratuitamente nas festas para crianças carentes da comunidade. Empenhou, por exemplo, o microfone com o qual trabalha, que vale 250 pratas, por 20 reais para pagar no dia seguinte 30 reais.

Tem um dinheiro no banco, no qual não quer mexer porque quer comprar uma nova casa. Nesse sentido, raciocina como favelado, que tem horror a pagar aluguel. Prefere morar com os sogros, onde é tratado aos pontapés, como um come-e-dorme.

Passa o dia todo dormindo, por ser deprimido, acha. Lida com sua angústia de modo passivo, como se não pudesse ser tratada. Não se mete com paradas, pelo menos as tradicionais da favela, que é a boca ou o 157. Também não se mete em transações como as de Francisco, que embolsa toda a grana que chega na favela destinada ao teatro, como a que financia a sua inventiva Via Sacra, na qual mistura Jesus Cristo com retirantes nordestinos. Francisco está sempre atrás de uma grana, como os 100 ou 200 reais que pretende arrancar de mim para me dar entrevista.

Iranildo é sempre bem-intencionado, mas é enrolado toda vida. Acho que arruma confusões para despertar a ira dos outros, como está fazendo comigo, que já tentei entrevistá-lo pelo menos em cinco ocasiões e ainda não terminei. Não é à toa que briga tanto com sua mulher, que bate nele.

Parece que essa é a única forma de contato que mantém com as pessoas. Apanhava do pai adotivo por qualquer razão. Traz na perna vestígios de uma surra que levou de cinturão de couro cru. Lembra-se, como se tivessem sido ontem, das chibatadas nas costas com galho de goiabeira.

Seu pai adotivo chegou a pisar em seu pescoço a fim de imobilizá-lo, deixando-o totalmente vulnerável aos golpes de outra pessoa da família cujo nome prefere não citar. Seu sofrimento com a família que o criou desde os dois anos chegou a um ponto tal que aos 12 anos foi morar na rua, na mesma Saracuruna para a qual foi levado depois que seu pais adotivos presenciaram o dantesco espetáculo que proporcionava, trancado com uma corrente no pescoço, ao lado de uma lata com a comida e a água de que precisava enquanto a mãe tentava levantar uns trocados prostituindo-se.

De certa forma, sua fuga de casa é parecida com a minha, já que tanto ele como eu expusemos nossa miséria nas vizinhanças da casa do pai. Ele, eu não posso afirmar com certeza, mas eu não apenas queria mostrar a minha revolta pelo tratamento que me era dispensado principalmente por papai, mas para chamar sua atenção, para tentar convencê-lo a mudar sua atitude em relação a mim. Cheguei a lavar carros na frente da casa dele, em Fortaleza.

E com Iranildo não foi diferente. Lavava um carro, capinava um mato, engraxava um sapato, fazia qualquer coisa para descolar uns trocados para comer e principalmente se agasalhar, já que, presente em sua memória, está mais o frio de Saracuruna do que a fome que passou.

Embrulhava-se em jornais para se aquecer, e quando não eram suficientes ia para o forro da casa dos vizinhos, algumas das quais por pouco não as incendiou ao queimar os jornais atrás de um pouco de calor. Andava sujo, esfarrapado. Acha que por essa razão só perdeu a virgindade com 21 anos, com Maria, mãe de três ou quatro filhos seus.

Depois vieram Janice, Mirinha e agora Alba. Teve filhos com todas elas. Hoje está broxa, é um homem inofensivo, que talvez nem cantada passe nas meninas que vê na Via Ápia, onde trabalha como locutor de uma grande cadeia de farmácias.

Diz-se o locutor oficial da Rocinha, mas não sabe o preço disso. Não sabe o preço de nada, como eu. Como estava duro e como não sabe usar o computador que ganhou da ONG Terceiro Milênio, tentou me vender o monitor preto e branco que tem em casa, ocioso (seu sonho de consumo é ter uma máquina de escrever, para datilografar os textos que diz escrever madrugada a dentro).

Queria, porém, que eu botasse o preço, talvez com esperança de que oferecesse os 100 reais que já quiseram pagar por ele. Se tivesse certeza de que o dinheiro que estou para receber não iria sofrer nenhum tipo de atraso, teria aceitado as 50 pratas que por fim me pediu para pagar uma dívida urgente, razão da surra que levou da mulher ontem à noite, por causa da qual, a propósito, está sem falar com ela. Talvez tenha sido por essas e outras que perdi tantas namoradas ao longo de minha vida. Cansei disso. Por isso disse não ao Iranildo. Para que os outros não me digam não.

11 DE MARÇO] Padre Simenon me liga para lembrar um aspecto que ignoramos na entrevista, que era a total impossibilidade de favelados serem recebidos pelo poder público, em todas as suas instâncias, ao longo de toda a década de 1970. Na época, alugavam ônibus e iam para as portas dos palácios, nos quais não eram recebidos nem mesmo se fizessem todo o barulho do mundo. Se a favela não era reconhecida como um local de moradia, se como tal inexistia, como podia ter lideranças, como essas lideranças do nada poderiam negociar com as autoridades do tudo?

Ontem, na entrevista com o mesmo Simenon, ele fez referência ao fato de que casa de Laurent pertencera a Eraldo, na qual havia até passagem secreta.

Três policiais desfilam pela favela. Estão armados. Fazem o maior teatro. Todos ignoram sua passagem. São chamados de *playmobil*, por causa de seus movimentos robotizados, parecidos com os do *Robocop*. Esse teatro, ao final do qual ninguém vai preso, está se tornando uma rotina na Rocinha.

Quando foi chamado para a coça, disseram para Iranildo que iria negociar um show. Bateram educadamente na sua casa e por essa razão ainda hoje dorme com todas as portas fechadas – inclusive a da laje.

Funcionário do Oscar conta episódio da terça de carnaval: foram quatro PMs os que quebraram o arrego. Deram tiro para cima duas vezes. Boca partiu para dentro, mas Bigode conteve os braços a tempo de evitar o pior.

12 DE MARÇO] Observações interessantes de Tina, mulher de Pipa e atual presidente da Terceiro Milênio. Uma delas é a de que associações de moradores começaram a esvaziar com os assassinatos de Zé do Queijo e de Maria Helena, que deixaram as pessoas com medo.

Também contribuiu para o esvaziamento delas a instalação da RA na Rocinha, o que, se por um lado trouxe a prefeitura para dentro da Rocinha, inibiu a ida da favela para o asfalto, onde suas lideranças fizeram panelaços históricos.

Também surgiram projetos individuais ou de grupos isolados, que despacham diretamente com a administradora regional. Sobre as mortes, ela disse que hoje é mais confortável trabalhar dentro da comunidade, pois os espaços estão mais delimitados e as regras, mais claras.

Paulete, reforçando história de Vicente Belotti assaltante, disse que ele só metia parada forte. Tipo assalto ao trem pagador. Foi com um dinheiro desses que se associou ao jogo do bicho.

Conheço Cesinha no centro. Ele é mais novo do que pensava. Deve ter 30 anos, no máximo 35. É um artista naïf, como sua mulher, a Rose. Ambos têm um centro na Rua 1 – na verdade, é mais uma barraca do que um centro.
 Trabalham com menor em situação de risco. Ele cobrou para dar entrevista. Tem até uma tabela: 50 pratas por 30 minutos, 100 reais por uma hora. Tirei uma onda com a cara dele, perguntando quanto era o boquete.
 Insisti na tese de que sou um artista como ele, que não sei quando (e se) vou ganhar quando começo um trabalho. Ele no fim disse que gostou de minha história triste. E iria me dar a entrevista de graça.

Vejo Oscar no meio da madrugada. Exponho-lhe a necessidade de dar mais agilidade ao livro. Também lhe falo da história de Dênis como uma saída para capítulo sobre a boca. Visitar o passado da boca seria uma forma de não x-novar estruturas atuais e não sair da favela sem nenhuma história de bandido, como se tivesse passado uma temporada fazendo retiro espiritual aqui dentro. Ele concorda com minha tese e lembra do dia em que Dênis o convidou para Bangu I. Queria que escrevesse sua biografia, cujo título seria "O Reino de Dênis". Pergunto-lhe então se não poderia dá-la para mim. Ele, sempre disperso, ficou de fazer isso outro dia.

O mesmo Oscar sugeriu que falasse de personagens como 48 – policial cujo apelido era uma alusão a sua força, que seria maior do que a de um revólver calibre 45, então a arma mais poderosa do mercado. O 48 terminou morrendo nas mãos de uma mulher que sequer sabia mexer em arma. Ele estava na ocasião dando um pau no marido dela, que era dono de uma birosca. A mulher viu, pegou a arma da família e sentou o dedo lá de cima. O cara morreu na hora.

Conversa com advogada e amiga Camila, que visitei ontem à noite a propósito do favor que uma prisioneira do Talavera Bruce, sua cliente, me pediu. Falei-lhe do tratamento ficcional que pretendo dar ao livro, para fugir do problema da x-novada. Ela não apenas concordou com a solução, como deu o que pode ser o mote do livro: o que é a verdade e o que é mentira nesse universo?

Conheci Tinoco, que já namorou a filha de Zé do Queijo e freqüentou a igreja do pastor Amauri: dois importantes personagens da história da Rocinha que pretendo entrevistar.

Dona Branca tem cerca de 65 anos. Está nos movimentos populares desde os 17 anos, quando foi trabalhar de ajudante de cabeleireiro, no Leblon. Por intermédio dessas articulações, trouxe comida doada para a Rocinha.

Já um pouco mais velha, participou dos mutirões promovidos pelo Cecil e do processo de criação da AMABB.

Na época do governo Moreira Franco, sua sobrinha vendeu a casa na qual funciona a creche Pedra da Gávea, da qual hoje é a diretora. Houve uma época, porém, em que esteve afastada do projeto, do qual uma mulher cujo nome não quis citar se apossou.

Foi então que criou a Liga Feminina da Rocinha, que tem como objetivo cuidar de problemas de saúde, educacionais e jurídicos. Voltou apenas recentemente para a creche, porque Conde teria ameaçado fechá-la por causa dos desmandos administrativos da direção que lhe usurpou o projeto.

Tem apoio da prefeitura para alimentos e salários. Freqüentam a creche 75 crianças. Nela trabalham 18 pessoas. Tem e teve grandes amigos no asfalto, como Colagrossi, César Maia e Moreira Franco. Conheceu essas pessoas no MDB e com elas migrou para o PDT, mas hoje, embora se envolva nas campanhas eleitorais, ajuda as pessoas, não o partido.

Diz que teria legenda para se candidatar por qualquer partido do Rio, principalmente o PMDB. Mas o seu negócio é o bastidor. Na campanha do Serra, que para ela foi um grande ministro da Saúde, botou seu grupo, cerca de 50 mulheres, para trabalhar.

Também tem grande influência na área da saúde. Está envolvida, por exemplo, na implantação do programa de combate à tuberculose – o que tem Maria da Penha à frente. Está à frente também do trabalho com deficientes físicos da Rocinha, que ela calcula em 500.

13 DE MARÇO] Depois da frustração de não entrevistar Magali, dou um rolé na Estação Cenário, onde falo com os ongueiros da Rocinha. Depois vou no centro, onde levo para Paulete a informação de que Tina deu aula a Bigode na Dona Valda. Ele fala que todos são crias da Dona Valda. O problema de Dona Valda com Pipa é que ele deixou de ser favela e passou a ser asfalto.

Desço e vejo o Flamínio, com quem insisto para fazer entrevista e marco para quarta, às seis e meia. Vejo depois Armando, com quem marco para sábado às dez, no centro. Entrevisto então o Dão, presidente da AMABB, que foi o cara que falou com mais propriedade sobre a Rocinha. É primo do Bem-te-vi, um dos chefões da favela. Falou em *off* sobre a Loreta, que já foi presidente da AMABB e hoje é presidente da UPMMR, onde está à frente de uma máfia, que extorque moradores e comerciantes. Tem também grande compreensão sobre prostituição infantil e infanto-juvenil.

No Oscar, que estava irado com as voltas que estava levando dos bands em sua locadora, vejo Tinoco, que me apresenta a dona Idalina (é este o nome dela?), uma das mais antigas moradoras da Rocinha.

Helena está na noite e marcamos entrevista para segunda à tarde. Tinoco me liga, dizendo que o pessoal da transportadora está em seu bar. A transportadora em questão é a do Chico das Mudanças, que enriqueceu mandando eletrodomésticos para os seus conterrâneos. Vou lá. A contragosto. Começar uma entrevista às duas da madrugada é de foder.

14 DE MARÇO] Saio pela noite. Visito primeiro o Sebastian, na Acadêmicos. Depois vou no Oscar. Conheço o Quinho, filho da Idalina. Quinho pode ser um personagem fundamental para o meu livro. Quinho é hoje o gerente de uma agência do Unibanco ou Itaú, na qual entrou para poder pagar a universidade e na qual fez carreira. Foi criado com Zico, dono do morro que abriu mão do negócio para Bigode. Disse ele que Zico não matou ninguém, nem mesmo quando foi o dono.

Vi na prática o que Tomate tentou me ensinar. No Oscar, onde todo dia tem um bandido, quando um deles começa a dar bandeira de quem é basta um olhar ou um gesto para que mude de assunto.

Esse foi o caso de quinta à noite, quando um bandido estava falando de seu cuidado ao estacionar o carro de Bigode, fazendo manobras com o máximo de cuidado possível de modo a não arranhá-lo. Oscar fez um gesto para ele, que não fez pergunta alguma. Apenas percebeu que tinha alguma coisa errada e na mesma hora mudou de assunto. O carro então se tornou de um cara chamado David.

Porque é assim que é na favela. Basta um olhar, um gesto, uma mudança no tom de voz para se desviar uma conversa. Depois se pergunta o que aconteceu, ao contrário do que Luluca e eu fizemos no dia do carro quebrado na entrada da Rua 2, que, para Tomate, era o carro da salsicha, com um pernil para ser desovado. É a cultura do perigo em sua forma plena.

Loreta, a da UPMMR, é prima do Cabeção, um dos caras.

Começo a perceber uma espécie de preconceito da Rocinha em relação às outras favelas, que vem à tona quando seus moradores começam a defender sua própria comunidade. O tempo inteiro fazem questão de dizer que não são, por exemplo, como o Acari, que, essa sim, é uma favela. Não são bons por serem bons. Mas porque não são como as favelas da Zona Norte, onde, essas sim, vive um povo sujo, feio, desdentado.

De certa forma, quando o povo diz que mora em uma comunidade, ele está agindo da mesma forma que os negros que se autodefinem como pardos, escurinhos etc. É como se a nomenclatura tivesse o poder de mudar uma condição social, a raça, o lugar que se ocupa na sociedade.
    Mas isso também não é apenas uma defesa. Isso também traduz a flexibilidade da sociedade brasileira. Nos Estados Unidos, na sociedade, que por ser organizada tem um conceito e um lugar para tudo, o negro é negro. A sociedade está o tempo inteiro avisando que ele é negro e mora em bairros como o Harlem, o Bronx.
    Não é o caso da desorganizada sociedade brasileira. Por isso, nem sempre dizer-se marrom-bombom ou morador de uma comunidade é uma forma de ter preconceito contra si mesmo.

Ontem, trânsito parado, tive uma percepção da diferença entre engarrafamento aqui e no asfalto. No asfalto, os engarrafamentos são uma tradição tão grande quanto aqui, no morro, mas, ao contrário daqui, por suas ruas não suportarem o volume de carros que por elas trafegam. Já aqui, como ficou claro ontem, é porque, além dos caras mal estacionados, há determinados trechos em que de um lado da rua parou o caminhão do lixo e, no outro, havia o caminhão de material de construção. Esse conjunto da obra, que durou mais de uma hora, simplesmente impediu a passagem de qualquer carro na rua, que simplesmente parou enquanto esses dois caminhões realizavam seus serviços. Isso é uma constante. Acontece todos os sábados, dia de chegar areia e tijolo ali na curva da Rua 1.

A Rádio Brisa faz anúncios no Boiadeiro. Nem todos os moradores sintonizam as rádios comunitárias. Por essa razão, surgiram, segundo Luluca, nos últimos cinco anos, carros com alto-falantes infernizando a vida dos moradores com anúncios publicitários que, estes sim, podem ser ouvidos por toda comunidade.

Começo o dia tomando volta de Armando, que marcara comigo no centro e não foi. Aproveitei então para ver *Orfeu*, do Cacá Diegues. Paulete foi buscar o gravador com Dão, com quem demorou uma eternidade conversando sobre tudo – o ponto de partida, porém, foi o programa de combate à prostituição infantil de Dão. Ligo para Trança, que me disse que a Benetton já está aí, tendo inclusive tentado entrevistá-lo hoje. Fui ver o jogo do Flamengo no Tomate, que me contou, como sempre, histórias sensacionais. Vou ver se faço pelo menos duas entrevistas hoje à noite – uma com Trança e outra com Serginho (da Pizzaria Lit) ou Vanderlei (motoboy primo de Dudu).

Caderno 6

25 DE JANEIRO] Sábado. Ressaca do temporal, que tiveram como vítimas o Eli, cujo barraco rolou pirambeira abaixo, e uma mulher que morreu afogada no Valão. Houve também uma moto que amanheceu junto com o lixo, na praia de São Conrado. Luluca também me falou de barrancos que deslizaram perto da casa do Tomate, em cuja casa ela ficou até quatro da madrugada, da qual saiu, disse-me depois, porque o pai devia estar preocupado com ela.

Perco um grande tempo na Estação Cenário, redigitando matéria sobre condomínios encomendada por uma amiga, defendendo um dinheiro do qual preciso, porém acho que esteja alugando minha cabeça em excesso. Almoço um PF saboroso no Caminho do Boiadeiro, já bem perto da Estrada da Gávea, que, além de ser barato, custa apenas 3,50, é o melhor que já comi na Rocinha.

Depois fui no centro, onde vi um Tomate disposto a falar de seu envolvimento com a boca, principalmente com o Dênis. Uma de suas frases talvez explique o estilo tangencial com que me narra a sua história — se hoje eu estou vivo é porque nunca abri a boca. Outra frase emblemática do Tomate, que talvez explique o fato de não ter me proposto uma parceria no livro que pretende escrever sobre sua vida: não existe negócio bom para duas partes.

Mas ele falou tanto que Luluca se sentiu em segundo plano e resolveu ir embora — ela que é a *spoiled baby*. Dentre as muitas coisas que falou, destaco a história do policial, acho que o nome dele era Adílson, que entregou Dênis. Ele o teria entregado, segundo Tomate, por causa de um cheque do Dênis em sua conta, do qual outros setores da polícia tomaram conhecimento. Para livrar a cara, esse policial vendeu o Dênis. Adílson, acho, foi morto logo em seguida, já que faz parte da eterna negociação da cagoetagem vender quem entregou. A frase seria mais ou menos a seguinte: me deram a tua cabeça por 20 mil; por 30 mil, eu dou a dele pra ti. Em geral, o bandido, mordido, aceita a transação.

Tomate também me falou das mineiras que Bigode, seu sobrinho, levou. Na primeira, levaram 750 mil da boca; nas outras duas, 450 mil. Diz Tomate que depois disso Bigode só sai muito raramente da favela e quando o faz é no sapatinho, sem que ninguém saiba, para não haver cagoetação. Na primeira mineira, que ele tomou na Niterói-Manilha ao voltar de uma visita à mãe, que mora em São Gonçalo, ficaram faltando 150 mil, a serem pagos o mais tardar no dia seguinte.

Segundo Tomate, Bigode cogitou matar o policial que iria buscar o restante do dinheiro, só não o fazendo porque, como teria aconselhado o próprio Tomate, que teria visto toda a cena, a polícia, em represália, poderia tampar a favela durante semanas ou seqüestrar a mãe dele, só para ficarmos em dois exemplos. Bigode seguiu o conselho e recebeu com diplomacia o policial, dando-lhe inclusive uma pistola Glock de presente. Dessa primeira mineira, teriam participado da vaquinha o Severino do Gás e o dono do posto Itaipava, na entrada do morro.

Tomate também me aconselhou a ter cuidado com o que falo. Por exemplo, a história de que o Dudu estaria para voltar para a favela, apoiado por FBM. Isso dá caô, meu irmão, alertou.

Voltando à história do Bigode, ela teria chegado à imprensa (e por ser pública foi que ele falou sobre ela) porque um PM, que recebe 3 mil por semana, pediu mais para proteger a favela depois que chegou aos seus ouvidos o valor da primeira mineira.

Depois fui atrás do Iranildo, que tinha ido conversar com o Gerald Thomas e, ao voltar, deu uma sumida da farmácia (a propósito, o cara voa que é uma festa).

Do Iranildo, eu ia para a Estação Cenário e, no caminho, cruzei com Vanderlei, que até agora tem sido um doce comigo.

Vanderlei levou-me para passear de moto pela favela — pela Cachopa e pela Dionéia. Na Cachopa, apresentou-me à sogra, que aluga o que ele chama de quartos, mas que na verdade são quitinetes. Também me apresentou dona Cláudia, que possui um prédio ali na Cachopa, no qual tem um quitinete para alugar.

Sua moto fica na Dionéia, ponto no qual paga 5 reais por dia — a maioria dos pontos cobra de 8 a 12 reais. O privilégio, desconfio, se deve ao fato de ser primo do Dudu. Mas ele diz que esse privilégio é por ser antigo na favela.

Nos outros pontos, diz, estão os cabeças-redondas (novo nome para paraíba, como Serrote me explicou depois). Os cabeças-redondas ficam felizes com quaisquer cinco contos por dia, disse Vanderlei.

Vanderlei passa dias inteiros subindo e descendo a Dionéia — talvez esteja aí a razão para não tê-lo visto nesses últimos dias, o de viver em função dessa subárea. A Dionéia por si só tem suas subáreas. Ele, por exemplo, mora na Corrente — por causa de uma barra de ferro na qual há uma corrente presa. Há um pouco mais acima uma subárea chamada Casa Branca ou Casarão — por causa de uma grande casa branca. A Dionéia sobe toda vida. Termina em plena Mata Atlântica.

Vanderlei, que não se diz perseguido por ser primo do Dudu, gosta dele. Houve um Natal em que Dudu, com quem ele fala com razoável freqüência por telefone, anunciou que compraria uma fuga por 280 mil, que não se efetivou porque o CV da Rocinha pagou 300 mil para que os desipes o segurassem.

Depois fui para a Fundação, onde converso o tempo todo com o pessoal do Gana — o rock se consolidando com a juventude da Rocinha por intermédio da MTV, que por sua vez chegou à favela pela TV FAVELA e principalmente pela TV Patola, o gato que se espalhou pela comunidade depois que a TV oficial contratou, preparou e demitiu instaladores de cabo na comunidade.

Vou por fim ao baile funk, no qual não entro porque, enquanto subia da Fundação para a Rua 1, cai uma nova chuva torrencial. Pego então uma kombi para o Leblon, cujo trocador ficou irritado porque quis pagar a passagem, de um real, com uma nota de 50 pratas.

Expliquei pra ele que estava indo a pé exatamente para não abusar da boa vontade dele, mas pensei que entenderiam o medo que senti de que a chuva dessa noite fosse tão forte quanto a da noite anterior. Argumentei ainda que, como eles em geral faturam 10 reais por viagem e fazem várias viagens por dia, dar um troco alto seria apenas uma questão de boa vontade.

Fiquei sabendo então que eles deixam o dinheiro de cada viagem na mão de uma espécie de fiscal. Será que estariam rolando assaltos na Rocinha? Quem ousaria roubar as kombis, que, como todos sabemos, são em sua maioria de familiares do tráfico ou que no mínimo pertencem a pessoas que têm um contexto? Prefiro acreditar que o trocador estava de má vontade.

Lembro então da história que Vanderlei me contou ainda hoje, que, como a história do fiscal da kombi, me fez perguntar até que ponto Bigode tem a favela sob controle. Falo do bate-boca com o motoqueiro que estava levando um bandido na garupa, que começou por causa do caótico trânsito da Rocinha. Para dar um fim àquela discussão, o bandido na garupa do outro motoqueiro sacou a arma e apontou-a na sua direção, ameaçando matá-lo.

A ameaça foi feita ao lado de um ônibus da TAU, cujo motorista disse que Vanderlei podia levar o problema para a boca. O motorista invocou uma das leis mais importantes da favela, segundo a qual ninguém pode matar no morro sem autorização expressa do Bigode. Um bandido que intimida um morador é, no mínimo, punido com a perda temporária da arma.

Vanderlei, porém, resolveu deixar barato. Sua omissão me remete a um comentário de Serrote, quando lhe perguntei por que ninguém ia na boca entregar os cabeças-redondas que empinam a moto na subida da

Fundação, desrespeitando uma proibição do tráfico: "ninguém é cagoeta na favela." Para Serrote, ninguém vai na boca entregar ninguém quando é uma parada que não tem a ver com a tua vida. As pessoas só vão lá em cima em última instância, quando há um bagulho sério.

Mas se o cabeça-redonda cair da moto fazendo gracinha e alguém se machucar ou ficar no prejuízo, esclarece Serrote, ele vai ser cobrado por isso. Com toda certeza.

Lembro-me de outro detalhe de minha conversa com Vanderlei, que me disse que, se um motoqueiro imprudente machucar alguém, terá que pagar o custo de possíveis internações ou então do remédio que a vítima do acidente venha a necessitar. Ou seja, faça o que você quiser, ninguém ficará policiando. Mas arque com as conseqüências de suas atitudes. Isso é o congo.

26 DE JANEIRO] Começo o dia com Dudu, kombeiro que conheci por intermédio do Oscar. Ele estava bolado, mas estava muito bêbado e não conseguiu explicar suas razões. Apresentou-me ao seu Arlindo, que tem um botequim no térreo do Verlane, quase em frente ao Melhor Tempero. Seu Arlindo é uma prova definitiva da qualidade dos PF da Rocinha.

Vou em seguida para o centro, onde vejo um Paulete particularmente inspirado, falando principalmente da necessidade que a Rocinha tem de parceiros para potencializar projetos já em andamento, como por exemplo o seu, no campo da moda. "Não é preciso criar mais um grupo de teatro", exemplificou. "Aqui já tem muitos. Que precisam de apoio."

Depois fui no Oscar, que mais uma vez saiu de fininho. O mesmo fez Iranildo, que pelo menos marcou uma entrevista, gravada, para amanhã, segunda.

Fui então à igreja anglicana, onde encontrei o sempre receptivo Airton. Falo melhor sobre os dois encontros depois que escrever o texto para a revista de minha amiga. Mas faço aqui o registro entre verticalizar relações, caso de Paulete e do próprio Airton, e o de horizontalizá-las, conhecendo as inúmeras pessoas que o Airton citou.

Não esquecer da Virgínia, negra bonita que chegou no centro com um sorriso de orelha a orelha, feliz por ter sido segundo lugar em um concurso de moda em Ipanema, que como prêmio lhe deu um *book*. Era isso o que estava faltando para sua carreira ganhar um forte impulso, acha ela.
    Surgiu a possibilidade de participar da São Paulo Fashion Week, agora em fevereiro. Mas o que vou registrar por enquanto é o seu desejo real de trabalhar com moda, ela que, como disse, faz o estilo *vamp*: "não é a fama o que eu quero. Isso eu podia ter sendo mulher de bandido. Também não é poder o que me interessa, o que eu também conseguiria seguindo a mesma onda."
    Seu modo de pensar, vê-se, ainda tem a favela como referência. Ser famosa é ser conhecida na Rocinha, não na TV, na mídia, na cidade em geral. Mas ela pode ser o meu caminho para entender o que é ser mulher jovem na favela.

31 DE JANEIRO] Na noite de quarta-feira, Tomate começou a falar de modo mais explícito sobre o seu passado na boca. Acompanhou de perto, por exemplo, a formação da Acadêmicos, por intermédio da qual o tráfico e o bicho selaram a paz de uma guerra que demorou alguns dias e por causa da qual morreram cerca de 20 pessoas.
    Na época, havia três blocos na favela, um deles ligado ao bicho, outro ao tráfico e um terceiro só de moradores, sem a menor ligação com os poderes paralelos. Os três foram desfeitos e se fundiram na Acadêmicos.
    Pelo que entendi, sempre houve uma divisão entre a parte baixa e a de cima. A baixa era a do bicho – a apuração era feita em um galpão da Via Ápia, na qual havia também uma roleta. A parte de cima sempre foi a do tráfico – particularmente na época do Dênis.

As pessoas das subáreas não podiam transitar livremente entre elas. Tomate, no entanto, jamais respeitou essas fronteiras. Tomate e seu jeito abusado, graças ao qual começou a freqüentar a turma do científico na época em que entrou, com 13 anos, no ginasial do André Maurois. Foi lá que conheceu artistas da Zona Sul como Lulu Santos e Evandro Mesquita.

Praia da Rocinha. Rampas 1 e 2, por causa das pedras que dão onda, são os pontos dos surfistas e maconheiros, diz Luluca. A rampa 1 é a que fica mais perto da Niemeyer. A 2 é a do antigo Hotel Nacional. Essas duas, por serem freqüentadas por surfistas, também atraem um tipo de gatinha em especial, as que azaram esse tipo de cara, que pega onda e fuma maconha.

A 2 é também a mais próxima da favela e por isso serve como ponto de encontro, a partir da qual as pessoas vão para outros lugares. Também é o *point* dos preguiçosos. A rampa 1 foi detonada pela ressaca e no lugar dela foi construída uma escada.

A maior parte da Rocinha se concentra entre as 2 e 4. Ali é o muquifo, onde tem tanta gente que mal dá para se estender uma toalha na areia. A rampa 5, onde pousam as asas, é da elite de São Conrado. Pode ver que as filmagens são sempre feitas naquela ponta, diz Luluca.

O Fashion Mall é o shopping mais caro da cidade, diz Luluca. Xuxa vai nele de madrugada. Paga um qualquer por fora pra que as lojas fiquem abertas, é claro. O Fashion Mall não deixou que a C&A e as Americanas se instalassem lá – porque, com lojas populares, atrairiam a favela, acredita ela.

O povo da Rocinha prefere ir no Barra Shopping. Só vai no Fashion Mall para comer no Mc Donald's ou ver um filme. É caro e o povo não se sente bem lá dentro. No Barra Shopping, o pessoal não olha de cima pra baixo.

Ainda Luluca, que está em tarde particularmente inspirada, além, é óbvio, longe do possessivo e ciumento Tomate: farofeiro é o pessoal do subúrbio, que, para não gastar dinheiro, traz comida pronta.

Os bacanas de São Conrado vão pro Pepê. Só vão na praia da Rocinha pra comer, ficando ali nos quiosques.

Quando Luluca, que tem 24 anos, começou a ir à praia, ela já era a praia da Rocinha, sem gringos e sem bacanas.

A Rocinha joga futebol, vôlei, pega onda e azara, muito. São poucas as pessoas que mergulham. Por causa da língua negra, nojenta.

Vi um menino com um poderoso fuzil no beco de casa. Ele descia as escadas brincando de bangue-bangue, apontando a arma e fazendo ruído de tiro com a boca. Como sempre, não consigo identificar a idade física do cara, apenas a mental.

Eis como Luluca, que também é guia turística, explica a Rocinha para os gringos que a visitam: a Rocinha começa na Vila Cruzado, cujo nome tem a ver com o plano econômico do ministro Dílson Funaro, do fim da década de 1980, época em que surgiu essa subárea da favela, a mais próxima da Gávea, que praticamente se funde com as mansões do Alto Gávea.

Depois vem o 199, que as pessoas só chamam de 99. O 99 é um beco que começa no antigo número 199 da Estrada da Gávea e vai até a Pedra dos Dois Irmãos, com saídas para a Rua 1 e o Clube Umuarama, que, por sua vez, foi incorporado à Rocinha por causa dos programas esportivos que atendem à comunidade. "O Umuarama foi um aquecido cassino de Castor de Andrade até ser denunciado em matéria no jornal *O Globo*", diz ela. "Ficou às moscas a partir de então."

Quando passa o beco e começa a subir a Estrada da Gávea, tem início a famosa Rua 1. A Rua 1, embora hoje esteja no 300 e tal da estrada da Gávea, antes abrangia as casas entre os números 100 e 200. A favela, que não tem um coração, tem ali um centro importante – RA, posto de saúde, correios, Cedae, uma das quadras da Acadêmicos e a Dona Valda. Detalhes que ela conta para mim, não para os turistas: há uma boca entre a RA e o posto de saúde; o QG fica ao lado da creche da Dona Valda.

A rampa em cima da RA dá no Laboriaux, área construída em torno da casa de um francês. Laboriaux tinha uma cachoeira, e para ficar perto da água pessoas começaram a construir em volta. O ponto em que área se tornou mais densamente povoada, no entanto, foi quando transferiram pessoas da área que hoje corresponde ao Valão no primeiro grande projeto de saneamento da favela. Foi nesse ponto, onde uma das ruas se chama José Inácio de tal, que Zé do Queijo, cujo nome é José Inácio de tal, promoveu uma das maiores invasões da história da Rocinha.

Descendo a Rua 1, vem o Portão Vermelho, cujo nome, é óbvio, se deve a um portão vermelho pelo qual se chega na Mata Atlântica. Descendo a estrada, você chega no Atalho, que começa do lado de uma jaqueira na Rua 1 e vai até um pouco depois do Portão Vermelho. Desse ponto, surgem dois caminhos que vão dar na Paula Brito, escola municipal mais antiga da favela, em cuja quadra ensaiava o bloco carnavalesco Unidos da Rocinha.

Depois do Atalho começa a Rua 2. É lá que Tomate mora, explica ela, tentando facilitar para mim. Paulete também mora na Rua 2, a menos de 100 metros de Tomate. Antes de chegar na casa do Tomate, tem um lugar chamado As Grades. Mais uma vez, para facilitar a minha localização, ela lembra da história que Tomate nos contou em uma das noites em que jantamos na casa dele.

Na época em que o QG ficava na Rua 2, diz Luluca, os policiais se posicionavam nas Grades para pegar os bandidos de surpresa nas imediações do Fliperama 2. Hoje isso seria impossível, esclarece. Em primeiro lugar porque o Fliperama 2 deu lugar a um dos DPOs da favela. Os policiais também não poderiam mais atirar das Grades em direção ao Fliperama 2 por causa da verticalização do morro.

O 7, que vem depois da Rua 2, é só um pedacinho em torno do 407 da estrada da Gávea. O 7 ficou importante por causa da primeira RA, em cujo prédio Silveira abriu o primeiro bar gay da Rocinha. A Rua 3 começa na curva do Bar do Américo, de frente para o outro DPO da favela, que, por sua vez, dá nome àquela subárea. (Onde é que você mora?, teatraliza Luluca. Moro no Beco da Polícia. Essa explicação terminou batizando aquele pedaço da favela.) Em frente do DPO, tem a Dionéia, que, por sua vez, dá para outras duas subáreas — Cachopa e Paula Brito, às quais também se pode chegar pelo Atalho da Rua 1.

Um beco depois do DPO já é a Rua 4, que vai sair lá na Cidade Nova, no pé do morro. Depois vem a Fundação (por causa da Fundação Leão XIII, que funcionava no pátio da igreja Nossa Senhora da Boa Viagem), os Prédios (bucólico condomínio da Rocinha, um dos poucos endereços com RGI da favela) e o Beco do Rato, que é uma área enorme, com várias quebradas (daí o nome, um caminho de rato, sempre labiríntico). Em frente dos Prédios, tem a Ladeira da Cachopa, que, mesmo sendo Cachopa, é diferente da Escada da Cachopa, que, por sua vez, começa no Portão dos Crentes, por começar na igreja do pastor Amauri.

A Curva do S é a entrada da Vila Verde, que surgiu na época de uma novela da Globo, acha ela que a *Indomada*, onde, como todos falavam inglês, existia uma Green Village. O pessoal da Vila Verde veio da Roupa Suja, depois de uma grande enchente. O pessoal da associação queria, como sempre, mandar os flagelados para Jacarepaguá — a CDD tem muita gente daqui, diz ela, as vítimas da enchente de 1966. CDD é a sigla de Cidade de Deus.

Tem depois o Caminho do Boiadeiro — no começo da Rocinha, depois do caminho era só mato. Bois passavam ali em direção ao

Largo do Boiadeiro, onde até hoje tem abatedouros. O Valão surgiu no primeiro projeto de saneamento. O Valão dá para o Raiz — cujo nome pode ter duas origens: é a raiz do morro e lá também tem uma árvore com raízes "escandalosas".

No meio do Caminho do Boiadeiro, tem um beco para a Cidade Nova, onde fica a associação de moradores UPMMR. O Terreirão fica ali também. A última área é a Roupa Suja, cujo nome se deve ao fato de só haver água encanada na área que hoje fica em cima do túnel, que na verdade só foi construído em 1971. Era lá que as pessoas lavavam suas roupas.

A Via Ápia, da qual surge uma travessa chamada Roma e outra Liberdade, é motivo de riso dos turistas, mas revela a influência dos italianos que ali chegaram no início da década de 1950. Também há na favela uma grande presença de espanhóis (os donos da Casa Rosa e dos Prédios, por exemplo) e de portugueses (aos quais pertencem as maiores biroscas e as maiores padarias da Rocinha).

A área mais nova da Rocinha é o Trampolim, cujo nome se deve a um motel existente ali até um passado recente. Trampolim é uma área contígua à Vila Verde. Essa área surgiu no máximo há três anos.

Caderno 7

7 DE FEVEREIRO] Pequena observação sobre conversa com Corine: às vezes, tudo o que ela queria era se trancar em um hotel, no qual, além de privacidade, podia ter água com pressão no chuveiro. Corine é uma antropóloga norte-americana que escreveu uma tese sobre a solução de conflitos na favela e seus diversos tribunais. Morou dois anos na Rocinha. É cunhada de Vânia, que tem creche na qual funciona a ONG de Peter.

8 DE FEVEREIRO] Comentário de Sebastian a respeito do excessivo número de pessoas que vejo queimando fumo na rua: é que eles próprios são filhos de drogados, que fumam e cheiram na frente deles. Diz ele que os nordestinos que aqui chegam, que em geral gostam de tomar sua cachacinha, quando bêbados, entram em qualquer onda de droga.

Observação feita por Tomate em jantar no meio da semana: escapaste da morte por pouco. Ele fez esse comentário por causa do dia em que abordei o Cabeção, um dos cinco homens mais importantes da boca, procurando Paulete. Quando desci da casa de Paulete, Cabeção fez questão de nos abordar, perguntando quando Paulete iria começar o curso que ficou de dar para a sua sobrinha, filha de um irmão seu que, se não me falha a memória, morreu de *overdose*.

Entendo somente agora que ele só estava querendo mandar uma letra pra mim, no mínimo pra dizer que não é menino de recado e no máximo pra avisar que era pra ficar esperto na favela, pois muita gente morreu por muito menos que isso na boca. Tomate acha que só um cara iluminado como eu sairia na boa de um barulho desses.

9 DE FEVEREIRO] Outra observação de Sebastian, que veio a propósito de sua informação de que estão surgindo vários cibercafés na favela para concorrer com o original, da Cenário. É que, quando surgiu o microondas, começou uma febre de barraquinhas vendendo pipoca de microondas.

Com base nessa informação, temos pelo menos duas observações a fazer: uma, onipresente na favela, da apropriação do espaço público tanto por meio do gato puxado do poste como do uso da calçada sem o pagamento de impostos; dois, desse incessante diálogo com o asfalto, da percepção de suas novidades, do desejo de levá-lo lá para cima, como foi o caso dos microondas, das academias de ginástica, da internet.

Observação final: o povo está sempre copiando o que o vizinho faz. Se alguém se dá bem vendendo churrasco de gato na esquina, logo surge uma febre disso. Houve por exemplo a febre da pipoca de microondas. Que já acabou.

Paulete e suas percepções da Rocinha: não existe privacidade na favela. Tem sempre um vizinho chegando do forró com a música alta, um marido brigando com a mulher, uma criança chorando desesperada no meio da madrugada.

Caderno 8

10 DE FEVEREIRO] Paulete tem TV FAVELA. Diz ele que o sinal pega melhor, além de ter mais canais. Luluca tem TV Patola, pois o pai trabalha para a associação e por isso não paga. Patola é o apelido do dono da TV pirata. Ele mora em frente ao Banerj. Distribuía sinal, cobrando uma taxa módica, a partir de antena parabólica instalada na sua casa. Levou uma batida da polícia e os moradores ficaram sem sinal uma semana. Transferiu o material de trabalho para a Associação de Moradores da Cidade Nova – a Pró Melhoramentos. Deve estar fazendo uma grana, pois, além da taxa de 11 reais que cobra de seus assinantes, fatura com a publicidade dos comerciantes que anunciam em letreiros que passam na parte inferior da tela. Patola é quem contrata meninos para fazer a instalação dos pontos.

Chega o pessoal da TV Patola aqui em casa. Vem cobrar a dívida da moradora antiga, a Tatiana, que não paga desde o ano passado. São três caras. Falam com a autoridade de quem tem autorização da boca para bater na porta das pessoas. Vêem se o sinal está ligado. Desligam-no. Dizem que, para instalá-lo, tenho que pagar 50 pratas adiantadas e 11 pratas por mês ou 20, se quiser ter dois pontos em casa. Se tivesse pensado rápido, teria mantido o sinal da Tatiana. Sairia mais barato e evitaria a burocracia de ir lá, na associação. Mas eu não sou uma pessoa que pensa rápido. E fiquei sem o sinal da TV Patola.

O empresário do grupo de pagode Pur'amizade, que está em todos os eventos da Rocinha, é o Zaru. Zaru foi o matador oficial da Rocinha enquanto Morte esteve na cadeia. Agora faz parte da diretoria. Além de samba, ama o Vasco da Gama. Compra qualquer coisa relacionada com o Vasco. O Oscar está querendo lhe vender, por exemplo, um grosso cordão de ouro cuja insígnia é uma cruz de malta.

11 DE FEVEREIRO] Acordo cedo e vou para a academia – aula de tae bo, que adoro. Tomo banho e vou para a Estação Cenário, onde bato um texto. Vou ao banco, onde perco um belo tempo até pagar contas atrasadas de apê do asfalto e pegar grana para administrar a vida.

Vi Ivanise no banco, tirando dinheiro do seguro-desemprego para dar vale a crecheiras que restaram do caos. Também está com problemas com Lourival, educador ao qual resolveu dar oportunidade e, além de se atribuir poderes que não tem, começou a espalhar pela favela que ela leva para casa peças e mais peças das doações que recebe em nome da creche. A favela e suas intermináveis intrigas. A favela que é, no dizer do antropólogo Marcos Sevito, uma verdadeira corte.

Fui enfim para o centro comunitário da Dona Valda, que promoveu um singelo evento para homenagear as professoras formadas em curso ministrado por uma professora cubana radicada nos Estados Unidos desde a revolução de Fidel, a Caridad. Eu particularmente desconfiei dela, mas não posso esquecer do carinho com que ela foi tratada pelo mulherio da creche, que, a propósito, pode ser tudo, menos ingênuo.

Só para se ter uma idéia do nível de articulação da creche da Rua 1, lá estavam representantes do Ministério da Ação Social e do NEAM, que faz a interface entre a PUC, a favela, os projetos sociais e instituições como o BNDES. Da favela, estavam, além do Paulete, a quem jamais poderei pagar pelo que está fazendo por mim: a Sandra, que é a administradora regional da Rocinha; o MC, que, além de promover bailes funk, é candidato à presidência da associação de moradores; e a Dona Branca, que é presidente da liga feminina, tem uma creche e foi amiga íntima de Dênis.

De certa forma, ali está sendo definido o futuro imediato da favela, a começar pela eleição do próximo presidente da associação de moradores. Mas não foi à toa que em diversas ocasiões Dona Valda falou que estava cansada principalmente dos homens que se apossavam desses cargos para fazer fortuna – no momento, tem uma particular implicância com Da Cerveja e principalmente com os 48 mil reais que ele arrecada em nome da Associação Comercial, colocando toda essa dinheirama nos próprios bolsos. Dona Valda obteve essa informação junto a Dão, atual presidente da AMABB.

Dona Valda tem total consciência do grande esforço que foi feito para que a comunidade deixasse de ser vista como um ninho de ladrões e ganhasse a projeção internacional que hoje tem. A história de seu centro é uma demonstração cabal disso, como por exemplo lembrou o Betinho, que hoje mora em São Gonçalo e trabalha na Secretaria Municipal de Governo com população de rua, mas que é um arquivo vivo da época em que as crecheiras de Dona Valda recebiam as crianças, para que suas mães pudessem ir trabalhar, em um barraco que sequer tinha porta.

Dayse, que ontem se formou no curso de Caridad, foi uma das professoras dessa época. Ela lembrou dos dias em que deu aula de guarda-chuva, tamanho era o número de goteiras (a propósito, Dayse tinha 13 anos nessa época e trabalhou de modo irregular para o projeto em seu nascedouro, pois o governo, acho que por meio do Mobral, só assinava carteira de quem tivesse pelo menos 16 anos).

Havia também gente da boca – principalmente mulheres, algumas das quais viúvas de donos como o velho Pet, irmão mais velho de Dênis.

Marquei encontro com Monique, supervisora pedagógica e psicológica da escola de minha filha que também coordena uma ONG ligada à educação na Rocinha, para a próxima quinta. Será às três da tarde, no Tio Cícero, com quem criou estreitos laços durante o seu trabalho na favela.

Tio Cícero, que já gostava dela por causa de sua postura sempre elegante à frente da ONG, ficou encantado quando ela o convidou para uma festa de confraternização de fim de ano em sua casa. Disse ele que conhecera muitas pessoas ligadas a projetos sociais. Mas essa convivência estava limitada à favela. Não chegava à casa das pessoas. Apenas ele, e a favela como um todo, é que podia abrir o coração para o asfalto, para os brancos cheirosos como nós.

Monique também ficou de articular encontro com meninas do posto de saúde em que trabalha no Jardim Botânico, onde trabalham diversas meninas da Rocinha. Foi Monique quem me cantou a pedra de que a prostituição é uma questão mais séria do que o tráfico de drogas.

14 DE FEVEREIRO] Sobre Boneco e o filho que, para tirar da boca, precisou sair da Rocinha. Chegou a ir lá em cima, para bater no menino. Disse, enquanto batia nele, para que pedisse ajuda aos amigos que o chamaram de bobo quando primeiro não fumava uma maconha, depois quando não metia uma rapa de pó pra dentro do nariz e por fim não formava na boca. Esses mesmos amigos arrumaram uma vacilação pra ele, que só não morreu porque o pai interveio na última hora e o levou para Jacarepaguá, onde estão morando há um ano.

O filho está trabalhando de faxineiro e tem uma filhinha de uma semana, mas Boneco ainda não confia nele, principalmente quando o assunto é grana, que só lhe dá quando o que tem a fazer não precisa de ônibus. Embora seja DQ, não percebeu quando o vício se instalou no menino. Deu uma de corno da casa – o último a saber. É verdade que os ardis foram muitos, esbarrando inclusive na questão religiosa, já que acusa as casas de santo de serem cúmplices da boca e estarem sempre dando cobertura para os traficantes na hora em que menino que esteja formando precisa dizer para o pai onde dormiu na noite do seu plantão.

O menino, portanto, tinha um álibi para as noites em que dormia fora, mas sinceramente achei-o ingênuo quando não associou à bandidagem o abandono da escola na 5ª série do 1º grau. O menino tinha tudo, inclusive as roupas de marca que não apenas fazem questão de tê-las, como também de dizer que as compraram à vista. Como pai, Boneco também não foi como a sua irmã, que é mãe de um filho de Charles, dono do morro que já morreu, que hoje, com 12 anos, foi praticamente abandonado, andando de um lado para outro da favela ou mesmo da cidade como se fosse um menor, desses que aparecem em foto de jornal puxando toca-fita de carro. Boneco foi próximo a um ponto em que os próprios parceiros do menino lhe diziam que queriam ter um pai como o dele.

Frase do Oscar: vou liberando o que eu sei aos poucos.

Ir lá em cima – eis a expressão que Boneco usa para explicar o momento em que foi no QG da Rua 1 para tirar o filho da bola. Como muitas outras imagens usadas com freqüência na favela, essa me parece ter um quê de bíblica. Lá em cima está o deus da favela; seu senhor todo-poderoso. Também me parece bíblica a pior condenação do tribunal do tráfico, que é a de mandar suas vítimas para os pneus. O microondas me lembra a fogueira na qual ardem para sempre os pecadores que vão para o inferno.

Conversa sensacional com o pastor Ribeiro, da igreja do Boneco, meu senhorio. Ele, que foi um grande pagodeiro e principalmente um dos homens fortes da boca na época do Dênis, converteu-se há cerca de 10 anos. É pastor há três. Tem sua própria igreja, a Assembléia de Deus Ministério Refúgio e Fortaleza, também há três anos.

A igreja na qual exerce o seu ministério lhe foi doada por um outro pastor, que hoje está em Santa Cruz da Serra, no que ele chama de estado do Rio. Cabem no seu templo, que fica lá no alto da Vila Verde, 50 pessoas sentadas. Tem no máximo 60 fiéis, calcula o pastor Ribeiro.

Imagina que sua vida seria muito mais fácil se, em vez de abrir seu próprio ministério, fizesse carreira em uma das muitas igrejas que atuam na própria Rocinha. Mas ouviu o chamado de Deus, que, de uma forma que não explicou com detalhe, mandou que fundasse sua própria igreja. Também não foi claro sobre o momento de sua conversão, o que em nossa língua, os DQs, chamamos de fundo do poço. Ela coincidiu, porém, com um importante momento de transição da favela — quando Charles a assumiu.

Tinha um grande conceito com Dedé, gerente do fumo e um dos grandes matadores da boca, depois da prisão de Dênis. Não se dava, porém, com o Bolado, e não o matou por pouco — tentei lhe dar uma facada, disse, mas ele se esquivou e depois eu fugi quando ele sacou uma pistola. Por causa desse entrevero com Bolado, Naldo comprou sua briga e quis matá-lo com uma AK, mas só não puxou o gatilho porque o próprio Bolado o impediu. Puto da vida, atirou para cima a bala que tinha reservada para o hoje pastor.

Também foi perseguido por Charles, que achava que iria querer cobrar o prejuízo de Dedé, executado pelos bandidos porque tinha ficado excessivamente drogado e violento, matando por coisinhas à toa. Não saiu da favela, apesar do risco. Tentou trabalhar de segurança no Village, prédio de bacanas de São Conrado. (Achei esporrante alguém sair direto da boca pra ser segurança de prédio de bacanas, mas parece que isso é bastante comum.) Acho que, por causa de sua fissura por pó, terminou sendo demitido três meses depois.

Mesmo depois de convertido, demorou a se afirmar profissionalmente. Detalhe importante: perdeu um dos empregos por causa da conversão, já que o chefe de segurança não trabalhava com crentes, pois os chamados irmãos não teriam coragem de matar.

É hoje o responsável pela distribuição de um dos quatro lotes de cheque-cidadão na favela — acho que ele, sua igreja, distribui 100 cheques, além dos cerca de 30 cheques para idosos.

A casa em que mora lhe foi doada pela sogra há alguns meses. Até então morava em um quitinete com a mulher e três filhos. Sua comida também depende de doações.

É óbvio que pensa grande. Mas ainda está longe de se tornar um desses pastores endinheirados. Acredita que possa ganhar projeção com o CD, razão inclusive para ter feito a entrevista comigo, que serviu de preparação para o testemunho que vamos gravar, que ele pretende usar na divulgação do seu trabalho e também ele próprio, o testemunho, como produto de venda.

Há um mercado de pastores ex-bandidos, como é o caso do ex-Claudinho PQD. Esses caras vivem de dar testemunho em outras igrejas, para as quais só vão se o anfitrião comprar, pagando adiantado, um determinado lote de CDs. Boneco o tempo inteiro fala do nosso CD, o que me deu a impressão de ter sido o produtor do trabalho e não apenas por ser o diretor social da igreja.

A conversa em determinado momento descambou para o problema das crianças, que andam largadas em grande número pela Rocinha, dentre as quais está o sobrinho de Boneco, filho do Charles — o mesmo que um dia foi dono da favela na ausência de Dênis e quis matar o pastor. Por mais projetos sociais que haja na favela, eles estão longe de atender a todas as crianças. O problema das crianças se torna mais grave por causa da falta de espaço para elas brincarem.

Há ainda o problema das mulheres que têm que sair para trabalhar, ou porque são chefes de família, ou porque têm que ajudar na complementação do orçamento doméstico. Muitas crianças iniciam aí sua história na boca. De certa forma, foi esse o caso do pastor.

Na verdade, ele tinha uma família certinha, mas começou a se afastar dela quando as crianças, sempre perversas, passaram a lhe dizer o óbvio, ou seja, que um "cara escurinho assim jamais teria irmãs tão clarinhas". Depois disso, ouviu os pais adotivos conversando sobre a sua mãe verdadeira (que teve, a propósito, outros filhos que se tornaram bandidos) e rompeu com eles.

Não foi à toa que em parte viu em Dedé o pai que não teve, muito embora o interesse do chefão fosse a irmã, da qual era uma espécie de fiel escudeiro. Foi para conquistá-la que Dedé se aproximou dele, dando-lhe, por exemplo, o lendário fliperama da Rua 2 para administrar. O fliperama é onde está o DPO desde a época em que houve uma grande ocupação policial na favela. O fliperama foi em determinada época o coração da boca, principalmente a da Rua 2.

Também tocou em muitos shows promovidos pela boca com o seu grupo de pagode. Outro ardil que Dedé usou para atraí-lo foi oferecer cinco vezes o dinheiro que ganharia como *office boy* para passar o dia na boca só de bobeira. (Vale lembrar que Dedé não conseguiu ficar com a irmã do pastor.)

O pastor continua indo na boca, agora para pregar do mesmo modo que faziam quando era ele que estava lá pernoitado. Como ele, os meninos que estão lá hoje sempre guardam os santinhos que lhes leva e, quando a boca não está muito movimentada e não atrapalha o negócio, prega para eles.

15 DE FEVEREIRO] Detalhe da conversa entre Ivanise e Seu Tranca, em hora que ele pergunta o que fez com o ebó que mandou que botasse na frente da creche, para proteger o seu povo. Ela o tirou porque deu um espaço para que nele criassem uma igreja e, assim, arrumassem uma grana para a creche nesse momento de caos econômico, em que não está rolando nenhum projeto do governo. Se eles não gostarem, disse Seu Tranca, a porta da rua é serventia da casa.

O pastor Ribeiro é primo de Berenguê. Berenguê às vezes lhe faz alguns favores, como por exemplo no próximo sábado, quando vai filmar um culto de ação de graças pela reforma do templo. Caberá a ele filmar o testemunho a ser usado na divulgação do seu CD.

Caderno 9

14 DE JANEIRO] Gosto do ônibus 592 porque ele corta toda a Rocinha, subindo-a pela Marquês de São Vicente e descendo-a pela Estrada da Gávea.

Não esquecer frase fundamental do Iranildo, que ele repete principalmente quando a imprensa pergunta onde fica a boca: embaixo do nariz. Já pensei em usá-la como título do livro, pois a boca é o grande interesse que nós, jornalistas, temos.

É engraçado, porém, que tenhamos tanto interesse pela boca e no entanto em geral não permitimos que a favela fale. Digo melhor, só aceitamos a fala da favela que vem da boca. Não a boca do povo. Ou então só entendemos como boca do povo a boca-de-fumo.

Embaixo do nariz é também o óbvio, aquilo que está na nossa cara e por absoluta estupidez não enxergamos. O óbvio também pode ter o sentido de lugar-comum, que no caso é a associação imediata entre boca e favela.

Pra que medo se o futuro é a morte? – pichação em parede do Alto Gávea, em trecho difícil de precisar se é morro ou asfalto.

A alma de um guerreiro nunca descansa. Está sempre lutando por novos ideais – pichação da Via Ápia, perto da boca.

21 DE JANEIRO] Tomate desenvolveu o gosto pela leitura na cadeia. O primeiro grande livro que leu foi *Xogun*. Lá leu também todos os livros de Agatha Christie.

31 DE JANEIRO] Fui no Sebrae, e peguei Clóvis de saída. Fui com ele até o Caminho do Boiadeiro, onde mora com a esposa e um enorme cão de fila. Fomos para a sua varanda e conversamos sobre a vida na Rocinha, na qual é nascido e criado, com pequena e recente passagem por Copacabana, onde a mulher tem um apartamento no Posto 6.

Explodiram os fogos e os bandidos da Via Ápia se espalharam, chegando no Caminho. Um deles trazia consigo um radinho e anunciou a entrada da polícia pela Via Ápia. Houve um grupo que vazou de moto. Clóvis disse que, para viver na Rocinha, tem que se estar sempre na atividade. Ele, por exemplo, percebeu toda a movimentação da boca. Eu não.

Ele, que estudou direito, sempre manteve distância da boca. Jamais pediu dinheiro ou favores ao tráfico. Por exemplo, hoje está duro, pois o salário do Sebrae não saiu. Mas ele não vai lá, apesar de ter parente com posição na boca. Não dá chance para que ninguém se aproxime. Tem medo de algum tipo de contaminação, algo como um desses pedidos para os quais não se pode dizer "não", como um bandido fugindo da polícia que precise que se guarde uma droga ou mesmo uma arma.

Também tem medo de estar presente em uma cena como a que vimos, com a diferença de que alguém terminasse em cana. "Até provar que focinho de porco não é tomada, eu já tomei muita porrada."

Sonha em fazer uma pós-graduação, que acha um pré-requisito para o mestrado. Queria se especializar em negócios — para poder ajudar a expansão econômica da favela. Só está no Sebrae há oito meses. Gostaria de criar uma marca como a do Marcito e a do Siri — que o povo associa de imediato ao Sebrae.

Detalhe da conversa com Clóvis: de vez em quando tem que se proteger da janela do Sebrae, em direção da qual os olheiros estouram os fogos para anunciar a presença da polícia.

A Rocinha tem várias bocas, cada qual com seu gerente – Via Ápia, Valão, Cachopa, Vila Verde e, é óbvio, Rua 1. Todas elas, porém, estão subordinadas a uma central.

Duas grandes conversas. A primeira, com Clóvis Gama, advogado do Balcão Sebrae da Rocinha. A segunda, com Ivanise, coordenadora de uma creche que tem uma dramática história pessoal, repleta de superações.

Clóvis falou algumas coisas de extrema importância, dentre as quais destaco a entrada de César Maia na Rocinha. Junto com ele, vieram o próprio Sebrae, o Cenário de Crédito e a Defensores do Povo. A favela, no entanto, não se opôs à entrada do poder público.

Ela, a favela, aos poucos vai tomando consciência de que a formalização lhe traz direitos, muito embora na prática ainda não sejam respeitados. Por exemplo, lembrou Clóvis, quem paga IPTU não pode ter vala estourada durante dias, como uma perto do Sebrae que me apontou enquanto caminhávamos na direção da sua casa.

Na verdade, as pessoas só estão formalizando suas empresas porque outras empresas só fornecem e/ou compram produtos e/ou serviços de empresas devidamente legalizadas. Sabem que a formalização vai implicar não apenas mais deveres do que direitos, como através dela entrarão na rede de corrupção dos funcionários públicos, que só fiscalizam, multam e chantageiam as empresas formais – não entram nas informais simplesmente porque, como não há uma pessoa jurídica, não podem puni-las de forma alguma, já que não se pode atingir o que não existe.

Também falamos muito sobre a boca, que para ele ainda é a dona do morro. Demonstrou essa hipótese de diversas formas. Por exemplo, a norma mantida não se deve a nenhuma internalização da ordem, mas ao fato de que é proibido o uso de qualquer tipo de arma de fogo na favela – exceto, é claro, as deles. Além disso, apenas a boca tem o direito de matar. Ele exemplificou isso com uma experiência próxima de sua família, na qual uma pessoa de suas relações atirou em uma pessoa em legítima defesa, para não morrer. O caso chegou na boca, que matou a pessoa em questão porque nem mesmo quando corre risco de vida uma pessoa pode tirar a vida de outra sem o consentimento do cara.

Outra percepção sua que me surpreendeu foi a de que a boca não permite violência contra mulher, surrando o homem que cometa esse tipo de crime e, em caso de reincidência, executando-o. Esse tipo de situação, embora tenha contido os excessos do machismo brasileiro e particularmente do nordestino, traz consigo alguns riscos, principalmente quando se leva em consideração a velocidade com que a ocupada boca faz os seus julgamentos hoje, como aconteceu com um amigo seu (todas as hipóteses na Rocinha são demonstradas com histórias pessoais, que aconteceram com um vizinho, um familiar, às vezes com a própria pessoa que a está narrando).

É que esse amigo, que por muito pouco não levou uma coça porque batera em uma mulher que fora denunciá-lo na boca, voltou a ter que desenrolar com o chefão, acusado pelo mesmo crime, só que dessa vez com testemunhas falsas arrumadas por uma mulher que tentou, sem sucesso, seduzi-lo.

Mesmo com razão, a mulher precisa ter muito peito para fazer esse tipo de denúncia. É que, explica Clóvis, dificilmente o marido perdoa uma mulher que o leva para a bola. Levar uma coça é uma das experiências mais humilhantes para o homem do morro. Se ele for sujeito-homem, jamais voltará a ver a esposa.

Para confirmar não apenas o poder da boca como o seu panoptismo, lembrou o período em que começou a trabalhar no Sebrae. Ele fizera questão de andar sempre perto dos bandidos, pois, mesmo tendo nascido e se criado na Rocinha, tinha poucas passagens pelo Barcelos. Seu objetivo era o de tornar o seu rosto conhecido na boca, para que, com a mesma rapidez com que perguntassem quem era aquele sujeito, eles soubessem responder.

Nesse processo de reconhecimento, ouviu muitas vezes os traficantes ofertando um papel (o velho feirão da droga) só para ter a certeza de que não estava ali para cheirar. No entanto, assustou-se quando em certa ocasião entrou no Valão, talvez uma das bocas mais ativas da favela devido a sua proximidade com o asfalto, e andou por um beco escuro até bater de frente com um bandido fortemente armado. O cara lhe deu passagem e riu com sarcasmo: pode passar, doutor Clóvis, disse o cara, sabendo não apenas o nome como o fato de que tinha nível superior.

Ainda sobre o poder da boca, preocupa-o a nova forma de distribuição de títulos de posse para os barracos, que será feita pela associação de moradores. Se em operações de compra e venda eles cobram 3% pelo valor da transação e os enfiam sabe Deus onde, imagina o que não vão pedir com o poder que a nova lei lhe outorgará. Diz ele que não é novidade para ninguém que o tráfico domina as associações por vias indiretas. O que talvez tenha de inédito na revelação é que elas não são usadas apenas como interface com o poder público, mas como uma nova fonte de renda para as pessoas que ocupam os seus cargos.

Também o preocupa a intermediação dos barracos do mercado popular na entrada da favela, que vai ser regularizado pelo poder público e por essa razão tem gerado protestos dos comerciantes que pagaram as taxas cobradas em nome da RA, da associação comercial ou da associação de moradores, como se isso lhe desse direito a alguma coisa.

A associação também intermedeia licenças como a que foi dada para o Bob's, que inicialmente iria para a Estácio de Sá. A universidade chegou a abrir matrículas na favela, o que em determinado momento deixou Clóvis cheio de esperança, já que se lembra muito bem do sacrifício que foi para ele trabalhar até cinco da tarde, passar em casa correndo para forrar a barriga e tomar um banho para depois pegar um ônibus que estava sempre apertado e que só passava em determinados horários para ir até o Rio Comprido.

Pois bem, pareceu-lhe que os jovens de hoje deixariam de percorrer essa via-crúcis quando anunciaram a entrada da Estácio na Rocinha. Porém, a extorsão tentada pela associação e pela RA chegou a um ponto tal que a Estácio voltou atrás. (Pequeno parêntese aberto pelo próprio Clóvis: hoje o transporte, com as numerosas kombis e motos, já não é mais tão complicado; há ainda a Barra, na qual há um *campus* da Estácio ao qual os moradores da favela recorrem com freqüência e facilidade.)

Ivanise é uma mulher de seus 43 anos. Hoje é a coordenadora de uma das creches mais antigas da Rocinha, a do Valão, já chegando no Raiz, uma das áreas mais pobres da favela. A creche anda mal das pernas e ela, cujo marido pode lhe dar boa vida com a aposentadoria da TAU e seus aluguéis, só não abre mão dela porque foi ali que descobriu que a vida ia além dos seus afazeres domésticos, seu limitado cotidiano de uma dona-de-casa infeliz e mal casada, monótono e repetitivo como as novelas que via, com as quais sua vida se confundia.

Estava mais uma vez pensando em suicídio quando Tio Cícero, que é seu cunhado, a chamou para a creche, que, como ela, estava passando por um terrível processo falimentar. Isso foi no início da década de 1990, quando o Brasil de Collor só pensava em si mesmo, nos seus interesses mais mesquinhos. Infelizmente, isso aconteceu na favela de um modo quase tão sistemático como no asfalto, no qual os poucos projetos sociais relevantes para a comunidade tinham suas verbas desviadas para os bolsos das pessoas que, como Collor, foram colocadas ali em nome do bem público e no entanto sequer tinham a preocupação de deixar uma parte para que, por exemplo, uma creche com a relevância da que hoje Ivanise coordena pudesse sobreviver, continuar existindo.

E foi no momento em que a creche ia fechar que o Tio Cícero a assumiu e convidou as pessoas de bem do morro para ajudá-lo em sua empreitada, à qual aderiu porque naquele momento eram praticamente inexistentes as alternativas de que as crianças dispunham na Rocinha. A descoberta da estupidez humana terminou sendo de fundamental importância para Ivanise, cuja vida ganhou um sentido totalmente diferente quando entrou nas espaçosas instalações da creche e viu suas salas tomadas de lixo. Foi no mínimo uma terapia ocupacional arregaçar as mangas e começar o reaproveitamento da creche por meio de uma faxina, liberando uma a uma as salas da casa para as crianças da favela.

Ao longo desse processo, descobriu também que não é a pobre-coitada que sempre se imaginou, mas, comparando sua história pessoal com as que conheceu a partir de então, que na verdade era uma pessoa privilegiada. Sua vida tem capítulos dramáticos. Um deles foi a época em que foi mantida num cárcere privado na casa de um casal de diplomatas brasileiros envolvidos com tráfico internacional de drogas e que, para mantê-la alienada do que acontecia na mansão à noite, lhe dava um pesado calmante para que dormisse. Esse foi apenas um dos episódios de intenso sofrimento na história de Ivanise, que terminou inclusive com a percepção de que se viciara naquele calmante, pois, ao ser libertada da mansão depois que sua mãe acionou o juizado de menores e este expediu uma ordem para que fosse mandada de Brasília para o Rio de Janeiro no prazo máximo de 24 horas, entrou numa síndrome de abstinência tal que acharam que havia enlouquecido.

Pois bem, nada disso se comparava com o sofrimento de um menino cuja cegueira a mãe tentou disfarçar ao inscrevê-lo na creche, com medo de que fosse recusado. A mãe dessa criança, ela própria uma alcoólatra que provavelmente tentava anestesiar uma história de terríveis dores, já não tinha mais forças para lutar por si e muito menos pelo menino, que hoje tem 15 anos, está estudando no Benjamin Constant e, graças à descoberta de Ivanise de que os deficientes físicos têm direito a uma pensão vitalícia, está construindo uma carreira bastante promissora como flautista. Hoje com tudo para ter um final feliz, a história desse menino teve episódios próximos do trágico, que por muito pouco não culminaram com a mãe perdendo a sua guarda.

Lá também ajudou crianças surdas, com problemas mentais e muitas outras misérias reais, não num plano abstrato como o do sofrimento dela, que teve um pai que viveu bem a um ponto que, quando casou, promoveu uma festa tão grande que apenas de salgadinhos foram 8 mil. Teve, portanto, vida boa tanto quando menina como hoje. Não tem problemas de saúde. Também não tem os problemas de consciência que de uma forma ou de outra devem atormentar a vida das pessoas que arruinaram a luta de anos das grandes mulheres da Rocinha, que deram, por exemplo, na creche que Ivanise administra.

A creche, porém, cresceu a um ponto tal que se tornou escola na mão de Ivanise, principalmente enquanto esteve à frente do Curumim, que atende a crianças até 14 anos e hoje fica na Rua 1, administrado pela Dona Valda. A creche voltou a enfrentar problemas principalmente depois que terminou o projeto para o qual Ivanise a inscreveu em 1994 ou 1995 e no qual foi aceita, só por um ano, o ano passado. Agora está esperando um convênio com a prefeitura, que há de entrar em vigor em março. Com esse convênio, vai pagar a comida das crianças, as contas da entidade e principalmente o salário dos funcionários, que nesse momento estão em greve devido aos inúmeros atrasos. Tem apenas uma funcionária para cuidar das 25 crianças que restaram.

Caderno 10

15 DE JANEIRO] Entrevista com Manuelzinho da Água e Cabeleira, que são os principais responsáveis pelo fornecimento de água da Rocinha e acompanharam a evolução da comunidade de favela para bairro. A entrevista poderia ser melhor, mas foi boa. Não a aprofundo agora porque a tenho gravada e portanto não tenho como perdê-la na memória, ao contrário do que pode acontecer com o ótimo papo que bati com Paulete, com quem me encontrei casualmente na saída da entrevista.

Ele estava lá em cima porque a alta cúpula da Rocinha, da qual mesmo sem saber ele faz parte, se reunira para decidir o futuro próximo da favela. Questões como o trânsito e o estacionamento dos inúmeros carros existentes na comunidade foram discutidas por lideranças como Dona Valda (a quem, a propósito, vi rapidamente na Cedae), Da Cerveja, Francisco (diretor de teatro que segundo Paulete não percebeu que a favela mudou e ainda tem o velho discurso do pedinte e a saturada estética da pobreza), Dão (da AMABB) e o D'Annunzio (da TV FAVELA, que está com uma parceria com uma tevê européia para investir milhões na Rocinha, que esteve ameaçada por algum poder com o qual o Da Cerveja seria capaz de negociar).

Segundo Paulete, o principal objetivo é avaliar a disponibilidade dessas lideranças para projetos e iniciativas do poder público, como, por exemplo, nova derrubada de prédios construídos em áreas de risco. Parece também que existe a preocupação com o desvio de verbas alocadas para obras de interesse público. Em algum momento da discussão, Dão falou que não gosta de carro rodado e que por isso troca de carro todo ano, mas não com dinheiro de projeto.

Ainda segundo Paulete, todos se entreolharam desconfiados. Todos estão muito bem de vida e alguns deles, como é o caso da própria Sandra, já não moram na favela — ela tem um apartamento em São Conrado, no qual mora. Mas não é à toa que volta e meia ouço referência a uma divisão de classes dentro da própria favela. Parte dessa elite se arrumou nas estranhas relações mantidas com o poder público e mais recentemente com a chegada das ONGs.

Mais uma vez, ele falou de Dona Valda como uma personagem acima do bem e do mal, que, em vez de depender dos poderes externos, são esses poderes que a cortejam. Hoje mesmo Paulete teve uma confirmação disso, quando a reunião na qual ele estava foi interrompida por uma ligação da governadora, com quem ela falou com o modo desabrido de sempre, concluindo a conversa com um "tudo bem, mas não vai cagar fora do penico, Garotinha".

Parte dessa conversa, nós a tivemos almoçando em um lugar que serve refeições nordestinas a um preço bastante razoável, que eu paguei. Paulete sequer se coçou na hora da conta, mas também não abusou, pedindo o prato mais barato — uma carne assada, que custou 3,50 reais. Depois descemos a pé até o centro, onde fiquei até três e meia conversando também com Luluca, que está cada dia mais receptiva, principalmente depois do apoio que recebi do povo do Tomate.

A conversa descambou para o tráfico e Paulete, como qualquer favelado, tem o seu traficante na família — acho que o nome dele era Zé Carlos, hoje morto. Paulete tem fortes lembranças do modo como sua tia reagiu à entrada do filho na boca — preparou-se para receber a qualquer momento a notícia de que o filho seria preso ou morto e por isso não verteu uma só lágrima no dia do seu enterro.

Paulete também falou da época do Dênis, que não via como bandido. Um dos motivos para não vê-lo como bandido: em sua época, ninguém andava armado na favela. Também em sua época não existia essa história de cobrança com morte. Dênis preferia dar uma coça —

com o argumento de que estava educando para o crime. Para Dênis, matar era trocar um problema por outro — como, por exemplo, arrumar inimigos ou X9s na favela.

Paulete falou ainda que arma se tornou um negócio tão banal na Rocinha que perdeu o medo. Fez referência, por exemplo, a um dia em que subiu na kombi com dois bandidos, ambos fortemente armados. Vale lembrar que um desses bandidos tinha sido alfabetizado por ele. Não o único, a propósito. Fez referência também a um menino de 17 anos chamado Leandro, além de outro que se revoltou quando a polícia matou seu irmão e foi se vingar entrando para a boca. Ou seja, cá estamos mais uma vez com uma favela tão próxima da boca que não pode condená-la.

Mas o telefone tocou muitas vezes, e enquanto Paulete falava ao telefone eu pude conversar melhor com Luluca, que me falou da época em que foi guia turístico dentro da favela. Ela sabe o que o turista vai ver lá — a miséria de que a Rocinha tenta se livrar a todo custo. Há um roteiro óbvio, que começa pela Marquês de São Vicente, para que os guias registrem o contraste entre as mansões da Gávea e os barracos da Rocinha. Depois eles descem pela Estrada da Gávea, fazem uma sessão de fotos em cima de uma laje alugada pelas agências por cem reais por mês, dão um pulo no centro e concluem o passeio pelo Caminho do Boiadeiro, com direito a entrar em algumas creches, na Estação Cenário e na quadra da Acadêmicos.

Tem consciência de que ela própria vive graças ao desejo que o gringo tem de ver a miséria, de conhecer as mazelas brasileiras. Mas não perde oportunidade de lhes falar das grandes conquistas da comunidade, como as suas creches, o seu pujante comércio, as grandes saídas que encontrou para vencer a fome. Acha que os guias deviam ser da Rocinha como ela, para falar dessas vitórias.

Em sua opinião, os guias atuais michetam a Rocinha. Incomoda-se quando entram no centro fazendo o serviço que seria dela, ou seja, de explicar por quem e como são feitos os trabalhos ali expostos.

Mas eles, os guias, não fazem isso por amor à causa, mas porque recebem, na hora, 10% sobre todas as vendas que ultrapassam 50 reais. Para ela, isso é um exagero, algo próximo a uma falta de sensibilidade social, pois ela, que também é uma pobre moradora da Rocinha, tira essa comissão do próprio bolso. E lembra que esses guias ganham cerca de 100 reais por esses passeios, que eles dão pelo menos três vezes por semana. Isso é uma grana para os padrões dela.

17 DE JANEIRO] Tempo de Dênis: quem era pego fumando um baseado na favela levava uma coça. Se reincidisse, a surra seria mais forte. Cada morador tinha direito a transgredir três vezes — cada coça pior do que a outra. No quarto flagrante, infrator era convidado a sair da favela.

No centro, Luluca e Paulete falaram entre outras coisas de vizinhança — palavra-chave para quem mora na Rocinha. Paulete deu um belo exemplo de um nordestino que morava em um prédio próximo à sua casa. Nesse mesmo prédio, havia uma mulher recém-parida, que, por essa mesma razão, pediu para que uma evangélica e para que esse nordestino baixassem o volume da música que sempre ouviam alta. A evangélica atendeu ao pedido da mulher, mas o nordestino fez pouco caso das seguidas solicitações que lhe fez, só ouvindo-a quando ela foi até a boca queixar-se dele. O "cara" então mandou um dos bandidos até o apê do nordestino. O bandido esvaziou uma pistola nas caixas de som do nordestino, que desde esse dia nunca mais apareceu na favela.

O próprio Paulete falou de outro sério problema nas relações de vizinhança da Rocinha, que muitas vezes precisa da intermediação da associação dos moradores ou mesmo da boca. Trata-se do churrasco, uma das grandes manias da favela. Para começo de conversa, a "carne queimada" tem o inconveniente da fumaça que se espalha pelas casas mais próximas. Depois vem o problema da bebida que se consome junto com ele. E bebida, sabemos todos, implica barulho e sujeira — exemplo, a guimba dos muitos cigarros fumados nesses eventos, que invariavelmente terminam na área do vizinho.

Isso se torna mais dramático em épocas festivas. Ele ainda traz frescas na memória as infernais madrugadas da última Copa do Mundo, nas quais, quando tinha jogo do Brasil, a carne era queimada até de manhã. A mania de churrasco chega a um ponto tal que, quando a chuva impede que ele seja feito na laje, um de seus vizinhos pendura a churrasqueira na janela, que por sua vez parece ser protegida por um toldo para este fim específico. Apesar desses contratempos, Paulete se sente um privilegiado, pois as perturbações da vizinhança são esporádicas, restritas a períodos festivos, como as festas de fim de ano, quando a favela estoura fogos todas as noites entre o dia 20 de dezembro e o dia de Reis — 6 de janeiro.

Luluca tem muito mais reclamações a fazer — a começar por uma vizinha que tanto fez que conseguiu se tornar comadre de sua mãe, e como tal passou a ter livre acesso a sua casa, inaugurando a partir de então uma das mais detestáveis instituições da favela, que é a de fazer tudo que a vizinha faz. "Se a gente compra um armário, ela compra um igual", conta Luluca. "Se a gente troca de geladeira, ela também troca." Essa mesma vizinha destruiu a bela vista que se descortinava das janelas de sua casa, levantando, nessa eterna concorrência, seguidos andares até deixar sua laje mais alta que a da família de Luluca.

Ela também se ressente com a mania que essa mesma vizinha tem de acordar cedo aos domingos, iniciando logo em seguida a faxina semanal que, além do barulho de móveis sendo arrastados, tem uma trilha sonora, a da rádio Som ZoomSat, especializada em forró, que invade todas as casas do beco. Não satisfeita, ela começa a gritar com os filhos a partir das 10 horas da manhã, chamando-os de vagabundos preguiçosos. Esses chamados ganham um tom de clamor cívico se algum de seus filhos ainda estiver na cama ao meio-dia.

Outra vizinha faz questão de tornar público seu amor a Roberto Carlos, botando para toda a vizinhança ouvir todos os seus discos e CDs, da época da Jovem Guarda ao Acústico da MTV. Ela gostaria de reclamar, mas sua mãe, para evitar atrito, pede para que fique na sua. É óbvio que sua mãe, que trabalha em São Paulo e só vem ao Rio de Janeiro uma vez a cada 15 dias, dificilmente é acordada pelas vizinhas. "De vez em quando a gente abre a porta e faz uma cara feia na direção delas", diz Luluca. "Mas mesmo quando elas abaixam o som, ainda fica alto."

Há ainda o problema das mulheres que adoram conversar na cozinha, que para azar seu tem uma saída direta para a janela do seu quarto. Elas só percebem que estão incomodando quando Luluca fecha a janela. "Elas então se tocam e vão conversar em outro lugar da casa." Talvez estejam aí as maiores preocupações na hora de escolher um inquilino na Rocinha, que na maioria das vezes é também um vizinho.

A apropriação do espaço público é uma das mais marcantes características das favelas em geral e da Rocinha em particular. Adoro andar pelas ruas, prestando atenção nos seus anúncios, no que oferece esta complexa economia criada a partir do nada e como o faz, quais os códigos que usa, que mensagem toca o coração das pessoas, dessas pessoas.

Gosto em particular do painel, assinado pelo Bob's, bem no fim da estrada da Gávea, a dois passos de São Conrado, quase em frente à casa de shows Rocinha's Show: Sorria, você está na Rocinha. Esse painel na verdade foi concebido pelo Serginho da Pizzaria Lit, mas o único registro que tenho disso é a sua fala, na qual acredito. Hoje, o anúncio é assinado pelo Bob's.

Ele chegou a ser elogiado pela iniciativa, mas não acredita que as pessoas que o procuraram tenham entendido o subtexto daquela mensagem. Com o seu "sorria, você está na Rocinha", não estava apenas reforçando a auto-estima da comunidade, em uma esperta mensagem de marketing desse empresário cujo comércio cresceu com a modernização da Rocinha, com a classemedianização da favela, onde hoje é cada dia mais comum o uso dos celulares e das motocicletas que possibilitaram a criação do seu eficiente serviço de entregas.

Com o seu painel, estava querendo dizer que ali começava uma outra cidade, totalmente independente dessa que conhecemos, a do asfalto. Eu na verdade acho que seja mais do que uma cidade – acho que estejamos falando de uma civilização, de uma concepção de mundo altamente particular, onde o certo e o errado, o bem e o mal, o pecado e a virtude, onde as diferenças fundamentais que dão forma e conteúdo a um povo apresentam diferenças igualmente fundamentais em relação à civilização do asfalto.

Ali, imagina Serginho, existe uma fronteira. Tal e qual a que se atravessa quando se sai do túnel do Joá, quando se está chegando na Barra da Tijuca e se vê o painel original do sorria, de cujo conceito Serginho se apropriou – porque a favela está sempre se apropriando e dando uma nova função ao que vê no asfalto. Na fronteira da Barra da Tijuca, o painel está dizendo que ficou para trás o Rio de Janeiro violento, empobrecido, sujo, onde a proximidade entre favela e asfalto (sempre essa dicotomia) manchou a beleza, o charme, o glamour da outrora cidade maravilhosa.

Na fronteira da Rocinha, também se deve relaxar, principalmente porque esse tipo de mensagem visa muito mais o seu próprio morador do que o visitante. E o cria da Rocinha tem muitas razões para sorrir ao entrar no seu mundo, na sua civilização, nesse universo que, apesar da proximidade, apesar das inúmeras interfaces que criamos, apesar dos diversos pontos nos quais nos encontramos, é uma cidade à parte. Lá, os que imaginamos bandidos muitas vezes são os seus heróis. Lá, os que imaginamos heróis muitas vezes são os seus bandidos.

Não é à toa que estamos o tempo inteiro falando que lá eles têm suas próprias leis – reproduzindo em relação a eles o que costumamos dizer do Oriente, do exótico Oriente. Não dizemos que aquilo é uma terra sem lei – como ficou conhecido o faroeste americano.

Também não dizemos que ali não tem poderes constituídos. O que nos assusta é que eles têm o seu próprio poder, as suas próprias leis, a sua própria noção do que é certo e é errado.

A civilização ocidental, que até hoje se sente imensamente frustrada por não conseguir transformar o cristianismo na religião oficial do Oriente, também não conseguiu se impor ali na esquina, na favela da Rocinha. E condena essa civilização da mesma forma que o faz em relação aos orientais, que sempre foram vistos como bárbaros. Mas o morador da Rocinha sorri quando entra no seu mundo, totalmente relaxado, à vontade e, acima de tudo, sentindo uma segurança em nome da qual tanto tentamos nos proteger deles, esses selvagens desdentados, imundos.

Quando ultrapassa a fronteira, o morador da Rocinha está entre iguais. Em uma sociedade que pode ser amoral para os nossos padrões, mas que, para ele, importa que não vai ter assalto, que não vai ter estupro e acima de tudo onde ele tem conceito, onde ele é considerado um guerreiro, um vencedor tão-somente pelo fato de estar ali, resistindo com galhardia a todas as covardias que nós cometemos contra ele.

Continuo vendo os anúncios publicitários. Eles são expostos de diversas maneiras. Vejo, por exemplo, uma infinidade de papéis colados na parede, muitas vezes produzidos em impressoras matriciais. Importa que a mensagem chegue a seu destinatário. Como, por exemplo, este anúncio: "Vende-se uma casa – Sala – 2 quartos – cozinha e banheiro – Todo na cerâmica – R$ 8.500,000 – 92477228". Está ali há uma porrada de tempo, deduzo pela textura do papel, pelo borrado das letras. E me faço a pergunta fundamental: vendeu? Cumpriu sua missão? Imagino que sim, já que as pessoas insistem nesse tipo de propaganda, e quando o que está em questão é o mercado só sobrevivem as iniciativas bem-sucedidas, as que encontram eco no consumidor, as que o atraem.

É verdade que, em se tratando de Rocinha, devemos levar em consideração o fenômeno *me-too*, aquele em que todos seguem uma tendência de mercado até exauri-la, até tornar uma mina de ouro como a de Serra Pelada em uma cidade fantasma, da qual restam apenas os vestígios de que por ali passaram hordas famintas, para as quais tudo era urgente, só valia a necessidade do aqui e agora. Por isso, tenho cá minhas dúvidas se o anúncio ao lado, impresso num papel igualmente precário, foi suficientemente eficiente e eficaz para alugar a loja na Via Ápia, tratar: 78453894.

Sei que a Via Ápia é um fervo principalmente depois do Plano Collor, que levou para a Rocinha uma classe média descapitalizada com o plano econômico formulado pela equipe da ministra Zélia Cardoso de Mello, que preferia morar ali, mesmo com todos os preconceitos associados à favela, do que ir (ou voltar) para os remotos subúrbios da cidade. Essa mesma classe média logo percebeu que a Via Ápia era uma mina de ouro e começou a especular com as casas ali existentes, que foram virando prédios em sua maioria comerciais, cujos andares térreos foram transformados em galpões, alugados muitas vezes por mil e quinhentos reais — fora as luvas.

É óbvio que muitos desses negócios faliram, principalmente porque estavam oferecendo a mesma coisa que o vizinho, porque, ao olhar com inveja para o que o vizinho estava fazendo, ele estava na verdade saturando um mercado, que por isso mesmo deixou de existir.

Aluga-se um quarto grande com laje, todo na cerâmica na Vila Verde. Esse anúncio tem dois elementos fundamentais para a vida na favela — a laje e a cerâmica. Digo melhor, a laje, a cerâmica e a imitação do que o vizinho está fazendo. Ando um pouco mais e vejo a inconfundível logomarca da Pizzaria Lit, com uma assinatura que me remete a uma série de reflexões no mínimo inusitadas: porque você é elite. Não muito distante dali, vejo uma nova mensagem onde talvez esteja a resposta para tudo: No jogo da vida, o importante não é ter as melhores cartas, e sim jogar melhor com as cartas que tem. Esse é o jogo da Rocinha. Esse é o jogo que o seu povo está ganhando.

Caderno 11

1º DE MARÇO] Converso com um historiador do asfalto, que falou das várias camadas do Rio de Janeiro, possíveis de serem construídas e reconstruídas tão-somente por causa de sua natureza exuberante.

Percebo que a metáfora se aplica à Rocinha, que inicialmente cresceu sob a forma de barracos espalhados horizontalmente, ainda que pendurados nos desvãos do morro; depois disso, veio a nova camada, de casas de alvenaria – com a cerâmica que dá a tudo uma aparência de banheiro, principalmente quando em conjunto com as esquadrias de alumínio, outro elemento quase onipresente na favela.

Na camada atual, há como principal característica a proximidade, as interligações, a conexão entre tudo e entre todos na favela, que não à toa cairia por terra no dia em que seus barracos transformados em prédios, que se sustentam um na parede do outro, fossem derrubados. O um depende do todo e o todo depende do um.

Como diria o Paulete, na Rocinha estamos o tempo todo falando como-unidade.

2 DE MARÇO] Inesquecível noitada com Oscar. Ele estava trincado quando cheguei na loja, mais ou menos à meia-noite. A loja estava particularmente agitada por causa do baile da Via Ápia, organizado pelo MC e candidato à presidência da associação de moradores. Na noite da Via Ápia e das travessas, disse Oscar, ninguém é careta. Nem mesmo aquela criança ali, acrescentou apontando para um pretinho de no máximo 10 anos.

Sua loja é um dos *points* mais frenéticos dessa loucura, particularmente por causa de sua longa história como agitador da Rocinha, na qual tem papel de destaque desde o início da década de 1990, quando editou um jornal comunitário. Ganha alguma grana da boca, como posso perceber pela guarida que dá aos bandidos, comprando e revendendo o que lhes oferecem.

Antenor, com quem me encontrei hoje à tarde, enquanto subia a estrada da Gávea, disse que Oscar pensa muito em dinheiro, achando que caixão tem gaveta. Tomate também fez referências aos favores que faz ao movimento, que em sua opinião em algum momento lhe trará problemas. Mas isso é o que menos importa agora. Importa o que pude ver ao longo da madrugada, a segunda que passo na sua loja.

Ele é acima de tudo uma pessoa simpática, com uma enorme capacidade de cativar as pessoas. Adora também uma mulher, não se importando se o que ela quer é apenas uma noite na aba, cheirando a brizola que consegue com fartura com seus amigos na Via Ápia. Uma dessas mulheres foi a Diana, uma magra alta que hoje sai em posição de destaque na Acadêmicos e até recentemente foi mulher de bandido, como foi o caso também da Lourinha, que estava com ela.

Oscar está começando a ficar mais à vontade comigo. Falou, por exemplo, da história de MC, que começou menino como DJ e como tal foi trabalhar para a equipe do Lobão, um dos donos da favela. Foi se envolvendo a um ponto tal que hoje tem o telefone vermelho do Bigode, atual dono da favela. Deu uma vacilada no meio desse processo, só não morrendo por causa do conceito. Mas teve que ralar peito da favela.

Oscar fala a língua dos bandidos, com os quais se comunica com a firmeza típica de quem está no contexto. (Antenor me explicou depois que não é todo mundo que pode comprar parada de bandido. Quando eles ganham alguma coisa no asfalto, procuram uma turma de sete ou oito no morro que estão autorizados a fazer parada. "Para não virar zorra", explicou Antenor.)

Vi sua negociação com um amazonense que, a propósito, está há três anos no Rio, dos quais passou dois "garrado", sem poder ver o carnaval, que enfim estava curtindo pela primeira vez. Quer voltar para a sua cidade, mas não quer chegar lá no pêlo, sem nenhuma peça de ouro brilhando sobre o corpo. Esse bandido estava lhe devendo um troco, algo como 50 pratas. Saiu (acho que para a boca) para descolar a grana que lhe devia, mas voltou de mãos abanando. Mesmo assim, quis aumentar sua conta com Oscar.

Queria comprar um uísque com Red Bull, que experimentara há pouco tempo e gostara. Oscar fez jogo duro, dizendo que a grande questão não era se ia dever 50 ou 60 reais, mas se ele podia confiar na sua palavra, no que lhe prometeu. No fim, porém, deixou o cara aumentar sua conta, adiantando-lhe inclusive 10 contos para que fosse comprar um papel na Via Ápia.

Em seguida, ele não apenas recebeu à vontade um cara que queria vender uma costela e uma mortadela que provavelmente ele próprio tirara do supermercado em que trabalha, como, porque estava saindo de viagem, fez a ponte do cara comigo. Terminei comprando uma batelada de costela e mortadela por 15 pratas — o suficiente, disse-me ontem Antenor, para um papel de 10 e duas cervejas. Esse mesmo cara cruzou comigo em uma das travessas da Via Apia na noite de sábado, oferecendo-me um iogurte que não peguei porque estava saindo para o asfalto e ele não poderia me esperar, pois ia desfilar na escola.

Ainda sobre Oscar, ele foi para Arraial do Cabo porque está há muito tempo na Rocinha. Precisa respirar um pouco do ar do asfalto, para renovar. A cultura da Rocinha é impregnante. Essas viagens, que a favela faz em peso, saem por uma merreca. É mais ou menos como em Olinda, onde um bonde de 20 pessoas aluga uma casa, o que no fim sai por 50 pratas para cada um. Oscar foi com o pessoal da Márcia, criminalista amiga de Cris com quem já transou e que para mim está querendo usá-lo para chegar aos bandidos da Roça.

Oscar é, segundo Antenor, um dos ostentadores da favela. Como o dono do Beer Pizza e também produtor das festas 100% Bagunça, que anda sempre com ouro pendurado no pescoço e do qual sempre se fala que tem uma casa em Cabo Frio ou algum outro símbolo de *status* que o coloca num patamar superior dentro da favela, que, copiando o asfalto, sempre copiando o asfalto com uma máquina xerox de segunda mão, também é uma sociedade dividida entre os que têm e os que não têm, como disse o Kadec enquanto eu procurava uma casa para alugar aqui, na cidade maravilhosa da Rocinha.

Acordei com medo no meio da noite clara, muito clara. Tenho que guardar os meus cadernos e as minhas fitas em algum lugar urgente. Tinha o tempo todo a sensação de que alguém entraria aqui em casa para me levar até o cara.

Tiazinha é irmã de Bem-te-vi, um dos tais da boca. Tiazinha é uma das mulheres do harém dele, o FBM. Foi, porém, mulher do Dênis. Ou seja, FBM não apenas usurpou-lhe a vida e a favela, onde hoje está o seu QG. Para completar o destronamento, ficou também com sua mulher.

Uma das muitas observações do sagaz Antenor: viu Bigode poucas vezes em sua vida. Em uma delas, deu o seu CD. Na outra, perguntou o que achara — ele respondeu que gostou, só isso.

Antenor acha que ele está para a favela como Michael Jackson está para o povo em geral. Na Rocinha, todo mundo tem curiosidade de conhecê-lo, no mínimo apontam em sua direção quando o vêem passar. É incontestavelmente o homem mais poderoso da Rocinha e se comporta como tal.

A Rocinha é o seu mundo e talvez por causa dele venha a morrer, pois poderia, como Zico, cair fora do negócio cheio dos milhões. Não o faz, porém, porque sabe que a comunidade sofreria muito se um cara como o Dudu o sucedesse. Parece que a favela correria riscos mesmo se o seu controle passasse para um cara como o Zaru, como aconteceu na época em que viajou para cuidar do tumor que apareceu em seu pescoço, não faz muito tempo. Voltou de uma hora para outra porque chegaram-lhe aos ouvidos que a violência estava voltando a reinar na favela, como ocorrera na época de Charles, de Eraldo e, mais recentemente, de Dudu.

É óbvio que ele, como todo mundo que entra em algum tipo de jogo, tem alguma dificuldade de sair e talvez esteja com o pretexto ideal para permanecer apostando, dobrando o seu cacife até uma morte que todos sabem ser inevitável, por maior que seja o arrego que pague aos vermes. Mas ao mesmo tempo em que dá tudo pelo seu povo, ele o faz de um modo genérico, sem poder parar para dar carinho ou atenção a cada um dos moradores em particular.

4 DE MARÇO] Imagino que vá ter muita dificuldade para falar dos bailes funks da Rocinha — principalmente depois da morte de Tim Lopes. Antes já seria difícil, pois o asfalto via essas festas ou como símbolo da estupidez intelectual das favelas, ou como *ethos* guerreiro, que denuncia a rivalidade das facções. Acho ambas visões equivocadas, preconceituosas. Um pouco de conhecimento da história revela que essa discussão é uma repetição de visão que prevaleceu sobre o samba até essa cultura ser aceita no asfalto. O asfalto sempre vai rejeitar a verdadeira manifestação do povo, principalmente quando ela estiver impregnada de sexualidade e de consciência da força que a favela tem.

O baile que vi na noite de sábado para domingo, em pleno carnaval, reuniu pelo menos 10 mil pessoas na Via Ápia. Vale lembrar que a prefeitura acabara de promover um baile carnavalesco na Fundação, que Paulete achou que tinha sido um grande evento, para mudar de opinião tão logo chegou na Via Ápia. Também vale lembrar que naquele mesmo momento a Acadêmicos estava decidindo o seu futuro na Sapucaí. Vale lembrar ainda que o público era predominantemente jovem, mas não exclusivamente.

Havia bandidos, alguns dos quais trazendo consigo, do modo mais ostensivo possível, armas de grosso calibre. Mas mesmo eles estavam ali muito mais pelo teatro do que pela necessidade de garantir a segurança do baile. O que dá segurança para a festa é o arrego pago à polícia, que garante que ela não vai chegar de uma hora para a outra. Por outro lado, a invasão de uma outra facção pode até começar pela Via Ápia, mas não é ali que vai ser decidida.

Tanto é assim que nos dias normais não é ali que se posicionam os braços que garantem a segurança da Rocinha. Estrategicamente, a Rua 1 tem muito mais importância do que o Boiadeiro, onde tem um pagode que também atrai bandidos fortemente armados, ou a Via Ápia. O próprio pagode da Rua 1, embora numa posição mais estratégica, não deixa a Rocinha vulnerável a ataques de facção rival ou do Vidigal, onde Dudu tem grande influência, segundo soube. O pagode da Rua 1 é realizado na sua entrada, não no seu miolo, ali depois da Dona Valda, mais perto da quadra construída pela boca, na qual há exposta uma palavra que se pode ler à distância: PAZ.

E era paz o que eu via no baile, apesar do alto consumo de álcool e drogas, que em qualquer outro lugar do mundo é combustível de conflitos tão grandes quanto as multidões reunidas de forma compacta, como estádios de futebol ou carnavais da Bahia ou Olinda. Havia também uma sexualidade ostensiva, quase agressiva. Ao contrário do que ocorre nesses outros lugares que citei, porém, não há nenhum beijo roubado, nenhuma mulher é assediada sem que consinta ou estimule a abordagem do macho.

Ainda não tive nenhum namoro na Rocinha, e portanto não sei como se fala a língua sexual da favela, quais são os códigos que permitem que alguém se aproxime e convide uma mulher para a cama. Teve o caso da Lourinha, amiga da Diana, que estava na noite de sexta para sábado no Oscar. Ela foi de um oferecimento que poucas vezes vi na minha vida, e eu só não parti para dentro porque não estava com disposição para ficar com uma mulher cheirada, que provavelmente ia exigir sexualmente de mim até seis, sete da manhã. Além disso, havia o problema da higiene, já que sempre tenho a sensação de que mulher cheirada está com a buceta suja, fedendo a xixi. Também tenho a sensação de que Marta, com suas mãos que me tocam convidativas, aceitaria uma aproximação mais objetiva de minha parte. Esse também é o caso da Márcia, cujo trabalho no NA, a propósito, preciso acompanhar. Ou seja, entendo de alguma forma quando a mulher demonstra interesse, principalmente as mais velhas. Ela não te pega, não te arrasta para a cama, não te convida explicitamente, mas deixa claro o seu interesse. Cabe ao homem decidir se quer ou não.

Foi isso o que vi nos meus encontros mais próximos com as mulheres e também no Baile. Paulete e José já me falaram de luzes apagadas no Baile do Valão para que o sexo possa rolar à vontade pelos becos, mas não foi isso o que vi na Via Ápia, cujas travessas ficam apinhadas de gente não para sexo, mas para consumo de droga e álcool.

Quando o baile canta empolgado as músicas do CV, ele está afirmando o único poder que a favela tem, que é o das armas e o do dinheiro do tráfico. O asfalto, além da distância prudente que mantém do morro, debocha dos pavunas, *yellows* e outros meios por intermédio dos quais o subúrbio ocupa espaços que a burguesia imagina serem dela por direito, como as praias da Zona Sul antes e hoje as da Barra. Quando exaltam os feitos de FBM, os favelados estão se vingando dos *playboys*, que morrem de medo da boca e pedem desesperadamente para que polícia intervenha. Mas aí entra o dinheiro da boca, que compra os vermes. Por isso tanto proibidão sendo cantado pelos morráqueos. É a voz do morro. A única boca da favela que respeitamos. Por bem ou por mal.

Detalhe que não posso deixar de levar em consideração nos bailes funks: os proibidões são sempre plágios de músicas de sucesso, como "A festa", onde hoje se canta "e vai rolar a guerra" no lugar de "e vai rolar a festa". Lembrar do que Paulete falou das cópias que o morro está sempre fazendo do asfalto, como as domésticas recriando em suas casas o que vêem (e invejam?) trabalhando para as madames.

CADERNO 12

5 DE MARÇO] Não esquecer de surra que Dudu levou de paraíba desavisado, que foi enquadrado por ele quando estava desarmado e por não saber com quem estava falando deu-lhe um pau. Quando lhe disseram quem era a sua vítima, saiu em desabalada carreira pelo túnel. Nunca mais voltou para a favela. Nem mesmo depois da prisão de Dudu.

Do reservado para o tráfico, uma área separada do baile por corda na forma de um curral, ouço os gritos: papel de 5, papel de 10, papel de 20, maconha.

6 DE MARÇO] Leio em *Varal de lembranças* que o governo Getúlio não derrubava barracos de famílias constituídas. Os homens solteiros, para garantir moradia, pediam mulher e filhos emprestados de amigos. Isso me remete, como sempre, à fala de Paulete, para quem a febre de construção de casas de alvenaria na década de 1970 se deve a um anúncio do governo de que só removeria barracos de madeira.

A Rocinha já foi negra, uma posse da sua cultura, principalmente de sua religiosidade. Chego a pensar que há uma espécie de maldição, devido ao desrespeito principalmente dos nordestinos, que ocuparam terreiros sem levar em consideração os santos, o povo do santo. Por exemplo, onde funcionava a clínica de aborto do Dr. Mário havia antes um centro de macumba. Onde ainda hoje funciona a creche do Valão, coordenada pela Ivanise, era o terreiro da mãe do Tio Cícero. Na Rua 2, tinha o João Belizário, pai do seu João Alfredo, que tinha terreiro no Laboriaux. E onde hoje fica a creche Pedra da Gávea, palco de eternas disputas entre o pessoal da Branca e o da família do falecido Paulo Malandro, funcionava o terreiro do Vovô Afonso, freqüentado pelos pais de Paulete. Na Dionéia, funcionava o seu Sebastião. Tinha também a Dona Mariana na Rua 3.

A casa da Zinha também era terreiro de macumba. Sua mãe era a mãe-de-santo do lugar. Diz Paulete, vizinho quase de porta, que ela era das boas. Em frente à casa dele, onde hoje tem prédio, tinha dona Iracema, que jogava cartas e dava consulta. Trabalhava também com vidência. A mulher era porreta, diz ele. Era muito conhecida na Rocinha. Vinha muita gente de fora, fazia fila na porta. Na Rua 3, tinha dona Geralda, conhecidíssima.

Sabrina, travesti de cerca de 40 anos, é a única mãe-de-santo boa da Rocinha. É de nação, que o povo chama de candomblé. Fica no Laboriaux, no meio da mata. O pessoal da boca vai muito lá. Todos eles, segundo Paulete.

Caderno 13

18 DE MARÇO] Saio apressado para a análise e por isso pego um táxi na entrada da favela – o Amarelinho de São Conrado. Tinha polícia no morro, mas não para pegar bandido. O motivo da blitz era conter as kombis, que estariam causando problema para o trânsito do asfalto por causa do modo como estacionam. A boca, porém, achou que estavam entrando para dar calor em traficante. Por isso, soltaram fogos. Detalhe dos fogos: eles são estourados na direção do policial. Nem sempre, porém, são eles os atingidos. Hoje, por exemplo, explodiram fogos na barraca de um camelô e no rosto de um transeunte, que se feriu levemente. As vagas do táxi são administradas pela própria cooperativa, disse-me o motorista. A associação não se mete no negócio, segundo ele. Disse que a associação se metia com os camelôs, que exercem uma atividade ilegal. Não é o caso deles, porém, que são totalmente formalizados.

Tina diz que a fila no Leblon, esperando ônibus ou kombi, se deve a engarrafamentos na Estrada da Gávea.

Tina lembra que Guilherme foi o primeiro transporte escolar da Rocinha, em meados da década de 1980. Registrou bem a época por causa do filho, que fez estudos primários no Humaitá. Era um sufoco, lembra. Hoje, parte dos engarrafamentos da Rocinha se deve a transporte escolar. Os ônibus e kombis dessas empresas infernizam a Estrada da Gávea nos horários de entrada e saída da escola.

19 DE MARÇO] Luluca lembra de problema que teve com um vizinho gordo e cheirador, que resolveu criar encrenca quando ela, Paulete e Adeílton levaram um grupo de gringos para filmar em sua laje. Ela deu três razões para ignorar o vizinho, que tentou tirar satisfação com ela: 1) estava na sua casa, faz o que quer dentro dela; 2) ele não passa de um xinxeiro, com o qual não vale a pena gastar saliva; e 3) conhece o congo de cor e salteado, sabia que não estava fazendo nada demais.

O gordo xinxeiro resolveu levar o problema adiante, ameaçando seu pai a um ponto tal que ele, mesmo sendo uma pessoa com muitos anos de morro, chamou policiais do DPO. Luluca, que é minha vizinha, mora em um beco estratégico para a boca do Valão, pois faz ligação direta entre trecho da Estrada da Gávea e Cidade Nova. É, portanto, terminantemente proibido atrair polícia para dentro dele.

O próprio policial tem consciência disso. "Pode ser emboscada", alertou. Só foi porque o chamado partiu de um velho como o pai da Luluca. O chamado, porém, serviu de pretexto para que o gordo xinxeiro ligasse para a boca denunciando o coroa para os caras. Prevendo o pior, Luluca disse para que o pai, que conhece os caras no Valão, fosse até a boca da parte de baixo para se explicar e pedir desculpa pela vacilação. O pai tem conceito no morro e conseguiu se virar na boa, mas ouviu poucas e boas. Voltou lívido para casa. Mas voltou.

O gordo xinxeiro hoje está praticamente aleijado e tendo que vazar da favela porque, sempre se achando assim com os caras, começou uma porradaria no forró da Via Ápia, cujo dono ligou para os caras e pediu para que resolvessem o barulho à maneira da Rocinha. O tal gordo sempre agiu assim, achando que, por cheirar duas ou três rapas ao lado dos caras, era amigo do rei e como tal não precisava obedecer as leis da favela.

Os que se acham amigos do rei são os que mais têm problema, pois, ao tentarem ultrapassar os limites, recebem como resposta uma perna de três nas costas, muita porrada.

Outro episódio narrado por Luluca: *playboy* vem cheirar no morro e gasta todo o seu dinheiro pagando pra geral. Dentro do grupo, estava um amigo do Pepê. O pó acabou. Havia um grupo de cearenses perto. Um desses nordestinos foi ao banheiro e não se preocupou em guardar o celular, como de praxe na favela, onde roubar é mais arriscado para o infrator do que para a vítima.

O *playboy* meteu a mão e foi trocá-lo por pó. O cearense deu pela falta do celular e foi dar parte na boca, onde pediram as características do aparelho, que batia com as que haviam acabado de trocar por papéis com o *playboy*. Foram atrás do *playboy*. Pegaram também o amigo do Pepê. Estava junto, responderam quando disse que não tinha nada a ver com o furto.

Quebraram as duas pernas do *playboy* e o jogaram na vala do Ciep Ayrton Senna. De manhã cedo, Pepê o viu pedindo socorro quando foi pegar um ônibus, perto da passarela.

20 DE MARÇO] Enquanto espero Pipa, vejo Matias participando de documentário do espanhol. Francisco acompanha as filmagens. Eu me mordo de ciúmes.

Percepção de Sebastian quanto aos recursos do documentário que está sendo rodado na Rocinha, que para ele não é produção milionária. Tem experiência suficiente para acreditar que em parte é verdade o que o pessoal da produção está dizendo. Tem lembrança de que, quando foi filmada a apresentação de Arthur Moreira Lima, durante pelo menos três dias caminhões e mais caminhões, todos eles carregados de equipamentos, subiram a estrada da Gávea. O mesmo aconteceu nas filmagens de um clipe de Carlinhos Brown, que bombaram a favela algumas noites.

21 DE MARÇO] Pariam no Dr. Mário apenas as mulheres da classe média da Rocinha. Vanderlei, o mototáxi que é primo de Dudu, nasceu na sua clínica. As demais mulheres iam lá para abortar, como foi o caso da irmã de Paulete, que usou seus serviços quando tinha 16 anos. Fez isso às escondidas de todos, menos de Paulete, que a levou. Na hora, passou a Maria da Penha, que conhecia o pai deles. Esconderam-se dela por essa razão.

Os prédios de Matias foram construídos na época em que trabalhou na RA, segundo Pepê. O mesmo Pepê diz que ele é fofoqueiro e está conspirando contra o meu livro, ligando para que pessoas não me recebam. Faz marketing de franciscano. Como disse, marketing.

Tomo um café com faxineiras da FM. A mãe delas está na Roça há 67 anos. As duas criaram seus filhos aqui. São, portanto, três gerações de mulheres. As duas me falaram de um tempo anterior ao túnel Zuzu Angel, que para a comunidade sempre vai ser o Dois Irmãos. Dizem as duas que foi a construção desse túnel que mudou tudo na Rocinha. Foi para construí-lo que vieram os cearenses. Com o túnel, começou também a onda de construção em São Conrado e na Barra, que atraiu ainda mais nordestinos.

Na quarta, conheci Cacá, comerciante da Via Ápia. Ele, que é amigo do Pepê, também é advogado. Quando menino, sua mãe o levava às quatro da manhã para comprar pão com mortadela na padaria Riviera, que, disseram ele e o Pepê, está em processo de falência, embora aparentemente tudo esteja muito bem. Mas o tal pão com mortadela, Cacá ia vendê-lo nas obras do Village, em São Conrado. Vender comida para os peões foi uma das primeiras ondas econômicas da Rocinha. O próprio Chico das Mudanças começou o seu império com um enorme bar na esquina da Via Ápia com a auto-estrada Lagoa-Barra. Ficava superlotado de peões na hora do almoço e nas noites de sexta-feira. A mãe de Cacá também vendia perfumes para esses mesmos peões. Os picos de vendas eram as tardes de sexta-feira. Os peões se perfumavam para as noitadas no Chico das Mudanças.

Houve no ano passado cinco vias sacras na Rocinha, todas elas na Sexta-feira Santa, dia internacional da morte de Cristo, segundo Pedro, amigo da Stela. O orçamento este ano da via sacra de Francisco foi de 130 mil reais — ele não conseguiu patrocínio. No ano passado, foi de 40 mil — que ele rachou com Pipa e Baixa, dando apenas 30 reais para cada um dos atores. Também houve problemas com a divulgação, em público, no *RJ TV*, da demora de mais de um mês para liberação do dinheiro da prefeitura. A produção do grupo de Julio foi de apenas 2 mil — que todos ratearam, tirando do próprio bolso. Os alunos de Francisco, segundo Paulete, nunca foram ao teatro. Alegam que não têm dinheiro nem para comer. Paulete e Pedro dizem que há teatro gratuito na cidade. Deram o exemplo de um projeto que distribui ingressos gratuitamente para comunidades carentes. Há ainda leitura de textos na Casa da Gávea. Pedro e Paulete se conhecem há 10 anos. Participaram do primeiro desfile de modas no André Maurois. Pedro quer montar seu próprio grupo de teatro. Pretende montar, em 2004, a via sacra no Arpoador.

Entrevista maravilhosa com Vassoura, artista plástico de 21 anos nascido e criado na Rocinha. Tem cinco filhos, dos quais apenas dois são com a mesma mulher. Já trabalhou na boca, da qual saiu em nome do amor que viveu com a mãe de seus dois primeiros filhos, quando ele tinha 15 anos e ela, 13.

    É um grande garanhão, mas com uma particular predileção por meninas virgens, com as quais faz sexo sem camisinha porque são muito apertadas e as rasgariam. Teve apenas uma mulher de verdade, com a qual viveu uma relação igualmente longa e tensa. Diz Paulete, que ficou tocado com a sua história e promete falar mais dos seus quadros para os turistas que visitam o centro, que ele não se garante com mulheres de verdade e por isso procura as menininhas, por absoluta insegurança. Foi, porém, disputado aos tapas por diversas delas.

Tem um jeito *hippie*, como ele mesmo admite ter tentado ser quando começou a fazer artesanato e saiu pelo mundo afora, pegando carona até chegar à Argentina. Parou de viver assim por causa da fome, mas jamais admitiu ser artesão, que define como sendo as pessoas com ponto fixo em praias ou feiras. Preferiu o projeto do Tio Cícero, que ele considera o pai que não conheceu porque a mãe, uma empregada doméstica cearense, disse que não iria fazer o aborto que ele tentou obrigá-la.

Foi por causa desse ato de ousadia que, sozinha, teve de cair no trabalho, do qual voltava tão cansada que não percebia quando o filho abria a janela no meio da noite e por ela saía para a boca. Saiu da boca mais por pressão dos seus primeiros sogros, que jamais acreditaram que um dia fosse se recuperar e por essa razão sumiram da noite para o dia, mesmo que a menina tivesse dois filhos de Vassoura.

Também foi esse o destino da menina que entrou no lugar da que lhe deu os seus dois primeiros filhos — fugir com os pais sem deixar rastros. Falou muito de sua arte, porém. Seus quadros, impressionistas, tentam revelar sentimentos um tanto confusos. Tão confusos quanto sua vida, marcada por acontecimentos dramáticos desde o nascimento — não falei ainda do seu irmão mais novo, que morreu vítima de um traumatismo craniano depois que a mãe foi atropelada e, com a dor, não suportou o peso do menino no colo, jogando-o no chão com uma força tal que, além do problema na cabeça, teve alguma complicação pulmonar, acho que água na pleura.

22 DE MARÇO] A saída do Valão tinha um lanche 24 horas, lembra Cacá. Hambúrguer e refresco custavam um real. Mesmo preço das meninas que ali faziam ponto.

Segundo ele, os programas que faziam, muito rápidos, começavam com a seguinte senha: Tio, paga um lanche pra mim — diziam elas, aproximando-se. E eu ganho o quê? — respondiam eles, os exploradores do sexo delas. O que você quiser, continuavam, desinibidas. Que tal um caraoquê? — propunham os caras. Já é, aceitavam. Caraoquê é, para quem não sabe, sexo oral.

Diz Cacá que esse tipo de prostituição não é ostensivo. Passa batido por pessoas como eu, que não estou interessado nisso. Mas ele vive se assustando quando abre a loja de manhã cedo, nunca depois das oito. E vê uma série de meninas pernoitadas, que, pelo tamanho e pela cara, ele acredita que em sua maioria são menores.

Diz ele que a prostituição da Via Ápia tem como fim o consumo de drogas. Vendem seus corpos em troca de um papel na boca, ao contrário dos próprios traficantes, que, embora sejam grandes consumidores do produto que vendem, não participam desse mercado só por causa do vício.

Ainda sobre Cacá, suas observações sobre a vida na Via Ápia: meninos pedem um real para ficar subindo e descendo de moto, tirando onda. São os pirralhos, que andam descalços. Quando conseguem o dinheiro, sobem em grupo.

Ainda sobre conversa com Cacá: as pessoas da comunidade têm clareza de que as associações foram usurpadas por safados. Acha que tudo é uma fraude, por isso não participam. São fechadas. Não convidam o povo para participar. Por exemplo, ele sequer tomou conhecimento da eleição da AMABB. Vale lembrar que Dão, o atual presidente da associação, já foi seu professor de tae kwen dô. Entre num beco desses e pergunte quem é o presidente da AMABB, desafia Cacá. Ninguém sabe. São várias associações. Não vale o argumento de que Rocinha é grande, pensa rápido. O Brasil também é grande e só tem um presidente, argumenta. É errado dividir a favela em partes. Isso só faz aumentar a desconfiança do povo, acredita.

Cacá tem duas lojas, uma dentro da favela e a outra na entrada, na auto-estrada Lagoa-Barra. A que tem mais movimento é a de fora porque, acredita ele, tem camelô. Mercado popular atrai clientes de fora. Graças a ele, já atendeu gente da Barra, da Baixada, de Niterói. Clientes lhe dizem que aqui tem de tudo: a feira no domingo, o camelô, o comércio formal. Por isso, não é contra o mercado popular. A mãe, porém, pensa diferente. A mãe toma conta da loja de fora. Ele, da de dentro.

24 DE MARÇO] Helena indignada porque todo dia, às cinco da tarde, hora que as mães vão buscar filho em sua creche, PMs entram na favela.

26 DE MARÇO] O episódio mais desagradável da minha estada na Rocinha ocorreu hoje, quando ia almoçar. Foi na Via Ápia. Um cara em um botequim da esquina da Roma me chamou. Parei. Ele jogou o papo de que sabia tudo da boca, o que inevitavelmente despertou minha curiosidade. Ele falou o óbvio ululante, porém.

Coisas do tipo "você não sabe o que um viciado é capaz de fazer". Deu alguns exemplos bobos, como "22 cano curto", que é homem de pau pequeno. Em geral, esses homens, quando aparecem na boca, querem ver suas mulheres sendo comidas por vagabundo. Narrou ainda episódios engraçados, como o de um doidão que caiu na travessa e a rapaziada o cobriu com um lençol e acendeu velas ao seu redor; quando o tal cara acordou, disseram-lhe que estava no inferno. O morto estranhou: "e no inferno vende brizola?"

Ele pediu que lhe pagasse um papel de 20. Disse-lhe que podia pagar um papel de 10, mas que antes precisava trocar a única nota que tinha na carteira, de 50. Fica frio, ele respondeu. Um cria que dá volta em *playboy* não dura três horas vivo no morro, acrescentou. Acreditei e lhe dei os 50 reais que tinha no bolso.

Perto de nós estava um mudinho que vira dias antes no Valão. O mudinho me disse, falando por gestos, que ele tinha vazado de moto com o meu dinheiro. Ele apareceu, mas com três reais a menos do que o combinado, dizendo, veementemente, que não iria devolver a raspa que faltava.

Deixei para lá. Foi a maneira mais barata que encontrei de não vê-lo jamais. É, porém, personagem interessante. Lamento ter caído no cobra que vira lagarto, ou seja, no seu 171.

28 DE MARÇO] Pipa disse ontem que a lei da Rocinha não é universal. Sua aplicação depende de você ser ou não da Rocinha, de você morar há mais ou menos tempo na favela, da área em que você mora e de quem você conhece na comunidade.

Três caminhões parados no Caminho do Boiadeiro, em frente à Mandinha. Um dos caminhões é da própria Mandinha, que, por estar estacionado ali, impede que o caminhão da Comlurb apanhe o lixo pela manhã.

Isso significa que vai se formar uma enorme pilha de sacos ali até o final da tarde, quando o caminhão da Comlurb passará de novo.

Vale lembrar que a Mandinha também será prejudicada com sua arbitrariedade. Os mosquitos que inevitavelmente se aproximarão dali no mínimo atacarão seus funcionários. Provavelmente o cheiro afastará os clientes, atrapalhando os negócios.

Berenguê lembra da época do Dênis, que lhe deu uns trocados em diversas situações. O cara gostava dos frutos-do-mar do El Pescador, na Barra, cujo gerente, que o conhecia, caprichava quando o pedido era para ele. Foram várias as vezes em que Berenguê foi buscar comida para Dênis. Se o prato custava 30, ele mandava 50. Ele ia em um carro sem nenhum flagrante.

Fez vários desses favores para Dênis, de quem se tornou amigo por ser da Rua 2, mais precisamente de uma casa que ficava em frente ao QG.

Dênis tem duas filhas, criadas em Niterói, com a avó, dona Francisca. Todas elas devem vir para a festa de 15 anos da filha do Careca, irmão do Dênis que tem problema físico que o impossibilitou de entrar para o crime.

As filhas de Dênis não podiam transar com ninguém na favela, mas, mesmo assim, Berenguê tentou comer as duas. Quando reclamava, ele dizia que o cara não tinha respeitado a irmã dele.

Jamais fez avião para os caras, porém. Gostava de tirar uma onda com eles principalmente nas noites de baile, para o qual ia duro. Para que serve o dinheiro de vocês?, perguntava. Onde é que vocês vão curtir?

Sobre a nudez da Rocinha: ela está presente nas paredes sem reboco, nas valas correndo a céu aberto e no próprio corpo das pessoas, onde as mulheres estão sempre de shortinho e de top, e os homens, de bermuda e camiseta regata.

Dênis fumou muito pouco ao longo de sua vida. Houve uma época, porém, em que cheirou à vera. Quando ficava pancadão, fazia suas cobranças. Nestas noites, ia ver quem estava lhe devendo, quem estava andando no blindão. Tinha parado de cheirar quando morreu.

Dênis sempre apresentou bagulho pra Berenguê fumar. Trazia-o em uma capanga quadrada, muito comum tempos atrás.

30 DE MARÇO] Vou na Maria da Penha, que estava dando prova para concurso dos agentes de saúde que vão trabalhar no PACT — o programa de combate à tuberculose que ela está coordenando. Ela falou que a principal característica da Rocinha é que nada se fixa. Nem as situações de vanguarda, nem as de retaguarda. A metáfora faz todo sentido, principalmente se levarmos em conta uma foto de Vando de dois anos atrás, quando a Rocinha era uma outra.

Todas as campanhas de vacinação têm comemoração no fim.

Os momentos de mais trabalho para o posto de saúde são os de chuva, com desmoronamento. Chega a funcionar 24 horas. Com freqüência, o posto funciona até 10 da noite.

Voltou a ter desnutrição na Rocinha. Depois de um tempo grande. O que gera quadro: falta de acesso a alimento, além de egoísmo de mãe.

O posto nunca fecha. Nem em luto. Nem em paralisação imposta pelo tráfico.

31 DE MARÇO] Vou na estação e vejo um Sebastian frio. Ele diz que me viram comprando droga na Via Ápia. Sei exatamente qual foi o dia em que agi de modo a que pensassem assim de mim. Foi no tal dia em que levei a volta do Gugu ou Miguel ou sei lá que nome tem aquele piolho de boca. Tive a impressão de que nome usado por Sebastian não foi esse.

Sei que cometi uma série de erros nesse dia, a começar por parar quando ele me chamou ("fiel", disse, aproximando-se) e pediu para que lhe pagasse uma cerveja. Sebastian disse que nesse tipo de situação se diz que se está duro e se sai de fininho. Chegou a me defender, dizendo para a tal pessoa (lá de cima) que estava ali para colher informações que não poderia obter com outras pessoas.

Achei-o mais frio que nos outros dias, porém. Não falou, por exemplo, do Beleira, com quem faria uma matéria sobre saneamento básico – o grande nó da favela, no seu entender. Pode ser que esteja se sentindo envergonhado – porque o jornal que me propôs ficou apenas no projeto.

Pode ser também que esteja engolindo o veneno de pessoas como o Cabeça, que ao final de nossa entrevista lamentou o fato de não termos falado de samba, dos melhores desfiles da escola, dos grandes enredos da história da Acadêmicos.

Também é possível que tenha engolido a pilha do cara, achando que essa história de que estou limpo há 11 anos é balela, agá de doidão. Pior que não tenho como contestar, já que meu comportamento no tal dia foi de um cara que estava doidão, principalmente quando o mudinho da Roupa Suja começou a sugerir que ia levar uma volta nas 50 pratas que adiantara para que o piolho comprasse o papel de 10 que ele queria cheirar.

Olhando de longe, os movimentos que fiz, agitadíssimos, para ver se o cara realmente tinha pego uma moto e caído fora com a minha grana, eram os de quem estava fissurado para cheirar uma rapa.

Fico pensando no valor da palavra dentro da Rocinha. Embora o tempo todo as pessoas estejam se referindo à firmeza do sujeito-homem, os grandes julgamentos são feitos com base nas aparências, nas indicações que apontam determinado fato ou comportamento, como por exemplo o momento em que fui flagrado na boca com uma postura no mínimo estranha ou as inúmeras visitas noturnas que recebo de Paulete. Com base nessas duas situações, sou um xinxeiro e um viado.

Até mesmo Paulete anda desconfiado com as intrigas que têm feito a meu respeito. Já havia chegado aos seus ouvidos fofocas de que ando freqüentando a boca ou no mínimo endereços comprometedores, como o de Oscar.

Ele demonstrou preocupação com minha recaída nas drogas, deixando sua fantasia funcionar a partir de relatos que lhe fizeram a meu respeito, que se tornaram no mínimo possíveis por causa da tristeza com que cheguei algumas vezes no centro – essa tristeza, mais o cansaço do ritmo alucinante que estou aplicando ao trabalho, podem ser confundidos com ressaca do mesmo modo como a nossa grande amizade leva as pessoas a pensarem que ou ele está levando um belo troco, ou que somos amantes, ou no mínimo que ele está armando uma grande rede para capturar o meu amor ou no mínimo o meu corpo.

O pior é que ele anda desconfiado, perguntando por exemplo o que vou fazer com o apartamento de Botafogo ou sobre o tom do meu livro, de que forma ele será escrito. Não posso traí-lo. Não posso trair a Rocinha. Não posso abandonar a comunidade depois do livro pronto – como tantos outros fizeram.

Mas a vida é minha. E eu sou sujeito-homem como qualquer um desses caras da favela. E a minha palavra vale muito mais que qualquer aparência. Para mim, o que aqui se fala da vida dos outros, da minha vida, me importa. Tanto quanto a minha palavra.

Paulete e Maria da Penha falam durante horas a meu respeito. Maria da Penha leva livro que escrevi para casa.

Fui no posto de saúde, pegar uma carona com Maria da Penha até Botafogo, onde ela ia participar de uma reunião na escola da filha, o Pedro II, e eu, da homenagem da Unesco à Escola Favinho.

Ela falou do frei José, que foi o pároco da Rocinha e hoje está no Santo Agostinho. Falou também do esquema de fraudes do Pedro II, das cotas que os professores e afins têm de aluno. Foi assim que sua filha entrou lá no ano passado, na quarta série. Diz ela que o esquema também é válido para os CAPs da UERJ e da UFRJ – as vagas são todas preenchidas pela panela dos burocratas.

Hoje, a filha dela, que estuda de tarde, vai para a escola de condução — acho que uma kombi, que chega no Pedro II ao meio-dia e meia, quando suas aulas começam apenas a uma da tarde.

1º DE ABRIL] Luluca acha que Cypriano tem razão ao retratar uma favela negra. Ela diz que o lugar-comum é o Nordeste, como Regina Casé fez, indo na feira e comendo suas comidas típicas, dançando forró com cearenses no Rocinha's Show, ou seja, mostrando o Nordeste dentro do Rio. Cypriano, segundo Luluca, mostrou uma das faces da favela.

7 DE ABRIL] A Rocinha está sempre mudando, embora seja sempre a mesma.

Caderno 14

8 DE ABRIL] Ciça esqueceu do nosso encontro e por isso estava fotografando em sua casa um dos produtos da Fuxico. Quis desmarcar a entrevista. Mas entendeu quando falei de prazos estourados. Paulete já fizera referências aos problemas que tem, principalmente para exportar, pois as artesãs não respeitam prazos. Pediu então para que esperasse. Até acabar a sessão de fotos.

Entrevisto Ciça, da Fuxico. Quando desligo o gravador, falo de Simenon do Cecil. Para ela, trata-se de um ser no mínimo ambíguo, que serve a Deus e ao diabo ao mesmo tempo. Conheceu-o lá mesmo na Rocinha. Trabalharam juntos na ONG que ele criou quando deixou a vida de padre e se tornou executivo de uma multinacional européia.

Não é uma pessoa fácil, como ela própria admite. Não trabalha, por exemplo, com Dona Valda, que, para ela, é o que tem de mais à direita na Rocinha, além de ter um óbvio elo com o tráfico. Sequer cumprimenta Dona Valda — muito embora trabalhem na mesma Rua 1. Tem a favor de Dona Valda o fato de que ela é transparente, de que tudo e todos sabem o que faz, com quem se relaciona, o que pretende com os seus projetos.

Esse não é absolutamente o caso de Simenon, pensa Ciça. Os dois começaram a se desentender quanto ao papel do que Simenon chamava de agentes externos — basicamente, os estudantes da PUC que deram início aos projetos sociais implantados na Rocinha desde que ele chegou aqui desempenhando o seu papel de padre. (Mesmo nesse papel, era no mínimo estranho, já que desde então fumava desbragadamente e tinha o caso de amor com uma mulher que posteriormente o faria largar a batina).

Para Simenon, os projetos implantados na favela não podiam visar ao mercado, como é o caso de Ciça e a sua Fuxico, que hoje estão se preparando para se tornar uma grife da moda. Para Simenon, esses agentes externos têm mais uma função pedagógica do que comercial.

Não foi à toa que alguns dos seus projetos ficaram no meio do caminho, avalia Ciça, perderam o fôlego. Ela dá o exemplo do Cecil, que teve papel fundamental na formação de lideranças comunitárias, no engajamento da comunidade na luta por mudanças sociais, na inclusão da favela nos debates políticos e na mídia.

Isso não é pouco, admite. Mas deixa em segundo plano um aspecto hoje tido como fundamental para o terceiro setor, que é o da autosustentabilidade e o da empregabilidade. A ausência desse aspecto fez com que as ONGs terminassem aperfeiçoando a mão-de-obra para o tráfico. Esse foi o caso do próprio Bigode, que cresceu na Dona Valda.

Simenon e o terceiro setor hoje têm uma fala diferenciada, pois já perceberam o mercado que procuram os participantes de seus projetos e a asfixia econômica desses projetos, que não têm como continuar sem bolsa e sem lanche para o público que consegue atrair, mesmo quando têm como objetivo preparar o que chamam de multiplicadores (personagem criado pelo próprio Simenon).

Houve uma época, porém, em que projetos como o de Ciça eram duramente criticados. Vale lembrar alguns detalhes dessa intriga: um deles foi a carta, que continha apenas uma frase e esta mesma sem a menor empolgação, que ele como seu empregador escreveu quando ela concorreu a um curso promovido pela Fundação Rockefeller; outro foi a briga que travaram para ficar com pelo menos dois projetos. o de uma cooperativa na Penha e o da própria Fuxico.

Chegaram a dizer para o público com o qual trabalhavam, ou eu ou ele, em ambos lugares – na Penha, as mulheres, mesmo tendo chegado à ONG dele por intermédio dela, preferiram ficar com a estrutura que ele tinha; na Fuxico, as artesãs, ao optarem por ela, aumentaram o seu senso de responsabilidade; foi por causa desse peso que ela se sentiu na obrigação de procurar novas oportunidades para a cooperativa e recorreu ao mercado de moda e ao mercado internacional.

De Simenon, pessoalmente, ela ainda tem a se queixar de seu machismo, da sua intempestividade (chegou a pular em cima da carta que a Fundação Rockfeller lhe devolveu, que ela leu em uma reunião de trabalho que a ONG em que trabalhavam promoveu logo depois que ela soube que sua proposta fora recusada).

Para corroborar seu lado ambíguo, lembra que Eleonora, a mulher que mandava em Zé do Queijo, chegou na Rocinha por intermédio do ex-padre. Por fim, ela se lembra da assombrosa resistência física de Simenon, que se recuperou de dois aneurismas cerebrais.

Matias manda 50 reais por mês para Silveira. Maria da Penha foi para o movimento popular por intermédio dele, Silveira. A propósito, Silveira assumiu a RA porque o administrador anterior estava completamente comprometido com o tráfico. Acho que o nome do administrador que ele substituiu foi Osni.

9 DE ABRIL] Fui na estação. Mandei texto para Airton – o padre do *site*. Passei depois no técnico, que consertou o gravador – e já deu defeito de novo. Depois passei no centro. Tenho conversa séria com Paulete, que anda macambúzio desde a entrada em cena de Maria da Penha.

A mulher do projeto Aprendizes chega no centro, dizendo que dinheiro dos objetos do curso vendidos no centro não está sendo repassado para as artesãs. Paulete diz que o problema não é do centro, mas dos organizadores do projeto. Mostra para a mulher o recibo assinado pelos organizadores, dando conta de que o centro está pagando as peças que vende. A propósito, o centro trabalha no esquema de consignação. O artesão bota seu preço e em cima dele aplica uma taxa de 25%.

Antes, os pais diziam que preferiam ter filho bandido do que bicha. Hoje, eles dizem que preferem que seja bicha a bandido. Não existe o risco de perdê-lo com um tiro ou passar a humilhação de visitá-lo em cadeia.

Paulete afirma que Ciça saiu corrida da favela por causa de atrito com Marta. Teria passado, segundo ele, pelo menos um ano fora da Rocinha. Por trás dessa confusão, estariam dinheiro e máquinas que a Fuxico teria conseguido com consulado britânico.

11 DE ABRIL] Pepê, irmão do Joca e de Armando, passa no centro. Diz que viu minha entrevista na TV FAVELA, da qual gostou. Citou trecho em que falei do que é Rua 1 ou Rua 2. Para ele, mora na Rua 1 quem desce do ônibus na Rua 1, mesmo que não more na rua — pela Rua 1 se chega, por exemplo, à parte que fica em cima do túnel, a Macega. Ele falou que a Rocinha é o único lugar em que se vende o espaço aéreo, ou seja, o que será construído em cima da laje. A pessoa vende um terreno, mas diz que a laje é sua. Ou seja, é dela o direito de construir um andar acima do outro. Ele também lembra que a Via Ápia era o Baixo Rocinha. Todos iam ali não para comprar droga, mas para curtir a noite. Tinha, por exemplo, o Baile da Cerveja, o Bar do Gentil etc.

Caderno 15

22 DE ABRIL] Chego em casa à noite. Encontro a casa limpa, cheirosa e protegida por plantas energéticas. Produção, é óbvio, dele, Paulete. Dou um rolé pela noite e vejo Márcio — ex-genro de Chico das Mudanças. Ele fala de várias coisas.

Uma delas é a robauto da Rocinha, que só funciona depois que os produtos são oferecidos para a boca. Somente quando os caras não querem determinada peça é que ela pode ser vendida no morro! Quem desobedecer tal ordem, seja para comprar ou para vender, pode morrer. Há uma lógica nisso: evitar o risco de roubos na favela, que as próprias peças roubadas na Rocinha sejam vendidas aqui.

Ele também filosofou sobre o que chama a grande anarquia da Rocinha, onde ser ou não ser, fazer ou não fazer, virar ou não virar é uma escolha pessoal. Lá embaixo, disse ele, há sempre a interferência de alguém. Do pai. De um amigo. Aqui não. Aqui cada um é que sabe de si. E ninguém é condenado por causa da opção que faz na vida. Seja ela a de bandido, prostituta, trabalhador, líder comunitário, comerciante etc.

27 DE ABRIL] Almoço no Beer Pizza com Paulete. Ele fala de Marinês, que, no começo do meu trabalho, chegou a abordá-lo, como sempre de porre, no botequim na esquina de Liberdade com Boiadeiro, para perguntar qual era a dele em me ciceronear na Rocinha, quando havia tanta gente na comunidade em condições de escrever um livro sobre a história da favela!

Paulete disse que uma das principais características da Rocinha é que ela é uma favela aberta, entra quem quer. Além do mais, ele, sempre severo, perguntou que, se era para alguém da comunidade escrever sobre a Rocinha, por que não tinha feito até agora?

Aproveitou que na mesa estava Rafael, uma das muitas pessoas que tentou embarreirar o livro, para perguntar para que as pessoas da favela estavam se especializando tanto (Rafael está se formando em pedagogia na Uerj), se não faziam nada pela comunidade, nem mesmo para retribuir a bolsa que conseguiram nos primeiros pré-vestibulares para carentes que chegaram à comunidade?

Paulete, porém, sabe muito bem que posso sumir da Rocinha quando concluir o meu projeto, como tantos já fizeram. Ele mesmo já abriu as portas para o projeto de mestrado de uma socióloga e de um geógrafo, além de ciceronear o André Cypriano em seu belo livro de fotos. Nenhum deles voltou sequer para agradecer. Por causa dessa ingratidão, o que mais ouvi no começo do meu trabalho foi que a Rocinha não tinha nada a ganhar com ele.

Baile do Rocinha's Show.

Converso com amiga de Peter, menina de 26 anos moradora da Cachopa que só está aqui por causa dele, para se despedir. Ela me diz que não vem aos bailes há cerca de quatro anos — já passou minha época, diz.

Pergunto-lhe o que é essa época. Ela, embora não seja casada e me pareça não ter filhos, fala alguma coisa que entendo como sendo a adolescência — ou então um tipo de irresponsabilidade, uma maneira de ignorar que o tempo passa rápido, que se a gente não o colocar nas mãos, envelheceremos sem ter feito nada por nós.

Ela também não gosta mais de baile por causa das letras, de uma sexualidade muito explícita, ostensiva, próxima do vulgar. A disposição com que as pessoas vêm para o baile é próxima à dessas letras. Ninguém é obrigado a trepar, mas é isso o que a maioria esmagadora das pessoas vem fazer aqui.

Não é à toa que a música é tão alta, tornando quase impossível qualquer diálogo. Para se falarem, as pessoas têm que praticamente gritar uma no ouvido da outra — diz Peter que isso as aproxima, torna o diálogo entre elas mais sensual, mais erótico. Eu próprio fiquei morrendo de tesão pela menina que veio com ele. Mais por causa da proximidade do que por ela, que é uma gracinha, mas não é nada do outro mundo.

Peter fala de diversos tipos de baile.

Um deles, como o de hoje, é o básico do Rocinha's Show, com algumas bandas, músicas e danças sensuais e um MC.

Há o baile de comunidade, promovido pelo tráfico, que tanto na sua como na minha opinião são os melhores. Na Rocinha, há os bailes do Valão, da Rua 2 e principalmente os da Via Ápia, que são os mais bombados. Há nesses bailes um ataque de marketing do tráfico, com venda ostensiva de drogas e armamento pesado.

Há outros tipos de bailes, como o de equipes. Nesses bailes, elas disputam para ver qual delas é a melhor. O juiz dessas pelejas do funk é o próprio público, que emite suas opiniões com a sua própria dança.

Paulete, que insiste na idéia de que a Rocinha é hoje um bairro de classe média, diz que o asfalto que não percebo no baile se deve mais à ascensão econômica e social e cultural da favela. É por ela estar mais parecida com o asfalto que não consigo distinguir as duas áreas da cidade, não tão partida no entender dele.

O pagode da Rua 1 esquenta sempre depois das três da madrugada. Não apenas porque é nessas horas que em geral chegam as atrações, contratadas pelo tráfico a cada 15 dias. Hoje, por exemplo, que o pagode está sendo tocado pelo manjado Pur'amizade, a Estrada da Gávea está frenética agora, quase três da madrugada. As pessoas estão vindo do baile da Rua 2, que acabou às duas e meia, e o do Rocinha's Show.

28 DE ABRIL] Guto é um advogado recém-formado, que, no entanto, tem uma rica experiência profissional. Acumulou-a nos últimos quatro anos, a partir de que entrou na Defensores do Povo, ONG hoje subordinada à Secretaria Nacional de Direitos Humanos, formulada pela Cenário e financiada pela União Européia e pelo Consulado Britânico.

Entrou na ONG como estagiário e hoje é o coordenador do escritório da Rocinha, o maior e mais antigo do projeto. Pode ter um grande futuro na organização, mas sua ascensão profissional dentro da Cenário o levaria para cargos burocráticos, o que seria um desvio no caminho que começou a trilhar quando quase por acidente esse típico jovem da classe média, morador do Recreio que jamais pusera um pé na favela, descobriu que a Defensores do Povo poderia lhe dar o estágio de que precisava para tirar o seu diploma.

Tinha nessa época um longo cabelo, que mantinha sempre preso em um rabo-de-cavalo. Cortou recentemente, mas se sentiu tão menino que resolveu disfarçar o rosto com uma barba cerrada, que lhe dá uma aura que só não é mais séria porque nunca trabalhou com o uniforme tradicional dos advogados, que é o paletó e a gravata. Teve, como quase todos os jovens da classe média universitária que trabalha em favelas, que enfrentar uma dupla resistência da família. Seus pais não acreditam no futuro de um profissional cuja carreira começa a se delinear nesse universo e, é óbvio, há ainda o velho medo da violência.

Não tem domínio do congo, mas percebeu, junto com a ONG na qual trabalha, que é o judiciário que tem que se adaptar à favela, não o contrário. Há alguns exemplos primários, como a quase impossibilidade de se citar alguém cujo endereço é no mínimo enigmático. Foi por isso que o Juizado de Pequenas Causas que levaram para a Rocinha teve uma vida tão curta. Porque os seus juízes tentavam impor sua lógica à comunidade, com veredictos incompatíveis com a realidade na qual seriam aplicados.

Por exemplo, como fazer para que um trabalhador com 200 reais registrados na Carteira de Trabalho pagasse pensão para três ou quatro mulheres com as quais teve seus muitos filhos (os mesmos que lhe dão *status* de virilidade)? Como se administra a violência doméstica em uma comunidade em que chamar a polícia pode representar a morte do autor da denúncia ou do acusado, já que a boca condena quem bate em mulher?

29 DE ABRIL] Todos os filhos de Zé do Queijo entraram em processo de total decadência depois da morte do velho. Um de seus filhos é um drogado; a outra, Adriana, casou-se com um bandido que vacilou na favela e saiu correndo, indo morrer na mão dos matadores da Baixada; e Alcione reencontrou-se apenas depois que se tornou, juntamente com o marido, Saulo, um barbeiro da Vila Verde, evangélica.

O próprio Zé do Queijo tinha se perdido. Quando morreu, já não estava em questão se era um justiceiro da Cachopa, mas de um traficante que estava querendo abrir uma boca de fumo em sua área com a droga e as armas que polícia tomava de seus antigos inimigos, como Dênis. Teria sido essa a razão para ser assassinado.

O baile funk era inicialmente realizado na área hoje pertencente à Igreja Universal. Lá existia um grande galpão, de propriedade da empresária Vera Loyola, que posteriormente foi vendido por uma verdadeira fortuna.

O baile foi palco de verdadeiras batalhas campais entre os chamados Lado A e Lado B, que terminavam com muitos carros depredados e culminaram com a morte de um menino, cuja cerimônia fúnebre foi realizada na igreja da Fundação.

O baile foi então transferido para o Rocinha's Show, que na época era uma casa de shows, bem menor e cheia de mesas. Vladimir foi uma das pessoas que participaram das reuniões da RA para acabar com o baile. Dona Valda, sempre a favor dos meninos, disse que os seus organizadores que se encarregassem da segurança do baile.

A morte de Aranha, dono do morro que foi sucedido por Dudu, é uma grande metáfora. O troféu que estava entregando para Dudu não era apenas o de campeão do torneio disputado na quadra da Cachopa. Era também o de dono do morro. Naquele gesto, Aranha estava reconhecendo a existência de um novo líder, era como se estivesse lhe passando um bastão. Dudu, porém, não se deu por satisfeito em superá-lo. Tinha que eliminá-lo.

Caderno 16

29 DE ABRIL] Converso com Marta e digo que gostaria de escrever um livro baseado em sua vida. Ela riu para mim e disse que ficara muito lisonjeada com a minha proposta. Mas uma coisa é a sua vida pública, acrescentou. A outra é a privada. A sua resposta me pareceu uma importante chave para se entender a Rocinha.

Eraldo matou Pet – irmão de Dênis, que não reagiu por estar na cadeia, com os movimentos limitados, com poucas articulações com a rua e fundamentalmente porque só acreditava em suas capacidades militares, em suas estratégias, em sua disposição de lutar.

Estabeleceu, portanto, uma aliança do possível com o Eraldo até que este mandou Zico e Dudu vazarem da favela. Zico, embora mais velho do que Dudu, é amigo de infância do menino que veio a se tornar o terror da favela. Zico e Dudu, a propósito, também cresceram juntos com Marta. Marta é também amiga de policiais, como o hoje comandante Ariston, que ela conheceu na época em que ele era o major Ariston do 2º BPM, que na época tinha a Rocinha dentro de sua jurisdição.

Houve um episódio em que Marta e Dudu, ainda menores, pegaram um carro e foram passear no asfalto, onde foram pegos por policiais na praia de São Conrado. Ela pediu então para ligar para o seu padrinho, o major Ariston. Os policiais foram na onda dela, que, no entanto, tinha plena consciência de que, se precisasse ligar mesmo, seria atendida, pois o que estava em questão era molecagem de jovens, não parada de bandido.

Voltando ao período em que Zico e Dudu passaram no asfalto, eles procuraram Dênis na ocasião e o velho bandido se dispôs a fortalecê-los. Os dois, mais por causa da disposição de Dudu, se apossaram da parte de cima da Rocinha. Com o tempo, sempre com a enorme disposição de combater de Dudu, os dois foram encurralando Eraldo. Os combates eram sucessivos, viravam as noites, deixavam apavorados os moradores. Eraldo então se deu por cansado e pediu um determinado dinheiro para deixar o morro — Marta não falou quanto. Dênis deu o que Eraldo pediu. Dudu assumiu então a parte de baixo — Cachopa, Vila Verde, Cidade Nova etc.

Tornou-se então o terror da favela, mas Zico, em consideração tanto à infância que viveram juntos como às conquistas militares do velho amigo, fez vista grossa para os desmandos de Dudu. Impulsivo, Dudu nunca seguiu o principal ensinamento de Dênis, que era o de ouvir o outro lado quando os moradores chegavam com queixas na boca. Soltava a madeira com muita facilidade, principalmente quando o acusado era uma das muitas pessoas com as quais não ia com os cornos.

Mas Dudu terminou dando prejuízo para a boca, já que, por causa de seu comportamento intempestivo, do terror que botava nas pessoas, das curras que dava nas meninas de 12, 14 anos que não podia ver na sua frente, era dedurado com freqüência pelos moradores. Essas delações eram facilitadas por causa do seu desleixo com a segurança, indo, por exemplo, para as casas das meninas, das muitas meninas, que tinha em seu harém.

Zico, que sempre foi muito regrado com dinheiro e exatamente por isso tornou-se tesoureiro da boca, começou a se irritar com o prejuízo em mantê-lo solto, pagando tantas mineiras para a polícia, estava dando prejuízo para o tráfico. Deixou então de pagar e o império de Dudu ruiu da noite para o dia.

Zico sentiu-se culpado, pois era o chamado bandido bom, que participava intensamente da vida da comunidade, articulando-se inclusive com o poder público, via RA, para dar o que os moradores precisavam. Foi ele quem inaugurou a participação da boca nos projetos sociais. Dênis seria uma espécie de paizão, um cara bacana que descolava o da-passagem, o do-gás, o do-leite, o do-remédio. Bolado teria inaugurado o período intervencionista, principalmente no tocante ao transporte coletivo — ouvi falar que foram muitos os ônibus da TAU que Bolado parou, obrigando-os a levarem todos os trabalhadores que durante horas aguardavam condução para ir/vir para/do trabalho. Mas a participação em projetos sociais como os que hoje atraem para a Quadra da Rua 1 um significativo percentual da juventude, esse período foi inaugurado por Zico.

A propósito de Bolado, foi dirigindo para a mãe dele que Zico entrou para o crime. Como esse filho de evangélicos cresceu pegando onda com os *plays* de São Conrado tinha grande sentido de economia, investia toda a sua poupança em ouro. Chegou a um ponto tal que começou a negociar com ouro. Quem na favela tem dinheiro para fazer transação com ouro? Apenas os bandidos, dos quais foi se aproximando a um ponto tal que se tornou absolutamente natural o convite para que assumisse o posto de tesoureiro da boca. O convite foi feito por Eraldo.

Quando se tornou o cara, demonstrou desde cedo sua vontade de cair fora depois que cumprisse sua missão (tirar Eraldo da área) e fizesse o seu pé-de-meia. Afastou-se em diversas ocasiões do morro, sempre com o pretexto de fazer uma operação de varizes depois de um tiro que levou na perna. Voltava sempre com as pernas enfaixadas e com pelo menos mais uma fazenda em seu patrimônio.

Morria de medo de médico, injeções, sangue. Também era de uma covardia próxima do folclórico — o caso mais famoso foi o de Oscar, que o enfrentou ostensivamente, disputando (e ganhando) mulheres com ele.

Outra preocupação de Zico foi tirar os pais do morro. Recentemente, porém, o pai dele esteve na favela — segundo Maria da Penha. Sempre dizia para Dênis que um dia cairia fora. Dênis pediu-lhe ao menos um herdeiro, que cuidasse do sucessor.

Quando Bigode assumiu o morro, provisoriamente, tinha apenas 18 anos. Talvez tenha sido por isso que Lobão assumiu juntamente com ele. Lobão não era amigo de Marta, que dele sabe apenas que tinha uma equipe de som, era grande e forte. Mandaram Lobão vazar da favela. Alguns meses depois, a polícia soube que teria morrido em um acidente automobilístico em Petrópolis e que teria sido enterrado com outro nome — Alan.

Ele teria sumido em abril, um pouco antes ou depois do aniversário dos filhos de Bigode, e a polícia só veio a saber de sua morte em junho, justamente no dia do enterro da professora que morreu no 174. Foi nesse dia que os policiais abordaram Marta, pedindo para que reconhecesse o corpo. Todo mundo na favela conhece os caras, disse-lhe o policial. Marta, porém, percebendo a presença de repórteres, disse que faria um escândalo caso os policiais insistissem. Os policiais deram um tempo.

Zico tinha medo até de arrancar dente. Achou que ia morrer quando arrancou um.

"A Rocinha é maravilhosa", diz Marta, querendo me intimidar. "Mas não é piedosa."

28 DE ABRIL] Vou no banco e vejo um cliente tentando sacar dinheiro mesmo estando sem a carteira de identidade e o cartão magnético, que ainda não recebeu porque abrira a conta recentemente.

O cliente não tinha cara de bandido e não usou de algum possível parentesco ou relação que lhe desse o que no morro se chama de contexto ou conceito. Era apenas o zé-das-couves quando disse para o zeloso funcionário que, na favela, ninguém ousaria passar por ele.

O zeloso funcionário ainda disse que essa seria a primeira e última vez que o cliente sacaria dinheiro sem a identidade ou o cartão magnético. Mas tinha certeza de que não estava correndo risco algum ao facilitar a vida daquele morador da Rua 2, que teria que subir uma ladeira e tanto se o banco fosse seguir as rígidas regras do asfalto. O asfalto onde todos vivem temendo um assalto ou que algum espertinho use de expedientes como o de tentar se passar por outrem e poder sacar o seu rico dinheirinho.

Pego kombi do asfalto para o morro e enfim descubro o que para mim foi o maior mistério da Rocinha. Falo do inabalável prestígio da TAU, a empresa de ônibus que conduz os moradores do morro para a Zona Sul e para a Central. É da TAU o famoso ônibus 174, que hoje virou 158.

A TAU faz o que bem quer na favela. É a responsável pelo maior número dos estressantes engarrafamentos da Estrada da Gávea, em sua maioria provocados deliberadamente para que as kombis não peguem os passageiros que perderia quando os seus ônibus, os mais antigos em circulação na cidade do Rio de Janeiro, quebram durante o trajeto.

Começo a decifrar o mistério no momento em que um possível passageiro pergunta se a kombi iria pela Rua 1 — ir pela Rua 1 significa o direito de fazer o mesmo trajeto da TAU. O kombeiro diz que não, que a RA só deixa os alternativos fazerem o mesmo trajeto do 592 durante a noite. Lembrei então que as kombis pertencem ao próprio tráfico ou às pessoas que têm contexto ou conceito. Teoricamente, são eles os donos do morro.

Perguntei então por que a TAU tinha tanto conceito no morro, se era óbvio o ódio que o povo tem por ela depois de tantos anos esperando em filas quilométricas por ônibus que só passavam superlotados e que agora, que existem as motos e as kombis, têm que suportar os engarrafamentos que as depauperadas carroças que botam para rodar provocam na estrada da Gávea, onde quebram com freqüência.

O kombeiro tinha resposta na ponta da língua: a TAU faz o que quer no morro porque somente ela tem condições de transportar gratuitamente os idosos e as crianças. É por essa razão que a boca não dá um calor neles, quando deliberadamente fecham o trânsito para impedir que as kombis e as motos peguem os passageiros que perderiam quando os seus carros quebram. Para reforçar a tese de que as quebras são deliberadas ou artificiais, o kombeiro lembra que elas só acontecem no morro, nunca no asfalto.

Eles botam carros velhos para rodar, explica o kombeiro, para que quebrem e, com o trânsito parado, acumulem-se multidões nos pontos de ônibus. Dessa forma, os seus carros vão sempre rodar cheios. Como acontece desde a época em que a TAU detinha o monopólio do transporte na Rocinha. Será assim enquanto a comunidade não tiver como transportar suas crianças e seus idosos.

O problema maior, conclui o kombeiro, são as crianças. Na hora da entrada e da saída da escola, a TAU coloca dois carros rodando tão-somente para conduzi-las.

9 DE ABRIL] ROCINHA S/A – UMA FAVELA SEM DONO

Rocinha S/A será um livro jornalístico, com pinceladas históricas e etnográficas. Terá como objetivo desvendar a favela mais charmosa do Rio de Janeiro, preenchendo essa enorme e inexplicável lacuna do mercado editorial e da própria academia. Apesar do interesse de todos, a Rocinha jamais foi estudada em seu todo, de um modo articulado, com a profundidade que merece.

São inúmeras as razões para se aproveitar essa oportunidade. A mais importante delas, que faz da Rocinha uma favela única, não é a sua densidade demográfica ou a diversidade de sua população, mas o seu pujante comércio. Graças à força da sua economia, a Rocinha é, entre todas as comunidades carentes do Rio de Janeiro, a que menos depende do tráfico, muito embora, paradoxalmente, tenha a maior boca de fumo da cidade. Não é à toa que o título do livro será Rocinha S/A.

Dois fatos demonstram com clareza essa tese. No primeiro deles, um traficante baleado por um policial procurou abrigo em um dos inúmeros estabelecimentos comerciais da favela. O seu proprietário, indo de encontro à lógica em que todos estamos acostumados a analisar a relação da favela com o tráfico, simplesmente barrou a entrada do bandido. O episódio surpreendeu a todos e foi motivo de uma reunião entre a boca e o empresariado local, mas o negociante sequer foi alvo de ameaças. Porque essa sociedade anônima pode até ter um sócio majoritário, mas dono ela não tem.

O segundo fato, que revela a razão dessa independência, envolve alguns cálculos primários. Trata-se do faturamento dos diversos pontos de mototáxi da favela, cuja grandeza é percebida por parte significativa da favela. "Alguns pontos chegam a ter 100 motos", disse-me um dos moradores, "que pagam diárias de 10 reais. Se você for fazer as contas, vai ver que ele bota perto de 30 mil por mês no bolso." Vale lembrar que esse empresário trabalha com um custo próximo do zero, pois a gasolina e os eventuais defeitos da moto ficam por conta do motoqueiro que trabalha com ela.

A Rocinha tem outros importantes comércios – como, por exemplo, o mercado popular. A especulação imobiliária também corre solta pela favela, onde há empresários com mais de 100 barracos para alugar e/ou vender. O lazer é outra grande indústria da Rocinha, particularmente a casa Rocinha's Show, que, além da importância econômica, é um dos seus símbolos. Lá, reúnem-se para dançar e beber platéias que chegam a 3 mil pessoas por noite. Detalhe fundamental: nele se encontra (e convive harmoniosamente) a juventude da favela e a do asfalto. Essa é, aliás, uma das razões para que o tráfico pague propinas tão altas para o batalhão e invista tanto em armas; no primeiro caso, para que a polícia não incomode os clientes da boca nem na subida, nem na descida do morro; no segundo, para impedir que ocorra uma invasão da facção adversária e que o morro vire palco de novas batalhas entre o Comando Vermelho e o

Terceiro Comando. A guerra é muito ruim para os negócios, pois afugenta o consumidor.

Também não se pode falar da Rocinha sem levar em consideração os inúmeros projetos sociais da favela – que, além de se tornarem mais um ponto de contato entre a favela e o asfalto, mostram que essa última está longe de ser a narcoditadura pintada por alguns cientistas sociais, dominada por um único ator político, ou seja, o tráfico. É óbvio que o principal ator dessa sociedade anônima é o seu sócio majoritário – a boca. Mas ali dentro duelam, nos limites do jogo democrático, forças como a prefeitura, a universidade, as ONGs, as igrejas e até mesmo a imprensa, já que, além da visibilidade da Rocinha na grande imprensa, ela tem seus próprios jornais, rádios comunitárias e até mesmo uma estação de televisão, a TV FAVELA.

LIVRO III
O LEGADO DE BIN LADEN

Capítulo 1

Quando acordou, Paulete não sabia se estava triste, assustado ou emocionado. O nó cego, disso ao menos ele sabia, começara com os textos de Luciano, que lera vorazmente tão logo chegou em casa na madrugada da quarta para a quinta. Também conseguia entender a razão de cada uma daquelas sensações. A tristeza, por exemplo, se devia à grande quantidade de textos que a água da chuva borrara, deixando ilegíveis mais da metade dos cadernos que Luciano escrevera desde sua chegada na Rocinha. O medo fora motivado pelos mesmos textos, que com certeza também seriam confundidos com o trabalho de um alcagüete e que, se publicados, iriam lhe trazer muito mais problemas do que os do *site* de Airton. E a emoção também tivera como origem o passeio pelos cadernos, nos quais reconheceu a Rocinha, sua história pessoal, a sua família, seus vizinhos e amigos, o processo de emancipação da favela para um bairro. Como esperava, viu neles um dramático painel da favela, mas acima de tudo havia dentro dele um sensível retrato da relação dos dois. De tudo o que viveram ao longo desses meses.

Sentia-se orgulhoso por ter participado ativamente da vitória de Luciano, que lutara contra tudo e contra todos e conseguira capturar a alma da Rocinha. Da sua Rocinha. Mas como vinha acontecendo desde a noite de terça-feira, suas emoções oscilaram mais uma vez, já que logo depois do orgulho lhe veio a vontade de compartilhá-lo com Luciano, e em seguida a amarga lembrança de que ele se negara a dar o endereço de onde estava, um telefone em que pudesse alcançá-lo. Olhou para o relógio, que marcava oito horas da manhã. Da sexta-feira. Levantou pé ante pé, movendo-se com dificuldade por entre os cadernos de Luciano. Deixara-os espalhados pelo quarto com a esperança de recuperar ao menos parte das folhas que ficaram borradas. Foi fazer xixi com medo de que o bolo em seu estômago saísse na urina como se fosse um cálculo renal. Chegara no limite de sua tolerância à dor. Não suportava mais nada que não fosse um beijo, um carinho, uma noite de um sexo suave, macio como um lençol limpo.

Botou pó de café no filtro e, enquanto esperava o trabalho da cafeteira, deu uma olhada no celular. Havia 20 chamadas não atendidas. Deu graças a Deus por ter ignorado o mundo no dia anterior quando percebeu que a maioria das ligações fora feita da própria Rocinha. Imaginou o número de desaforos que teria ouvido, as reclamações que com certeza ainda chegariam aos seus ouvidos. Já tinha desenrolado com Marta, não devia mais satisfação a ninguém. Mas ainda iria se aborrecer bastante. Embora a grande onda já tivesse passado, o mar continuava revolto, muitas marolas ainda iriam explodir no seu peito. Viu que algumas pessoas tinham deixado mensagem em sua caixa postal e respirou fundo antes de recuperá-las.

"Paulete, aqui é a Mariana, a produtora do *RJ TV*", dizia a primeira das mensagens. "Desculpa tá te ligando no meio do feriado, mas é que eu queria saber se você já conseguiu a liberação pra gente fazer a nossa matéria. Me liga o mais rápido que você puder, por favor."

A segunda mensagem era de Armando. Do seu velho *brother*.

"Paulete, eu li o texto. A gente precisa se falar. Urgente."

A terceira mensagem era de Morte.

"E aí, Paulete? Tu já falou com a mina? Diz pra ela que eu posso desenrolar a parada da irmã dela com os amigos aqui em cima."

Havia ainda uma mensagem da Luluca — a sua sócia no centro. Ela, que enfim soubera do problema no *site*, estava preocupada com ele, com o seu sumiço. Também tinha uma estranha mensagem de Maria da Penha, na qual dizia, sempre com o seu jeito imperial, que não estava entendendo qual era a deles — Luciano e ele, Paulete.

"Passei o dia ligando pro Luciano e ele não me atendeu. Agora é você quem tá se fazendo de difícil, é?"

Paulete tomou uma caneca de café com bastante açúcar, entrou embaixo de um chuveiro gelado, escolheu uma roupa bonita e foi para a rua. A luz daquela manhã outonal doeu-lhe nos olhos. Passara apenas um dia trancado, mas era como se estivesse voltando de uma longa temporada no inferno. Parecia que estava de ressaca. Será que tudo isso tinha sido por causa dos textos de Luciano? Duvidava. A leitura o entretivera a um ponto tal que, pela primeira vez em quase dois anos como coordenador do centro, esquecera o compromisso de abrir as suas portas todos os dias de qualquer maneira — com as honrosas e inevitáveis exceções dos paradões impostos pelo Comando Vermelho. Mas havia também a pressão daquela longa quarta-feira, da qual com certeza ainda não se recuperara por completo. Por fim, não podia esquecer a saudade — a saudade que suplantava tudo, todos os outros sentimentos. Inclusive a raiva por ter sido abandonado na hora mais delicada de sua vida. Da vida que pelo menos na sua cabeça devia ser dos dois. Dele e Luciano. Juntos.

— Se liga, mané — disse Cabeção, com quem esbarrou no início da escada que leva à sua casa. — O morro tá tampado de puliça e tu de bobeira na pista.

— Mané é você — retrucou Paulete, falando como sempre à vontade com o Cabeção, um velho chapa da Rua 2. — Onde é que já se viu bandido da Rocinha com medo dos vermes?

— É que hoje só tem coroa, pepeta. E com coroa é porque a operação é à vera. Não é como aqueles garotões que vieram dar show pra mídia no mês passado, não.

Paulete lembrou da última grande operação policial na favela. Estava, como Cabeção frisou, cheia de garotões. Seu objetivo era pegar o Sombra, mas ao final de um dia inteiro eles só levaram uma meia dúzia de bandidos insignificantes, pegos no máximo com um morteiro e um Nextel. É verdade que a favela viveu um dia de terror, principalmente porque os policiais traziam consigo um mandado judicial autorizando-os a meter a bota em qualquer porta suspeita — uma das casas invadidas foi a do seu amigo americano Peter, que estava na Ilha Grande com a namorada e obviamente não pôde atender quando apertaram a campainha. Também é verdade que foi por muito pouco que não pegaram o Sombra — entraram na casa imediatamente ao lado do seu esconderijo. O dono da casa ao lado do esconderijo de Sombra apanhou até vomitar sangue, mas não abriu a boca. Se abrisse, seria pior — ele e toda a comunidade sabiam. Morreria tão logo a polícia saísse do morro, quando inevitavelmente seria chamado para desenrolar lá em cima. Toda vez que tem uma ocupação pra mídia ver, os trabalhadores detidos dão um pulo lá em cima depois de liberados. Para prestar conta do que falaram e do que não falaram.

— Boa sorte, Cabeção — disse mais para si mesmo do que para o bandido, que àquela altura já tinha entrado em algum cafofo.

Voltou para o seu caminho mais esperto. Evitando pensar no pior, mas de certa forma antevendo-o. E o seu lado mais pessimista fazia alguma associação entre a presença daqueles policiais cascudos e o texto de Luciano. Um calafrio percorreu-lhe a espinha. Sentiu medo. Muito. O mesmo que o manteve afastado dos bandidos ao longo de todos esses anos.

— Paulete, eu tava mesmo querendo falar contigo — disse Baixa reduzindo a velocidade da sua moto e dando a volta um pouco mais abaixo, parando ao seu lado. Ali na entrada da Rua 2.

— Se o problema é o *site* do...

— Que *site* que nada, Paulete — interrompeu-o o Baixa. — E eu lá tenho tempo pra perder com essas coisas.

Paulete lembrou da conversa com D'Annunzio, o diretor da TV FAVELA. O empresário queria incluir as suas modelos no misterioso evento que ele ia promover no próximo domingo. Será que Baixa estava atendendo ao pedido dele?

— Que é que você tá querendo comigo, então? — perguntou, desconfiado.

— Acho que você sabe que no domingo que vem eu vou inaugurar a Casa dos Artistas da Rocinha.

— De novo? — estranhou Paulete. Sua surpresa era sincera. Ele, bem como toda a Rocinha, estivera na festa de inauguração. Foi depois do show do Gil na garagem da TAU, no dia de Natal. — A casa não foi inaugurada em dezembro?

— Não, ali não foi a inauguração — disse Baixa, convicto. — Foi apenas um show em prol da casa, para levantar fundos para ela. A inauguração de verdade vai ser agora.

— Sim, a de verdade.

— Depois da cerimônia, vai ter uma festa. Não dá pra você levar suas meninas?

Paulete achou uma grande ironia. Antes ao menos era convidado para participar dos eventos que, no final, eram comemorados com festanças turbinadas por uma cocaína da pura, difícil de encontrar no asfalto. Agora nem isso. Baixa estava se tornando um empresário cada dia mais eficiente. Dispensava as preliminares. Ia direto ao assunto.

— Baixa, essa não é a primeira vez que você chama as minhas meninas pra uma suruba. Também não vai ser a primeira que você vai ouvir um não.

— Depois você acha ruim quando eu deixo o teu pessoal fora das minhas paradas — disse Baixa acelerando a sua moto. — As minhas meninas não acham nada demais.

Baixa sumiu nas sinuosas curvas da estrada da Gávea. Paulete pensou em como era alto o preço do sucesso. Não o seu, mas o das modelos que Baixa estava agenciando. Imaginou o tipo de relação que mantinham com ele. O cara devia estar prometendo o paraíso para elas. Mas o caminho até a fama tinha uma parada obrigatória no inferno. O problema de muitas dessas pessoas, inclusive o Baixa, é que essas temporadas no inferno são viciosas, transformam-se facilmente em moradas definitivas. Nas quais as pessoas se instalam confortavelmente.

O celular tocou. Ele olhou no visor. Era uma daquelas chamadas não identificadas.

— Oi — disse, surpreso quando Mariana, a produtora do *RJ TV*, se identificou. — Tudo bem?

A produtora lamentou a ocupação policial, que em seu entender adiaria *sine die* a reportagem que pretendiam fazer com as suas modelos.

— Não, pretinha — disse Paulete. — Pode ter certeza de que amanhã de manhã dá pra gente fazer a matéria. É só vocês quererem. Pelo que eu conheço da Rocinha, essa favela aqui vai estar mais tranqüila do que um hospital até o final da tarde de hoje.

Fora assim, por exemplo, na última ocupação. No dia seguinte, só lembravam do episódio porque ele estava registrado nos jornais, estampado nas manchetes que encimavam a clássica foto dos bandidos algemados, olhando para o chão e cercados de armas de pequeno calibre muito provavelmente oriundas do arsenal da chamada banda podre da polícia. Só uma ou outra pessoa não esqueceria a presença da Civil, como talvez fosse o caso de Família, um menino que vendia gás próximo à loja, que levou uma fuzilada no peito de um CORE depois de lhe dizer que de manhã ele até podia trabalhar, mas que de noite dava tiro em polícia. Para o resto da favela, foi apenas mais um dia. Um dia como tantos outros. Depois de uma infinidade de operações policiais, ao fim das quais nada de significativo tinha mudado na favela. O máximo que podia acontecer era um bandido morto ou preso. O máximo. Porque com o arrego pago ao batalhão, até isso era raro nos dias de hoje.

— Se você diz que é assim — disse a produtora —, a gente faz a matéria amanhã de manhã. Mas de qualquer forma eu vou ligar no final da tarde. Pra gente ter certeza de que está tudo bem mesmo.

Paulete guardou o celular na bolsa. Estava cedo e dificilmente encontraria Stela no salão da sua mãe, um pouco acima do centro. Mas ao menos deixaria um recado para que ela a procurasse o mais cedo possível. Stela, a mais madura e responsável das quatro modelos que iriam gravar o programa, ficaria com a missão de localizar as outras meninas até o meio-dia. Fariam uma reunião para produzir a matéria na hora do almoço. Lá no centro mesmo, cujas portas tinham que ser reabertas depois desse dia de folga que tirara para si. Havia cerca de 70 artistas que dependiam dele e a indústria do turismo, cada vez mais forte na favela, também precisava do centro. Esses compromissos ele jamais os esqueceria. Ou poderia colocá-los em segundo plano.

Quando chegou na altura da academia Varandão, percebeu a movimentação da polícia. Como dissera Cabeção, só tinha coroa na área. Não muitos, o que só fez aumentar a preocupação de Paulete. Tratava-se de um claro sinal de que era parada dada, de que vinham na certa. Fora assim na primeira prisão de Dênis, quando Paulete ainda era um menino de pernas compridas e morrendo de medo de virar bicha. Lembrou também da Operação Mosaico, que no fatídico ano de 1988 botou a cúpula do tráfico para correr depois da guerra do bicho. Em ambas as ocasiões, a favela só tinha policial cascudo. Com os quais não tem arrego. Ou então, quando tem, é muito alto. Pra quebrar a boca.

O QG da operação era, como sempre, nas imediações do DPO. Mais precisamente na garagem da TAU, na antiga Soreg. Havia três razões para isso, imaginou Paulete: deviam estar vasculhando nos arredores da Rua 2 e Rua 3; o DPO fica logo ali; a garagem é o único lugar amplo da favela, com grande possibilidade de estacionamento — inclusive de helicóptero. No meio dos cascudos, o grande troféu deles: Sombra, o homem de Fernandinho da Beira-Mar na rua, que desde a prisão de Elias Maluco tinha inclusive a responsabilidade de libertá-lo.

— Paulete, cadê o Homem das Cavernas? — perguntou dona Isinha, uma das faxineiras da academia em que Luciano malhava.

Deu de ombros. Para qualquer outra pessoa, talvez dissesse que ele está num spa, recuperando-se dos abutres da Rocinha. Mas ela perguntava de coração. Porque achava engraçado aquele russo do asfalto andando para cima e para baixo na favela. Morava perto de Paulete, a quem conhecia desde menino. Passava na frente da loja todos os dias, a caminho de casa ou do trabalho. Sempre que podia, parava para tomar um cafezinho com ele. Nessas ocasiões, falavam do Homem das Cavernas, que, para ela, era o seu namorado. Encarregou-se de espalhar a notícia pela academia. Essa foi uma das razões para que ele não tivesse se criado com nenhuma das meninas da FM.

— Pois assim que ele aparecer, diz que o pessoal da academia tá com saudade. O cara sumiu, Paulete.

Despediu-se de dona Isinha e foi até o salão, onde viu uma sonada Stela abrindo a porta.

— Caiu da cama, pretinha? — perguntou.

— Ah, Paulete, você sabe como é salão aqui na favela. Os dias que a gente mais trabalha são os feriados e os fins de semana.

— Mas eu acho que hoje você vai ter que deixar a sua mãe na mão.

— Mais problema, Paulete?

— Se você não estiver preparada para a fama, sim.

— Mas nós já somos famosos, Paulete.

— Vamos ficar ainda mais.

— Qual é a novidade do dia?
— *RJTV* de amanhã. Um bloco inteiro.
— Não acredito.
— Nem eu. Mas é a mais pura verdade, pretinha.

Marcaram de se encontrar no centro. Na hora do almoço. Trocaram beijos e foram cuidar de suas vidas. Ela, no salão da mãe. Ele, no centro de artes e visitação.

Capítulo 2

Como Paulete previra, o morro ficou em paz por volta do meio-dia. Ainda se via um policial ou outro na Estrada da Gávea, mas nada que merecesse mais do que a explosão de alguns morteiros. As pessoas comentavam, é claro. Mas havia alguma resignação no ar. Era óbvio para todos que Sombra tinha sido dado — por causa da eficiência do pequeno grupo de cascudos envolvidos na operação, que foi direto ao seu esconderijo e caiu fora tão logo chegou o reforço de que precisavam para atravessar a cidade com o homem mais perigoso do momento. Mas, para a Rocinha, o grande X9 de Sombra tinha sido ele mesmo, que andava pelo morro como se fosse um trabalhador qualquer. Por maior que fosse o arrego pago ao batalhão, ele não podia ficar de bobeira na pista. Namorando menininhas na porta da casa delas. Cantando músicas de amor no videoquê do Boiadeiro. Jantando com seus *brothers* no novo salão da Pizzaria Lit, com direito a ar-condicionado e a DVD com os últimos lançamentos do mercado. Lugar de bandido é o beco, todos estão cansados de saber.

Durante a manhã, porém, ninguém deixou de fazer nada só porque a polícia estava caçando Sombra. Como sempre, a Rocinha acompanhou a movimentação perto da garagem da TAU com a mesma curiosidade com que assiste à novela das oito, com a diferença de que o destino do bandit só podia ser comentado à boca miúda, como se fosse um evento privado, um grande segredo de Estado. Toda a comunidade não apenas sabia o que estava acontecendo, como fazia questão de se inteirar dos fatos. Mas todos faziam de conta que não tinham nada a ver com a história.

Uma das provas de que a vida continuava normalmente Paulete a teve quando recebeu a visita quinzenal de Andrade, um dos artistas que mais vende na loja.

— Paulete, temos que ter uma conversa muito importante — disse o artista, com um tom ameaçador enquanto desembrulhava o pacote com seus quadros.

— Se é sobre o artigo do Luciano, eu já desenrolei com a Marta — respondeu Paulete.

— E eu lá quero saber do teu namorado X9? — disse Andrade. — Meu problema são os quadros, que você praticamente esconde aqui.

Fazia parte do seu cotidiano administrar a vaidade dos artistas e artesãos, que estavam sempre se queixando do pouco espaço de que dispunham no centro ou então do destaque excessivo que davam, por exemplo, ao Tomate. Era chato, mas essa era a sua opção. Sempre gostou de trabalhar com gente. É infinitamente melhor do que ficar à frente de um computador.

— Cara, eu exponho os trabalhos com base em dois critérios — disse. — O primeiro deles é ter trabalho para expor. — Apontou para um quadro pendurado na parede de frente para a entrada. — No momento, só tenho aquele quadro seu. E ele está no lugar mais visível da loja.

Andrade pareceu aceitar seus argumentos, fez as contas do que tinha a receber e arrumou os seus quadros na posição que mais lhe convinha. Ele era um dos grandes sucessos do centro e tinha lá os seus direitos. Só não podia achar que era o dono do negócio. Deixou-o trabalhando à vontade enquanto fazia um café. Tinha a agradável sensação de que as coisas tinham voltado ao normal. Ou, no mínimo, que o pior já tinha passado.

— Tchau, Paulete — disse ele depois de arrumar os quadros e tomar um cafezinho.

Logo depois de sua saída, recebeu a visita de Maria da Penha. Apesar do tom belicoso da mensagem que ela deixara na sua caixa postal, o que Paulete viu entrando na loja foi uma mulher que acima de tudo estava com saudade de seu homem. Que queria notícias suas. Que suportaria qualquer coisa, menos o desprezo. Sabe ele muito bem que mulher tolera tudo, de marido bêbado a filho bandido. Menos o abandono. A indiferença.

— Você sabe do Luciano? — disse ela depois dos cumprimentos de praxe e de tomar o cafezinho que Paulete lhe ofereceu.

Paulete lembrou da noite no Fashion Mall. Iria dar-lhe o troco. Com juros e correção monetária.

— Foi pra um *spa*, sabia não?

— Como?

— Isso mesmo, queridíssima. Ficou traumatizado com a Rocinha. Você sabe, ele é um escritor muito fino.

Paulete sabia que estava dando sangue aos tubarões. Mas estava preparado para neutralizar o inevitável ataque.

— Escritor fino é o cacete. Ele é um cara muito do sem ética. Um irresponsável. Afinal de contas, ele quer escrever um livro ou detonar a Rocinha?

— Queridíssima, eu acho bom você e sua turma mudarem de estratégia. Fique sabendo que esse terrorzinho sem fundamento que vocês tocaram pra cima dele já chegou lá em cima. E tá mais do que desenrolado.

Como qualquer favelada, Maria da Penha queria saber os detalhes do julgamento, quando ele tinha acontecido, em que circunstância se dera. Mas isso ela poderia obter com riqueza de detalhes com outras das muitas fontes que tinha na favela. O que Maria da Penha não tinha — e ela não é uma pessoa que saiba conviver com ausências ou carências — eram notícias de Luciano. Precisava saber onde ele estava e depois, somente depois, iria perguntar-lhe por que a desprezara. Por que não aceitara o seu amor — que por imaginar o último caso de sua vida seria tão intenso quanto o primeiro, quanto aquele que dedicara ao seu pai, seu amado pai. Precisava de Luciano. Chegar a esse objetivo era tão imprescindível quanto a revolução proletária com que começou a sonhar há cerca de vinte anos e que desde então vem perseguindo, não importando os meios. Tentara de todas as formas atingir o coração daquele cabeludo de braços musculosos. Fora gentil, autoritária, oferecida. Nenhuma delas deu certo. Restou-lhe apenas criar o terror que inviabilizaria a sua permanência na favela, a continuação da sua pesquisa, a conclusão do livro. Se o visse nessa situação, poderia oferecer a ajuda de que estava precisando para poder entrar na favela de novo, voltar a ter acesso a ela, a suas lideranças. Imporia então as suas condições — o controle sobre o livro e, é óbvio, de seu coração. Mas primeiro tinha que achá-lo. E a única pista que tinha se chamava Paulete. Foi por essa razão que tinha chegado ali.

— Eu só estava querendo ajudar no livro — disse ela, voltando a ser humilde.

— Você é escritora?

— Não, eu sou médica, você sabe.

— Você ia gostar que alguém chegasse no meio de uma cirurgia e dissesse que devia pegar o bisturi tal, cortar a barriga assim, tirar o órgão não sei o quê?

— Mas esse caso é diferente. O cara tá escrevendo um livro sobre a minha Rocinha.

— Ah, então você é a dona da Rocinha!? Agora entendo por que você não gostou do artigo do Luciano.

— Não me venha com ironias, Paulete. Você não está entendendo que, se esse jornalista de quinta escrever muita bobagem pode detonar com a... nossa Rocinha...

— Um jornalista de quinta não tem esse poder todo.
— Ele é um jornalista de quinta querendo se promover à nossa custa. Já vimos esse filme antes. E deu no que deu.
— Pensei que você estivesse interessada no Luciano, mas não a ponto de mover mundos e fundos para salvar a vida dele.
— Você e suas piadas idiotas.
— Perco a vida, mas não perco a piada.
— Seu problema é que você não mede as conseqüências quando tá apaixonado.
— E o seu problema é que você quer controlar tudo. Só que o Luciano não é como os bundões que você tá acostumada a manipular.
— Eu não queria controlar ninguém.
— Queria, sim. Você queria que o Luciano escrevesse o livro que você quer.
— Não, Paulete. Eu queria que ele escrevesse o livro do possível. Pode crer, isso seria um puta livro. Esse livro ia ter o Cecil, a associação, o posto, o Matias, o Armando, a Sandra.
— Não, queridíssima Maria da Penha. Eu sou testemunha de que ele queria escrever um livro sobre os nossos heróis, o nosso processo de emancipação de uma favela para bairro. Só que essas pessoas o sabotaram. Você sabe, ninguém aqui dá entrevista sem cachê. Sem dinheiro aqui, parece que todo mundo fica burro.
— O cara também, chegar duro aqui.
— Como diria o bom e velho Joãozinho Trinta, pobre não gosta de pobre. Não viu o pessoal da Benetton? Foram tratados a pão-de-ló aqui.

Maria da Penha percebeu que por esse caminho não ia chegar aonde queria – um contato com Luciano. Resolveu adotar uma nova estratégia.

— Vi a Magali – disse, fazendo-se de ingênua.
— Que é que tem a Magali? – perguntou ele, percebendo que Maria da Penha mudara o rumo da conversa.

— Ela mandou um recado pra você.

— Que recado?

— O de que tinha lhe avisado que isso ia acontecer.

Paulete lembrou do que ele e Luciano chamavam de a maldição de Magali.

— Quem é a Magali pra dizer alguma coisa? — retrucou, aceitando a provocação de Maria da Penha.

— Magali é uma pessoa muito importante para a comunidade.

— A Magali é um ladra, que roubou 2 mil reais dos artesãos daqui.

— Prove.

— Manda ela ir dar parte de mim na boca. Vê se ela tem coragem.

— Você tá com ciúme.

— Ciúme de quê?

— Você tá com raiva porque ela disse que o Luciano ia fazer o livro, dar tchauzinho e ainda por cima comer suas modelos.

— Ela disse mais do que isso, Maria da Penha. Ela disse que eu estava fazendo com ele a mesma coisa que teria feito com Cássio. Que quando ele acabasse o livro eu ia apresentar a conta pra ele. Que nem eu fiz quando salvei a vida de Cássio. E a conta ia ser meu cu.

— É por isso que eu gosto da Magali. Ela só manda na lata.

— Não, Maria da Penha. Vocês duas se gostam porque são iguaizinhas. Porque tiveram tudo na mão e jogaram tudo fora.

— Eu não sou uma fracassada. Longe disso. Fui a primeira mulher a fazer um curso superior nessa favela. Não foi à toa que acabei de receber uma medalha de honra ao mérito da Câmara de Vereadores.

— Pretinha, você e eu sabemos que você trocaria essa e muitas outras homenagens que já recebeu pra não estar desesperada atrás de um homem, achando que vai envelhecer sozinha.

— Tenho meus filhos.

— Aqueles drogados que não querem saber de você?

— Esse Luciano é pior do que eu pensava. Não autorizei ele a falar do problema dos meus filhos. Quando procurei ele, procurei como uma mãe desesperada.

— Não, queridíssima. Você apenas usou esse pretexto pra se aproximar do Luciano. E eu e a Rocinha inteira sabemos que você fica se dividindo entre a favela e Jacarepaguá porque teu filho mais velho ia morrer se continuasse de vacilação no morro.

— Ele parou de se drogar. Entrou pro exército e tomou juízo na vida.

— Passou o trono pro mais novo. Não faz muito tempo, flagrei ele no 750 com um bonde de ladrõezinhos daqui do morro. Eles só não meteram o ônibus porque me viram lá dentro.

— Você fala isso porque tá influenciado por esse maldito escritor.

— Ai, Penha, não sou uma maria-vai-com-as-outras que nem vocês. Tá lembrada que eu vivia na sua casa? Acompanhei de perto pelo menos um dos teus casamentos. E eu lembro direitinho o que você fazia com o Ademir. Armando e eu presenciamos várias brigas de vocês. Seu queridíssimo amigo Armando disse várias vezes pro cara cair fora, dizia pra Deus e todo mundo que não sabia como Ademir te agüentava.

— Ele espancava meus filhos.

— Essa foi a versão que você, como ótima manipuladora, apresentou pro juiz da vara de infância, pra obrigar o cara a ir comer na tua mãozinha de novo. Porque quem acompanhou de perto sabe que você devia dar graças a Deus por ter um cara como ele, com a paciência dele, que até as tuas calcinhas lavava. Você voltava do trabalho e encontrava a casa um brinco, com a comida na mesa, as camas forradas, as crianças de banho tomado e o dever de casa feito.

— Era isso o que eu não suportava.

— Não, o que você não suportava era ser feliz, Maria da Penha. Porque não é de hoje que você só tem homem bundão. E tem pra manipular. Pra triturar até dizer que ele não presta mais e jogar fora completamente fudido. Que nem você fez com o Ademir. Que nem você fez com todos os seus homens. Que nem você tá fazendo agora com o Armando, o Matias, o próprio Pipa, jogando todo mundo contra o Luciano. Porque eu sei que essa história toda começou com o Pipa, mas se espalhou como uma sarna pela favela porque você queria que o Luciano fosse correndo te procurar, pedindo pelo amor de Deus pra você fazer o que eu só pude fazer até o dia em que vocês começaram esse terror, que vocês inventaram essa história de que ele é um X9, que vai detonar a favela. Só que você não contava com duas coisas, queridíssima. A primeira é que o Luciano já tem material pra escrever cinco livros sobre a Rocinha, não precisa de você pra mais nada. E a outra é que nem adianta eu dar o endereço dele pra você, que eu sei que foi isso que você veio fazer aqui. Porque eu sei, desde o começo, que a única coisa que te interessou em mim foi saber como se chega a ele. E não exatamente pra chegar a ele. Por que sabe de uma coisa, queridíssima? Eu acho que você nunca quis nada com o Luciano. O Luciano não tem nada a ver com os homens que você gosta. Luciano não é do tipo que você pode pintar e bordar como se fosse um macho idiota, que por sustentar a casa se acha no direito de tudo, de reclamar da casa, de exigir não sei o que mais, até mesmo de trair. Na verdade, eu acho que você queria me atingir. Você não estava interessada em ter o Luciano. Você só estava interessada em me vencer. Em me devolver com juros e correção monetária o que você acha que eu fiz com o Ademir. Acha. Porque eu não fiz. Acho até que, se eu quisesse, faria. Mas não por mim, porque eu sou o gostosão, porque ninguém resiste a uma sedução minha. Na verdade, qualquer pessoa transaria com o Ademir. Depois do que você fez com ele, as migalhas que restaram daquele homem lindo que ele foi transariam até com a esclerosada da tua mãe. Mas eu não transei, não. O que eu fiz foi dizer que ele merecia uma coisa melhor. Que ele podia estudar. Que ele podia trabalhar. Que ele podia ter até uma nova mulher, que mulher era o que não ia faltar pra aquele homem gostoso. E isso você jamais vai perdoar. Porque você só ia ficar satisfeita no dia que acabasse de vez com ele. Foi assim que aconteceu com o teu primeiro marido, que hoje é um alcoólatra, um inválido que mal consegue digitar a senha dele no banco quando vai receber a aposentadoria dele.

Paulete assustou-se consigo mesmo, com a clareza dos seus pensamentos, com a contundência das suas palavras, com a coragem que estava tendo para se impor diante dela, a jararaca. Não foi à toa que Maria da Penha, a mulher que se orgulha de ter uma lavadeira dentro do peito, capaz de encarar a polícia, de bater de frente com o tráfico, de exigir das autoridades o que em seu entender é um direito da Rocinha — não foi à toa que a guerreira botou o galho dentro e ouviu caladinha cada uma das suas acusações.

Visivelmente perturbada, ela foi até a porta, olhou para os dois lados e depois voltou.

— Você troca um cheque de 50 reais pra mim? — perguntou ela, por fim.

Paulete odiava quando confundiam o centro com uma agência bancária. Mas dessa vez foi com gosto que abriu a gaveta do dinheiro e pegou uma nota de 50 reais.

— Tá aqui, pretinha.

Maria da Penha pegou o dinheiro que Paulete lhe entregou e o guardou na bolsa. Depois preencheu o cheque e o entregou a Paulete sem agradecer pelo favor.

— Você diz que já desenrolou lá em cima. Mas o que nem você, nem quem livrou tua cara lá em cima estão imaginando é que esse Tim Lopes não vai ficar nesse artiguinho. Você agora tá se sentindo muito poderoso, mas eu vou ver de camarote você sendo expulso do morro. Esse prazer ninguém vai me tirar.

Capítulo 3

— Um dia te pego com fome ou eu mudo de nome — disse o vendedor ambulante pendurando no ombro as duas caixas de isopor em que carregava os refrescos e os salgados que vendia pela favela.

Paulete riu, como sempre acontecia quando via o determinado vendedor se despedindo, com o qual, embora voltasse todos os dias, dificilmente lanchava. Mas o seu riso foi abortado com a entrada no ar de uma entrevista de Marina Maggessi, a investigadora da Polícia Civil que prendeu a maior parte dos traficantes do Rio de Janeiro.

"Chegamos ao Sombra através de uma denúncia do Bigode, o atual chefão do tráfico na Rocinha", disse ela ao vivo para o *RJTV*, que dedicou grande parte da edição daquele dia à prisão do bandido apresentado como o principal articulador do incipiente narcoterrorismo no Rio de Janeiro.

Paulete nunca entendeu da boca, das idas e vindas do tráfico, das malícias do crime organizado. Mas previu uma série de problemas em decorrência da entrevista da policial, que começariam a chegar na favela muito brevemente. Não precisava ser bandido para desconfiar das suas intenções. Bastava ter um mínimo de vivência em favela para saber que não estava ali prestando contas à opinião pública. O seu incômodo aumentou quando viu a entrevista ser encerrada sem que o repórter ousasse fazer a mais óbvia e simplória de todas as perguntas: por quê Bigode teria feito isso? Nenhuma das inúmeras respostas para essa questão seria satisfatória, se analisada do ponto de vista do morro. A começar pelo fato de que, ainda que quisesse se ver livre das ingerências do Sombra dentro da sua área ou mesmo das seguidas batidas policiais no morro decorrentes de sua presença ali, o menor cuidado que ele tomaria seria o de entregá-lo por intermédio de um emissário como o MC, que tinha entre as suas missões a de fazer a interface com a polícia, pagar o arrego semanal do batalhão e do DPO, negociar a retirada de policiais de outras áreas que eventualmente iam mineirar na favela, pedir a autorização dos chamados bailes de comunidade. Havia muitos cuidados que o chefe do tráfico da maior favela do Rio de Janeiro com certeza teria se quisesse se ver livre de um de seus comparsas.

Se era difícil responder por que Bigode faria essa denúncia, Paulete resolveu se fazer uma outra pergunta igualmente óbvia e inevitável: por que Marina foi para a TV fazer esse tipo de comentário? Luciano, que já fizera algumas entrevistas com Marina, já lhe dissera que uma de suas estratégias era plantar notícias principalmente nos jornais populares para ouvir, por intermédio dos grampos que a sua equipe usa para monitorar as principais lideranças do crime organizado, as reações provocadas pelo seu movimento no complicado tabuleiro do tráfico de drogas na cidade. E é óbvio que um lance ousado desses deixaria em estado de alerta os olheiros tanto de Bigode como de Fernandinho Beira-Mar, seja na cadeia, seja na favela. O que a mulher estava querendo, jogando um contra o outro? Paulete não sabia se ela estava querendo morder uma grana de uma ou ambas as partes, se estava apostando na máxima maquiavélica do "dividir para governar", ou se estimulava uma guerra de facções dentro da Rocinha, que teria como grande protagonista Dudu, que ela sempre apontava como o homem que Fernandinho desejava na maior boca do Rio de

Janeiro. Tinha medo, porém, de se tornar alvo de uma bala perdida na guerra de informações entre polícia e bandido.

— Paulete, eu consegui achar todo mundo, menos a Liz — disse Stela entrando na loja. — Deixei recado na caixa postal dela. Espero que ela ouça a tempo.

Logo em seguida, chegaram Osíres e Virgínia. Começaram então a experimentar as roupas que Paulete sempre tem no centro, além de algumas inventivas peças produzidas pelos artesãos da Rocinha, como os vestidos costurados com as argolas reaproveitadas das latas de cerveja feitos por Rose ou os de crochê feitos por Tomiko. Enquanto orientava a melhor forma de usá-los, Paulete engoliu o prato feito que Stela fizera o favor de encomendar no Melhor Tempero — aquele que, segundo Luciano, fazia o melhor PF da favela. Estavam todos felizes com o programa e provavam a roupa com a maior boa vontade do mundo. A única preocupação era Liz, que, sabiam todos, era a grande estrela da companhia. Era perfeitamente possível fazer a matéria sem ela, mas com certeza a reportagem ficaria muito melhor com sua beleza selvagem, com sua boca carnuda, seus olhos curiosos, indagadores e penetrantes, sua buceta voraz. O que será que tinha acontecido com ela? — perguntavam-se todos, entre risinhos de uma felicidade igualmente almejada e inesperada, como a de quem ganha na loteria.

— Eu acho que o Bigode viu a Liz no jornal e mandou buscar ela — disse Virgínia.

— Pois eu acho que o príncipe encantado da Liz foi um empresário da moda, que disse que abriria todas as portas para que ela fizesse uma carreira internacional. A essa hora, deve estar fazendo o seu primeiro curso de línguas — disse Osíres.

— A gente fica falando assim e até esquece que até a semana passada Liz estava quase cedendo às tentações da prostituição — disse Stela, falando num tom grave. — Coitada, tá no maior sufoco. Dizia que ia deixar esse negócio de ser modelo, não agüentava mais ficar investindo e não ter nada em troca. Vocês não imaginam como foi difícil convencer a menina de que valia a pena insistir, que mais cedo ou mais tarde a vida da gente vai mudar, que alguma hora vai pintar o mais importante, que é o dinheiro, carreira, trabalho de verdade. Tava de saco cheio dessa história de Baile do Copa, Rocinha Solidária, elogios na mídia. Isso não paga a minha academia de ginástica, ela me dizia quando lhe falava de nossas conquistas, do reconhecimento do nosso trabalho. Aplauso não ajuda a minha mãe no aluguel, dizia. Também dizia que ser reconhecida no morro não enche barriga. Mas a gota d'água foi uma dívida que a porra-louca da irmã arrumou na boca e os caras tão querendo que pague de qualquer jeito. O desfile das noivas ia ser a sua última tentativa. Se não acontecesse nada, ela no mínimo ia aceitar um dos convites para jantar com o Da Cerveja, que ainda nessa segunda-feira chamou ela de novo, acenando com mil reais pra passarem uma noite juntos. Outro que tá doido pra dar uns beijos nela é o Morte. Vem ver a morte de perto, o cara vive dizendo pra ela. Não pára de ligar, promete vida boa pra ela, diz que arruma barraco pra família, o que ela quiser. Ela disse que não tava agüentando mais a pressão. Adorava as tuas aulas, Paulete. Acha que nunca aprendeu tanta coisa sobre postura, atitude, disposição pra passar pela vida com a elegância de quem está atravessando uma passarela. Mas isso não basta. Principalmente depois do problema da irmã. A xinxeira da irmã. É por isso que eu tô preocupada com ela. Eu realmente tô preocupada com ela. A menina sumiu desde o dia do desfile. Eu ligo, ligo e ela nem atende. Queria saber em que buraco ela se meteu. Espero realmente que tenha achado seu príncipe encantado. Que esteja curtindo sua lua-de-mel em um castelo. Mas eu sinceramente estou muito preocupada com ela.

Fez-se então um longo e pesado silêncio, interrompido minutos depois por um telefonema de Márcio. Márcio, o fofoqueiro, aquele que sempre sabe as últimas do morro e tem a missão de espalhá-las por toda a comunidade.

— Paulete, presta bem atenção no que eu vou te dizer.
— Tô prestando.
— Você viu o *RJTV*?
— Você quer dizer a entrevista da Marina?
— Essa mesma.
— Eu vi. E fiquei muito preocupado.
— E devia.
— Que foi que aconteceu?
— O Pipa chegou lá em cima dizendo que foi o Luciano que entregou o Sombra.
— De onde é que ele tirou isso?
— Você sabe, o cara tá fazendo aquele trabalho na Cenário.
— Sei, ele é o rei da cocada preta. Tá por dentro de tudo nessa história de tráfico.
— Só que ele pode ter cavado a própria cova na favela.
— Como assim?
— O Bigode achou que a esmola era muito grande, desconfiou. E agora só falta confirmar que na verdade foi ele que foi entregar o Sombra.
— Por que o cara faria isso, meu Deus?
— Tudo começou com a história do Palácios, que levou a briguinha com o Luciano lá pro *site* em que ele trabalha.
— Bem que o Luciano avisou que não era jogo pro pessoal da favela levar a briga daqui pra lá.
— Pois é. Os caras pagaram pra ver e se deram mal. A Marina, que de besta não tem nada, chegou na ONG dizendo que tinham virado massa de manobra do tráfico. Pra provar que não eram os homens de Bigode lá dentro, entregaram o Sombra. Não agüentaram o terror psicológico da Marina.
— Como é que você soube desse babado todo?
— Você não sabe como é bandido? Até dá o dinheiro que os vermes pedem, mas oferece o dobro pra saber quem deu eles.

355

— Mas se a história é essa que você tá falando, quem devia tá preocupado era o Pipa, não eu.

— Você sabe como é o Bigode. O cara só age quando tem certeza. Por isso, ele vai deixar o pessoal do Pipa criar o terror pra cima de você de novo. Não se assuste. Deve ir o Pipa, o Palácios, o MC e mais um bando de gente te cobrar. Você sabe, tá cheio de gente do Beira-Mar na favela. O cara tem que dar uma satisfação pro mundo do crime sobre a prisão do Sombra na favela dele. Mas fica tranqüilo, ele disse que depois vai às forras contigo. Tá falado?

— Nesse caso, eu acho melhor ligar pra Globo desmarcando a matéria que o *RJTV* ia fazer com a gente.

— Também acho. Você não pode agir como se não tivesse nem aí pra Hora do Brasil. Você sabe, o pessoal ia começar a desconfiar.

Capítulo 4

Como Márcio previra, teve início uma procissão ao centro. O primeiro a passar por lá foi Matias, que estava a caminho de uma manifestação do MST na igreja da Fundação e não perdeu a oportunidade de registrar que avisara desde o começo que esse tal de Luciano Madureira não era flor que se cheire, tava na cara que não tinha o menor interesse na Rocinha, mas no crime organizado. Depois foi a vez de Francisco, que disse que Paulete merecia levar uma coça por ter acoitado um Tim Lopes na favela, em vez de prestigiar e apoiar os crias do morro.

Pipa também marcou sua presença nos protestos que chegaram à loja.

— Ainda bem que eu detonei todo esse processo — disse Pipa. — Se esse cara passa mais uma semana na favela, ele ia terminar entregando o Bigode.

Sebastian também deu um pulo no centro, onde falou dos seus receios.

— E pensar que eu fui até o Bem-te-vi pra defender o cara — lamentou. — Agora eu tô com medo de tudo. Do meu pai, das mudanças na escola de samba que vão levar a Acadêmicos pras cabeças, de todas as coisas que eu falei pro teu namorado.

Imediatamente depois de sua saída apareceu a Helena com um grupo de turistas alemães. Foram dela as palavras que mais lhe doeram. Estava cansada das pessoas, de se decepcionar com elas.

— Sabe por que os bandidos são os heróis dos meninos? Porque os meninos sabem que esse pessoal metido com projeto não é confiável. Para os meninos, nós somos como a polícia, os políticos, esse pessoal que só vem no morro pra tirar uma casquinha da miséria do povo. Acho que esses Pipas e esses Baixas fazem mais mal que os bandidos. Fazem mais mal até do que a polícia. Porque na polícia ninguém mais confia. Nem aqui, nem no asfalto. Mas esse pessoal de projeto, não. Esse pessoal é apresentado como herói na TV. Esse pessoal recebe autoridades internacionais como se fosse nos salvar de todas as nossas quizilas, de todas as nossas mazelas, de todas as nossas dores e misérias. Só que na favela todo mundo sabe da vida de todo mundo, aqui ninguém engana ninguém. Esse pessoalzinho pode até enganar os financiadores internacionais, os sociólogos que hoje trazem esses projetos para as favelas como se fossem os salvadores da pátria. Enganam todo mundo no asfalto, mas aqui nem a mãe acredita neles. E se eles são a nossa salvação, isso significa que nós estamos fudidos de verde e amarelo. Que só nos resta aderir à cultura da violência, ao culto das armas. Porque os nossos bandidos são como são. Não tentam enganar ninguém. Você sabe exatamente o que esperar de um bandido. Enquanto com a gente, não. Os meninos esperam que a gente cumpra o papel de heróis e se decepcionam quando agimos como seres mesquinhos. Quando nos comportamos como os bandidos, que malham as drogas com sal, mármore, o caralho. Só que eles não escondem de ninguém que malham a droga. E nós escondemos que malhamos os nossos projetos. Nós vendemos nossos projetos como se fossem a massa real, da pura. Os bandidos não mentem. Por isso, os meninos acreditam neles. Porque a favela aceita tudo, menos a falta de sinceridade.

Por fim, recebeu a visita do MC, que disse que ele devia ir arrumando os mijados.

— Seus dias na Rocinha estão contados — anunciou.

Paulete precisou de todos os seus santos para não reagir aos insultos de que foi alvo. Mas aceitou com resignação a parte que lhe cabia neste latifúndio, interpretando com sinceridade o papel que o destino lhe impusera. Achava justo que Bigode pedisse aquele sacrifício de sua parte. Mais uma vez, ele estava levantando todas as informações necessárias para tomar as medidas cabíveis. Teria que acabar com a vida de Pipa, que ele sim estava sendo o alcagüete que vira (e como bom dedo-duro denunciara) em Luciano Madureira. Por isso, estava se certificando de todas as formas de que fora ele quem entregara Sombra para a DRE. Podiam fazer todas as acusações a ele, o Bigode. Era traficante, sim. Estava metido de corpo e alma na implantação do narcoterrorismo no Rio de Janeiro, participando com nada menos de 300 homens na Segunda sem Lei, quando o tráfico explodiu bombas no Palácio Guanabara e no Rio Sul, além de ter dado uma série de demonstrações de força e organização na cidade. Mas não podiam dizer que agisse precipitadamente. Às vezes, chegava a dar a sensação de passividade, falta de pulso. Sabia o valor de uma vida. Não era de tirá-la à toa, por um crime qualquer contra a lei do morro. Só aplicava a pena de morte nos casos realmente merecedores dessa punição, segundo, é óbvio, a lei que regula a civilização da Rocinha.

Foi por essa razão que Paulete não temeu ou tremeu quando Morte entrou vestido a caráter no centro, trazendo no peito a medalha de Bin Laden, duas pistolas na cintura e o seu famoso facão na mão esquerda. Viu logo que estava cheirado, o que torna os bandidos ainda mais perigosos. Mas achava que ele tinha, como todo o povo da Rocinha, internalizado as ordens que garantiam a existência harmoniosa de toda aquela multidão na favela. Paulete sempre duvidava da possibilidade de se manter aquele morro sob controle. Na prática, porém, os dias se sucediam iguais um atrás do outro. Nem sempre era possível identificar e/ou distinguir quem era bandido, quem era trabalhador, quem era polícia. Mas as pessoas continuavam acordando com a sensação de que iriam poder trabalhar, amar, se divertir e dormir na hora que bem quisessem e entendessem, como é o sonho de qualquer família burguesa do asfalto. A diferença é que essa ordem, no morro, é mantida por ele, o Bigode. Tinha absoluta certeza de que Morte jamais ousaria afrontar a ordem. Pelo contrário, era graças ao seu facão e às suas pistolas que essa ordem era mantida. As pessoas podiam obedecer ao Bigode, mas era o Morte que temiam.

— Eu vim buscar o teu X9 — disse Morte, encostando o cano frio de uma das pistolas na testa de Paulete e puxando-o pelos cabelos.

— Subiu — disse Paulete, com um fiapo de voz.

— Deixa de caô, pepeta — disse Morte, depois de lhe dar um bico nos calcanhares. — Acabei de vir lá de cima e não tinha ninguém na bola lá.

— Morte, a gente se conhece não é de hoje — disse Paulete com medo de ser traído pelas palavras, embora soubesse que somente elas podiam salvar a sua vida.

— Pois é, tu tá careca de saber que comigo não tem boquinha, mato qualquer um que teja de vacilação. Até minha mãe, se mãe eu tivesse.

— Você sabe que eu não sou de vacilar no morro.

Morte meteu a bota em uma das estantes da apertada sala em que funcionava o centro, que caiu, arrastando consigo as outras duas que havia ao lado.

— Não vacila é o caralho. Um cara que bota um Tim Lopes no morro é um tremendo vacilão.

— Cara, na boa, esses trabalhos são de pessoas que não têm nada a ver com esse babado.

— Pois se você tá preocupado com elas — disse Morte, usando seu facão para derrubar os quadros pendurados na parede frontal da loja —, devia ir logo dizendo onde está o teu marido X9.

— Morte, isso que você tá fazendo não existe aqui — disse Paulete, percebendo que sua única arma seria a ousadia, que teria que domar a fera para não ser jantado por ela. — Não existe porque não existe punição assim ao ar livre, na frente do povo todo. Não existe porque você não tá me dando o direito de defesa. Não existe porque você está desrespeitando uma ordem do Bigode.

Morte puxou a estante encostada na mesma parede da qual acabara de derrubar os quadros. Caíram com ela o aparelho de telefone, o computador e as engenhocas de Severino que tanto encantavam os turistas e tanto atraíam as crianças do morro, que infernizavam a vida de Paulete e principalmente a de Luluca, achando que os seus relógios e bonecos eram brinquedos eletrônicos.

— Brother, eu sou o maior matador dessa boca. Se eu quisesse te matar, você a essa hora já tinha virado comida pros porcos que eu crio lá em casa com os corpos que o patrão manda eu picar. Mas por enquanto eu só quero o teu macho. Por enquanto.

Paulete viu uma pequena multidão se formando no portão da oficina em frente. Ficou com mais medo ainda. Parecia que o seu caso estava sendo tratado como um julgamento exemplar. Público e notório, como todos os julgamentos exemplares. Que no caso tinha a função de mostrar o destino que teria toda e qualquer pessoa que ousasse abrir as portas para um jornalista na favela. A boca podia não ter mais coragem de matar jornalistas, mas, por outro lado, podia fazer picadinho dos moradores que lhes dessem abrigo. Por isso, Morte não estava tendo o cuidado de levá-lo para um lugar reservado, como em geral acontecia com as pessoas marcadas para morrer na favela. Ia matá-lo na frente de todo mundo mesmo.

— Posso te fazer uma pergunta?

— Todo condenado tem direito a um último desejo, mas vê se não enrola muito que o morro hoje tá a maior fogueira.

— Foi o Bigode mesmo que te mandou aqui?

— Foi como se tivesse mandado.

— Como assim, Morte?

— Eu tava lá em cima agorinha mesmo. E vi quando ele disse pra um família do Beira-mar que tinha descoberto o X9 do morro. E o X9 do morro é teu namoradinho!

— Cara, eu preciso falar com o Bigode!

— Não tô podendo incomodar o chefe. Você sabe, o amigo ficou puto por causa do motoqueiro que morreu no dia que eu troquei tiro com os vermes lá na Via Ápia. Além do quê, tu tá sujo comigo porque não adiantou meu lado com o broto das passarelas.

Paulete enfim entendeu o que estava acontecendo e lamentou tanto pela sua sorte como pela da favela. Morte estava agindo por conta própria, para mostrar serviço ao dono do morro, que exatamente por causa da sua independência estava sendo aposentado depois de longos anos de bons serviços prestados ao crime organizado do Rio de Janeiro. Um bandido com tanto prestígio, uma lenda viva da Rocinha, não estava admitindo a saída de cena proposta pelo seu patrão. Sabia que mostrar-se útil por sua própria conta e risco poderia custar-lhe a vida, mas preferia pagar para ver. Pouco lhe importava se Paulete perderia a vida ou se, pior, a favela percebesse que já não era a mesma, que seu dono tinha pulso fraco, que qualquer um podia pegar uma arma e resolver suas paradas como bem lhe conviesse, pois a Rocinha tinha virado uma terra sem lei nem rei.

— Como é que a gente faz? — perguntou Paulete.

— Faz como?

— Você não quer o meu Tim Lopes?

— Quero.

— Então, eu te dou o endereço ou te levo onde ele tá?

— Nem uma coisa nem outra, pepeta — disse Morte. — Você sabe, os vermes me garram se eu sair do morro. Você vai ter que atrair o X9 pra cá.

— Quando?

— Hoje. O patrão teve um dia muito difícil. Tá precisando de uns agrados.

O fogueteiro explodiu um morteiro na Via Ápia. Morte foi até a porta do centro e deu uma olhada para os dois lados. Voltou-se depois para o lado de dentro. Deu um pontapé na estante que Ednaldo montara com bastante zelo nessa mesma manhã.

— Isso aqui é pra você ficar esperto — disse ele antes de sair. — Se até amanhã você não tiver trazido o Tim Lopes pra mim, eu vou detonar tua casa. E não vou deixar nem uma foto pra você ver quando sentir saudade da mamãe.

Paulete olhou os estragos deixados por Morte com o coração apertado. Mas deixou para lamentar o destino para depois. Agora ele tinha que pegar o material de Luciano e sumir da favela. Antes que fosse tarde demais.

Capítulo 5
"8 DE FEVEREIRO

Para ela, eu não estava apenas começando um livro. Melhor dizendo, a pesquisa de campo para escrevê-lo com a necessária profundidade. Ela achava, talvez como o Tomate uma vez me disse brincando, que quem bebe dessa água daqui não vai embora jamais. Era, portanto, como se eu estivesse começando uma viagem sem volta, muito embora a Rocinha faça parte da cidade, sendo hoje inclusive reconhecida como um bairro.

Mas ela foi criada em São Conrado, que, se por um lado é o bairro mais próximo da favela, cujos moradores a propósito durante anos tentaram disfarçar o maldito endereço real dizendo que moravam em São Conrado, é exatamente por ser o mais próximo o que mais temeu a Rocinha e o que mais tentou se distanciar dela, a maior favela do Rio de Janeiro, quiçá da América Latina. Quando ela me liga, eu, que de uma certa forma represento para ela a mesma ameaça que a Rocinha, tenho a impressão de que estamos em países diferentes, quando na verdade eu poderia ir andando até a casa dela. Nunca estivemos tão perto e no entanto nunca estivemos tão distantes um do outro.

Jamais vou cogitar a possibilidade de ela vir me visitar no barraco que aluguei no beco que desce a partir do número 477 da Estrada da Gávea. Não pensem que esteja falando de uma mulher careta, reacionária, escrota. Não, não é nada disso. Eu a chamo de Sinhazinha, é verdade, mas embora ela seja mesmo uma dama que como qualquer grande dama pertence a uma família falida, ela é uma grande jornalista, que cobriu, por exemplo, as chacinas de Vigário Geral e da Candelária e muitos outros episódios da chamada Cidade Partida ao longa da década de 1990, da qual foi um de seus grandes talentos.

A nossa própria ligação teve como ponto de partida o último livro que publiquei, cuja carreira devo à matéria que ela fez para um grande jornal carioca. Este livro que estou começando agora, até mesmo este, que para fazê-lo estou tendo que abrir mão dela, só o faço porque contei com a sua ajuda em um momento fundamental tanto de sua formulação quanto de sua viabilização econômica. Tenho certeza de que vai lê-lo com empolgação e fará de tudo para que aconteça entre os seus pares, os chamados formadores de opinião.

Mas o modo como o estou fazendo a deixa assustada como uma menina como na verdade ela o é — uma menina mimada, diga-se de passagem. Não vai querer nada comigo enquanto estiver morando aqui, o que inicialmente tentei esconder dela, eu que a amo e que só não abro mão até mesmo desse projeto para viver a grande paixão que imaginei reservada para nós porque em primeiro lugar é assim que ela gosta de mim, sendo capaz de abrir mão de uma vida burguesa para escrever um livro, sendo capaz de abrir mão até mesmo deste livro para viver uma paixão.

Ela até que tentou fazer as modificações que achava imprescindíveis, pedindo, digo, implorando para que arrumasse a casa, para que cortasse o cabelo, para que descolasse um emprego legal. Como lhe disse em diversas ocasiões, eu, por ela, dormiria de meia como um burguês, como diz aquela canção do Barão. Se não o fiz foi porque intuí que, mesmo que me tornasse um *yuppie* da Bolsa ou um jornalista bem colocado no mercado, ela jamais ficaria comigo. Porque o seu negócio é ficar sozinha, achando o mundo cruel porque não lhe põe um homem bonito e romântico em seu destino. Abriu mão de viver seus afetos. O máximo que há de se permitir é comprar um gatinho e se mudar com ele para o apartamento que comprou há pouco mais de um ano, que mantém alugado.

Creia-me, ela, apesar disso, é uma mulher sensacional, inteligente, simpática, doce e com a voz mais bonita que já ouvi em minha vida. Adora um drama, como diz sua amiga Irene, que nos apresentou. É um personagem literário, como diz outra de suas amigas, a Soraia. Mas talvez seja por isso mesmo que a ame do modo como a amo. Hoje estou na defesa e não deixo de fazer mais nada para tê-la por um domingo de sol, uma noite de sexo, algumas horas no telefone. Digo melhor, paro qualquer coisa se ela me chamar para uma dessas coisas, mas sei que mesmo que ela nos próximos anos continue me achando a pessoa mais sensacional que já conheceu (*sorry*, periferia) eu ainda assim não teria mais do que uma trepada inesquecível para mim e para ela.

Houve um momento em que sofri por causa disso, mas agora levo numa boa. Quer dizer, não numa boa, já que ainda trago guardada nesse meu pobre coração de poeta a fantasia de viver uma bela história de amor, dessas em que não apenas descobrimos a pessoa mais sensacional do mundo mas, igualmente importante, ela tem o incontido desejo de ficar comigo até o fim dos meus dias – inclusive aqueles que passar na Rocinha.

Comecei a descobrir que a Sinhazinha não seria essa pessoa no dia em que recebi o telefonema da diretora da universidade que aceitou a proposta de financiamento que lhe fizera – foi ela, a Sinhazinha, quem me vendeu para essa universidade. Estava ali resolvendo minha vida econômica por cerca de um ano, e por incrível que pareça não era exatamente por isso que eu estava feliz. Eu fiquei feliz como um pássaro porque a partir de então eu ao menos poderia rachar as contas com a Sinhazinha, que àquela altura da relação estava deveras preocupada com a possibilidade de bancar todas as noitadas que viéssemos a fazer. E aí saí para a noite, atrás de um orelhão para poder ligar pra ela — o meu celular é o que o povão chama de pai-de-santo, daqueles que só recebem.

O meu real desejo era o de ir até a sua casa e acordá-la para uma farra que só não seria regada a champanhe porque sou dependente químico e infelizmente não posso beber mais. Mas tudo o que eu queria dizer era que eu sou uma pessoa viável, que não tenho apenas a grande virtude de ser capaz de amar, mas que enfim iria poder fazer isso sem representar uma ameaça econômica para o objeto do meu desejo. Mas ela, em primeiro lugar, dorme com o celular desligado, e em segundo lugar não veria romantismo algum nessa invasão de domicílio na qual só não incorri porque no fundo sempre soube que tudo o que ela quer é proteger o que o seu psicanalista chama de ninho de neuroses, do qual fazem parte uma mãe que passa os dias e as noites queixando-se da parca pensão que o falecido e chifrudo marido lhe deixou, uma irmã que está escrevendo uma dissertação de mestrado há pelo menos dez anos e um irmão drogado, que vez por outra some com um dos quadros que a família comprou em seus períodos áureos e o troca por cocaína na mesma Rocinha que tanto a assusta. E eu sou tudo o que essa família quer longe, muito longe.

Eu, em algum outro momento de minha vida, me sentiria politicamente vaidoso de representar uma ameaça para essa família, que chegou a respirar aliviada quando lhe perguntaram se estava namorando aquele jornalista porra-louca e ela negou. Senti-me um adolescente, como na época em que morava em Fortaleza e alguns pais proibiam suas filhas de me namorarem, eu que já naquela época era cabeludo e sonhava em descobrir o mundo e as razões para que ele seja sempre o mesmo, tão injusto hoje quanto o era na época em que era um menino rebelde, que tentava disfarçar o medo que sentia de papai com um jeito *gauche* de ser. Mas o fato é que, mesmo com tantos anos de análise, ainda trago comigo uma aura de maldição. E, enquanto a Sinhazinha estiver no seu ninho de neuroses, ela jamais vai admitir que, esse predador, me aproxime do seu sofisticado endereço em São Conrado.

Enquanto acreditei em nosso amor, disse que só respeitaria o seu ninho de neuroses até o dia em que desse por terminado este livro. Nesse dia, eu entraria a qualquer hora em sua casa e beijaria a boca de sua mãe, veria um jogo do Flamengo com o seu irmão xinxeiro e botaria um ponto final na dissertação que a irmã jamais ousou porque é graças a ela que garante o seu lugar naquele cálido ninho de neuroses.

Mas aí houve aquela quinta-feira à noite em que ela chegou no apartamento que ainda tenho no asfalto, que ela chama de ícone (da impossibilidade de ficar comigo). Foi um dia antes daquela terrível chuva de sexta-feira, onde eu vi o mundo descer pela Estrada da Gávea, na Rocinha. O mundo que parecia chorar por mim naquela noite, a um só tempo triste, revoltado e sem entender por que ela me ligou no meio da noite só pra dizer que me amava.

Mas voltemos para a quinta-feira, quando ela se disse sufocada pelo meu amor. Foi ali que desisti de lutar. Porque a certeza mesmo eu já a tivera com a falta de empolgação de sua parte na hora em que lhe disse que a universidade ia bancar a minha pesquisa. Para ela, não havia nada o que comemorar, pois era absolutamente normal que um homem de 40 anos tivesse uma grana para sobreviver, um trabalho em nome do qual se mover. Eu por pouco não revidei, dizendo que, se fosse assim, se o óbvio não fosse tão difícil de ser conquistado e domado, ela, que é uma mulher de 35 anos, uma bela mulher de 35 anos, não estaria sozinha, sem nenhum filho para amá-la e, pior de tudo, morando com a família em uma situação de dependência totalmente incompatível com sua inteligência, com sua capacidade de trabalhar, com o emprego que tem, com tudo o que já viveu e principalmente com a sua sofisticação, pois não há nada mais favela do que morar com os pais.

Eu hoje acrescentaria a isso o fato de que não é nada normal uma família como a dela viver ainda mais apertada depois que o pai morreu porque a louca da sua mãe gasta a maior parte da pensão que o marido chifrudo lhe deixou com uma mansão em Teresópolis, cujos custos são tão altos que sequer podem freqüentá-la, porque foi lá que viveu os melhores momentos de sua infância. Nada, aliás, é normal naquela casa, aquele ninho de neuroses.

Mas talvez seja por isso mesmo que naquela sexta-feira eu sangrei tão intensamente quando percebi que tinha de me render, quando percebi que amá-la era uma causa perdida. Houve um outro dia em que a ferida aberta por suas pontiagudas palavras foi ainda maior, mas eu de uma forma ou de outra havia me curado do corte que abriu em meu coração quando disse por telefone (sempre por telefone, como no filme *Denise está chamando*, aquele manifesto à impossibilidade das relações humanas) que estava farta de mim. Naquela quinta-feira, demos uma trepada burocrática e ela disse que estava se sentindo sufocada por mim, pelo meu amor, pela janela que estava abrindo em minha vida para construir uma relação sólida com ela, mesmo que ela seja uma Sinhazinha, mesmo que ela adore um drama, mesmo que ela seja uma personagem literária.

Disse que estava ali para se despedir de mim e naquele momento eu fiquei sem saber se essa despedida era porque iria fazer uma viagem de trabalho no sábado de manhã e queria ter a sexta-feira livre para si, para arrumar sua bagagem, para sair com as amigas (o que efetivamente fez naquela noite de chuvas intensas como a minha dor, tendo por causa delas ficado presa durante horas em um restaurante do Leblon). Não sabia se estava apenas dizendo tchau, amor, vou passar uns dias fora ou se não, estava indo de vez, estava voltando para as suas aulas na Estação do Corpo, para os eventuais jantares com as amigas e fundamentalmente para as noites mergulhadas na mais profunda depressão porque, para poupar o dinheiro do carrão do ano que estava pagando, não podia sair do seu ninho de neuroses, onde ela, como a classe média das grandes cidades desde que a crise econômica adiou a saída de casa dos filhos mesmo depois de formados, podia praticar o seu esporte predileto, sofrer em conjunto.

Quando ela voltou daquela viagem de trabalho e passou dias sem me procurar, eu tive certeza de que fora embora de vez e foi apenas para ouvir isso de sua boca que a procurei, que marquei um encontro em uma nova quinta-feira, mas eu nem devia ter ido só pela hora que marcara, quase 10 da noite. Como sei que ela nunca dorme depois de meia-noite, sabia que a conversa não ia render muito, ia ser levada de modo burocrático, não ia ser nem que sim, nem que não. Mas eu fui, e pior fiquei mesmo sabendo que ela tinha bebido em um evento no qual fora profissionalmente e que porque estava de pilequinho não estava disposta a trepar comigo. E o pior foi que eu fiquei."

Capítulo 6

Quando Paulete descobriu aquele texto, sentiu uma faca de ponta no seu peito. Uma sensação de traição rasgou-lhe o coração de modo tão pontiagudo como no dia em que soube que Ribamar era bandido. A situação era outra, o contexto era bem diferente. Mas ambas escondiam um detalhe fundamental, tanto de sua história pessoal como para a relação dos dois. E em ambos casos se fez a mesma pergunta: se não me contou uma coisa tão importante como essa, o que mais não teria escondido?

— Esse ônibus passa na frente do Santa Marta? — perguntou quando entrou no 434, em frente ao prédio onde mora o estilista Roni Summer, na Glória.

O motorista fez que sim com a cabeça e Paulete correu para a porta de trás, carregando consigo as bolsas em que espremera as fitas e os cadernos (inclusive os que ficaram borrados com a água da chuva) de Luciano. Ele entrou, pagou e se sentou em um lugar perto do trocador. Estava disposto a achar o Luciano de qualquer maneira. Depois voltaria para a casa de Roni, onde se refugiara depois do ataque de Morte e onde lera o texto que Luciano dedicara àquela mulher anônima pela qual se dizia completamente apaixonado. Aquele texto estava dobrado dentro do caderno que pegara na casa de Luciano, que encontrou ao lado da cama quando ainda não sabia ao certo o que tinha acontecido com ele. Esquecera-o no bolso de trás da calça que estava na ocasião e vestira às pressas quando foi pedir asilo a Roni Summer.

Pensando bem, Luciano não lhe fizera nenhuma promessa de amor. Era um heterossexual convicto, como todos os homens que amou. Sequer tivera um dos casos aceitos com normalidade na favela, que é a de um macho comer uma bicha. Para Luciano, não havia diferença entre passivo e ativo, o homem e a mulher de um casal homossexual. Homossexualidade, explicava, não é analidade, prazer em dar o cu. Homossexualidade é gostar de alguém do mesmo sexo. Essa era uma das grandes discordâncias entre os dois. Nesse sentido, Paulete se sentia Rocinha até a raiz do cabelo. Para a favela, bicha é tão-somente aquele que dá. Ao macho, tudo é permitido. Essa era uma das frases preferidas de Paulete.

Mas independentemente de opção sexual, seu coração se enchia de suspeitas por causa do silêncio em relação a uma mulher tão presente na vida dele, Luciano. Aquela omissão lhe fazia pensar em maridos que saíam para a noite sem a aliança no dedo, como muitos que beijara em boates gays, como alguns que o abordaram nas madrugadas em que entregava o jornal *O Globo* para os assinantes e como pelo menos um que o levou para o seu apartamento no Jardim Botânico, que comeu sua bunda ao lado da foto de sua esposa sorridente e seus dois saudáveis filhos. A única conclusão a que essa linha de raciocínio levava era a de que não revelava seu caso de amor com medo de perder Paulete. Paulete, a sua única porta de entrada na favela.

Era isso mesmo, começava a ver nele um artista sem o menor vínculo com a favela, na qual ia apenas quando precisava fazer uma matéria, uma tese acadêmica, um livro. Se fosse esse o caso, essa seria a maior traição de sua vida. Maior até do que a do Ribamar, que tinha como meio de vida ludibriar os outros. Melhor: no caso de Ribamar, ele de alguma forma estava protegendo o amor dos dois, pois era óbvio que Paulete no mínimo sentiria medo dele, revelar-lhe a sua alma poderia afugentá-lo. Ou seja, a mentira talvez fosse a única forma que encontrara para se manterem juntos. E hoje Paulete admite que nunca teve estrutura para um amor bandido, embora na época tenha lhe dito que o verdadeiro amor implica tanto confiança no parceiro como aceitação de sua forma de ser. Com o amor, ou por causa do amor, o objeto do nosso desejo pode até melhorar. Mas há que se lembrar que, para ser um objeto de desejo, ele já tem um valor que precede qualquer mudança. Era assim que Paulete concebia o amor.

Sabia que Luciano morava nas imediações do Santa Marta e iria de casa em casa, de botequim em botequim, de camelô em camelô, perguntando em cada um desses lugares se conhecia aquele escritor cabeludo, que estava sempre de bermuda e camisa de malha, que não perdia uma oportunidade de cumprimentar uma pessoa na rua, de perguntar como está, de descobrir a história de sua vida, sua família, seu povo. Tinha certeza de que era popular ali. Na área sobre a qual falou em diversas ocasiões, embora sempre tenha desconversado nos momentos em que Paulete insinuou visitá-lo. Só não o encontraria se morar em Botafogo fosse uma outra mentira que lhe contara, enquanto lutava para conquistar sua intimidade. Naquele momento, desconfiava de tudo. Até mesmo da cativante simpatia com que chegara na Rocinha. Se fora capaz de mentir sobre o fundamental, sobre os seus afetos, os seus envolvimentos amorosos, poderia estar criando uma persona para interpretar no ambiente profissional, nas favelas cuja alma ele investiga e tenta transpor para os seus livros. Será mesmo que em seu hábitat era um vizinho carrancudo, desses que reclama no síndico quando uma criança ousa estrear a bicicleta que ganhou no Natal no corredor do prédio? Naquele momento, até disso suspeitava.

Perdido em seus pensamentos, Paulete não viu quando o ônibus parou na praça em frente ao Santa Marta. Mas não protestou contra os orixás ao entrar na Real Grandeza. Ali tudo era jurisdição de Marcinho VP, o Juliano do romance de Caco Barcellos que Luciano se negou a ler durante o processo de pesquisa para o seu livro, com medo de ser influenciado pelo autor de *Abusado*. Tinha a impressão, porém, de que caminhava numa direção diametralmente oposta, como se podia ver pelo subtítulo de ambas as obras: na de Caco Barcellos, havia uma favela com dono; na de Luciano, havia uma favela sem dono. Paulete lembrava de todas as discussões que tiveram sobre as diferenças e semelhanças entre essas duas favelas da Zona Sul do Rio de Janeiro. "Miséria é miséria em qualquer parte", dizia Luciano, citando a canção dos Titãs para explicar as semelhanças entre essas duas comunidades. Mas não foi à toa que optou pela complexidade da Rocinha, muito mais rica e plural do que o Santa Marta, cujas ladeiras ele tantas vezes subiu num passado razoavelmente remoto, não para estudar a rede de relações encoberta pelo sempre preconceituoso asfalto, mas para cheirar a cocaína da então maior boca da Zona Sul, que vendia a droga numa quantidade tal que os traficantes endolavam o pó na frente do próprio cliente, retirando-o diretamente de uma bacia.

– O senhor não conhece Luciano? – perguntou Paulete em um botequim em frente ao ponto de ônibus no qual desceu, na segunda quadra de quem vai da São Clemente para o Cemitério São João Batista. – É um ruço do cabelão.

O balconista, um cearense que não devia ter chegado no Rio de Janeiro há mais de uma semana, não fazia a menor idéia do que era Luciano, russo ou cabelão. Paulete lembrou então que Luciano aparecera na televisão para a divulgação do livro anterior, que o tornara popular a um ponto tal que chegou a ser reconhecido até mesmo na Rocinha. Com certeza alguém ali da rua saberia quem era o Luciano escritor. Mesmo sendo um sábado depois de um feriadão, haveria de encontrar alguém que tinha como hábito sacar a sua caderneta e fazer anotações às vezes durante horas a fio em locais públicos como um restaurante e até mesmo uma academia de ginástica. Isso na favela era completamente inédito, mas, mesmo sendo o asfalto mais letrado do que o morro, também devia chamar atenção um cara escrevendo enquanto andava.

— Desculpe incomodar — disse Paulete entrando no Bob's da esquina da Real Grandeza com a Voluntários da Pátria. — Mas o senhor não conhece um russo do cabelão, que tem mania de escrever nos lugares?

— É um que tem uma filhinha linda? — perguntou o caixa.

— Esse mesmo — respondeu um esperançoso Paulete.

— Saber quem é, eu sei. Mas faz um tempo que não vejo ele.

Paulete saiu da lanchonete com pelo menos um conforto — o de que ele era o mesmo no morro e no asfalto. Andava com as mesmas roupas relaxadas, usava o mesmo jeito expansivo e estava sempre com medo de perder uma das muitas idéias que lhe passavam pela sua cabeça sempre efervescente. Também tinha como conforto o fato de que era ali mesmo que morava, nas imediações do Santa Marta. Não sabia se mais para a Voluntários, se na Real Grandeza ou na Palmeiras, para citar apenas algumas das ruas mais próximas ao morro cuja decadência tanto discutiram na Rocinha, que quebrou durante a gestão do folclórico Marcinho VP. Era apenas uma questão de insistir. Mais cedo ou mais tarde alguém indicaria com precisão o endereço de Luciano, que (e agora Paulete ao menos acreditava na história que lhe contara sobre as circunstâncias em que vivia) morava há mais de dez anos em Botafogo por causa da sua relação com a filha, de quem pretendia ser vizinho até o fim dos seus dias.

Paulete passou no supermercado, em duas bancas de jornal, na padaria Imperial e no botequim Itu, onde teve a comprovação definitiva de que a pessoa que conhecera era a mesma que transitava com freqüência pelas ruas de Botafogo. Mas essa confirmação não era apenas conforto e consolo, pois, juntamente com ela, surgiam pela menos duas dúvidas, ambas igualmente dramáticas. Quer dizer então que omitira a história com aquela mulher anônima para manter uma chama de esperança em Paulete, que dessa forma continuaria seu esforço diplomático para dissipar a resistência da favela ao seu livro? Do fundo do seu coração, Paulete achava que, pior do que ser usado, era a decepção com Luciano, que depois daquele texto lhe parecia uma pessoa muito menos corajosa, muito menos autêntica, muito menos radical do que pelo menos aquela que em sua fantasia poderia substituir Cássio — o falecido Cássio Guimarães.

— Olhe, moço — disse um vendedor de cartão telefônico em frente ao supermercado da Voluntários. — Eu conheço esse cara sim. É o Mais Caro. É, ele sempre compra cartão comigo. Reclama sempre do meu preço e por isso me chama de Mais Caro, mas é fiel. Prefere pagar mais caro a mim, que sou guerreiro, que tô aqui faça chuva ou faça sol...

— Tudo bem, eu sei que você conhece o Mais Caro — interrompeu um exasperado Paulete. — Mas onde ele mora?

— Saber onde ele mora eu não sei não. Sei apenas que ele mora ali perto do Batalhão. Tenho quase certeza que é isso.

Paulete agradeceu e refez o caminho pela Real Grandeza, indo na direção da São Clemente. O coração fazia travessuras em seu peito, dava verdadeiros saltos mortais. Somente Luciano podia morar ali, num ponto eqüidistante ao morro de Santa Marta, ao Batalhão de Polícia e ao Palácio da Cidade. Era a cara dele, do trabalho que fazia ou pelo menos daquele que dizia fazer. Fez então a conexão que o tempo inteiro estava se negando a fazer, que foi a sua surpresa ao saber da existência de uma mulher na vida de Cássio depois de quase dez anos de convivência. Por que ele podia manter um casamento em segredo e quando Luciano o fazia era um filho da puta, que estava usando o seu óbvio amor para furar o cerco criado pela favela? E se nesse silêncio houvesse, na verdade, uma grande preocupação consigo, uma maneira de poupá-lo, de evitar que sofra? Tinha dificuldade de admitir, mas essa era uma das possíveis interpretações para o conteúdo daquele novo texto bombástico de Luciano. Será que, como acontecera com a favela em relação ao outro texto, não estava fazendo uma tempestade em um copo d'água?

Paulete viu uma academia de ginástica e entrou nela. Sabia que Luciano gostava de malhar, preocupara-se em manter o corpo em forma até mesmo na Rocinha, onde freqüentara a FM não apenas para estudar uma das faces da classemedianização do morro, mas porque gostava de produzir suores, de desenvolver músculos, de ultrapassar os seus limites. Já havia falado de uma academia perto de sua casa e naquela parte de Botafogo, ao contrário do restante da Zona Sul, só tinha aquela academia. Entrou.

— É um ruço que de vez em quando aparece na televisão pra falar dos livros que escreve — disse para o faxineiro, que estava passando um pano no salão da academia.

— Eu sei quem é sim.

— O senhor sabe onde ele mora?

— Saber, eu não sei. Mas eu acho que é naquela ruazinha ao lado do Batalhão. — O faxineiro foi até a porta da academia e apontou na direção de uma pracinha. — É aquela ruazinha sem saída ali.

Paulete agradeceu e entrou no botequim imediatamente ao lado. Pediu uma água e depositou as duas pesadas sacolas em que trazia o registro de sua história com Luciano, do seu amor por ele, da pesquisa durante a qual se envolveram, criaram intimidade. Agora era questão de minutos, de perseverar um pouco mais. Podia até ser que não estivesse em casa, que tivesse que fazer plantão na portaria do prédio. Mas descobrir onde morava dependia de mais duas ou três abordagens. Estava tão perto do seu objetivo que até podia sentir o cheiro dele. Tinha inclusive a sensação de que ele passara por ali, naquele botequim freqüentado por motoristas de táxi e policiais, naquela manhã. Não perguntou a ninguém porque preferia ficar com a sua fantasia. Ela era muito melhor do que qualquer realidade. Ainda que ela, a sua doce fantasia, fosse confirmada por ela, a triste realidade. Pagou e saiu.

Fez a complicada travessia da Real Grandeza, na qual os carros vinham a toda da São Clemente, sem nenhum sinal para controlá-los. Passou pela calçada do Batalhão, pelos carros estacionados à sua frente, que imaginou pertencerem aos soldados e oficiais. O pensamento voltou a ser tomado pelo texto de Luciano, o que dedicara à mulher de São Conrado que amava pelo que era, sem esperança de que um dia viesse a ter um futuro com ela, de que juntos pudessem construir uma vida, constituir uma família. Amava-a como queria que o amasse, como ele o amava. O ciúme deu-lhe uma mordida com dentes pontiagudos na boca do estômago. Tinha ao menos o direito de saber que ele era posse de um outro alguém, que amá-lo seria uma luta inglória, uma causa vã, uma pura perda de tempo. Gostaria de ter o desprendimento que reconheceu no texto, de amá-lo do modo como achava que amara Cássio, sem esperar nada em troca, achando-se a pessoa mais feliz do mundo só porque ele estava ali. Não importava o jeito que viesse, se de tênis e camiseta, com a barba por fazer, com o cabelo desgrenhado de uma noite mal dormida. Foi assim que amou Cássio, lembrava bem. Foi com essa estratégia que primeiro conquistou um lugar no seu cotidiano, depois no seu coração e por fim no seu corpo.

"Você não me cobra tempo", lembrava-se de uma das últimas e fundamentais conversas que tivera com Cássio, depois de uma noite em que por uma razão que agora não lhe ocorria tinham quebrado o maior pau. "Você não diz o que eu tenho que fazer, quando, por quê. Você não diz que tá na hora de levar as coisas a sério. Você não me pede pra eu fazer regime, não acha que eu devo pagar conta, não sai batendo as portas se chega lá em casa e tá tudo bagunçado. Se eu chegar aqui, do jeito que eu chegar está bem."

Foi nessa noite que ele, o inesquecível Cássio, perguntou se não queria morar com ele.

"Mas tem que ser fora da Rocinha", ressalvou.

"Por que fora da Rocinha?", perguntou Paulete.

"Porque na Rocinha a gente vai ter problemas, neguinho vai torrar o saco da gente, se meter na nossa vida."

Cássio andava de saco cheio da favela principalmente depois que começaram a namorar, que a relação dos dois ia se tornando óbvia para o povo. Ele, que era o cara que jogava futebol, que bebia até cair, que quebrava a cara de qualquer idiota que se metesse a besta para o seu lado, se sentia monitorado 28 horas por dia. Ele, o próprio símbolo da virilidade da Rocinha, não podia se envolver com aquela bicha preta. Os dois juntos eram uma ameaça à potência dos homens da favela. Se um dos melhores exemplares da raça caíra em tentação, imagina o risco que os outros homens não estariam correndo. Caía, com Cássio, um dos maiores símbolos da favela.

— O senhor conhece Luciano Madureira? — perguntou para o porteiro do primeiro prédio à direita.

— O jornalista? — disse o porteiro.

— Esse mesmo.

— Ele mora aqui. No 307. Saiu agorinha mesmo com a namorada dele.

Paulete viu o ciúme arrancando mais um naco do seu estômago, mas tentou convencer a si mesmo que tudo estava indo às mil maravilhas com o sorriso que abriu para o porteiro.

— Tem problema se eu esperar aqui?

— Tudo bem — disse o porteiro.

Paulete sentou-se em um dos degraus da escada e depositou as duas sacolas no chão. Riu de seus pensamentos, achando irônico que Luciano tivesse conquistado a jornalista de São Conrado usando a mesma estratégia que se mostrara infalível com Cássio.

"Mas oh, entenda uma coisa de uma vez por todas", dissera Cássio no dia em que lhe propôs casamento. "Eu não vou abrir mão das mulheres."

"Entenda uma coisa uma vez por todas você", rebateu Paulete. "Eu nunca vou exigir de você uma coisa que você não possa dar. Quando eu conheci você, você tinha toda uma história com mulheres."

"Você é incrível, cara", dissera Cássio, beijando-o em seguida.

"Eu não sou incrível, é verdade", respondera. "Não adianta eu ir morar com você achando que vou ser a sua esposa, achando que vou ser sua *darling*, que não vai ser verdade. Eu prefiro te dividir com as mulheres a não ter nada."

Era incrível como não conseguia ter mais esse desprendimento, como se tornara egoísta, como agora era tudo ou nada com ele. Já fora assim ao longo da pesquisa de Luciano, durante a qual exercera uma espécie de monopólio, encontrando defeito em todas as pessoas de que se aproximara, alertando para perigos que até podiam existir, mas que ele apresentava com lentes de aumento para ter Luciano apenas para si. Será que estava virando um velho mesquinho, com medo da solidão de pernas flácidas? Tinha apenas 33 anos, ainda tinha muito tempo pela frente, muitos amores para viver, muitos desesperos para enfrentar, muitas feridas provocadas pelas mordidas do ciúme. Seu amor por Cássio fora muito mais intenso e no entanto tirara de letra as seguidas mulheres com que se envolveu depois que voltaram de Petrópolis, pois quanto mais os dois transavam, quanto maior fosse o desejo que sentiam um pelo outro, maior era a necessidade de comer as mulheres que cada vez mais davam em cima dele. Precisava transar com elas para saber se ainda dava no couro, dizia para Paulete, ainda que ele não lhe perguntasse nada, entendendo perfeitamente o seu receio de fracassar, de brochar na frente delas, de perder o tesão por buceta. Trepou tanto que teve uma doença no pau, que ficou roxo por causa de um vaso rompido.

"Então, vamos fazer o seguinte", propusera Cássio. "Vamos comprar um apartamento pra você morar. Você arruma, você decora, você faz esses babados de casa todos. Você quer morar onde?"

Paulete pensou em Copacabana, mais precisamente na rua Siqueira Campos, ali nas imediações do Tabajara. Cássio não lhe perguntou por quê, mas fez questão de lhe apresentar as razões para escolher aquela rua para viver a felicidade que vinha ansiando desde o dia em que conheceu o sexo no banheiro do Instituto Nossa Senhora de Lourdes.

"Tive um grande amigo que morou lá", explicou. "Foi um estilista, o primeiro com o qual trabalhei. Foi nessa casa que comecei a trabalhar com moda."

"Compra um dois quartos pra gente lá", Cássio dissera.

"Você quer um dois quartos?", perguntara, espantado com aquela ostentação.

"Não sou eu que quero. É o que nós queremos. O apartamento vai ser nosso."

Começou então uma verdadeira peregrinação atrás do apartamento dos seus sonhos, no qual esperaria Cássio todas as noites com velas na mesa do jantar e incensos de canela pelos cantos da sala, ainda que em muitas delas tivesse que comer sozinho para que o seu homem tivesse a certeza de que era um macho capaz de comer a primeira buceta fedendo a xixi que estivesse ao alcance do seu pau. Viu muito apartamentos. Tantos que chegou a pensar que estivesse sonhando com uma Shangri-lah que só existia em suas fantasias cor-de-rosa. Mas enfim achou-o exatamente na semana em que Cássio completaria 40 anos. Pertencia a um viúvo que, ao se livrar dele, pensava que deixaria para trás a saudade da companheira de muitos anos, que acabara de falecer.

"Cássio, eu achei", dissera-lhe numa noite de sexta-feira em que se encontraram perto do comércio da família dele, na Cidade Nova.

Ele, que estava conversando com Pepê, disse para que se sentasse. Paulete estava tão feliz que ignorou o preconceito e sentou-se em seu colo.

"Que é isso?", perguntou um assustado Pepê.

"Isso aqui é o meu marido", dissera Paulete.

"É mesmo, cara", emendara Cássio para um Pepê cada vez mais surpreso. "Sou eu que tô pegando essas carnes."

Pepê ficou ainda mais desnorteado quando Cássio anunciou o casamento para breve.

"Queremos que você seja o padrinho. Ele acabou de me dizer que achou o barraco dos nossos sonhos. Quando estiver pronto, a gente faz um churrasco e chama o pessoal."

Ficaram conversando até altas horas da madrugada, mas não dormiram juntos por causa dos preparativos da grande festa que ele daria para comemorar os seus 40 anos. Iriam dar entrada nos papéis do apartamento na segunda-feira, tão logo a ressaca da festança permitisse que saísse da cama e passasse no banco para resgatar uma aplicação financeira que estava vencendo.

"Serão os 50 mil mais bem gastos da minha vida", dissera Cássio antes de lhe dar o beijo de boa-noite.

Na segunda-feira, foi ajudar o mesmo estilista que lhe apresentara a felicidade da Siqueira Campos, que estava de mudança para um ateliê muito maior, na praça Tiradentes, no Centro do Rio de Janeiro. Estava nas nuvens quando subiu a escada e começou a pintar o teto do novo ateliê de seu velho amigo. Estava nas nuvens como na longínqua terça-feira desta semana, quando entrou na Rocinha voltando do bem-sucedido desfile que promoveu no ateliê de Roni Summer e não percebeu que estava sendo julgado por ter recebido um Tim Lopes na favela. Definitivamente, não existe nada mais perigoso do que a felicidade no morro.

"Tá sentado, Paulete?", perguntara Maria da Penha pelo celular.

"Tô", respondera um inebriado Paulete.

"Tenho uma coisa muito chata pra lhe contar", acrescentara a médica.

"Então conta", dissera ele, achando que nada o abalaria.

"O Cássio sofreu um acidente e está muito mal."

Seguro de que os orixás não conspirariam contra a sua felicidade, não desconfiou do nervosismo de Armando, que ligou logo em seguida. Não suspeitou de nada nem mesmo quando ouviu o convulsivo choro de Magali, que definitivamente tem o papel de corvo em sua vida, anunciando as piores catástrofes de sua vida.

"Paulete, eu vi a Liz entrando com uma medalha de Bin Laden no prédio de Luciano."

Não, não foi isso, Paulete corrigiu a tempo. Naquele dia, ela anunciou a morte de Cássio por *overdose* durante a sua festa de aniversário. A Liz com a medalha de Bin Laden reluzindo no peito ele viu agora. Quando Magali anunciou a morte de Cássio, ele caiu da escada. Quando viu a sua modelo com a medalha de Bin Laden entrando no prédio de Luciano, quis ele próprio morrer.

Capítulo 7

— Paulete!?
— Liz!?
— Que é que você tá fazendo aqui, homem?
— Eu é que pergunto, o que você tá fazendo aqui?
— Sabia não? O Luciano mora aqui.
— É lógico que eu sei. O que eu não sei é o que você tá fazendo aqui.
— Ih, Paulete. Isso é uma longa história.
— Você sabe que eu adoro uma história. Aprendi com minha mãe, sabe? A gente só dormia depois que ela contasse uma história.
— Não dá pra gente conversar lá em cima, no apartamento do Luciano? Você sabe, o porteiro, os vizinhos...
— Quem diria, uma favelada com medo de barraco.
— Não tô falando de barraco, Paulete. Tô falando de intimidade. Da nossa intimidade.
— Todo viado é um exibicionista por natureza. Nosso povo adora um palco.
— Eu tô querendo te preservar.
— Devia ter pensado nisso antes.
— Tem certas coisas que a gente só faz se não pensar.

— Sacanear um grande amigo, por exemplo.
— Eu posso te explicar.
— Nem tente.
— Quem sou eu para entender o amor.
— Desde quando você ama?
— Desde aquela noite... Tudo começou naquela noite.
— Que noite, Liz?
— A do desfile.
— Quê que tem o desfile?
— Os amigos deram uma prensa na minha irmã, que tava devendo uma grana preta pra boca.
— Por que aquela xinxeira não pediu pro Tomate quebrar o galho dela? Ela não é casada com o filho dele?
— Sabia não?
— Sabia não o quê?
— O Bigode odeia o Tomate.
— Como?
— Isso mesmo que você ouviu. O Bigode odeia o Tomate. Não quer nem ouvir falar no tio.
— De onde é que você tirou essa história?
— Eu mesma fui lá, pedir pra ele tirar por menos. A menina é nora do teu tio, eu disse pro Bigode na tal noite... A do desfile.
— E daí?
— Não é à toa que o Tomate tá tão fudido e não pede socorro ao amigo. O cara odeia ele.
— Mas o Tomate não vive dizendo que é assim com o sobrinho?
— Caô. O cara nunca perdoou as surras que ele vivia dando na tia. Nunca se meteu porque em morro ninguém se mete em bagulho dos outros. Mesmo o bandido só compra o bagulho dos outros quando a gente vai lá pedir que eles resolvam. A tia nunca pediu e ele deixou barato. Mas nunca deu papo pro cara. Principalmente depois que a tia morreu.

— Tô passado. Quer dizer que o Tomate... O nosso Tomate... Agora eu entendo por que ele deixou o Luciano na mão. Agora eu entendo por que ele não ajudou o Luciano na hora que a bomba estourou.

— Ele sabe que o Tomate vive usando o nome dele. E não gosta.

— Tudo bem, o nosso Tomate é um caô. Mas e o Luciano nisso?

— Ele tem sido tão bom pra mim.

— Imagino. Basta olhar o medalhão do Bin Laden no seu peito.

— Isso é outra história.

— É não, Liz. Eu sei exatamente de onde ele veio e o que você teve que fazer pra tá com ele reluzindo no peito.

— Eu só fiz isso pra salvar minha irmã. Você também faria qualquer coisa pra tirar uma pessoa querida da bola.

— Você não sabe do que eu sou capaz quando eu amo.

— Então, por que é que você tá me condenando?

— Liz, minha pretinha. Eu não tô te condenando. Você sabe, só quem tem esse poder na Rocinha é o Bigode. Os outros, só estamos preocupados com a sobrevivência. E pra sobreviver o nosso povo aceita tudo. Até mesmo a prostituição.

— Foi só uma vez. Pra salvar a minha irmã.

— Você pode até mentir pra mim. Dependendo de como você minta, eu posso até acreditar no que você tá dizendo. Eu e esse povo todo da Rocinha. Só espero que você não acredite nas suas mentiras.

— Que mentira?

— De que você não está se prostituindo com o Luciano.

— Você fala isso porque tá com inveja da gente. Do nosso amor.

— Não, eu falo isso porque te conheço não é de hoje. Te conheço desde que você era uma funkeira, que vivia nos bailes se exibindo pros bandidos.

— Graças a Deus, isso faz parte do passado.

— Eu sabia que você me tinha em alta conta, mas não tão alta assim. Porque não foi Deus coisíssima alguma quem te ajudou. Se hoje você não é uma mulher disputando a condição de número um dos bandidos, foi porque eu acreditei em você e resolvi te dar uma chance.

— Eu soube aproveitar a minha chance.
— Você aproveita tudo.
— Eu sei separar o joio do trigo.
— Se soubesse, não teria se vendido pro Morte.
— Ali eu não tive escolha. Você sabe que eu não tive.
— E com o Luciano, teve?
— Até onde a gente tem escolha diante do destino.
— Nossa, como ela tá falando bonito. É a própria mulher do escritor.
— Não fode, Paulete.
— Só tem uma coisa que eu não entendo nesse love, Liz. Como é que uma paixão arrebatadora pode ter começado depois do desfile, justo na hora que ele tava fugindo da boca?
— Eu cheguei em casa e soube do babado todo. Aí fui na boca, pedir pela minha irmã. Depois saí da favela. Fui dar uma volta no asfalto, respirar outros ares. A gente se cruzou na rua. Bem ali na esquina.
— Coincidência demais pro meu gosto.
— Mas foi assim mesmo. Ele tava fugindo da boca e eu de bobeira por aí, sem saber o que fazer pra salvar minha irmã. Foi tão engraçado na hora. Ele pensou que eu tivesse seguindo ele, tomou o maior susto quando me viu. Achava que eu ia pedir a entrevista que eu dei pra ele.
— O que mais você deu pra ele?
— O que você acha?
— Eu só acho que você é uma traidora.
— Pois eu dou amor a um homem destruído, que perdeu tudo da noite pro dia.
— Não me faça rir, Liz. Como é que você pode dar amor, se a única coisa que te interessa em um homem é dinheiro?

— Não me faça rir você, Paulete. Porque Luciano pode tér tudo Menos dinheiro. Principalmente depois que os neuróticos expulsaram ele da favela. O cara agora não tem dinheiro nem projeto.

— Tadinho do menino. Tão indefeso.

— Tadinho mesmo. Passou meses ralando em um livro e agora vai ter que jogar todo o seu material no lixo.

— Só se ele for maluco.

— Maluco nada, Paulete. Se com um artiguinho de merda daquele já rolou todo esse estresse, imagina quando o livro ficar pronto. O mínimo que vão dizer é que o cara é reacionário, que escreveu um livro contra as favelas.

— O Luciano conhece favela. Sabe como elas são neuróticas.

— Sabe não, Paulete. Ele chegou na Rocinha achando que a favela era dividida entre mocinhos e bandidos. Que bastava não se meter com os bandidos que tava tudo bem. Não imaginava que os nossos maiores bandidos são os que são recebidos de paletó e gravata nos gabinetes refrigerados de Brasília, não os traficantes que desfilam pela favela com um fuzil atravessado no peito. Foi pra lá pra conhecer o que chamava de nossos heróis, era neles que ia focar o livro.

— Como diz o velho ditado, vivendo e aprendendo.

— Pois é. Acho que ele aprendeu demais. E perdeu todo o interesse no nosso povo.

— Agora ele só vai escrever sobre você, né não, pretinha?

— Tu bem que gostou quando ele escreveu aquele artigo sobre você. Pode ter certeza de que tua vida começou a mudar ali.

— Você pode dizer tudo de mim. Menos que eu fui interesseiro com o Luciano. Acho que esse foi o grande problema da pesquisa dele. As pessoas não conseguiam acreditar quando eu dizia que não tava ganhando nada pra ser o cicerone dele. Ninguém no morro faz nada se não ganhar alguma coisa em troca, você sabe. Pode ser uma merreca, mas tem que ganhar alguma coisa. Acho que todo mundo tem noção de que as pessoas do asfalto só vão lá pra ganhar um troco, e por isso só ajudam esses pesquisadores se rolar uma grana, uma bolsa, uma comissão. Por isso, ninguém acreditou quando eu dizia que estava ajudando ele por causa de um texto que eu li, que me deixou profundamente emocionado. Acho que foi no dia que li as coisas dele que descobri que ele era uma pessoa especial. Acreditei nisso até agora. Até te ver entrando aqui.

— O que foi que mudou?
— Ele não te falou da maldição da Magali?
— Ele não é homossexual, Paulete.
— Não é isso o que tá em questão.
— É, sim. Você, o tempo todo, acreditou que no fim o mocinho ia terminar com a mocinha.
— Você tá parecendo a Magali.
— Não, a Magali disse que no fim você ia apresentar a conta. Mas você não é mau-caráter. Você é apenas um romântico, que sonha em ser levado de véu e grinalda pro asfalto.
— Ele pode não ter te dito, mas ele me prometeu. E me prometeu várias vezes.
— O que foi que ele prometeu?
— Que nunca ia transar com ninguém na Rocinha.
— Faz alguma diferença se eu sou de São Conrado ou da Rocinha?
— Toda.
— Não sei por quê.
— Com você, eu tinha condição de disputar.
— Se você fosse mulher, teria.
— Como é que você tem tanta certeza disso? Você mal conhece o cara.
— Não venha destilar o seu veneno pra cima de mim. Porque eu sei quando eu sou comida por um macho.
— O Morte vai gostar de saber disso.
— O Morte não é meu dono.
— Vai dizer isso pra ele.

— Você já reparou que você tá preocupado com todo mundo, menos com o Luciano?

— Realmente, pretinha. A minha cota Luciano acabou. Porque enquanto vocês trocavam suores, eu tava explicando pra Rocinha em peso que ele não é o Tim Lopes que todos imaginaram ao longo dos últimos meses e tiveram certeza depois da publicação do *site* do Airton. Sim, enquanto vocês se aqueciam um no outro na madrugada de quarta pra quinta, a bicha preta aqui tava subindo a estrada da Gávea no meio da maior tempestade pra salvar a pesquisa que o bofe só fez porque eu abri as portas da favela pra ele. Se isso não estiver bom pra você, sua interesseira mal-agradecida, enquanto vocês faziam juras de amor eterno, o Morte tava destruindo o trabalho de todos os artistas e artesãos lá do centro com uma pistola apontada pra minha testa, querendo que eu dissesse onde tava o X9 que entregou o Sombra pros vermes. Mas eu segurei a onda até a hora em que pedi asilo na casa do Roni. Cheguei lá ainda disposto a fazer qualquer sacrifício pelo bofe, mas aí eu li um texto dele falando de uma jornalista de São Conrado pela qual o cara está apaixonado e da qual nunca me falou. A partir de então, eu perdi a confiança nele. A partir da leitura daquele texto, eu achei que ele era capaz de qualquer coisa. Até mesmo de me trair contigo, de chegar aqui e ver essa cena. Mas uma coisa é perder a confiança em um cara importante pra você. Isso dói. Dói pra caralho. Você começa a duvidar de tudo o que viveu, não sabe o que é verdade e o que é mentira, o que é fato e o que é versão, o que é papo reto e o que é caô. Você fica meio piradão, mas tudo bem, a gente na favela já está acostumada a ser usado por esses jornalistas que chegam dispostos a qualquer coisa pra tirar uma informação da gente sobre a boca, os bandidos, essas coisas. Mas traição é outra coisa. Com traição, só a maldição eterna, como Deus fez com Adão e Eva no paraíso. E a decepção de Deus é muito parecida com a minha. Tanto a decepção como a dor. Porque, como Deus, eu disse que o cara podia tudo lá na favela. Só tinha um fruto proibido, que era comer uma das minhas modelos. Se ele não fosse atrás dessa maçã, poderia viver eternamente no meu coração. Mas ele caiu em tentação e vai ter que pagar por essa traição. Pode crer que ele vai pagar caro. Muito caro.

— Você vai se vingar?
— Com toda certeza. E de um jeito que só a favela sabe fazer.
— Que nem o pessoal acabou de fazer com ele?
— Acho que o meu vai ser pior.
— Impossível.
— Que tal se eu sair direto pro Morte?
— Mulher na favela dá pra quem quer. Estupro é morte na certa.
— Certo, pretinha. Estupro é morte na certa. Da mesma forma que transar com mulher de bandido. E, na dúvida, o Bigode sempre vai dar preferência a um bandido.

— Tudo bem, o Luciano me protege. O cara é cheio das articulações no asfalto. Ele com certeza vai arrumar um lugar pra gente.

— Você sabe que ele só é herói nos livros que escreve. Na vida real, ele é um mauricinho peidão como qualquer *playboy* do asfalto. Como acabou de mostrar pra toda favela, de onde saiu varado no primeiro susto que tomou.

— Pra onde é que você tá indo agora?
— Direto pro QG.
— Você vai entregar a gente?
— Não, eu tô indo me entregar. Vou pagar pelos meus erros. Pelo grande erro de ter revelado o nosso segredo pro teu mauricinho peidão. Depois eu dou um jeito em vocês. Por enquanto, eu só quero resolver minhas paradas.

— Tu sabe que vai levar uma tremenda coça, não sabe?
— É exatamente isso que eu quero. E é exatamente essa a grande vantagem da favela em relação ao asfalto. Na Rocinha, a gente leva um pau e tá perdoado de todos os nossos pecados. Pode doer, as marcas ficam para sempre. Mas só dói uma vez.

— Tu também pode ir pro microondas.
— Não, pretinha. A gente só vai pros pneus se for muito vacilão. Mas pode crer que eu aprendi com os meus erros. Pode crer como eu aprendi muita coisa com os meus erros. A partir de agora eu só vou andar no blindão, como diz o nosso povo. E quem anda no blindão não tem que se preocupar com nada.
— Espero que você tenha sorte.
— Eu é que espero que você tenha sorte, Liz. Porque uma das coisas que eu aprendi com essa história toda é que o asfalto não tem lugar pra gente. Não é à toa que os encontros entre a gente do asfalto e a nossa gente é sempre na favela. Somos nós que sempre estamos recebendo o povo do asfalto de braços abertos.
— Eu estou há quase uma semana na casa do Luciano.
— É por isso que eu te desejo boa sorte. Porque aqui é o lugar que a gente deve ter medo.
— Medo de quê, Paulete?
— Medo dessa violência branca, dessa dor que não sangra, dessa morte sem atestado de óbito. Dessa morte que na verdade não é uma morte. Porque não pode morrer quem nunca nasceu. Pelo menos isso eu devo ao Luciano. Ele me mostrou o que realmente é o asfalto. E eu perdi todo o interesse nessa gente. Do mesmo modo que ele perdeu o interesse em nós.
— Não vai esperar o Luciano?
— Não tenho o menor interesse em ver esse cara. Quero apenas que você entregue as fitas e os cadernos dele. Bem, o que eu consegui salvar.
— Não tem nem um recado?
— Não adianta falar com os mortos. Eles não ouvem.

Rio de Janeiro, 15 de dezembro de 2002 a 29 de novembro de 2003

Glossário

157 – Artigo do código penal para assalto a mão armada.
Amigo – Chefe do tráfico.
AMABB – Associação de Moradores e Amigos do Bairro Barcelos.
Andar no blindão – Agir segundo as leis da favela. Dar um blindão, uma das variações da expressão, é enquadrar a pessoa. Na Rocinha associaram blindão a coisa forte, resistente. Seria uma corruptela de blindagem.
Ariban – Policiais, segundo os gays.
Arregados – Policiais corruptos.
Bicha pão com ovo – Bicha vulgar, que dá pinta.
Bico – Metralhadora ou fuzil.
Bonde – Em geral, grupo armado em missão para o tráfico, como levar a droga do QG para uma das bocas ou ir guerrear com uma facção rival em outra favela. Tornou-se, porém, sinônimo de qualquer tipo de grupo de pessoas iguais. Esse é o caso, por exemplo, do grupo funk Bonde do Tigrão.
Borracha – Mangueira de água.
Braço – Segurança da boca. Também virou sinônimo de sangue bom, cara firmeza, amigo com o qual se pode contar nas horas mais difíceis.

Brotar – Aparecer do nada. Termo usado para policiais ou bandidos de facção rival que aparecem do nada, surpreendendo os seguranças da boca.

Cacurucaia – Bicha velha, segundo os gays. Provém da umbanda, onde dizem salvem as cacurucaias, ou seja, as pretas velhas.

Colocar na bola – Denunciar pessoa na boca.

Conceito – Prestígio junto ao tráfico.

Contexto – Relações comerciais com o tráfico.

Contenção – Fazer a segurança. São os chamados braços que a fazem.

CORE – Coordenação de Recursos Especiais. Tropa de elite da Polícia Civil.

Cria – Nativo da favela. Vem do velho nascido e criado.

De frente – Traficante responsável pela boca quando o chefe é preso ou tem que se afastar da favela.

Desenrolar – Prestar esclarecimentos ao chefe do tráfico.

Desipe – Sigla do órgão responsável pelo sistema penitenciário do Rio de Janeiro. Para os bandidos, todos os funcionários que trabalham no Desipe são desipes.

Dionéia – Importante rua da Rocinha, tratada como subárea. Na sua entrada, moram as pessoas mais abastadas da favela. Caso mais famoso é o da Casa Rosa, um palacete alugado para as grandes festas e bailes promovidos na comunidade.

DQ – Sigla de Dependente Químico. É usada por autoridades e estudiosos da droga. Como gíria, é usada principalmente entre os viciados que já passaram por clínicas de recuperação.

D20 – Antigo camburão.

Endolar – Embalar a droga.

Erê – Criança, segundo as religiões negras.

FAC – Sigla de Ficha de Antecedentes Criminais. Tornou-se uma gíria cujo significado é levantar a vida pregressa de uma pessoa. Seja ela bandida ou não.

Fazer gengival – Passar na gengiva o sacolé no qual a droga é vendida. Há sempre uma migalha do pó nele.

Formar – Entrar para a boca.

GBCR – Grupo de Boys Conscientes da Rocinha

Golpe de estado – Apropriação à força de uma boca de fumo. Em geral, esse processo se dá quando o seu chefe é preso.

Homem – chefe do tráfico.

Intrujão – receptador de ouro.

Ir para a bola – Ser levado para a boca de modo a ser julgado pelo tribunal do tráfico.

Mandar para os pneus – Queimar o corpo da vítima do tribunal do tráfico. É o famoso microondas. Essa tortura consiste em queimar as pessoas dentro de uma pilha de pneus.

Matesco – Do mato. Na Rocinha, migrante recém-chegado.

Microondas – Pilha de pneus para a qual é levado o corpo da vítima, em geral picado, para ser queimado. Soube que os corpos são envolvidos em fita crepe, o que torna o processo de queima mais rápido.

Movimento – Boca de fumo.

Picar o corpo – Cortar o corpo em pedacinhos. Seu objetivo é mais prático – o de sumir com o corpo. Os chamados cadáveres com lágrima, ou seja, com mães que desejem enterrá-lo, só são submetidos a esse tipo de violência quando a vítima comete uma grande vacilação segundo as leis do tráfico.

Piolho de boca – Viciado pobre, em geral morador da própria comunidade, que orbita em torno da boca. Seu grande interesse é conseguir uma rapa de graça.

Plantar – O mesmo que formar.

PQD – Pára-quedas. Divisão do exército.

QG – Quartel-general. Onde se reúnem os principais homens da boca. Também conhecido como diretoria.

Situação – Boca.

Sujeito-homem — Homem de palavra.

Traçante — Um tipo de arma. Seus projéteis deixam um rastro de luz ao longo de sua trajetória. Assemelham-se a fogos de artifício.

Trunfeta — Posição de destaque na boca.

UPMMR — União Pró-Melhoramentos dos Moradores da Rocinha. Mais antiga e mais importantes das três associações de moradores da Rocinha.

Verlane — Prédio na esquina do Caminho do Boiadeiro com a Estrada da Gávea. Foi construído pelo próprio Verlane, que foi um importante intrujão da Rocinha.

X9 — Delator.

X-novar — Delatar.

Este livro foi composto na tipologia Rotis Serif em corpo 10/15 e impresso em papel Chamois Fine Dunas 80g/m² no Sistema Cameron da Divisão Gráfica da Distribuidora Record.

Seja um Leitor Preferencial Record
e receba informações sobre nossos lançamentos.
Escreva para
RP Record
Caixa Postal 23.052
Rio de Janeiro, RJ – CEP 20922-970
dando seu nome e endereço
e tenha acesso a nossas ofertas especiais.

Válido somente no Brasil.

Ou visite a nossa *home page*:
http://www.record.com.br